NOOIT MEER HETZELFDE

Voor Steven,
mijn grote broer naar wie ik al mijn hele leven opkijk.
Iets wat ik de rest van mijn leven zal blijven doen.

We've been livin' on a fault line
And for a while, you were all mine
I've spent a lifetime givin' you my heart
I swear that I'll be yours forever, till forever falls apart

Ashe & FINNEAS – 'Till Forever Falls Apart'

Of je het nu wilt of niet, ruzies horen bij een relatie. Het gaat er alleen om hoe je ermee omgaat. De belangrijkste tip die ik je kan geven: laat elkaar uitpraten. Dat is natuurlijk altijd belangrijk, maar tijdens ruzies al helemaal. Elkaar in de rede vallen zorgt alleen maar voor meer irritatie, en dat wil je natuurlijk niet!

Uit: Van saai naar fraai. Zo houd je je relatie levendig, *hoofdstuk 2: 'Als je de verbinding met elkaar verliest'*

1

Soms zijn er momenten waarop je weet: vanaf nu is mijn leven nooit meer hetzelfde. Het moment dat je je rijbewijs haalt en de wereld aan je spreekwoordelijke voeten ligt, bijvoorbeeld. Of het moment dat je eindelijk de perfecte lippenstift vindt die je ogen laat spreken én die in de vaste collectie van je favoriete make-upmerk blijkt te zitten. Maar ook het moment dat je – na maanden of zelfs jaren proberen, talloze teleurstellingen en vele tranen van frustratie – eindelijk een positieve zwangerschapstest in je hand hebt. Of het moment dat je *Miljoenenjacht* zit te kijken en die kale presentator in zijn dikke rode jas een straat in loopt die verdacht veel op de jouwe lijkt, waarna hij een grindpad op loopt naar een voordeur die écht verdacht veel op de jouwe lijkt.

Voor mij is dit zo'n moment.

Er loopt geen kale man het pad naar mijn voordeur op en ik heb ruim elf jaar geleden al een positieve zwangerschapstest in mijn handen gehad, maar toch weet ik dat dit moment mijn leven zal veranderen.

Ik zit op een van onze nieuwe, okergele eetkamerstoelen die perfect passen bij de eikenhouten eettafel in het midden van onze open keuken – al zeg ik het zelf. Op de achtergrond klinkt *Una Mattina*, de bekende klassieker van Ludovico Einaudi. Ik kan het nummer haast dromen, alleen al omdat Lammert het zelf minstens één keer per week speelt. De dikke, fluwelen gordijnen voor de ramen verhullen het staartje van een winterse bui en de kaarsen op tafel zorgen voor een romantische, serene gloed in de kamer. Ik ben gek op ons huis; van de grote woonkamer met haard tot de gezellige open leefkeuken, elk plekje is even mooi, fijn en sfeervol.

Voor me staat een bord romige tagliatelle met champignons en truffel, met daarnaast een nog onaangeroerd glas Manoir Grignon chardonnay. Mijn vork hangt stil in de lucht en ik staar met grote, wijd opengesperde ogen naar mijn man, die zojuist de drie woorden heeft gezegd die ik nooit had verwacht van hem te horen: 'Ik wil scheiden.'

Het duurt zeker een volle vijf seconden voordat ik me weer kan bewegen. Ik knipper een paar keer met mijn ogen, schud mijn hoofd als een gokverslaafde die niet kan geloven dat hij zojuist zijn laatste spaarcent is kwijtgeraakt aan de roulettetafel en leg dan mijn vork neer.

'Wat bedoel je?'

'Liefje,' zegt Lammert, op die zachte, lieflijke toon die hij alleen voor mij reserveert.

Ook nu. Zelfs nu.

Dit is overduidelijk een vlaag van verstandsverbijstering, anders was hij vast veel vijandiger geweest.

Hij haalt diep adem en laat de lucht langzaam uit zijn longen ontsnappen. 'Maak dit nou niet moeilijker dan het al is.'

Alsof we het hebben over de boodschappen die dit weekend gedaan moeten worden, prikt hij een champignon aan zijn vork en steekt hem smakelijk in zijn mond. Hij heeft nog net het fatsoen om niet voldaan te zuchten, maar deze mededeling heeft overduidelijk geen effect op zijn eetlust.

Op de mijne wel.

Ik schuif mijn bord een stukje naar voren en leg mijn onderarmen op tafel, met mijn handen in elkaar gevouwen. Het is zaak om kalm te blijven. Niemand heeft er wat aan als ik nu hysterisch begin te huilen, dus zeg ik: 'Ik vraag alleen maar wat je bedoelt, Lammert. Zo hoop ik te achterhalen waar deze gedachten vandaan komen en hoe ze hebben geleid tot deze absurde, onnozele uitspraak.'

'Absurd? Onnozel? Dit is allesbehalve absurd en onnozel. Ik meen het. Ik ben er zeker van. Sterker nog, er is in de afgelopen weken, maanden, misschien zelfs wel jaren weinig anders geweest waar ik zo zeker van ben als dit. Ik wil –'

'Ja, ja,' onderbreek ik hem geërgerd. 'Je hoeft het niet nog een keer te zeggen.'

Goed, tot zover de kalmte.

Een van de belangrijkste dingen die ik mijn cliënten altijd op het hart druk, is dat ze zich niet moeten laten meeslepen in hun emoties. Als er íéts is wat niet bijdraagt aan een plotseling beladen sfeer van een gesprek, is het ergernis. Of erger: woede.

Emoties die aan de negatieve kant van de emotieschaal zitten, zijn niet wenselijk in moeilijke gesprekken. Hoe lastig het ook is, probeer je kalmte te bewaren. De openingszinnen van hoofdstuk 3, 'Op zoek naar de pijnpunten'. En wat doe ik? Zelf geschreven, verdorie, en hier zit ik mijn eigen advies meteen in de wind te slaan door Lammert aan te vallen als een op hol geslagen stier.

Ik adem diep in en langzaam weer uit. Weg met de stier, tijd voor de rustige, beheerste... paradijsvogel. Ik ben een paradijsvogel. Sierlijk en elegant. Ik schrijd door het leven, sla mijn veren uit en verleid Lammert met mijn schitterende staart. In dat geval ben ik een mannetjesparadijsvogel, geloof ik, maar dat doet er niet toe. Ik ben de kalmte zelf. Daar gaat het om.

Met vaste hand reik ik naar mijn glas en voordat ik het aan mijn lippen zet, vraag ik met mijn rustige, zalvende therapiestem: 'Hoe kom je bij deze gedachte?'

Lammert legt zijn bestek naast zijn bord en dept zijn mondhoeken met zijn servet. 'Ik heb er lange tijd goed over nagedacht en ben uiteindelijk tot de conclusie gekomen dat ik...' Hij valt stil en zucht. 'Het zijn meerdere dingen. Ik vind het lastig om onder woorden te brengen.'

'Probeer het toch maar,' moedig ik hem aan. Ik pers een rustig en beheerst glimlachje op mijn gezicht om mijn woorden kracht bij te zetten.

'Oké,' zegt Lammert. Hij staart naar het servet in zijn handen en verfrommelt het een beetje. 'Allereerst heb ik het gevoel op de tweede plaats te staan in ons huwelijk. Jij weet net zo goed als ik dat jij twee keer getrouwd bent: met mij en met je werk. Ik heb een tijdlang de stille hoop gekoesterd dat je zou zeggen: het is genoeg. Ik zet een stap terug. Het was leuk, maar nu is het klaar. Maar dat moment is in de afgelopen tien jaar nooit gekomen en dat gaat ook niet komen, want het wordt alleen maar méér. En mijn emmer is inmiddels zo vol dat elke nieuwe druppel direct over de rand gutst.'

Ik knipper een paar keer snel, alsof hij een ventilator heeft aangezet die recht in mijn gezicht staat te blazen. 'Ík ben twee keer getrouwd? Ik geloof dat de eerste jaren van ons huwelijk vooral in het teken hebben gestaan van jóúw werk voordat ik eindelijk aan mijn eigen carrière kon werken. En ik dacht dat daar ook ruimte voor was, maar nu neem je het me ineens kwalijk dat ik van mijn werk hou?'

Lammert gooit het servet op tafel, heft zijn handen verdedigend op en legt dan één hand op zijn borst. 'Nee, lieve hemel, nee, zeg. Absoluut niet. Ik hou ook van mijn werk, dat weet je.'

'Nou, inderdaad,' mompel ik.

Als er iemand is die veel met zijn werk bezig is, is het Lammert. Als chief operating officer van de hotelketen van zijn familie is hij praktisch elke dag tien, twaalf uur achter elkaar aan het werk. Tuurlijk, ik werk ook veel, daar heeft hij heus wel gelijk in. Maar niet zo veel als hij, absoluut niet.

'De laatste jaren is het wel alleen maar méér geworden,' verzucht Lammert. 'Van beide kanten natuurlijk, want zoals ik al zei: ik ben hier absoluut ook debet aan. Maar we zien elkaar amper en als we elkaar zien, zitten we zwijgend tegenover elkaar of praten we over praktische dingen. Wie de tweeling ophaalt van hockeytraining, dat Eloise nieuwe schoenen nodig heeft en dat de factuur van Rijks tandartsbezoek nog moet worden betaald. Het is alsof we niets meer te bespreken hebben, alsof de rivier met onze gespreksstof tien jaar geleden droog is komen te liggen en langzaamaan overwoekerd raakt met doornstruiken.'

'Dóórnstruiken?' gil ik. Ik weet niet wat ik hoor. Ik heb 'de rivier met onze gespreksstof' altijd gezien als een kabbelend beekje met helder water. Allesbehalve droog liggend. Als er iets niet droog ligt, is het onze gespreksstof.

Ons seksleven is een heel ander verhaal, maar ja... Daar hebben we het nu niet over.

'Jij hebt altijd op nummer één gestaan, Lammert,' zeg ik met dichtgeknepen keel. 'Nog steeds. Jij staat altijd op één bij mij, samen met de kinderen.'

Mijn ogen beginnen te prikken, maar ik druk het weg. Ik moet kalm blijven nu. Ik kan me niet laten overmannen door emoties.

Voorzichtig strijk ik mijn korte bob glad en ik neem een paar grote slokken wijn om de brok in mijn keel te laten slinken.

'Dat weet ik, liefje,' zegt Lammert zacht. 'Dat weet ik. Het probleem is alleen dat ik het niet vóél. Werk is voor mij gewoon werk, maar voor jou... Voor jou is het meer dan dat. Meer dan een carrière. Ik vind het lief dat je zegt dat wij op één staan, maar in de praktijk blijkt dat de laatste jaren steeds vaker anders te zijn. We hebben een verstandhouding, meer niet. Jij en ik... We zijn uit elkaar gegroeid en ik verwacht simpelweg niet dat we ooit weer naar elkaar toe zullen groeien. Ik hou het niet vol om mezelf dat nog langer voor te houden.'

Ik staar naar de vlam van de kaars die tussen ons in staat. Het is een zachtgele kroonkaars, geplaatst in een goudkleurige, statige kandelaar. Het heldere vlammetje flakkert lichtjes bij de luchtverplaatsing die Lammert veroorzaakt als hij opnieuw naar zijn glas reikt.

Ik adem diep in en tel mijn ademhalingen in mijn hoofd, zoals ik geleerd heb tijdens een meditatiecursus, jaren geleden. Drie keer, vier keer, vijf keer. Even sluit ik mijn ogen, om ze vervolgens met een heldere blik te openen. 'Nee.'

Lammert kijkt verbaasd op. 'Nee?'

'Nee. Ik weiger dit zomaar te aanvaarden. Ik verdien mijn geld met het repareren van andermans relaties. Ik weiger mijn eigen huwelijk zomaar op te geven, zeker na bijna negentien jaar samenzijn. Ik weiger te geloven dat je niet meer van me houdt, dat je denkt dat onze band zo beschadigd is dat hij niet meer te herstellen is. Dat weiger ik.' Ik laat een stilte vallen, kijk hem indringend aan en zeg dan: 'Ik wil één ding van je weten: is er iemand anders?'

'Nee, natuurlijk niet. En ik zeg ook niet dat ik...'

'Dan weiger ik dit te aanvaarden,' zeg ik. 'Ik doe het niet. Ik weiger het.' Ik haal mijn servet van mijn schoot, leg het uiterst beheerst naast mijn bord, schuif mijn stoel naar achteren en sta op. Zonder nog om te kijken loop ik de kamer uit, door de hal, de trap op naar boven. De deur van mijn werkkamer gooi ik zo hard achter me dicht dat de ernaast hangende schilderijen van Toscaanse landschappen trillen aan de muur. Al zouden ze naar beneden duvelen, het interesseert me niets. Ik loop vastbesloten naar de boekenkast en pak het enige wat ons nog kan redden van de middelste plank.

Als ik even later weer beneden ben, zit Lammert nog steeds aan de eettafel. Op mijn opgevouwen servet en de afwezigheid van de kinderen na ziet het eruit als elke andere avond in huize Verheyen-van Raasveld.

Lammert kijkt op als ik binnenkom en wil iets zeggen, maar slikt zijn woorden in bij het zien van wat ik in mijn hand heb. In slechts een fractie van een seconde flitst er onbegrip, ontzag en als ik me niet vergis zelfs een beetje hoop over zijn gezicht.

Het boek komt met een plofje op de eettafel neer.

Lammert kijkt uitdrukkingsloos naar de cover, waarop twee mensen elkaar hartstochtelijk in de armen vallen op een zonovergoten tropisch strand met daarboven de sierlijke titel, uitgevoerd in goudkleurige foliedruk: *Van saai naar fraai. Zo houd je je relatie levendig.*

'Liefje, wat moet ik met jouw boek?'

'Zestien weken in De Bestseller 60, *New York Times*-bestseller, vertaald in het Engels, Frans, Duits en Spaans, wereldwijd miljoenen exemplaren van verkocht,' zeg ik. Ik sta roerloos naast de tafel en kijk van het boek naar mijn man en terug.

'Dat weet ik,' zegt Lammert, 'en ik vind het nog steeds een ongekende prestatie, echt. Maar wat moet ik ermee?'

Ik ga weer op mijn stoel zitten en vouw mijn handen in mijn schoot. De kalmte van daarnet is verdwenen en heeft plaatsgemaakt voor opwinding, bijna maniakaal. Mijn hart raast alsof ik twaalf keer de trap op ben gerend in plaats van één keer en ik ben lange tijd niet zo enthousiast geweest. 'Niet alleen jij, wíj. Wij gaan mijn tips opvolgen! Er zijn wereldwijd zó veel mensen die baat hebben bij mijn boek. Wekelijks komen er nieuwe aanmeldingen voor de onlinecursus, ik zit nu al volgeboekt tot en met komende zomer en mijn wachtlijst is langer dan die XL-laadkabel die Rijk vorige week heeft gekocht. Ook mijn tweede boek wordt nu al ontzettend vaak besteld terwijl het nog niet eens uit is, en straks met de nieuwe cursus erbij weet ik zeker dat het alleen maar meer wordt. Mijn boeken zijn een hit, ík ben een hit, dus wie kan ons beter advies geven over dit onderwerp dan wie dan ook? Ik!' Ik spreid mijn armen met een triomfantelijk gebaar. 'Wij gaan in relatietherapie... bij mij.'

De kalmte die tot dusver bij Lammert zichtbaar was, verandert in panisch gehoest als hij net op dat moment een slok wijn neemt en zich verslikt. Het duurt een halve minuut voordat hij rood aangelopen en met betraande ogen eindelijk weet uit te brengen: 'Sorry, wát?'

'Wij gaan in relatietherapie bij mij,' herhaal ik opgetogen, zijn hoestbui volledig negerend. 'Dit boek bestaat uit tien hoofdstukken om je relatie levendig te houden en samen weer de juiste koers te vinden als het wat minder gaat. Tien hoofdstukken. Vanaf morgen doorlopen wij ze allemaal.'

'Liefje...' begint Lammert voorzichtig, maar ik buig me naar voren en grijp zijn hand.

'Ik weiger onze relatie op te geven, lief. Ik weiger jóú op te geven. Niet zonder strijd. Als ons huwelijk daadwerkelijk ten onder gaat, zoals jij beweert, dan ga ik pas van deze boot af als we kapseizen en de boeg onder water verdwijnt. Geef me deze kans. Geef óns deze kans. Weet je wat, we geven er een deadline aan. Vier maanden, hoe vind je dat? Tot de zomervakantie van de kinderen begint. Als dan blijkt dat het écht niet meer werkt tussen ons...' Ik slik en pers mijn lippen op elkaar. 'Dan ga ik met je mee naar de notaris en tekenen we ter plekke de papieren. Maar geef ons eerst deze kans, Lammert. Alsjeblieft.'

Hij kijkt me aan met een leegte in zijn blik die ik nog nooit bij hem heb gezien. Zijn normaal zo sprankelende, hazelnootbruine ogen staan dof en ik zie nu pas dat zijn strak naar achteren gekamde, lichtbruine haar heel lichtjes begint te grijzen bij de slapen.

'Alsjeblieft,' fluister ik.

Hij zucht en buigt zijn hoofd, met zijn vrije hand over zijn kin wrijvend. De stoppels die alweer zichtbaar zijn sinds hij zich vanochtend heeft geschoren, maken een raspend geluid.

Het voelt alsof ik de seconden fysiek vooruit moet duwen.

Net op het moment dat de bankschroef om mijn keel zo strak zit dat ik bang ben dat ik stik, kijkt Lammert op. 'Oké,' zegt hij. 'Oké, we doen het.'

2

'In relatietherapie bij jezelf? Clau, ben je nu niet een klein beetje doorgedraaid?'

Oké, ik had niet verwacht dat mijn broer jubelend van vreugde de champagne zou ontkurken bij dit idee, maar dat hij het al onderuithaalt zonder echt goed naar me te hebben geluisterd, steekt ergens wel een beetje.

Ik leun achterover in mijn stoel, sla uitdagend mijn armen over elkaar en kijk hem afwachtend aan. 'Waarom denk je dat?'

En toch, van Boaz kan ik het hebben. Van hem kan ik alles hebben. Soms denk ik dat dat aangeboren is, dat het bij een broer-en-zusband hoort die zo sterk is als de onze. Genetisch voorgeprogrammeerd dat je het pikt als de ander de afstandsbediening jat, de frisdrankfles leegdrinkt zonder een nieuwe koud te zetten en blijkbaar ook dat hij je meest geweldige idee ooit al in twijfel trekt voordat je het goed en wel hebt toegelicht.

'Zo raar is dat toch niet?' vraag ik. 'Ik ben de beste relatietherapeut die ik ken.'

Boaz en ik mogen dan wel familie zijn, we verschillen als dag en nacht. Niet alleen qua uiterlijk – ik ben hoogblond, hij is een stuk rossiger – maar ook qua karakter. En qua... alles, eigenlijk. Ik hou van structuur, hij leeft op bij chaos. Ik loop in designeroutfits, hij is voor het laatst in een winkel gezien rond de eeuwwisseling. Ik heb al tien jaar dezelfde Anna Wintour-bob – strak en met pony – zijn halflange coupe is niet eens een kapsel te noemen en loopt over in iets wat hij graag als een nonchalante baard ziet, maar in werkelijkheid het gevolg is van een week niet scheren. En niet te vergeten: ik ben al sinds de middelbare school samen met Lammert, hij is al jaren de meest happy single die ik ken. Ik had dan ook verwacht dat we wat uit elkaar zouden groeien als de tweeling er eenmaal was, maar niets was minder waar: Boaz is de oom waar elk kind van droomt. Zijn pittoreske woonboerderij aan de rand van de stad is een walhalla voor Rijk en Eloise, die er verstoppertje spelen in zijn rommelige schuur en altijd mogen helpen bij een van zijn klusprojecten.

Boaz en ik zien elkaar niet heel vaak, maar ik hoef hem maar te bellen als ik hem nodig heb.

Zo ook nu, nu ik net heb verteld over Lammerts shockerende mededeling én mijn briljante oplossing. Een oplossing die mijn broer iets minder briljant lijkt te vinden, want terwijl ik aan zijn keukentafel zit en een grote mok thee van hem aanpak, kijkt hij me aan alsof ik zojuist heb verkondigd dat ik een derde borst ter hoogte van mijn navel wil laten plaatsen.

Hij stoot een lachje uit en ploft neer op een stoel aan de andere kant van de tafel. 'Natuurlijk ben je dat. Je bent ook de beste relatietherapeut die ík ken, maar ik ken er maar één, dus dat telt niet. In elk geval betekent dat nog niet dat je je eigen huwelijk moet gaan lijmen. Andermans huwelijk redden is één ding, maar moet je het echt willen om in dat van jezelf te gaan wroeten?' Hij vouwt zijn vingers in elkaar op tafel voor zijn borst en leunt naar voren. 'Ik dacht dat jij altijd degene was die zei dat hulpverleners zichzelf niet kunnen helpen. Was dat niet regel één van de hulpverlening, of zo? Je had toch onlangs zelf nog een therapeut als cliënt, die juist om die reden bij jou terecht was gekomen?'

'Dat is niet regel één,' zeg ik honend. 'Maar inderdaad, in principe moet je dat niet willen. Alleen in ons geval is het anders.'

Mijn broer neemt een slok van zijn thee en kijkt me aan over zijn mok. 'Anders?'

'Ja, anders,' zeg ik.

'Hoezo is dat anders?'

'Gewoon. Ik kan niemand bedenken die beter is dan ik.'

Boaz' wenkbrauwen zakken naar beneden in een bedenkelijke frons. 'Ik zie Lammert nou niet bepaald op een chaise longue liggen, omhoogkijkend naar het plafond terwijl hij zijn hart uitstort. En dan jij ernaast met een notitieboek, vragend hoe hij zich daarbij voelt.'

Ik trek mijn neus op. 'Je weet dat ik geen chaise longue in mijn kantoor heb en ik wil er geen traditioneel therapietraject van maken.'

Hij kijkt me aan met zijn typische ik-geloof-er-niks-van-blik en ik voel een steek in mijn onderbuik.

Plotseling voel ik me een stuk strijdvaardiger worden. 'Ik heb niet het idee dat ik een keus heb,' sneer ik. 'Wat moet ik dan, iemand bellen en vragen of we bij hem in therapie kunnen? Ik zie ons aankomen, zeg. Weet je hoeveel geld dat oplevert, als iemand dat zou lekken naar de pers? "*Trouble in paradise*: beste relatietherapeut van het land houdt haar eigen huwelijk niet eens bij elkaar." Ik weiger dat te riskeren. Dit gaan we met zijn tweeën oplossen en daarmee basta.'

Wrevelig sla ik mijn armen over elkaar, maar ik heb meteen spijt van mijn uitbrander; dit moet ik helemaal niet op mijn broer afreageren.

Alsof hij mijn gedachten kan lezen, zegt hij: 'Geeft niks. Ik begrijp dat het jou ook rauw op je dak kwam vallen.' Hij heft zijn mok naar me bij wijze van proostbeweging, maar zet hem dan neer en priemt zijn vinger in de lucht. 'Wacht. Ik heb taart.'

'Hoezo heb je taart?'

'Hoezo niet?' Mijn broer schuift zijn stoel naar achteren en loopt naar de koelkast. Over zijn schouder vraagt hij: 'Heeft hij ook gezegd waar het vandaan kwam?'

'Wat?'

'Deze overtuiging. Ik neem aan dat hij niet gisterochtend wakker werd en dacht: nou, ik denk dat ik vandaag maar eens ga scheiden van mijn vrouw met wie ik al tien jaar getrouwd ben.'

'Dertien jaar,' zeg ik stilletjes.

'Hè?'

'We zijn al dertien jaar getrouwd,' zeg ik, harder zodat Boaz me in de keuken verstaat. 'En bijna negentien jaar samen. Daarom weiger ik ook zomaar ons huwelijk op te geven. Ik ben een langer deel van mijn leven samen met Lammert geweest dan alleen. Dan geef je het toch niet zomaar op? Ook voor de tweeling niet, trouwens. Het laatste wat ik wil, is dat zij in twee huizen opgroeien en om de week hun spullen moeten verhuizen. Jij en ik weten hoe vreselijk dat is.'

Mijn broer komt terug met een taartdoos in zijn handen. Erbovenop twee schoteltjes, twee vorkjes en een kaasschaaf. 'Wat nou?' vraagt hij, bij het zien van mijn verbaasde gezicht. 'Werkt hetzelfde als een taartschep, hoor. Maar dus? Heeft hij gezegd waar het vandaan kwam?'

Ik voel het bloed naar mijn wangen stijgen en pak mijn theemok weer op, in de hoop dat ik mijn gezicht erachter kan verbergen. 'Dat we, eh...' stamel ik. 'Het waren meerdere dingen, maar één ding is dat ik te veel met mijn werk bezig ben. En een tweede is dat we, op de momenten dat we dan bij elkaar zijn, niets hebben om over te praten. Volgens hem zijn we uit elkaar gegroeid.'

Hij zet de taartdoos op tafel en kijkt me vanonder zijn borstelige wenkbrauwen aan. 'Wanneer hebben jullie voor het laatst seks gehad?'

Ik laat bijna mijn theemok uit mijn handen vallen en zet hem met een klap op tafel. 'Bó!'

Mijn broer tilt onverstoorbaar de schoteltjes van de doos af en opent het deksel. 'Wat? Is toch een heel normale vraag? "Seks is iets heel gewoons en heel bijzonders tegelijk." Jouw woorden.'

De openingszin van een van de cursusmodules die bij *Van saai naar fraai* horen. Ik kan niet voorkomen dat ik moet glimlachen.

'Weet ik,' zeg ik. 'Seks ís ook heel belangrijk in een relatie – of vooral intimiteit eigenlijk. Zodra de één hogere verwachtingen heeft op dat gebied dan de ander, zie je vaak dat het spaak loopt. Zeker als je die verwachtingen niet naar elkaar uitspreekt.' Ik pak een schoteltje met een groot stuk chocolade-karameltaart aan en zet het voor me neer. 'Maar over zoiets heb ik het liever niet met jou.'

'Hoezo niet? Niet zo aanstellen, zus. Het is maar seks.' Boaz likt wat chocolade van zijn duim af en loopt weg om het restant van de taart terug in de koelkast te zetten. 'Ik vraag niet naar hóé jullie het doen, hè? Kom op, vertel. Wanneer voor het laatst?'

Ik prik wat in mijn stuk taart en staar uit het raam. 'Lang geleden,' zeg ik zacht.

'Wat?' roept Boaz, zo hard dat er een vogel buiten van de vensterbank opvliegt.

'Lang geleden,' sis ik hem toe. 'Lang geleden, oké? Ik weet niet zo goed meer hoelang. Een paar maanden in elk geval. Misschien wel iets langer. En de keer daarvoor was nog langer. Doet dat ertoe? We hebben het gewoon druk, allebei.'

'Ik vind van wel, maar afgaande op jouw rode konen zit je er niet op te wachten dat ik doorvraag.' Boaz ploft weer neer op zijn stoel en pakt zijn taartvorkje op. Met het vorkje in mijn richting wijzend vraagt hij: 'Slapen jullie in elk geval wel nog in hetzelfde bed?'

'Ja,' antwoord ik nors en een beetje gepikeerd. 'Ja, natuurlijk doen we dat.' Ik spiets een stuk taart aan mijn vork en steek het in mijn mond, waarna mijn smaakpapillen me meteen een stuk minder chagrijnig maken. 'Is deze van dat koffiezaakje in de stad, die met die bediening op rolschaatsen?'

Hij knikt. 'Ze hebben nu ook to go, eindelijk. Eerst alleen koffie, maar nu ook taart. Ik was er gisteren voor een afspraak en heb meteen een halve meegenomen.'

Ik hum instemmend en prik meteen een nieuw stuk taart aan mijn vork.

In stilte eten we een minuut of wat, totdat Boaz met zijn vork op de chocolade-karamelcreatie wijst. 'Weet je nog dat ik het spectaculaire idee had om te leren skeeleren? Maanden om gezeurd bij mam, eindelijk als cadeau voor mijn dertiende verjaardag gekregen…'

'En toen bij het eerste rondje zo ongelukkig gevallen dat we op de eerste hulp eindigden vanwege een gebroken pols,' vul ik aan. 'Ik ben echt nog steeds verbaasd dat jij zo hoog kon gillen.'

Boaz steekt een nieuwe hap in zijn mond en wrijft over het litteken op zijn pols – een overblijfsel van de operatie die nodig was om de breuk netjes te laten helen. 'Ik weet nog dat mam ze daarna meteen op Marktplaats heeft gezet.'

Ik veeg grinnikend een kruimel van de tafel. 'Je praat erover alsof het eeuwen geleden is. Je bent 36, hè? Geen bejaarde vrouw die de Titanic heeft overleefd en nu een verhaal vertelt van 84 jaar geleden.'

'Hallo, we hebben het wel over meer dan twee decennia geleden,' werpt mijn broer tegen. 'Dat is toch een aardig lange tijd. En het feit dat er sindsdien bijzonder weinig in mijn leven is gebeurd, is toch best betreurenswaardig. Zeker vergeleken met jou stelt mijn leven nou niet bepaald veel voor.'

Ik schiet strijdvaardig naar voren om mijn broer eens flink de les te lezen over hoe mooi zijn leven is en dat hij dat niet kan vergelijken met het mijne – of met dat van wie dan ook – als hij zijn hand opsteekt om me al het zwijgen op te leggen voordat ik ben begonnen.

'Ik weet het, ik weet het. Niet met elkaar te vergelijken, als het allemaal zo koek en ei was geweest, lag je nu niet in scheiding, et cetera...'

'Ik lig niet in scheiding,' zeg ik verbeten. 'We werken eraan.'

Hij neemt een nieuwe hap taart, terwijl ik me afvraag of hij de vorige wel heeft doorgeslikt. 'Sorry, je hebt gelijk. Ik zeg al niks meer. Nou, vertel eens wat leuks. Wanneer starten de opnames van je nieuwe cursus? Kun je niet eens iets doen voor singles zoals ik? Ik weet wel dat relatietherapie je corebusiness is en zo, maar misschien moet je je eens richten op hoe je zo'n relatie überhaupt kríjgt. Zou een goudmijn zijn.'

Ik prik een te groot stuk taart aan mijn vorkje en hou mijn hand voor mijn mond terwijl ik het wegwerk. 'De opnames starten vandaag over twee weken,' zeg ik. 'En ik dacht dat jij de meest happy single ter wereld was. Blabla, vrouwen, wat moet je ermee? Blabla, gelukkig zijn met jezelf is veel belangrijker.'

'Ik ben ook heel gelukkig met mezelf.' Boaz leunt naar achteren en wijst om zich heen. 'Heb je mijn huis gezien? Zeer pittoresk. Bijzonder goed opgeknapt, al zeg ik het zelf.'

Ik grijns.

Boaz' huis is alles wat mijn huis niet is. Hij woont in een schattige woonboerderij aan de rand van de stad, op ongeveer een kwartier fietsen van ons huis. De woonboerderij was een bouwval toen hij het kocht en was niet eens aangesloten op het riool, maar hij was meteen verliefd. Ik geloof dat hij twee maanden een generator moest gebruiken voor de stroom – aangezien er uiteraard ook geen elektriciteit was – en de eerste winter was het permanent veertien graden in huis, maar ik moet toegeven: nu is het fantastisch. In slechts een paar weken tijd ontpopte hij zich tot een ware kluskoning en op de badkamer na heeft hij alles in huis zelf aangelegd, opgebouwd of in elkaar gezet. Het grootste deel van zijn meubels heeft hij zelfs eigenhandig gemaakt, met als pronkstuk de robuuste, walnoothouten eettafel waar we nu aan zitten.

'Ik ben ontzettend gelukkig hier,' zegt hij. 'Dus ik zoek ook geen datingadvies, maar gewoon... Hoe versier je iemand, weet je wel? Hoe werkt zoiets? Wat nou als ik een leuke vrouw tegenkom in de supermarkt, wat zeg ik dan? Ik heb al een eeuwigheid niet gedatet, weet ik veel wat ik dan zeg.' Hij grimast en zet een overdreven stem op. 'Fijn, hè, dubbellaags toiletpapier? Had je al gezien dat het deze week in de aanbieding is?' Hoofdschuddend neemt hij een slok thee. Nadat hij het heeft doorgeslikt en de laatste hap van zijn taart heeft weggewerkt, zegt hij plechtig: 'De rechterkant van mijn bed is al zo lang onbeslapen dat ik overweeg mijn matras om te draaien zodat er in elk geval geen kuil ontstaat.'

Ik stoot een proestend geluid uit. 'Je kunt er ook zelf gaan liggen, hè?'

'Toch minder leuk,' zegt hij. 'Maar over twee weken dus. Voortbordurend op je nieuwe boek, toch? Leren om van jezelf te houden en zo. Ik heb het nog niet gelezen, sorry. Ik hou best wel van mezelf, dus dat scheelt.'

Met een mond vol taart breng ik een bevestigend geluid voort. 'Klopt. En geeft niet. In de cursus komen verschillende soorten liefde aan bod, waaronder dus zelfliefde en waarom het een mooiklinkende maar onzinnige gedachte is om te beweren dat je eerst van jezelf moet houden voordat je een ander kunt liefhebben. De oude Grieken hadden acht verschillende soorten liefde, wist je dat?'

Boaz trekt één wenkbrauw op en lacht honend. 'Ja, dat wist ik, want dat heb je me zo ongeveer 56 keer verteld tijdens het schrijven van het bijbehorende boek. Of kun je je de warrige spraakmemo's die je me midden in de nacht stuurde niet meer herinneren? Ik wel namelijk, aangezien dat het moment was dat ik de "niet storen"-functie op mijn telefoon heb ontdekt. Zó handig, dan word je dus gewoon niet wakker als je zusje in het holst van de nacht een spraakmemo stuurt over wat zelfcompassie precies inhoudt.'

'Spraakmemo over wat zelfcompassie precies inhoudt,' bauw ik hem met een zeurderig stemmetje na. 'Zes uur 's ochtends vind ik nou niet bepaald het holst van de nacht, Bo. En je weet dat ik het prettig vind om een klankbord te hebben. Trouwens, als ik het me goed herinner, begon ik elke spraakmemo met de woorden "je hoeft hier nu niet op te reageren, maar...". Of ben je dat soms vergeten, voor het gemak?'

Boaz grijnst en pakt zijn mok weer op. 'Totaal geen herinnering aan. Vreemd is dat, vind je ook niet?'

Er valt een stilte terwijl ik nog een hap van mijn taart neem. Het is meer dan ik op kan, dus ik laat de laatste hap liggen en schuif mijn schoteltje iets van me af.

'Ik kan je hulp eigenlijk wel gebruiken bij de opnames,' zeg ik dan.

Mijn broer verplaatst zijn aandacht terug van de ruisende bomen buiten naar mij en er verschijnt een sceptische frons op zijn voorhoofd. 'Als hulpeloze, huilende cliënt zeker. Ik heb grenzen, hè? Ik neem mijn werk heel serieus.'

Ik tuit mijn lippen en knik langzaam. 'Hm-hm. Was je vorige week niet nog een doorgedraaide advocaat die dreigde de stadswacht iets aan te doen vanwege een parkeerboete? En de week daarvoor een klant van een televisie-installateur die pissig werd omdat hij de Formule 1 niet kon zien als ze niet als de wiedeweerga die tv aansloten? O, en die keer dat je in een inrichting zat en je die tafel omgooide, die bijna op de enkel van de hulpverlener kwam!'

'Het leven van een trainingsacteur,' zegt mijn broer onbewogen. 'Maar een doorgedraaide advocaat is iets anders dan een huilende cliënt. Op camera.'

'Ik heb geen huilende cliënt nodig,' stel ik hem gerust. 'We hebben wat B-roll nodig. Gewoon een paar shots waarin ik tegenover iemand zit of wat uitleg over het cursusmateriaal dat cursisten thuisgestuurd krijgen. Geen tekst, in principe ben je ook alleen maar vanaf de achterkant in beeld en ik zou het ook zonder kunnen doen, maar het staat net wat leuker om wat beelden af te wisselen terwijl je mij nog door hoort praten. En ik betaal je ervoor,' voeg ik eraan toe.

Boaz prikt de laatste hap taart die nog op mijn schoteltje ligt aan zijn gebaksvorkje en wijst ermee in mijn richting. 'In dat geval...'

In mijn praktijk zit ik dagelijks tegenover mensen bij wie de sleur in de relatie heeft toegeslagen. Het vervelende is: vaak zie je dat niet eens gebeuren. Sleur is de sluipmoordenaar van elke relatie. Maar er is een eenvoudige manier om de sleur te doorbreken. Mijn geheim? Maak van gewone, dagelijkse momenten móóie momenten. Neem even de tijd voor elkaar. Geen haastige kus op de wang vlak voordat jullie allebei naar je werk vertrekken, maar een innige omhelzing of een zoen!

Uit: Gastcolumn voor Flow Magazine, *vier jaar geleden*

3

Ik ben een ochtendmens. Altijd al geweest, maar sinds ik tien jaar geleden mijn bedrijf startte al helemaal. Het is nou eenmaal wetenschappelijk bewezen dat we 's ochtends het meest gefocust zijn, omdat we dan niet al een hele dag vol indrukken achter de rug hebben. Dus gebruik ik de ochtend optimaal en krijg ik mijn belangrijkste werk vaak al voor de lunch gedaan. Heerlijk. Ik heb nog nooit een marathon gelopen, maar ik beeld me in dat het daarmee te vergelijken valt. Het voelt alsof ik de eerste meters al gehad heb, terwijl de rest nog rek- en strekoefeningen doet bij de start.

Dus sta ik om vijf uur op. Altijd, elke ochtend. Ja, óók in het weekend.

Mijn wekker is geen klassieke wekker met gepiep of een buzzer, want als ik die zou zetten, zou Lammert ook wakker worden. Daarom draag ik elke nacht een afgeslankte versie van een smartwatch. Ik geloof niet echt in smartwatches in de zin van dat je er je berichten, e-mails en oproepen op ziet binnenkomen, maar deze smartwatch is een wekker en *sleep tracker* in één. Elke ochtend word ik wakker van trillingen op mijn pols en krijg ik 'de kwaliteit van mijn afgelopen nachtrust' te zien. Ik snooze nooit; snoozen staat naar mijn idee voor een gebrek aan wilskracht om meteen aan de dag te beginnen.

Dus sta ik ook vandaag, twee dagen na Lammerts 'ik wil scheiden'-bom, om één over vijf naast het bed. Terwijl Lammert ongestoord doorslaapt, sluip ik de slaapkamer uit. Onderweg gris ik mijn Lululemon-sportset mee die ik gisteravond al heb klaargelegd en in de badkamer gooi ik wat koud water in mijn gezicht. Dan ga ik de trap af, de hal door naar de keuken.

Ons huis is wat ze noemen een heuse stadsvilla. Het was vroeger van een huisarts met een praktijk aan huis. Daardoor had het redelijk veel kamers: in het midden van de woning bevond zich de hal, aan de ene kant van het huis zaten de wachtkamer en de spreekkamer en aan de andere kant de woonkamer en de keuken. Toen wij het huis kochten, hebben we op de benedenverdieping vrijwel alle wanden laten verwijderen. Je komt nog steeds binnen in de hal met de trap naar boven, maar daaromheen liggen van bovenaf gezien in een grote U-vorm de woonkamer, keuken en eetkamer. Onze keuken ligt in het midden aan de achterkant van het huis, waardoor die de woon- en eetkamer met elkaar verbindt.

Ik pak een glas water en zet het zachte licht van de tuinverlichting aan, zodat ik onze diepe achtertuin in kan kijken. Hier wonen is magisch.

Ik zie de ochtenddauw als kleine knikkers op het gras liggen en kan niet wachten tot ik naar buiten stap. Het is slechts een paar graden boven nul, maar dat deert me niet. De ochtend is van mij.

Elke dag snelwandel ik een halfuur door de wijk. Ik doe niet aan hardlopen; dat vind ik onzinnig en een onnodige belasting voor je gewrichten. Maar wandelen gaat me te traag en ik heb nou eenmaal geen uren de tijd voor sport, dus ik heb het beste alternatief gevonden: snelwandelen. In een lekker hoog tempo loop ik door de wijk, altijd dezelfde route. Ik stap de voordeur uit, sla rechtsaf, loop de straat uit en ga dan weer rechts zodat ik op een onverharde weg uitkom. Daar kom ik langs een eendenvijver waar op dit tijdstip van de dag zelfs de eenden nog slaperig in het water dobberen, pak ik een klein stukje van het bos aan de rand van de stad mee en loop ik via de wijk weer terug. Ik heb altijd mijn draadloze oordopjes in en afhankelijk van welk seizoen het is luister ik *true crime*-podcasts of zelfhulpboeken. True crime luister ik alleen in de zomer; als het 's winters nog donker is terwijl ik mijn rondje doe, is het niet zo'n goed idee om te luisteren naar waargebeurde verhalen over moordenaars en ontvoeringen.

Na exact een halfuur ben ik weer thuis. Ik pak een tweede glas water, neem een snelle, koude douche en werk een krappe drie kwartier in mijn thuiskantoor voordat de rest van het gezin wakker wordt.

Ik begin nooit met mijn mail. Als ik dat zou doen, ben ik namelijk eerst bezig in de behoefte van anderen te voorzien in plaats van zelf te prioriteren. Dat heb ik ooit gelezen in een boek over productiviteit en sinds ik dat doe, heb ik in die eerste drie kwartier al het belangrijkste deel van mijn werk gedaan. Dus bereid ik mijn cliëntgesprekken van vanmiddag voor, neem ik nog een keer de callsheet voor de shoot door en maak ik een lijstje met dingen die ik Yfke, mijn assistent, moet laten regelen. Ik betaal de rekening van Rijks tandartsbezoek, check de Instagramreacties op mijn laatste post, zoek online de open dag van een paar middelbare scholen op en noteer een drietal dagen die ik straks even ga voorleggen aan de kinderen.

Net als ik een schitterende gestippelde blouse met parelknopen heb besteld bij de Bijenkorf – ik zei toch: prioriteren – hoor ik in de kamer naast me de wekker van Eloise afgaan. Ik veeg mijn papieren bij elkaar, stop de cliëntdossiers van vanmiddag in mijn aktetas en loop met mijn tas in mijn ene en mijn lege waterglas in mijn andere hand de trap af. Tijd om ontbijt te maken.

'Goedemorgen, liefje,' zegt Lammert als hij een halfuur later de keuken binnenstapt. Hij glimlacht naar me en ik dwing mezelf om terug te glimlachen, hoewel ik hem eerder met open mond aan wil staren. Terwijl ik zo ongeveer dwangmatig *Van saai naar fraai* aan het doorspitten ben om alles op een rij te zetten waar we ons huwelijk mee gaan redden, is er aan Lammerts kant nog bijzonder weinig gebeurd. Zeg maar gerust: niets. Hij doet alsof er niks aan de hand is. Alsof er niets is gebeurd.

Waarom? Geen idee.

Ik vraag me af of het een afleidingsmanoeuvre is. Of hij dit doet in de hoop dat ik zo dadelijk toch zeg 'misschien is het beter zo', en dat hij dan *the bigger man* kan spelen die zich neerlegt bij 'mijn' beslissing. Tegelijkertijd weet ik heus wel dat ons actieplan van mij moet komen, aangezien het… mijn plan is.

Een van mijn beste tips uit *Van saai naar fraai* staat in hoofdstuk 7, 'De verbinding terugvinden':

Maak eens écht weer tijd voor elkaar vrij door een activiteit voor jullie tweeën te plannen. Dat hoeft niet per se iets nieuws te zijn: juist iets ondernemen wat jullie voorheen zo graag samen deden, kan ontzettend helend werken!

Prima tip, al zeg ik het zelf. Bovenaan mijn Red Ons Huwelijk-lijstje staat dan ook: het inplannen van een ouderwetse *date night.*

Ik leun een beetje ongemakkelijk tegen het aanrecht. 'Zullen we binnenkort naar de film?'

Lammert pakt een van de sneetjes brood die ik heb geroosterd en besmeert het met jam. 'Film?' vraagt hij, zonder op te kijken.

'Ja, of het theater of zo. Gewoon, iets doen samen.' Ik zeg het zo onverschillig mogelijk, want ik wil natuurlijk ook niet wanhopig overkomen.

Zolang het maar niet té onverschillig is... Straks denkt Lammert dat het me niets kan schelen. Het kan me wél wat schelen. Ik wil alleen niet dat het me te veel kan schelen. Te veel is niet goed. Te weinig is niet goed, maar te veel ook niet.

Lammert kijkt op en zijn ogen vinden de mijne. 'Oké, lijkt me leuk. Goed idee. Dan liever het theater, eigenlijk. Zorg jij voor kaartjes? Volgens mij wordt *Het Zwanenmeer* binnenkort opgevoerd in de Nationale Opera. De première zal wel uitverkocht zijn, maar misschien zijn er nog kaarten voor een latere voorstelling.'

Mijn mondhoeken schieten omhoog in een paniekerige glimlach. Dat hij niet achteloos met mijn eerste idee instemt maar voor de tweede optie kiest, is goed, dat maakt hem betrokken! 'Ja, oké,' zeg ik. 'Is goed. Ik regel wel kaarten.'

Lammert glimlacht ontspannen naar me en even houdt hij mijn blik vast.

Ik heb het gevoel alsof ik zo dadelijk ter plekke in vlammen opga. Waarom is het ineens zo moeilijk om gewoon normaal met deze man te communiceren? We zijn een team. Twee handen op één buik. Of... vier? Zouden dat er niet vier moeten zijn? Twee handen zijn al die van jezelf, lijkt me. En trouwens, waarom heb je überhaupt handen op een buik? Ik neem me voor het gezegde zo dadelijk even te googelen als ik op kantoor ben, zodat ik het in elk geval weet. Je weet nooit, misschien komt het eens van pas als ik een boek zou schrijven over relaties tijdens de zwangerschap.

Lammert opent zijn mond om nog iets te zeggen, maar dan worden we onderbroken door de wervelwind die onze zoon is.

Rijk komt de keuken binnengestormd met zijn hoofd door zijn trui en één arm in één mouw. De andere arm is bezig als een mol door de andere mouw te kruipen, die binnenstebuiten zit.

'Mam, ik moet een nieuwe hoodie van mijn trainingspak.' Zijn gefriemel werpt eindelijk vruchten af en hij stevent op het aanrecht af. In één vloeiende beweging grist hij het zojuist door Lammert besmeerde stuk toast van zijn bord.

'Hé!'

'Honger!' is het antwoord.

'En ik niet?' Lammert geeft onze zoon een zachte tik tegen zijn achterhoofd en pakt een nieuwe snee geroosterd brood, die hij afgeschermd begint te besmeren met jam.

Rijk haalt zijn schouders op en ploft neer op een van de eetkamerstoelen.

'Wat is er mis met deze?' vraag ik, het toastdebacle negerend. Ik schuif een leeg bord onder Rijks neus, zodat er geen kruimels op de tafel komen.

'Hij is kapot.'

'Hoe komt dat?'

Rijk neemt een hap toast en zegt met volle mond: 'Ging per ongeluk. Ik had hem om mijn schouders geknoopt na de training, maar toen viel hij terwijl ik op de fiets zat. Toen kwam hij in mijn achterwiel en nu zit er een scheur in.'

Ik trek één wenkbrauw op en draai me om naar het koffiezetapparaat, waarmee ik mijn eerste kop koffie van de dag heb gezet. Leunend tegen het aanrecht vraag ik: 'Een scheur? Hoe heb je nou weer een scheur in je hockeytrui gekregen?'

'Niet dus.' Eloise komt de keuken binnen en zwiept haar lange, blonde haar over haar schouder. 'Hij heeft helemaal geen scheur in zijn hockeytrui. Maar hij is verliefd en wil een extra trui hebben, zodat hij die aan Fleur kan geven.' Ze pakt een stuk toast en maakt wat plagende kusgeluidjes richting haar broer, wat haar op een middelvinger komt te staan. Rijk maakt aanstalten om zijn toast naar haar te gooien, maar mijn hand schiet razendsnel omhoog en ik wijs dreigend in zijn richting.

'Waag het niet, vriend. En steek je middelvinger niet op naar je zusje. Geen middelvingers in dit huis.'

'Buitenshuis wel?' vraagt hij zoetjes.

'Buitenshuis al helemaal niet.' Ik wijs met mijn wijs- en middelvinger een paar keer afwisselend naar mijn ogen en naar hem, het typische 'ik hou je in de gaten'-gebaar.

'Ik bestel wel een nieuwe trui voor je bij de club, oké? Op één voorwaarde.'

Rijk laat zich onderuitzakken op de eetkamerstoel en gromt gefrustreerd. 'Ik hou niet van voorwaarden. Jij hebt altijd van die stomme voorwaarden.'

'Ik moet iets hebben als onderhandelingspunt,' zeg ik. 'De voorwaarde is dat je meegaat naar een open dag. Ik heb er een paar gevonden die ik met jullie wil bezoeken.'

'Een páár?' herhaalt Rijk dramatisch. Hij neemt een nieuwe hap toast en laat zich nog verder onderuitzakken op zijn stoel. Nog even en hij valt op de grond, maar ik zeg niks en schenk beheerst een scheutje melk in mijn koffie.

'Het gaat wel om je toekomst, hoor,' bijt Eloise haar broer toe. 'Dat jij nou de hele dag liever met Fleur zit te zoenen dan dat je je bezighoudt met je toekomst...'

'Ik zit niet de hele dag met Fleur te zoenen!' Rijks wangen kleuren ineens knalrood en hij gooit snel zijn halflange, blonde haar voor zijn gezicht.

Het is dat ze een jongen en een meisje zijn, maar anders zou onze tweeling eeneiig kunnen zijn. Ze zijn een kopie van mij: hetzelfde hoogblonde haar, dezelfde neus en dezelfde hoekige jukbeenderen.

Alleen hun hazelnootbruine ogen hebben ze van hun vader. Die van mij zijn gewoon blauw.

'Eentje dan,' probeer ik de boel te sussen. 'Volgende maand is er een open dag op het Geert Groote College. Daar wil ik graag met jullie naartoe. Het lijkt me de beste optie en jullie vader en ik hebben er ook op gezeten, dus dat maakt het extra speciaal.'

'Als het de beste optie is, waarom schrijven we ons dan niet gewoon meteen in?' vraagt Rijk.

'Omdat je er ook naartoe moet, sukkel,' snerpt zijn zusje hem toe. Ze opent een van de keukenlades en haalt er een pot Nutella uit. 'Omdat je niet op basis van een plaatje of het idee "dat het de beste optie is" kunt bepalen of je de komende zes jaar op een middelbare school wilt rondlopen.'

'Op een middelbare school wilt rondlopen,' zegt Rijk met een drammerig stemmetje.

Eloises vrije hand schiet omhoog, maar mijn dreigende wijsvinger in haar richting is eerder.

'Geen. Middelvingers. In dit huis.'

Rijk lacht triomfantelijk, maar hij stopt al snel als ik ook in zijn richting wijs. 'Eén schoolbezoek. Dan bestel ik die trui voor je. Deal?'

De zucht die uit mijn kind komt, zou wel veertig verjaardagskaarsjes kunnen uitblazen. 'Deal.'

4

Die zaterdag zijn Lammert, de kinderen en ik op de plek waar elk weldenkend mens nog niet dood gevonden zou willen worden: de IKEA. Om precies te zijn op de bankenafdeling, starend naar een KLIPPAN-bank – die, zo blijkt, in meer kleuren te koop is dan de gemiddelde Uniqlo-trui. Nu de kinderen volgend jaar naar de middelbare school gaan, is het tijd om hun kamers om te toveren tot echte tienerkamers. Eigenlijk zouden we dat pas in de zomervakantie doen, maar ik heb het naar voren gehaald als 'leuk familieproject'. Punt twee op het Red Ons Huwelijk-lijstje.

Heeft een tienerkamer een bank nodig? Nee, maar het staat wel gezellig – en de ruimte is er toch. Heb ik de kinderen gebruikt om Lammert ervan te overtuigen zijn werk te laten voor wat het is en de rest van de middag vrij te nemen? Misschien. Tegen hen zegt hij nooit nee, dus na een paar smekende woorden van onze dochter en een paar 'ah, kom op, pap!'-uitroepen van onze zoon gaf hij toe en zijn we naar de meubelgigant gereden.

Veruit de meeste relatiecrisissen ontstaan vanuit een onvervulde behoefte: het gebrek aan seks, waardering, erkenning, 'gezien worden', enzovoorts. Met Lammerts 'droge gespreksstofrivier' nog vers in het achterhoofd is het dus een goed idee om een gezellige, leuke middag met het gezin te organiseren. Dat biedt namelijk de mogelijkheid om Lammert te erkennen als Beste Vader Ooit – wat hij ook echt is, dus dat scheelt – én mezelf op de kaart te zetten als Moeder Van Het Jaar. Lammert wil een gezellig gezinsleven waarin het niet constant draait om werk? Dan kan hij het krijgen ook.

Ik kijk peinzend naar de bank en vraag: 'Wat vind je van rood, lieverd?'

'Rood?!' roept Rijk. Hij trekt zijn neus op, alsof hij iets vies ruikt. 'Ik wil helemaal geen rood. Elo houdt van rood, ik háát rood. Dat weet je toch? Rood is stom.' Zijn haar beweegt mee bij het heftige nee-schudden van zijn hoofd.

Eloise gooit haar vlecht over haar schouder en steekt haar tong uit naar haar broer. 'Je bent zelf stom. Rood is de mooiste kleur die er bestaat en iedereen die dat niet ziet, is hartstikke dom.'

'Ik vind jóú stom!' werpt Rijk in haar richting.

Ik sta energie te verzamelen om de ruzie te sussen, als plotseling het intro van *Gooische Vrouwen* door de meubelzaak schalt. Een paar tellen kijk ik verbaasd om me heen, tot ik besef dat het uit mijn handtas komt en Rijk me met zo'n grijns aan staat te kijken dat het niet anders kan dan dat dit een van zijn grapjes is.

'Vind je het wat, mam? Oom Boaz zei dat die serie hem altijd doet denken aan jou. Hij noemde een van die vrouwen, maar ik weet niet meer wie dat –'

'Ik vind het geweldig, lieverd,' kap ik hem af. 'Help me herinneren dat ik oom Boaz zeg dat hij dit soort dingen niet meer aan jou moet vertellen, goed? En dat ik de toegangscode van mijn telefoon straks even verander. Alweer.' Ik draai me om om naar een rustiger hoekje van de winkel te lopen – een overduidelijk kansloze missie in deze tienduizenden vierkante meters chaos. In mijn draai zie ik nog net een uitdrukking op Lammerts gezicht die voor de ene helft teleurstelling en voor de andere helft frustratie uitstraalt.

'Claudette Verheyen-van Raasveld,' klinkt het al in mijn oor voordat ik goed en wel heb opgenomen. 'Heb je wel gezien dat je alweer twee weken in De Bestseller 60 staat? Twéé weken nu. En dan niet ergens onderaan, maar gewoon in de top tien! Met een boek dat al een jaar uit is! Nu de pre-ordercampagne van je nieuwe boek zo lekker loopt, kopen mensen *Van saai naar fraai* bij de vléét. Ik weet zeker dat ze straks met de cursus erbij allebei weken in de lijst zullen staan. Twintig weken, op zijn minst. Twintig zeg ik je!'

Ik pers een glimlach op mijn gezicht en zeg: 'Hoi, Ellie. Dat wist ik niet, maar bedankt dat jij dat soort dingen voor me in de gaten houdt.'

'Daar ben ik je literair agent voor!' tettert ze enthousiast. 'Zeg, waar ben jij ergens? In een zwembad, of zo? Een scoutinggebouw? Je klinkt alsof er hordes kinderen om je heen rennen.'

'Zoiets,' zeg ik. 'Ik sta in de IKEA.'

Het blijft een paar tellen stil. Dan vraagt ze zacht: 'Vrijwillig?'

Ik schiet in de lach. 'Ja, vrijwillig. De kamers van de kinderen worden echte tienerkamers en het was de bedoeling dat in de zomervakantie te doen, maar lang verhaal kort: we doen het nu. Dus we zijn gezellig met zijn vieren een bank, een nieuw bed, een bureau en een paar honderd woonaccessoires aan het uitzoeken. En we zijn pas bij de bank, kun je nagaan.'

Ellie stoot een afkeurend geluid uit en klakt met haar tong. 'Voordat ik ooit één stap bij de IKEA binnen zou zetten... Je zou me er met een hooivork naar binnen moeten jagen.'

Ik loop een compleet in aardetinten ingerichte woonkamer binnen en check mijn haar in de spiegel die naast de bank hangt. 'El, bel je me om te vragen wat ik aan het doen ben? Het is zaterdag en op zich heb ik niet voor niets een assistent.'

'Een bestsellerauteur zit nooit stil, Claudette,' berispt Ellie me. 'Snap dat nou eens! Ik bel je om te laten weten dat je de laatste versie van het manuscript in je inbox hebt. Je kunt er voor de laatste keer doorheen lopen voordat het officieel naar de drukker gaat. En ik bel je ook om te vragen hoe het met de derde telg van de familie staat, aangezien je tot nu toe nog niet hebt geantwoord op mijn mailtjes daarover. Je weet dat ik Yfke een ontzettend lieve meid vind, maar daar kan ik het met haar natuurlijk niet over hebben. Zij is niet degene met de gouden pen. Dat ben jij! Dus vertel: hoe heet de volgende knaller? "Vijftig tips voor een goed huwelijk"? "Honderd dingen om samen te doen voordat je doodgaat"? "Zo behoud je je seksleven na het krijgen van kinderen"? Ik durf te wedden dat je daar ontzéttend veel goede tips voor hebt.'

Terwijl Ellie doorratelt over een derde boek, dwalen mijn gedachten af.

Ze zou eens moeten weten.

Meteen schud ik mijn hoofd. Ellie hoeft helemaal niets te weten. Lammert en ik werken aan onze problemen. Misschien dat ik een hotelovernachting kan boeken als we naar het theater gaan...

'Hallo? Luister je wel?'

'Ja,' lieg ik. 'Nieuw boek. Dat vroeg je toch?'

'*Yes*. Dus, wat heb je voor me?'

Ik vis een in plastic verpakte set onderzetters uit een grote metalen bak die langs het wandelpad staat en kijk er een beetje wazig naar. 'Niks,' zeg ik.

'Níks?' echoot ze. 'Hoe bedoel je, "niks"? Je gaat toch zeker wel alvast wat reclame voor je derde boek in je nieuwe cursus stoppen?'

Bij de KLIPPAN zie ik Rijk en Eloise elkaar in de haren vliegen, waarna Lammert ze uit elkaar plukt en elk aan één kant van de bank parkeert.

Eloise zwiept wederom haar vlecht over haar schouder en zegt iets tegen Rijk wat ik niet kan verstaan.

Rijk slaat zijn armen over elkaar en sneert iets terug, waardoor zijn zusje alweer op het punt staat om op te vliegen, maar Lammert wijst zo dreigend in haar richting dat ik er hier nog kippenvel van krijg.

'Ik weet het niet, El,' zeg ik, terwijl ik de set onderzetters terug in de bak gooi. 'Misschien moet ik me eerst alleen op het tweede boek en de signeertour richten. Is het niet verwarrend om al een derde boek aan te kondigen?'

Ellie stoot een ongelovig lachje uit. 'Natuurlijk niet! Je moet het ook nog schrijven en zo, hè? Voordat dat hele proces rond is, zijn we zo een halfjaar tot een jaar verder. En het is alleen maar aankondigen. Mensen alvast een beetje lekker maken dat er meer aan zit te komen.' Ze is even stil. Dan vraagt ze op een zachtere toon: 'Gaat het wel goed met je? Ik probeer je de hele week al te bereiken en je reageert nergens op. Je had wel duizend ideeën toen ik zei dat ik graag een tweede boek van je zou willen en nu kom je met "niks". Dat is niets voor jou.'

'Ja, natuurlijk gaat het goed,' antwoord ik. Mijn ademhaling schiet in stand 'sprintje voor de trein' en mijn hart gaat tekeer alsof iemand net uit het keukenkastje naast me is gesprongen en keihard 'boe!' heeft geroepen.

Ik sluit mijn ogen, probeer de chaos zo veel mogelijk buiten te sluiten en richt me op het onder controle krijgen van mijn ademhaling. Ik hoef geen advies. Als ik Ellie ga vertellen dat haar bestverkopende auteur voor het behoud van haar relatie aan het vechten is, gaat ze zich er vast mee bemoeien en 'goede tips' geven. Alsof ik tips nodig heb. Ik heb mijn eigen tips, meer hoef ik niet.

'Ik was, eh... gewoon even druk,' zeg ik uiteindelijk.

'Hm,' zegt Ellie, hoewel ze net zo goed 'ik geloof er geen reet van!' in mijn oor had kunnen toeteren. Gelukkig laat ze het rusten en schakelt ze over op een ander onderwerp. 'Nou, ik ben blij om te horen dat je nog leeft en ik zal je nu met rust laten, goed?'

'Prima. Bedankt, El, voor je belletje. Ik ga weer verder met –'

'Maar ik verwacht natuurlijk wel zo snel mogelijk een nieuw boekidee in mijn inbox,' walst ze over mijn wanhopige poging om op te hangen heen. 'We moeten gebruikmaken van de aandachtsgolf die we creëren met de cursus en de boektour. Momentum, weet je wel? Mensen alvast prikkelen. Dat ze denken: ja, ik wil dit boek en ik kijk óók al uit naar het volgende. Daarvoor heb ik echt je nieuwe boekidee nodig, Claudette. Laten we zeggen... Volgende week? Dat moet wel genoeg zijn, toch? Het hoeft niet uitgebreid, dat weet jij ook. Gewoon de grote lijnen. Ik heb er het volste vertrouwen in dat alles wat uit jouw vingers komt puur goud is.'

'Over twee weken?' probeer ik.

'Ook goed. Twee weken is prima. Niet meer negeren als ik je probeer te bereiken, hè?'

Ik mompel iets wat in de buurt komt van 'nee, joh, natuurlijk niet' en hang op.

Terug bij de KLIPPAN is de sfeer gedaald tot het vriespunt. Rijk en Eloise zitten nog steeds elk aan één kant van de bank en Lammert staat ernaast, met één hand in zijn zij. Met de andere masseert hij zijn neusbrug.

'Ellie,' zeg ik, mijn telefoon heen en weer wiebelend. 'Over de, eh...' Ik zie dat Lammerts onweersgezicht nog verder betrekt en klap mijn mond dicht.

Lammert maakt aanstalten om iets te zeggen, maar Eloise is hem voor.

'Mam?' piept ze. 'Ik wil helemaal niet dezelfde bank als Rijk.'

Ik moet de drang weerstaan iets in de trant van 'jullie mogen blij zijn dat je überhaupt mág kiezen' te roepen en hen aan hun oren door de geel-blauwe meubelgigant te slepen, maar diep vanbinnen weet ik dat dat geen zin heeft. De Moeder Van Het Jaar-titel win je niet door bij het minste of geringste uit je slof te schieten – iets wat ik in de voorgaande jaren misschien wat te vaak heb gedaan. Daarbij begint de tweeling langzamerhand te puberen en zijn ze steeds vaker een tikkende tijdbom die op ontploffen staat, dus ik *pick my battles*.

Ik loop op de kinderen af, laat me tussen hen neerploffen en sla mijn armen om hen heen. 'Volgens mij was dat ook het hele idee van de tienerkamermetamorfose, toch? Dat jullie zelf mogen kiezen wat je op je slaapkamer wilt.'

'Maar ik wil wél deze bank!' roept Rijk verontwaardigd. 'Mag ik deze dan wel?'

Ik trek hem dichter naar me toe en plant onder luid protest een kus in zijn haar, waarna hij meteen overdreven zijn kapsel fatsoeneert.

'Ma-ham...'

'Natuurlijk mag jij wel deze bank,' zeg ik, zijn irritatie negerend. 'Wat zeggen jullie ervan als we teruglopen naar het begin en pap en ik alleen maar met pen en papier achter jullie aan lopen, opschrijvend wat jullie graag willen hebben. Dan spreken we een budget af voor jullie allebei en als je het te bont maakt, zullen we het zeggen, maar verder is het helemaal jullie keuze.'

'Ook als ik tien kussens op mijn bank wil?' vraagt Eloise.

'Ook als je tien kussens op je bank wilt.'

'En als ik mijn tv aan de muur wil hangen?' vraagt Rijk argwanend.

'Dan hang je je tv aan de muur,' zeg ik. 'Maar dan moet je er wel rekening mee houden dat die ophangbeugel van je budget af gaat.'

'Ik hoef toch geen tien kussens op de bank,' zegt hij luchtig.

Als we opstaan om terug naar het begin van de route te lopen, vinden mijn ogen die van Lammert. Er ligt een blik in de zijne die het midden houdt tussen verbazing en bewondering.

‘U kent hem vast: de zin ‘en ze leefden nog lang en gelukkig’. Vrijwel elk sprookje eindigt ermee. Ik ga eerlijk met u zijn: het is natuurlijk een prachtig idee. Maar na de laatste punt van een ontmoetingsverhaal begint het pas. Een relatie vergt werk. Van beide partijen! Sneeuwwitje en de prins bleven echt niet zomaar bij elkaar nadat hij haar wakker had gekust. Die hebben ook momenten gehad waarop de prins graag voetbal wilde kijken en zij liever een romantische comedy opzette. Op zo’n moment draait het om compromissen: vandaag voetbal, maar dan wel morgen die romantische comedy.’

Uit: ‘Workshop voor koppels’ op het Happinez*-event, drie jaar geleden*

5

'Yfke, wil jij de drukproef voor *Houden van jezelf* nog één keer doornemen? Volgens mij zijn alle fouten eruit, maar ik heb hem nu al zo vaak onder mijn neus gehad dat ik het echt niet meer zie als er nog iets in zit.'

Ik zit achter mijn bureau en steek mijn hand met daarin de geprinte drukproef van mijn tweede boek uit naar mijn assistent.

Ze springt meteen op en neemt de bundel papieren van me aan. 'Doe ik. Wil je nog koffie? Dit was je eerste, toch?'

Ik glimlach. 'Graag, dank je wel.'

Ik drink drie koppen koffie per dag: één thuis bij het ontbijt, twee op kantoor. Altijd vóór de middag, daarna ga ik over op thee.

Yfke pakt mijn lege kopje van me aan en loopt mijn kantoor uit.

Omdat ik er niet op zit te wachten cliënten thuis te ontvangen – en het daarnaast onprofessioneel vind om een slaapkamer te gebruiken als praktijkruimte – huur ik een kantoor in de stad. Het is een lichte ruimte in een karakteristiek, monumentaal pand. Op de benedenverdieping zit een consultancybedrijf en de gehele eerste verdieping is van mij. Om privacy te hebben tijdens de sessies – en omdat het er gewoon mooier uitziet – is mijn kantoor opgedeeld in twee delen. Zodra je de trap op komt, zie je rechts Yfkes bureau, met daartegenover een witte leren bank en een glazen salontafel. Om de hoek zijn de toiletten en een piepklein keukentje te vinden. Loop je langs Yfkes bureau, dan vind je mijn kantoor achter twee met melkglasfolie beplakte deuren.

Mijn kantoor is rustig en strak ingericht. Zodra je binnenkomt, zie je meteen mijn strakke, matglazen bureau met daarachter mijn witte, leren bureaustoel. De ene wand bestaat uit hoge ramen en de andere is van boven tot onder voorzien van hoogglans witte kasten – deels dicht, deels open, zodat een grote hoeveelheid van mijn boeken kan worden uitgestald. Achterin vind je een zithoek met een okergele bank en bijpassende okergele stoelen. In het midden van de ruimte, tegenover mijn bureau, staan twee grote fauteuils – de eyecatchers van mijn kantoor. Ze zijn gestoffeerd met schitterend velours, uitgevoerd in een karakteristieke, kleurrijke bloemenprint. Die stoelen waren een van de eerste dingen die ik kocht toen ik voor dit kantoor tekende. Wat voor psycholoog ben je als je geen fatsoenlijke stoelen in je kantoor hebt staan? Bij een eigen praktijk hoort een fijne zitplek voor cliënten. Of twee zitplekken, als er toch ruimte voor is.

'We gaan overmorgen naar de drukker, toch?' vraagt Yfke als ze met twee koppen koffie mijn kantoor weer binnenloopt.

Ik neem dankbaar mijn kop koffie aan en kijk naar haar op. 'Red je dat?'

'Absoluut.' Ze geeft een kort knikje en vertrekt met haar eigen kop koffie naar haar bureau. Terwijl haar hakken op de lichte, eikenhouten vloer tikken, zegt ze: 'Over een halfuur zijn John en Sasja hier en ik heb wat e-mails voor je gemarkeerd waar ik niet uitkwam, zou je daar later vandaag nog naar willen kijken? Iets van Ellie over een nieuw boek en twee symposiumaanvragen waarvan ik niet zeker wist of ik ze kon afwijzen.'

Ze kijkt me afwachtend aan terwijl haar billen boven haar bureaustoel zweven. Pas als ik knik, klaart haar gezicht op en gaat ze zitten.

Ik ben gek op Yfke. Iets meer dan een jaar geleden heb ik haar aangenomen om mijn workload wat te verminderen en ik ben nog elke dag blij met die beslissing. Ze beheert mijn agenda, plant afspraken in met cliënten en neemt digitaal de intake bij nieuwe cliënten af. Daarnaast zorgt ze voor mijn inbox en handelt ze alle e-mails van symposia, congressen en seminars af. En dat doet ze vlekkeloos. Ze is een soort tien jaar jongere versie van mij, maar dan niet met blond maar met krullend rood haar en vuurrode in plaats van mijn *signature* poederroze lippenstift. Ze is nog beter in plannen en orde bewaren dan ik en weet precies wat ik bedoel, nog voordat ik mijn zin heb afgemaakt. Ze is nooit te laat, weet al mijn afspraken uit haar hoofd en is nooit ziek. Eigenlijk is Yfke de perfecte assistent.

Oké, ze zou iets menselijker kunnen zijn, misschien.

Yfke is zó stipt dat ze wat weg heeft van een generaal uit het leger. Het zou me niks verbazen als zij ook haar bed zo strak weet op te maken dat je er een muntstuk vanaf kunt laten stuiteren. De hoeken in een perfecte negentig graden, de lakens strakgetrokken en de kussens symmetrisch naast elkaar gelegd.

Iemand vertelde me ooit dat je bed opmaken een van de taken is die ze in het Amerikaanse leger aanleren. Het idee erachter is dat je, zodra je bent opgestaan, meteen de eerste taak al hebt vervuld. Daardoor kom je in een positieve flow en ga je gemakkelijker verder met de volgende taak. En de volgende. En de volgende.

William H. McRaven, een gepensioneerde viersterrenadmiraal van de United States Navy, sprak daarover ooit de legendarische woorden: '*If you want to change the world, start off by making your bed.*' Ik durf te wedden dat die quote ingelijst in Yfkes slaapkamer hangt – en dat het bijbehorende boek *Make your bed: A Daily Journal* op haar nachtkastje ligt.

Ik open mijn mailprogramma en zie meteen de e-mails staan die ik moet beantwoorden. Dat is het voordeel van een assistent hebben: zij filtert de onnodige berichten eruit. De spam, de aanvragen voor een praatje op de lokale bingoclub en de makkelijke vragen van cursisten beantwoordt zij, zonder problemen. De mails die ze niet kan beantwoorden, zet ze op 'ongelezen' en markeert ze met een gekleurd vlaggetje. Oranje betekent 'sprekersaanvraag', paars is voor cursisten, blauw is voor nieuwe cliënten, groen voor bestaande cliënten en geel is voor Ellie, want die heeft haar eigen mapje nodig. *That's it.* Een kind kan de was doen.

Met mijn kop koffie in mijn hand scrol ik door de e-mails. Geroutineerd zet ik Ellies mailtje met als onderwerp 'Boekidee???' op 'gelezen' zonder daadwerkelijk de mail te hebben geopend.

Ik wéét dat ik haar iets moet mailen. Ik weet het. Het lukt me gewoon echt niet. Iets in me zegt dat ik beter eerlijk tegen haar kan zijn, zeker als ik haar wil houden als mijn literair agent. Mijn moeder zei altijd: 'Al is de leugen nog zo snel, de waarheid achterhaalt haar wel.' Nu heb ik vooral iets verzwegen voor Ellie, maar is dat niet minstens zo erg?

Met een zucht zet ik mijn lege koffiekop weg, die op miraculeuze wijze leeg is gegaan zonder dat ik het heb gemerkt. Ik zou echt meer mindful mijn koffie moeten drinken, want op deze manier giet ik het achterover zonder er daadwerkelijk van te genieten.

Ik zoek mijn standaard 'bedankt voor je aanvraag, maar nee'-reactie voor de sprekersaanvragen op en stuur die als antwoord op de e-mails die Yfke open heeft gelaten. We hebben de afspraak dat ze events met meer dan duizend bezoekers altijd even aan me voorlegt, maar ik zou haar net zo goed kunnen instrueren overal 'nee' op te zeggen. Ik heb er simpelweg geen tijd voor nu. Met de boektour in het vooruitzicht is mijn agenda voor de komende maanden al bomvol, en met het plan om te werken aan ons huwelijk erbij is er niet bepaald ruimte over voor iets nieuws.

Als ik alle openstaande e-mails heb beantwoord, laat ik mijn vingers rusten op het toetsenbord en ik kijk naar het gele vlaggetje op het scherm. Ik moet gewoon eerlijk zijn tegen Ellie. Het valt vast mee hoe ze reageert als ik zeg waar ik mee zit. Heus, Ellie is geen monster. Ze is alleen… vasthoudend. En voor een vrouw van één meter tweeënvijftig is ze ook nog eens bijzonder angstaanjagend.

Ik leun naar achteren, staar uit het raam en zie Ellies ontembare bruine krullen voor me, die altijd als leeuwenmanen om haar hoofd dansen. Ze lijkt klein en onschuldig, maar ze kan zich als een pitbull ergens in vastbijten en pas loslaten als ze haar zin heeft. Dat betekent ook dat als ik nu niet tegen haar zeg wat er aan de hand is, ze me waarschijnlijk blijft mailen en bellen tot ik antwoord.

Ik zucht nog een keer, recht mijn rug en leg mijn vingers weer op het toetsenbord.

Hoi Ellie,
Er is iets wat je moet weten.

Nee, veel te heftig. Dit klinkt alsof ik van plan ben om morgen naar het einde van de wereld te verhuizen en mijn carrière aan de wilgen wil hangen. Of erger.

Ik hou de backspace-knop ingedrukt tot mijn woorden zijn verdwenen.

Poging twee.

Ha die Ellie,
Weet je nog dat je me aan de telefoon vroeg of er iets met me aan de hand was? Nou, ik zei van niet, maar eigenlijk...

Ook niet. 'Ha die Ellie', serieus? Zo praat ik nooit tegen haar! Ik selecteer de tekst en druk in één keer op delete.

Poging drie.

Beste Ellie,

Allemachtig. Ik duw mijn toetsenbord van me af, zet mijn ellebogen op mijn bureau en laat mijn hoofd in mijn handen zakken. 'Kom op, Claudette,' bijt ik mezelf toe.

'Zei je iets?' vraagt Yfke vanachter haar bureau.

'Nee, hoor,' zeg ik snel. Ik doe mijn best zo beheerst mogelijk te glimlachen.

Yfke zet een streepje voor de zin waar ze gebleven is en houdt haar hoofd een beetje schuin als ze naar me opkijkt. Haar haar zit bijeengebonden in een losse knot en er valt één pluk voor haar ogen. Gedachteloos stopt ze de lok achter haar oor. 'Is alles in orde?' vraagt ze. 'Je kijkt zo... moeilijk.'

Ineens bedenk ik dat ik nooit een andere assistent zou kunnen vinden die zo militaristisch is ingesteld als Yfke. Zodra ik Yfke vraag om iets te doen, doet ze het. En goed ook. Als ik haar nu zou vragen over te werken tot ze het manuscript doorgelopen heeft, zou ze meteen ja zeggen. Zou zij net als Lammert het idee hebben dat ik haar niet genoeg waardeer? Wat als ze liever bij een andere werkgever zou werken? Eigenlijk zou ik iets moeten doen om haar te bedanken. Opslag? Ik heb haar onlangs nog opslag gegeven, dus misschien kan ik beter iets anders verzinnen... Maar wat?

'Claudette?' Yfkes grote, blauwe ogen kijken me nog altijd bezorgd aan.

'Ja, hoor,' zeg ik. 'Ik, eh... Dank je wel.'

Ze fronst. 'Voor wat?'

'Dat je, eh... Dat je het manuscript doorneemt.'

De verwarde frons op haar gezicht maakt plaats voor een geruststellende glimlach. 'Ja, natuurlijk. Dat vroeg je toch?'

Ik schuif zo nonchalant mogelijk een stapel papieren bij elkaar op mijn bureau. 'Ja. Dat is ook zo. Ik wilde je er alleen even voor bedanken.'

'Nou, graag gedaan.' Ze wijst naar het manuscript op haar bureau. 'Zal ik dan nu weer verder gaan?'

'Ja. Ja, dat is goed,' zeg ik.

Als Yfke weer in haar werk is gedoken, klik ik mijn e-mail naar Ellie weer aan. Ik sluit mijn mailprogramma af, kies voor 'concept niet opslaan' en laat me met een onhoorbare zucht achteruit in mijn stoel vallen. Ik moet mijn zelfverzekerde ik terugvinden. Die vind ik niet als ik stotterend mijn assistent bedank voor het feit dat ze gewoon haar werk doet, en die vind ik al helemaal niet als ik mijn literair agent betrek bij de hobbels in mijn privéleven. Privé is niet voor niets privé. Hier heeft niemand iets mee te maken, behalve Lammert en ik.

6

Mijn lievelingskleur is okergeel. Het is zonnig, gezellig en sprankelend, zonder te veel te zijn. Niet dat te veel fout is, maar 'gewoon' geel is... fel. Vrolijk. Jong. Iets té jong, vind ik. Op je vijfendertigste hoor je geen felgeel meer te dragen. Misschien zelfs na je vijftiende al niet meer.

Okergeel daarentegen is de perfecte kleur. Verfijnd, nog steeds zonnig maar toch ook netjes. Okergeel is fris en warm tegelijk. Ik word nog elke dag vrolijk van mijn okergele gordijnen en de okergele zithoek in mijn kantoor. Lammert en ik hebben zelfs een okergeel dekbedovertrek, mét bijpassende sprei.

Rood is ook mooi, maar dat is niet bepaald een kleur om overal in je leven te gebruiken. Een rode jurk? Schitterend. Rode accessoires? Absoluut. Een rode bank, die je met enig gevloek en getier samen met je partner de trap op naar de slaapkamer van je dochter tilt? Leuk! Rode muren in diezelfde slaapkamer? Dat wordt misschien een béétje te veel van het goede. En vooral iets uit een wereldwijd bekende BDSM-roman die ik liever niet associeer met mijn elfjarige dochter.

De meubels konden uiteraard niet allemaal in de auto mee, dus hebben we in de winkel een bezorger geregeld. Sinds gisteren staan er tien dozen bovenaan de trap én twee IKEA-banken in de slaapkamers van de kinderen. En aangezien bij een nieuwe tienerkamer uiteraard ook een nieuw kleurtje op de muur hoort, staan we nu voor het verfschap in de bouwmarkt.

'Je kunt niet alle muren van je slaapkamer rood maken, liefje,' zeg ik.

Eloise slaat haar armen verdedigend over elkaar. 'Hoezo niet? Jij zei dat we het allemaal zelf mochten bepalen. Rijk heeft alles blauw, waarom mag ik dan niet alles rood?'

'Omdat het dan net is alsof je gaat stierenvechten in je kamer,' zegt Rijk nuchter. 'En dat is stom. Mama is bang dat je dan de hele tijd boos op de wereld bent. Rood is de kleur van boosheid. Toch, mam?'

Mijn ogen flitsen naar Lammert, maar die staat verderop in het gangpad een pot krijtverf te bestuderen. Ik haat het dat ik continu wil checken wat hij ergens van vindt, of hij er akkoord mee gaat dat ik bepaalde dingen tegen de kinderen zeg en dat ik voortdurend wil weten of het goed zit tussen ons. Dat zit het niet, anders wilde hij niet scheiden. Dat weet ik ook wel. Maar dat het weer goed moet wórden, daar gaat het om.

Sinds ik bij Boaz aan de keukentafel mijn plan uit de doeken deed, zingen zijn woorden rond in mijn hoofd: 'Ik zie Lammert nou niet bepaald op een chaise longue liggen, omhoogkijkend naar het plafond terwijl hij zijn hart uitstort.' Dat is precies het probleem. Lammert is geen prater, maar dat moet hij wel worden. Ik ben relatietherapeut. Praten met mensen is mijn werk, dus met mijn eigen partner is het al helemaal van belang dat ik het gesprek aanga.

'Weet je wat,' zeg ik, mijn ogen nog steeds op Lammert gericht. 'Wat nou als we voor rode accenten gaan? Je hebt al een rode bank, dan doen we één rode muur en verder bijvoorbeeld...' Ik pak het rode verfblik dat Eloise vast heeft uit haar hand en zoek in het schap de kleur die ik bedoel. 'Lichtroze?'

Mijn dochter grist ademloos het blik uit mijn handen, maar Lammert kijkt plotseling naar me op. 'Past dat wel bij elkaar?'

Ik knik heftig en haal mijn telefoon tevoorschijn. 'Ja, natuurlijk, anders zou ik het toch niet zeggen? Ik volg een interieurstylist op Instagram en zij zei dat rood en lichtroze júíst perfect met elkaar te combineren zijn. Lichtroze is gewoon een lichtere tint van rood.' Met een paar tikken op het scherm tover ik het Instagramaccount tevoorschijn, maar Lammert kijkt niet eens naar de foto die ik hem laat zien.

'Oké,' zegt hij. 'Nou, prima dan.'

Rijk rolt met zijn ogen en draait zich naar Lammert. 'Kunnen we dan nu gaan? Het ruikt hier naar rubber.'

'We hebben alleen nog wat verfrollers en verfbakken nodig, anders moeten we de verf zo tegen de muur aan gooien,' zegt Lammert.

In mijn ooghoek zie ik dat Rijk begint te glunderen, maar ik stop mijn telefoon weg en wijs in zijn richting. 'Waag het niet, knul.'

Zijn betrapte grijns verraadt precies wat voor opmerking hij wilde maken. Met zijn verfblikken dicht tegen zich aan geklemd volgt hij zijn zus op weg naar de kassa's.

Eenmaal thuis splitsen we ons op in teams van twee: Lammert en Eloise gaan aan de slag in haar kamer, Rijk en ik in die van hem. Vanmiddag, als de kinderen naar een extra hockeytraining zijn, storten Lammert en ik ons op de bureaus en ladekasten, maar nu is het eerst zaak dat alles netjes wordt afgeplakt en afgedekt.

Als ik boven op een wiebelige ladder sta om het laatste hoekje langs het plafond te voorzien van schilderstape, stopt Rijk onderaan de ladder met het beplakken van de plint. 'Mam?'

'Ja, lieverd? Zo strak mogelijk langs de kant, maar niet zó strak dat het op de muur zit.' Ik kijk naar beneden en stuit op een hevig gedesoriënteerd tienergezicht. 'De tape,' verduidelijk ik. 'Tot nu toe gaat het goed, toch? De rest van de plint heb je goed gedaan, wat ik hiervandaan kan zien.'

'Dat wilde ik niet vragen.'

'O.' Ik plak het laatste randje vast en daal de ladder af. 'Wat is er dan?'

Hij frunnikt aan de rand van het afdekplastic en ik buig me voorover om zijn blik te vangen.

'Hé, wat is er aan de hand?'

Geen reactie.

Ik ga op de onderste trede van de ladder zitten en zet mijn elleboog op mijn knie, mijn kin rustend in mijn hand.

Net als ik denk dat ik opnieuw moet vragen wat er is, vraagt Rijk: 'Gaan jullie scheiden?'

Mijn kin schiet uit mijn hand en mijn wenkbrauwen vliegen abrupt omhoog. Ik heb het in één klap bloedheet en trek in een reflex aan de kraag van mijn blouse, die ineens veel te strak lijkt te zitten. 'Hoe, eh...'

'Bastiaans ouders gaan scheiden, omdat ze al heel lang geen leuke dingen meer hebben gedaan samen en niet meer van elkaar houden. En ik zie jou en pap ook nooit leuke dingen doen samen. Wel met ons, maar jullie gaan nooit met zijn tweeën naar de bioscoop, of zo. Jij bent altijd aan het werk en pap is altijd in een van de hotels, en als jullie niet aan het werk zijn, zijn jullie bezig met dingen bedenken voor je werk. Zoals jij, dat je in de IKEA wordt gebeld door je uitgever, weet je wel? Dus ik dacht: misschien dat jullie dan ook gaan scheiden, want heel anders dan de ouders van Bas is dat niet.'

Ik knipper traag met mijn ogen bij het horen van Rijks woorden. Ellie is mijn literair agent, maar misschien is nu niet het juiste moment om dat verschil uit te leggen. 'Ik, eh... Welnee, lieverd,' zeg ik daarom. 'Hoe kom je daar nou bij? Je vader en ik gaan absoluut niet scheiden. Maak je daar maar geen zorgen om.'

Als de prepuber die hij is, haalt Rijk nonchalant zijn schouders op. 'Oké.'

Oké. Dat is het. Alsof het niets is. Alsof hij niet zojuist tegen zijn moeder heeft gezegd dat het idee van zijn vader om te scheiden niet uit de lucht kwam vallen, maar best begrijpelijk was. Ben ik echt de enige in dit huis die dit niet heeft gezien? Niet heeft zien aankomen? Niet door heeft gehad? Niet... heeft willen zien?

Terwijl Rijk zich op het afplakken van het laatste stukje plint richt, sta ik op van de ladder en strompel zijn kamer uit. In de badkamer draai ik de deur achter me op slot en laat ik koud water over mijn polsen lopen. Mijn hart probeert zich een weg uit mijn borstkas te vechten, mijn ogen prikken en mijn keel voelt hetzelfde als wanneer ik een van mijn zijden sjaaltjes er per ongeluk te strak omheen heb geknoopt.

Bij het dichtdraaien van de kraan schittert de witgouden armband die ik van Lammert heb gekregen me tegemoet door de waterdruppels die erop blijven liggen. Het was een cadeau voor ons tienjarig samenzijn. We waren midden twintig, de tweeling was amper twee jaar oud en we beloofden elkaar nooit uit het oog te verliezen. 'Dat overkomt ons niet,' zeiden we. Wie gaat er nou uit elkaar omdat ze niet genoeg tijd voor elkaar hebben? Ja, mijn ouders. Maar dat huwelijk was vanaf dag één al gedoemd te mislukken. Ons huwelijk daarentegen is sterk. Als een huis met betonnen fundering. Gewapend beton, welteverstaan. Beter krijg je het niet.

We zijn al samen sinds onze tienertijd. Lammert is wat ze noemen mijn jeugdliefde – en ik die van hem. Mijn eerste échte liefde. Mijn enige liefde, welteverstaan. Wij hebben alles doorstaan en waar sommige stellen in hun adolescentiejaren uit elkaar groeien, groeiden wij juist naar elkaar toe.

Ik strijk met mijn duim de druppels weg en voel hoe een golf van frustratie me overspoelt. Ons huwelijk staat als een huis, en tóch zegt hij dat het van hem niet meer hoeft. Wie denkt hij wel niet dat hij is? Als een raampje stuk is, sloop je toch niet meteen het hele huis? Dan bel je een glaszetter. Ik ben onze glaszetter. Ik ben degene die binnen een uur ter plaatse is met een HR++-raam onder haar arm en het vervolgens razendsnel heeft geïnstalleerd. 'Ik wil scheiden,' hoe komt hij erop? Hij gaat het me niet flikken om ons eigen raam in te gooien en al te vertrekken voordat ik een nieuwe ruit heb kunnen bestellen.

Een zacht klopje op de deur haalt me uit mijn gepeins. 'Liefje?'

Ik draai de kraan dicht en pluk een tissue uit de doos op het wastafelmeubel om de tranen die ineens over mijn wangen lopen te drogen. 'Ja?'

'De kinderen moeten zo weg. Elo vraagt waar haar hockeyschoenen liggen.'

'In de schoenenkast onder de trap, waar ze altijd liggen,' antwoord ik. Ik schraap mijn keel om de kikker die erin is geslopen eruit te halen en zoek naar mijn poederdoos om de vlekken in mijn gezicht weg te werken.

'Daar heb ik al gekeken en daar liggen ze niet,' klinkt de verontwaardigde stem van onze dochter aan de andere kant van de deur.

Ik wrijf de applicator over het samengeperste poeder. 'Heb je góéd gekeken?'

'Ja, natuurlijk heb ik góéd gekeken, mam. Ik heb toch ook ogen?'

Snel en nauwkeurig breng ik wat poeder aan op mijn gezicht en ik leg de poederdoos terug op de plek waar hij altijd ligt – in het badkamerkastje, naast mijn mascara, lippenstift en favoriete oogschaduwpalet van Lancôme. Ik laat een zucht ontsnappen, schud mijn schouders los, plak een glimlach op mijn gezicht en trek de deur open. 'Dan kijken we toch even samen, lieverd? Wie weet, misschien heb je er toch per ongeluk overheen gekeken.'

Lammert neemt me onderzoekend op als ik hem passeer op de overloop, maar ik laat hem links liggen. Dit is iets waar we het zo dadelijk over zullen hebben, als de kinderen weg zijn en er ruimte is om te praten. Alleen.

Tien minuten later zwaaien we Rijk en Eloise uit als ze op de fiets koers zetten naar de sportvereniging. Hun hockeysticks steken fier uit hun sporttassen en ze kletsen honderduit over iets wat Lammert en ik niet kunnen verstaan vanachter het woonkamerraam. De hockeyschoenen van Eloise lagen inderdaad in de schoenenkast onder de trap. Waar ze altijd liggen.

7

'Rijk vroeg of we gingen scheiden.'

Lammert en ik zitten op onze knieën de handleiding van Rijks nieuwe bureau te bestuderen. De afgelopen twee uur hebben we beiden in een andere slaapkamer gespendeerd en alle muren zijn inmiddels voorzien van de juiste kleur verf. Tot nu toe ging het goed, maar we zijn iets te overmoedig geweest met de meubels. Iedereen zegt altijd dat die plaatjes zo makkelijk te volgen zijn, maar wij zitten al een kwartier over deze papieren gebogen en mijn knieën beginnen pijn te doen. En aangezien Rijks woorden maar blijven nagalmen in mijn hoofd, leek me dit wel een 'goed moment' om erover te beginnen.

'O, ja?' is Lammerts reactie, zonder op te kijken van het papier.

'Ja,' zeg ik. 'Ik vroeg me ook af waar dat vandaan kwam, maar hij zei dat hij het van Bastiaan had. Zijn ouders gaan scheiden. Ze houden niet meer van elkaar en ze spenderen nooit tijd samen.'

Lammert kijkt nog steeds niet op van de handleiding. Zo langzamerhand begint het me te irriteren. Is Rijks bureau belangrijker dan dit gesprek?

'Dus ik vroeg hem waarom hij dat dacht,' ga ik verder. 'En toen zei hij dat wij ook nooit tijd samen spenderen.'

'Hm.'

'Hm?' Ik pers mijn lippen op elkaar en buig me voorover, in de hoop dat hij ziet dat ik graag een iets uitgebreider gesprek zou willen voeren dan dit.

Eindelijk wordt Lammerts aandacht losgerukt van de verzameling tekstloze tekeningen en kijkt hij me aan. Zijn ogen zijn leeg en het lijkt of hij nog steeds nadenkt over welk schroefje waar hoort in dat verdraaide bureau. 'Ja, hm,' zegt hij kalm. 'Ik vraag me af hoe hij daarbij komt. Ik heb het er niet over gehad met hem, als je dat soms denkt.'

Ik trek verontwaardigd mijn kin naar mijn borst. 'Dat zeg ik toch ook niet? Het intrigeerde me alleen dat hij zo'n opmerking maakte. Meer niet.'

'Oké, prima,' zegt Lammert.

Meteen weet ik dat daarmee het gesprek afgesloten is.

Regel één van de psychologie: lees je gesprekspartner. Nou ja, misschien is het niet regel één – volgens mij is dat daadwerkelijk dat je als hulpverlener nooit jezelf kunt helpen, ook al zei ik tegen Boaz van niet – maar een goede psycholoog valt of staat bij de klik die hij met de cliënt weet te realiseren. Niet elke cliënt hoeft je te mogen, maar je moet een veilige, prettige omgeving creëren waarin iemand zich welkom voelt. Dat doe je door de ander te lezen en daaruit af te leiden of het verstandig is om ergens op door te vragen of dat je deze kwestie wellicht beter op een ander moment kunt aankaarten. Lammert is natuurlijk niet mijn cliënt, maar de kern is hetzelfde: dit is niet iets waar we het nu over moeten hebben.

Ik richt me weer op het bureau, in de hoop dat we de situatie wat lichter kunnen krijgen.

'Ben je er al uit hoe het moet?' vraag ik.

'Als ik dat zou zijn, zou ik dan niet enthousiast met een schroevendraaier bezig zijn in plaats van nog steeds naar deze handleiding te staren?'

Ik sluit mijn ogen twee tellen en haal diep adem.

Niet op ingaan, niet op ingaan. Behoud de kalmte, dat is beter dan meegaan in de chaos.

Als ik mijn ogen weer open, vraag ik: 'Mag ik er eens naar kijken?'

Lammert reikt me de handleiding aan, maar voordat ik het stapeltje papieren kan aannemen, begint mijn telefoon te piepen vanwege een berichtje. En nog één. En nog één, kort achter elkaar. Het toestel ligt op de leuning van de blauwe bank en terwijl ik opsta om ernaartoe te lopen, voel ik Lammerts ogen prikken in mijn rug.

'Boaz,' zeg ik als ik een blik op het scherm werp, maar Lammert is alweer in de handleiding gedoken. Ik haal mijn schouders op en zet mijn telefoon aan mijn oor om de spraakmemo van Boaz te beluisteren.

'Zij stuurt me kaarten uit Madrid, en uit Moskou komt een brief...' zingt mijn broer in mijn oor. 'Met de prachtigste verhalen...'

Ik zucht verveeld en kijk weer op het scherm, al voordat de audio-opname is afgelopen.

Je moet hem wel helemaal afluisteren! is het tweede bericht. En daarna: Ik ken jou, waarschijnlijk doe je dat niet en sta je alweer met je ogen te rollen.

Ik klem mijn kiezen betrapt op elkaar en kijk snel naar Lammert. Die heeft inmiddels ook zijn telefoon tevoorschijn gehaald en beantwoordt met een glimlach een bericht dat bij hem is binnengekomen.

Een steek trekt door mijn onderbuik als ik de kamer uit loop – om mijn broer te bellen, maar ook om niet langer te hoeven aanzien hoe Lammert overduidelijk een binnenpretje heeft met wie er dan ook aan de andere kant van de berichten zit.

De telefoon gaat amper één keer over of ik hoor Boaz zijn keel schrapen en direct zijn gezang hervatten. 'Dan stort ze mijn hart vol... Met al het liefs... uit Londen!'

Het laatste woord rekt hij met een lange uithaal, gevolgd door een vocale impressie van het instrumentale deel na het refrein. Na een pauze die overduidelijk is ingelast voor extra dramatisch effect, vraagt hij: 'Snap je het?'

'Dat er nog steeds mensen zijn die naar Bløf luisteren? Nee.'

Mijn broer proest. 'Nee, dat bedoel ik niet! Ik ben in Londen!'

'Waarom?' vraag ik dommig.

'Waarom niet, kun je beter vragen. Al sinds gisteren, trouwens. Ik werd wakker, keek in mijn agenda, zag een compleet lege vrijdag, zaterdag en zondag en dacht: waar zal ik eens naartoe gaan? Een paar uur later zat ik in de internationale trein naar Londen. Héérlijk! Zou je ook eens moeten doen.'

Even voel ik een steek in mijn borstkas. Omdat Boaz geen kinderen of partner heeft, is er niemand met wie hij rekening hoeft te houden. Is zijn agenda leeg, dan is die ook echt leeg. Heeft hij zin om het hele weekend op de bank te liggen netflixen en er alleen af te komen voor wat snacks of een plaspauze, dan doet hij dat. Wil hij drie dagen achter elkaar pizza eten als avondeten, dan is er geen stem in zijn achterhoofd die zegt dat hij zijn kinderen iets voedzaams moet voorzetten. Hij heeft geen hockeyschoenen om te zoeken, IKEA-bureaus om in elkaar te zetten of banken om de trap op te tillen. En ook geen huwelijk dat op instorten staat.

'De volgende keer kom je gewoon met me mee,' zegt hij monter.

Ik sluit mijn ogen en druk met twee vingers tegen mijn voorhoofd. 'Bo, dat kan helemaal niet en dat weet je. Weet je wat ik nu aan het doen ben?'

'Iets voor de kinderen waarschijnlijk,' gokt hij. 'De zoveelste hockeywedstrijd, turnwedstrijd of jazzballetuitvoering waar je ze naartoe moet brengen?'

'Bijna. Ze zijn gestopt met turnen en jazzballet, maar verder heb je het aardig goed. Ze zijn naar hockeytraining. Lammert en ik staan de bureaus in elkaar te zetten die we vorige week hebben gekocht. Eerder vandaag hebben we als een normaal gezin met zijn vieren verf gehaald en hebben we de muren geverfd, maar nu is de tweeling naar hockey en staan Lammert en ik te bekvechten over een IKEA-handleiding.'

'Klinkt gezellig.'

'Vertel mij wat.' Ik veeg over de trapleuning om te controleren of er stof op ligt en wrijf mijn duim en wijsvinger tegen elkaar. 'Hoe is Londen?'

'Regenachtig. Ik had naast mijn agenda ook even het weerbericht moeten bekijken. Maar goed, dat geeft niet. Ik bel vanwege de opnames maandag. Je vroeg of ik wilde helpen, toch?'

Shit, de opnames. In alle heisa heb ik die nog niet eens voorbereid, wat betekent dat ik mezelf waarschijnlijk de rest van dit weekend opsluit in mijn kantoor om dat alsnog te doen. Op zich hebben we allang een draaiboek en weet ik ook precies wat ik wil zeggen, maar nadat ik de teksten voor de autocue heb aangeleverd en we de shotlist hebben doorgenomen, heb ik er niet meer naar gekeken.

'Dus ik vroeg me af hoe laat ik er moet zijn,' gaat Boaz verder. 'Want dan weet ik voor wanneer ik de trein terug moet boeken.'

Ik loop de gang door en stap mijn thuiskantoor binnen. De enige plek in huis waar ik me écht kan terugtrekken. Mijn domein. Hier schreef ik mijn eerste twee boeken en ploeter ik momenteel aan de opzet voor het derde. Hier overpeins ik het leven, het liefst met een groot glas merlot of een sterke bak koffie binnen handbereik – als ik er pas twee heb gehad, uiteraard. 'We beginnen om tien uur,' zeg ik. 'Maar dat zijn alleen opnames van mij. Dus op zich hoef je er niet meteen vanaf de ochtend bij te zijn.'

Uit een van de ordners in de kast pak ik het draaiboek voor maandag, en ik loop naar mijn bureau.

Mijn thuiskantoor is ongeveer hetzelfde ingericht als mijn kantoor in de stad, behalve dat ik hier geen cliënten ontvang en daarom geen twee stoelen tegenover mijn bureau nodig heb. Wel heb ik een zithoek, bestaande uit een bank en twee fauteuils, zodat ik af en toe achter mijn bureau weg kan en ergens anders kan zitten. Verder is één wand van boven tot onder voorzien van boekenkasten en aan de achterwand hangt een viertal Venetiaanse maskers die Lammert en ik kochten tijdens een rondreis door Italië. Mijn werkplek is aardig sober: ik heb een strak mahoniehouten bureau dat Boaz ooit voor me gemaakt heeft, met daarachter een klassieke Engelse bureaustoel. De stoel is van groen leer; ik heb hem gekregen van Lammert toen mijn eerste boek zo'n succes bleek. Het ding kostte een fortuin en is haast meer waard dan mijn verlovingsring. Ik vind hem vreselijk en hij zit veel minder comfortabel dan hij eruitziet, maar Lammert was er direct helemaal weg van. In zijn thuiskantoor aan de overkant van de gang staat dezelfde, zodat we 'iets hebben wat ons verbindt'. Ik snuif bij de gedachte dat hoofdstuk 2 van *Van saai naar fraai* nu juist zo op ons van toepassing is: 'Als je de verbinding met elkaar verliest'.

Met de shotlist in mijn hand laat ik me op mijn bureaustoel zakken en mijn ogen vliegen over de regels. 'Twee uur,' zeg ik in mijn telefoon. 'Is dat goed?'

'Dat moet lukken,' antwoordt Boaz resoluut. 'Ik hoopte al dat je dat zou zeggen, want morgen schijnt het wat op te klaren en ik wil een lange stadswandeling maken.'

'Nou, graag gedaan,' zeg ik. 'Ik moet weer terug, voordat Lammert denkt dat ik hem in de steek laat.'

'Precies, en laat dat nou net andersom zijn...'

'Je ziet het niet, maar ik trek een gezicht naar je, Bo.'

Een schaterlach klinkt door de telefoon en ik kan niet anders dan meelachen, zij het niet voluit.

'Ik zie je maandag, ja? Twee uur,' zeg ik. 'Niet vergeten!'

'Nee-hee. Ik zou niet dúrven.'

Zodra we hebben opgehangen, haast ik me terug naar Rijks kamer, waar Lammert vreemd genoeg ineens de helft van het bureau al in elkaar heeft zitten. Het valt me alleen direct op dat de slinger die bedoeld is om het bureau omhoog en omlaag te doen zodat je er ook staand aan kunt werken, aan de andere kant zit dan hoe het op het plaatje is afgebeeld.

'Hé, hoort deze niet andersom te zitten?' vraag ik, wijzend van de handleiding naar de slinger. Zodra de woorden over mijn lippen zijn, heb ik spijt van de vraag. Eerst erkennen, dan pas op- of aanmerkingen maken. Doe je dat niet, dan is de kans groot dat de ander zich aangevallen voelt in plaats van gezien in zijn harde werk, pijn of emoties.

Precies wat er nu met Lammert gebeurt, want hij kijkt me aan en rolt zijn ogen nog net niet zo ver naar achteren dat hij zijn brein van binnenuit kan zien.

'Ik bedoel, eh... Wat goed dat het gelukt is! Ik keek alleen maar naar de afbeelding en die zag er anders uit, en eh...'

'Rijk is linkshandig, weet je nog? Of was je dat even vergeten?'

'Natuurlijk niet,' zeg ik snel.

Lammert en Rijk zijn beiden linkshandig en er gaat geen dag voorbij of Eloise en ik worden daaraan herinnerd. Dat we nooit zullen begrijpen dat zij altijd vlekken maken tijdens het schrijven. Dat ze op elke bedrukte mok altijd naar de print kijken. Dat zelfs blikopeners gemaakt zijn voor rechtshandigen, om nog maar te zwijgen over de altijd aanwezige worsteling met notitieboeken met een spiraal.

'Natuurlijk was ik dat niet vergeten,' zeg ik. 'Sorry, Boaz zit ineens in Londen en vroeg me van alles over de draaidag maandag, dus ik was er niet echt bij met mijn hoofd toen ik net weer binnenkwam.'

'Boaz zit in Londen?' Lammert klakt afkeurend met zijn tong. 'Dat doet ook maar, hè?'

Ik staar zo intens naar de handleiding dat de kans bestaat dat er zo dadelijk brandgaten in ontstaan. 'Ik zou hetzelfde hebben gedaan als ik in zijn schoenen stond,' zeg ik vlak. 'Wat kan het jou schelen dat hij het leven leeft dat hij wil leven?'

Lammert kijkt me aan met een gezichtsuitdrukking die ik niet kan duiden. 'Mij niets, maar jou blijkbaar heel veel. Anders zou je niet zo fel reageren.'

'Ik reageer helemaal niet fel.'

'Nou, ik vind dit anders een aardig felle reactie.' Hij staat op en trekt van een rol tape een stuk los, om het bijgeleverde inbussleuteltje onder het bureau te plakken. 'Of zie ik dat verkeerd? Moet ik je nu vragen wat dit voor gevoelens bij je losmaakt, of zo?'

Mijn wenkbrauwen vliegen omhoog. 'Ik dacht dat ik na een carrière van tien jaar jou eindelijk zover had gekregen dat je mijn bedrijf serieus zou nemen. Maar blijkbaar had ik dat verkeerd, aangezien je me nu gewoon belachelijk staat te maken.'

'Ik maak je niet belachelijk. Ik zeg alleen maar dat je broer maar doet en laat waar hij zin in heeft.'

'En dat vind je vervelend,' zeg ik.

'Ja.'

'Hoe komt dat? Dat je dat vervelend vindt?'

Lammert gooit de rol tape harder dan nodig is op Rijks bank, waardoor hij terug stuitert en op de grond terechtkomt. Ik krijg niet de mogelijkheid om er wat van te zeggen, want hij briest: 'O kom op, ga je nou je therapeutengedoe op me loslaten?'

'Ja, misschien wel!' roep ik. 'Ik moet er toch ooit mee beginnen, of niet? Ik dacht dat we hadden afgesproken aan ons huwelijk te werken. Of ben je dat even vergeten?'

'Natuurlijk ben ik dat niet vergeten. Maar ik heb van jouw kant tot nu toe nog weinig zien veranderen. Als je echt zo gedreven bent om ons huwelijk te redden, dan lijkt het me dat elke dag waarop dat niet gebeurt er één te veel is.'

Ik hap naar adem. 'Pardon? Als ík zo gedreven ben om ons huwelijk te redden? Mag ik je er even aan herinneren dat een huwelijk wordt gesloten tussen twéé personen? Dat wij allebéí tegenover de ambtenaar van de burgerlijke stand stonden? En o ja, dat ik dan weliswaar degene ben die dit plan heeft geopperd, maar dat het toch echt jouw mond was die de woorden "oké, we doen het" voortbracht? We moeten dit met zijn tweeën doen, Lammert. Als ik in mijn eentje de kar moet trekken, heeft het geen zin. Maar hieruit blijkt maar weer dat je mijn expertise niet eens serieus neemt, dus ik vraag me oprecht af óf dit wel zin heeft.'

Lammert grist de taperol van de grond en slaat zijn armen over elkaar. 'Ik ook.'

'Dus?' vraag ik uitdagend. Het woord is mijn lippen nog niet over of ik heb al spijt dat ik het heb gezegd. De kans is fiftyfifty dat het antwoord hierop niet is wat ik wil horen.

Lammert zwijgt. Zijn neusvleugels verwijden een paar keer en ik zie zijn borstkas rustig op en neer gaan.

Een paar tellen staan we in stilte tegenover elkaar. Ik mezelf vervloekend om wat ik net heb gezegd, hij ogenschijnlijk de rust zelve.

'Dus niks,' zegt hij uiteindelijk vlak. 'Stond er niet een of ander hoofdstuk in je boek over wat je moet doen bij tegenslagen tijdens de wederopbouw van een relatie?'

'Hoofdstuk acht, "Gaten dichten in een zinkend schip",' murmel ik.

Hij schiet in de lach. 'Gaten dichten in een zinkend schip? Was dat ook waarom je toen zo'n zeemetafoor gebruikte? Dat "als ons huwelijk dan daadwerkelijk ten onder gaat, jij pas van deze boot stapt als we kapseizen en de boeg onder water verdwijnt", of hoe zei je dat?'

Ik voel mijn wangen kleuren en sla mijn armen ook over elkaar in de hoop wat afstand tussen ons te creëren. Misschien heb ik iets te veel nautische metaforen in mijn eerste boek gebruikt, nu ik er achteraf op terugkijk. Maar metaforen zijn zo heerlijk om een boodschap over te brengen en clichés zijn er niet voor niets: ze zijn herkenbaar, pakkend en prikkelend.

Lammert legt de tape op Rijks bureau, doet een stap in mijn richting en legt zijn handen op mijn schouders. Meteen voel ik ze een centimeter of tien zakken en ontspant mijn lichaam zich. 'Ik neem je echt wel serieus, lief. Dat soort dingen moet je niet zeggen, alsjeblieft. Je weet toch dat ik je bewonder om wat je tot nu toe hebt opgebouwd?'

'Jawel,' zeg ik zacht. Eigenlijk niet, maar als ik dat zeg, neemt hij het me waarschijnlijk kwalijk, dus hou ik me in.

Zijn handen verplaatsen zich kort van mijn schouders naar mijn armen. Met een zacht gebaar haalt hij mijn armen van elkaar en legt ze om zijn middel.

Het is stom, maar het is haast onwennig om hem vast te houden. Lammert en ik zijn niet zo fysiek – althans, niet meer. Vroeger wel, maar dan hebben we het over voordat de kinderen werden geboren. De laatste jaren blijft het bij een vluchtige kus voor het slapengaan, als we al tegelijk naar bed gaan.

Hij trekt me tegen zich aan en legt zijn kin op mijn hoofd. Lammert is een kop groter dan ik, al sinds de begindagen van onze puberverkering. 'Weet je wat het moment was waarop ik verliefd op je werd?'

Ik schud mijn hoofd onder zijn hoofd. Zijn kin drukt op mijn schedel en zijn stoppels blijven haken in mijn haar. 'Toen je op het schoolfeest van de bovenbouw weigerde om een flesje wodka naar binnen te smokkelen in je beha. Al je vriendinnen deden dat toen wel, maar jij bleef voet bij stuk houden.'

'Dat was buiten,' zeg ik verbaasd. 'Ik wist niet eens dat jij toen in de buurt was.'

Ik voel dat hij knikt. 'Dat was ik zeker. Ik denk nog heel vaak terug aan dat moment. Je was zo... zelfstandig. Anderen zouden het misschien koppig of eigenwijs noemen, maar ik vond je vooral eigenzinnig. Dat is er nooit afgegaan.'

'Hmm,' zeg ik. 'Dat is lief.'

Ik wil van alles doen. Mijn hoofd optillen en hem zoenen, hem door elkaar schudden, tegen hem schreeuwen, hem op de bank duwen en bij hem op schoot kruipen – al is dat laatste niet zo'n goed idee, aangezien we nog een bureau, twee garderobekasten en twee ladekasten in elkaar moeten zetten voordat de kinderen terug zijn.

Als relatietherapeut benader ik conflicten bij mijn cliënten altijd op een zo rustig mogelijke manier. Ik kijk van een afstandje naar hun situatie, analyseer het een en ander en trek dan pas een conclusie, in plaats van meteen iets te roepen. De vragen 'hoe voel je je daarbij?' en 'wat voor gevoelens roept die situatie bij je op?' zijn er immers niet voor niets. Het probleem is alleen: daardoor is mijn vermogen om gevoelens van een ander te analyseren zeer goed ontwikkeld, maar ik ben absoluut geen ster in het onderzoeken van die van mij. Dat hou ik mezelf in elk geval graag voor, want anders moet ik bedenken hoe ik me voel en wat ik voel. En dat vind ik dood- en doodeng.

Dus terwijl mijn hart zich wanhopig aan Lammert vastklemt, zegt mijn hoofd dat ik me van hem los moet maken en doe ik onwennig een stap naar achteren.

'Ik, eh... We moeten verder,' zeg ik zacht.

Lammerts gezichtsuitdrukking verandert van melancholisch in vastberaden en het moment tussen ons vervliegt. Hij wrijft met één hand in zijn nek en zegt: 'Ja, je hebt gelijk. Wil je even helpen tillen?'

'We zijn vaak geneigd onze eigen meningen en overtuigingen op de ander te projecteren. Ik vind dit en dit, dus dat zou jij ook zo moeten zien. Als dan blijkt dat dat niet zo is, zorgt dat alleen maar voor meer wrijving. De huiswerkopdracht van deze module is dan ook: leef je eens in de ander in. Zoek een kwestie waarover jullie het oneens zijn en probeer niet direct je partner te overtuigen, maar kijk eerst naar zijn of haar perspectief. Echt verdiepen, niet alleen maar aanhoren zonder vragen te stellen!'

Uit: 'Inleven in de ander', module 3 van de onlinecursus gebaseerd op Van saai naar fraai

8

'Ik kan het niet, Bo. Ik kan het gewoon niet.'

'Wat niet?'

'Vechten. Mijn hart voor hem openstellen. Uitspreken wat ik écht vind. Ik zet het allemaal in mijn boeken, maar dit is vreselijk. Ik kan dit helemaal niet. Hoofdstuk drie van *Van saai naar fraai*: 'Op zoek naar de pijnpunten'. Nou, wat een vreselijk hoofdstuk, wat een vreselijke adviezen. Ik kan het niet! Ik wil niet op zoek naar pijnpunten, ik wil er niet over praten en ik wil mijn hart niet openstellen voor Lammert met het doel dat we dan eerlijk naar elkaar kunnen zijn.'

Boaz en ik lopen door de stad met allebei een kartonnetje met daarin drie bekers koffie in onze handen. Om 'even een pauze te nemen' van het filmen heb ik zojuist voorgesteld om de opnames stil te leggen en snel wat koffie te halen voor het team. In werkelijkheid moet ik iemand hebben bij wie ik mijn hart kan luchten, want ik voel me tijdens deze opnames de grootste huichelaar die er bestaat.

'Hoezo kun je dat niet? Jij zegt dagelijks tegen anderen dat ze dat moeten doen. "Ga het gesprek niet uit de weg!", blablabla. Ga je me nu vertellen dat jij dat zelf helemaal niet durft?'

Ik stap een stoepje af en de koffie wankelt vervaarlijk in mijn handen. 'Uitleggen wat je dwarszit, is moeilijker dan je zou verwachten, hoor,' zeg ik verdedigend. 'En daarbij heb ik nog steeds niet het gevoel dat Lammert hier ook voor wil gaan. Er écht voor wil gaan, weet je wel? Het is alsof hij mij nog wel even mijn zin geeft voordat hij alsnog de scheidingspapieren op mijn bureau deponeert.'

'Dat is jouw invulling, hè? Waaruit leid je af dat dat echt is hoe hij erover denkt?'

Ik zucht, in de hoop dat Boaz begrijpt dat dat iets betekent als 'nergens, maar ik weet ook niet wat ik er anders mee moet'.

'Rijk vroeg of we gingen scheiden,' zeg ik dan.

'Wát? Hoe komt hij daar nou bij? Heeft Lammert het al aan de kinderen verteld? Die l–'

'Nee, nee,' onderbreek ik hem. 'Dat heeft hij niet. De ouders van een vriendje van Rijk gaan scheiden en die jongen had iets gezegd over hoe zijn ouders met elkaar omgingen. En dat was herkenbaar, volgens Rijk.'

'Wauw,' zegt Boaz. 'Wat zei jij toen?'

'Dat het niet waar is, natuurlijk,' antwoord ik. 'Daarna vluchtte ik de kamer uit en stond ik hyperventilerend in de badkamer mijn polsen onder koud water te houden.'

Boaz kijkt me van opzij aan en grinnikt zacht.

Ik lach een beetje onbeholpen terug, maar wend mijn blik af als ik mijn keel dichtgeknepen voel worden. 'Ik raakte in paniek,' zeg ik.

Ik slik en blijf in gedachten het mantra herhalen dat ik nu écht niet kan gaan huilen. Ja, ik wilde mijn hart luchten bij mijn broer, maar eigenlijk was het vooral de bedoeling dat hij me zou geruststellen. Dat hij iets zou zeggen als 'het komt wel goed' en me dan zou opvrolijken door te vertellen over zijn nieuwste houtproject. Meer niet.

Maar Boaz zou Boaz niet zijn als hij me niet door en door zou kennen. Hij blijft staan, legt zijn vrije hand op mijn onderarm om mij hetzelfde te laten doen en trekt me met één arm stevig tegen zich aan. Het is een omhelzing van amper een paar seconden, maar het is alles wat ik nodig heb. Zonder woorden zegt hij alsnog zo graag wat ik wil horen. Het komt wel goed. Linksom of rechtsom, het komt wel goed.

Ik adem bibberig in en uit en als hij me loslaat lopen we zwijgend verder.

Lammert en Boaz zijn niet bepaald de beste vrienden. Boaz is in Lammerts ogen een vreemde, onafhankelijke hippie die fluitend door het leven gaat, Lammert is in Boaz' ogen een kakker die de bezemsteel eens uit zijn kont en de aardappel uit zijn keel zou moeten halen. Dat betekent gelukkig niet dat ik niet bij mijn broer terechtkan als ik problemen heb met Lammert, maar het betekent wel dat ik af en toe zijn hekel-aan-Lammert-bril af moet zetten en de boel iets moet nuanceren.

Als we de straat van mijn kantoor in lopen, voel ik me al een stuk beter. Boaz en ik kletsen inmiddels honderduit over zijn nieuwe klus voor een telefoonprovider en ik vertel hoe de kinderen uiteindelijk hebben meegeholpen met het in elkaar zetten van de ladekasten, aangezien die handleiding nóg onduidelijker was dan die van de bureaus.

Dan zien we een glanzend zwarte Audi voor de deur van mijn kantoorpand staan. Ik hou meteen mijn pas in en twijfel of ik me nog kan omdraaien en wegrennen, maar Boaz is me voor.

'Kom op, aansteller. Het is Annemijn maar.'

Toen Lammert en ik elkaar ontmoetten, was ik vijftien en hij zestien. Hij zat één jaar hoger dan ik op het vwo en moest niets hebben van meiden uit lagere klassen, maar ik was zodra ik hem zag tot over mijn oren verliefd. Ik móést en zou die kakkineuze, pezige puberjongen met zijn Ralph Lauren-polo's en zijn veel te gelikte kapsel veroveren. Toen bleek dat hij mij ook wel zag zitten en ik na een eerste zoen in een verlaten hoekje van de C-vleugel van het Geert Groote College 'ja' aankruiste op een officieel 'wil je verkering'-briefje, was het aan.

Er was alleen een klein probleem: onze families. Ons verhaal is geen Romeo en Julia-drama, maar zeggen dat we op dezelfde manier zijn grootgebracht, zou een leugen zijn.

Lammert is de oudste van een groot – en aardig welgesteld – traditioneel gezin met vier kinderen. Zijn vader heeft op dertigjarige leeftijd het familiebedrijf overgenomen en zijn moeder was huisvrouw – in de zin van dat ze het huishouden runde, niet dat ze het huishouden dééd. Ze was altijd thuis, had altijd thee en koekjes na school en luisterde onuitputtelijk naar de verhalen van haar kinderen.

Mijn ouders zijn gescheiden toen ik acht was. Ik kan me niet heel veel meer herinneren van vóór die tijd, maar wat ik wel weet, is dat het niet bepaald gezellig was bij ons thuis. Boaz en ik zaten geregeld bovenaan de trap, luisterend naar de zoveelste ruzie en het harde geluid van een bord dat in duizend stukken tegen de muur uiteenspatte. Na de scheiding heeft onze vader welgeteld zes maanden geprobeerd om in de buurt te blijven, maar daarna is hij ervandoor gegaan en ergens in het noorden van het land gaan wonen. Gelukkig deed hij niet moeilijk over de alimentatie en konden we prima rondkomen met zijn drieën, maar in vergelijking met de villa van de Verheyens was ons rijtjeshuis... nogal gewoontjes.

Theaters, bioscopen, restaurants, concertzalen, noem het maar en de familie Verheyen was – en is – er vipbezoeker. Om nog maar te zwijgen over de 'noem het en we kopen het voor je'-mentaliteit bij Lammert thuis, terwijl wij allang blij waren dat Boaz' skeelers werden vervangen door twee supersoakers en een bordspel.

Het heeft dus ook even geduurd voordat ik me geaccepteerd voelde door mijn schoonfamilie; Lammerts ouders vonden het maar vreemd dat ik nog nooit had gegolft of getennist en Lammerts broertjes konden niet geloven dat ik niet eens één instrument bespeelde. Zij speelden klarinet, piano, dwarsfluit en zelfs drums – instrumenten die ook nog eens allemaal in huis stonden, in de 'muziekruimte'. Ik speelde... luchtgitaar.

En dan was er nog Annemijn. Wat ik ook deed, Lammerts zusje haalde haar neus ervoor op. Kocht ik van mijn zuurverdiende bijbaantjesgeld een jurkje van dat ene merk, riep zij dat het al bijna weer uit de mode was. Durfde ik eindelijk die nieuwe rode lippenstift te dragen die ik na lang twijfelen had gekocht, zei Annemijn dat rood 'niet zo mooi stond bij mijn gele tanden'. Liet ik mijn tanden bleken toen mijn praktijk steeds beter begon te lopen, vond zij dat ik het 'veel te overdreven had gedaan'. Kortom: het was nooit goed.

Het ís nooit goed, maar dat betekent niet dat ik me laat kennen: voor zover zij weet, is ze mijn beste vriendin en de liefste schoonzus die ik ooit heb gehad.

'Annemijn!' roep ik dan ook als we binnen gehoorsafstand van haar zijn. 'Wat een verrassing!'

'Claudette,' zegt ze koeltjes, waarna ze me uiterst beheerst één kus op elke wang geeft en op een plukje onkruid voor de deur wijst. 'Wat zonde zeg, dat ze dit zo laten versloffen. Maar ja, dat krijg je in dit deel van de stad, hè?'

Ik pers een glimlachje op mijn gezicht en hou het kartonnetje met de koffiebekers omhoog. 'Had gezegd dat je zou komen, dan had ik een koffie voor je meegenomen. Wat gezellig.' Een leugen groter dan die over de Kerstman en Sinterklaas bij elkaar, maar dat lijkt haar niet te deren.

'Ik ben er maar heel even,' zegt ze. Ze geeft Boaz een afgemeten knikje en wijst dan naar de voordeur van mijn kantoorpand. 'Kunnen we...'

'Ja, ja, natuurlijk!' Ik druk Boaz de koffie in handen, vis haastig mijn sleutels uit mijn tas en open de deur.

Annemijn is de vrouwelijke versie van Lammert: lichtbruin haar dat golvend over haar schouders valt en hoogstwaarschijnlijk elke twee weken door een of andere *high class* kapper onder handen wordt genomen, een lach die iedereen kan laten smelten en hazelnootbruine ogen waarmee ze dwars door je heen kijkt. De mannen willen haar, de vrouwen willen haar zijn en voor sommigen geldt dat vast ook vice versa. Ze heeft zich nog nooit één dag van haar leven zorgen gemaakt over haar toekomst, spreekt vijf talen en vult haar dagen met 'liefdadigheidswerk' waar ze zelf bijzonder weinig voor hoeft te doen, maar buitengewoon veel erkenning voor ontvangt. O ja, en ze is de hockeytrainer van Rijk en Eloise, die zo gek op haar zijn dat ik soms denk dat ik een totaal andere vrouw voor me heb.

'Ik neem aan dat je dit wel weet, maar voor de zekerheid kom ik je er toch nog even aan herinneren...' begint ze zodra we mijn kantoor binnenstappen. Ze groet de cameracrew amper en laat zich op de leuning van de bank zakken, alsof ze een immense taak heeft vervuld en echt even moet uitrusten. '...dat het bijna de dag is waarop mijn vader met pensioen gaat.'

'En Lammerts vader, en mijn schoonvader...' mompel ik terwijl ik de koffie uitdeel.

'Wat zeg je?'

'Niks.' Ik schraap mijn keel en knik haar bemoedigend toe. 'Pensioen, ja. Ga verder. Zondagmiddag, toch? Feestje in de lobby, hier in de stad?'

Het familiebedrijf van de familie Verheyen is een hotelketen bestaande uit vijf hotels. Lammert senior staat aan het hoofd en als oudste van het gezin is het Lammerts schone taak om als opvolger van zijn vader aan te treden. Nu Lammert senior met pensioen gaat, is dat moment eindelijk daar. Dat weet ik, want Lammert heeft het er al jaren over. In onze opgedroogde gespreksstofrivier is er één onderwerp dat keer op keer voor een heuse spraakwaterval zorgt bij Lammert: het opvolgen van zijn vader als directeur van Verheyen Hotels.

Annemijn kijkt mijn kantoor rond alsof ze op zoek is naar iets om commentaar op te leveren. 'Borrel,' zegt ze. Haar stem druipt van de ergernis.

O, ja. De familie Verheyen doet niet aan feestjes – feestjes zijn voor sloebers. 'Gewone mensen' geven feestjes, de familie Verheyen geeft borrels.

'Ik wilde er even zeker van zijn dat je ervan wist, zodat je... misschien wat leuks kunt kopen.' Ze wappert in de richting van mijn zwarte pantalon, waar ik vandaag mijn onlangs bestelde gestippelde blouse met parelknopen op draag. Op mijn trouwe zwarte Louboutins na is de outfit compleet nieuw en hij staat me geweldig. Dat vind ik niet alleen, het is ook echt zo. Ik heb al diverse complimenten gehad vandaag en echt niet alleen van Yfke en Boaz.

'Ik weet ervan, Annemijn,' zeg ik, nog steeds even opgewekt. Zo zelfverzekerd mogelijk neem ik een slok van mijn non-fat cappuccino. 'Was dat alles wat je wilde vertellen?'

Ze schudt haar hoofd. 'Ik wilde weten wat je voor Lammert hebt geregeld nu hij in papa's voetstappen treedt en CEO wordt. Ik neem aan dat je iets bijzonders hebt opgetuigd, toch?' Ze glimlacht zoetjes en ik voel het bloed in mijn aderen bevriezen.

'Ge... regeld? Hoe, eh... Ja, natuurlijk heb ik wat geregeld,' zeg ik snel.

Ik heb niets geregeld. Zeker nu mijn huwelijk aan een draadje hangt dat nog dunner is dan het stiksel van mijn favoriete zijden blouse, heb ik wel wat beters te doen dan een cadeau te regelen voor Lammert. Daarbij: Lammert houdt niet van cadeaus. Als hij iets wil, koopt hij het. Hij vraagt niets voor zijn verjaardag, doet liever niet aan feestdagen – ik was vorig jaar de halve decembermaand op symposia, maar dat terzijde – en zelfs Vaderdag vindt hij onnodig, zegt hij altijd.

'Wat heb je geregeld dan?' vraagt Annemijn.

De ruimte verstilt. De cameracrew is ineens druk bezig met het terugkijken van wat beelden en Boaz begint plotseling driftig te scrollen op zijn telefoon. Yfke staat met haar rug naar ons toe de boekenkast te doorzoeken.

'Dat, eh…' Shit. Als ik nu zeg dat ik nog niks heb geregeld wordt ze pissig, maar als ik het verkeerde zeg, wordt ze óók pissig.

Ik neem nog een slok van mijn koffie om de indruk te wekken dat ik alles onder controle heb. Dat dat absoluut niet het geval is, hoeft zij niet te weten. Als ik haar nu zou vertellen dat mijn huwelijk op instorten staat, weet ik zeker dat ze zich gelukzalig zou verkneukelen. Dat gun ik haar niet.

'Ik kan me niet voorstellen dat het nuttig is voor jou om te weten wat ik voor je broer heb geregeld,' zeg ik daarom. Mijn stem heeft dezelfde toon als wanneer ik met cliënten in gesprek ben: rustig, zacht en beheerst. 'Dus ik hou het graag nog even een verrassing. Dat begrijp je vast wel, toch?'

Ze glimlacht hooghartig. 'Als je maar wat geregeld hebt, daar gaat het me om. Het lijkt mij niet de bedoeling dat Lammert afgaat ten overstaan van alle medewerkers, bestuursleden en relaties.' Met een elegantie die zelfs de koningin nog niet bezit, gooit ze haar glanzende haar over haar schouder, en ze loopt met strakke passen naar de nog openstaande deur. Ze steekt haar neus in de lucht, zegt zonder iemand aan te kijken gedag en loopt naar buiten.

Zodra ze weg is, lijkt mijn kantoor zich weer met zuurstof te vullen en ik hap naar adem alsof ik een week geen lucht heb gehad.

'Ik mag haar niet,' zegt Boaz plompverloren. 'Gewoon écht niet. Wát een nare vrouw. Weet je nog dat ze nadat je was bevallen zei dat ze gelukkig allebei Lammerts ogen hadden? Ik kon haar wel schieten.'

Noud, de opnameleider, verslikt zich in zijn koffie en begint hard te lachen. 'Wát? Zei ze dat echt? Dat zeg je toch niet?'

Ik trek een zuur gezicht. 'Annemijn wel. Die zegt alles wat er in haar opkomt.'

Noud schudt zijn hoofd en bestudeert zijn koffiebeker. 'Ongelooflijk. Zo iemand zou toch eigenlijk eens een keer flink de wind van voren moeten krijgen? Ik denk dat jij de perfecte persoon zou zijn om dat te doen, Claudette. Haar familie doet dat overduidelijk nooit, anders was ze niet zo geworden. Als koude kant sta je volgens mij precies ver genoeg van haar af.'

Ik veeg met mijn duim wat lippenstift van de rand van mijn koffiebeker en dagdroom over het moment waarop ik Annemijn zou zeggen waar het op staat. In *Van saai naar fraai* staat in hoofdstuk 6, 'Praten, praten, praten' dat je nooit oude koeien uit de sloot moet halen, maar voor deze ene keer zou ik haar álles zeggen wat me dwars zit.

Ze zou sprakeloos zijn. Totaal overrompeld. Zich excuseren voor al die keren dat ze zo neerbuigend tegen me heeft gedaan en me complimenteren met mijn goede woordkeus en heldere uitleg.

Of ze zou me keihard uitlachen, recht in mijn gezicht. Die kans is aannemelijker.

Ik glimlach meewarig en schud lichtjes mijn hoofd.

Terwijl iedereen inmiddels de koffie op heeft en Noud de lege bekers begint te verzamelen, valt het me op dat Yfke haar cappuccino nog niet eens heeft aangeraakt. Ze staat nog steeds de boekenkast te inspecteren en nu ik goed naar haar kijk, zie ik dat ze rode vlekken in haar nek heeft.

'Yfke, is alles in orde?' Ik pak haar koffiebeker op en loop naar haar toe.

Ze springt haast op als ik naast haar kom staan. 'Ik, eh... Ja. Ja, ik ben in orde. Prima, alles oké.'

Ik kijk haar onderzoekend aan. 'Weet je het zeker?'

Ze knippert verwoed met haar ogen en haalt onwillekeurig een hand door haar haar. 'Ja hoor, alles oké. Zullen we verder gaan?' Met een afgemeten glimlachje pakt ze haar koffie van me aan en ze neemt meteen een grote slok.

Het liefst antwoord ik 'nou, liever niet, waarom doe je zo raar?' maar dat gaat lastig. Daarbij hebben we ook daadwerkelijk nog een flink aantal shots te draaien, en dankzij Annemijns onderbreking lopen we volgens mij iets achter op schema.

Dus staak ik mijn kruisverhoor voordat het goed en wel begonnen is en knik ik. 'Oké.' Ik draai me om naar de crew en zie Noud met zijn stapel bekers vragend naar me kijken.

'Heb je ergens een prullenbak?'

'In de keuken,' antwoord ik. 'Ik loop wel even met je mee.'

Ik neem wat bekers van hem over en ga hem voor mijn kantoor uit. Op de gang slaan we de hoek om naar het keukentje. Daar wijs ik op de grote prullenbak naast het keukenblok. 'Voilà. De prullenbak.'

Noud grinnikt en stapt langs me heen. Omdat het zo smal is in de keuken, legt hij zijn hand op mijn bovenarm om me te passeren zonder me omver te lopen. Een frisse, citrusachtige geur dringt mijn neus binnen. Alsof hij niet al de hele ochtend achter de cameracrew heeft gestaan om alles in goede banen te leiden, maar toen ik net even niet keek een snelle douche heeft genomen.

'Niet te missen,' zegt hij. 'Maar ik ben toch blij dat je even met me meeliep.' Hij zet zijn rechtervoet op het pedaal van de prullenbak, wipt de deksel open en gooit de bekers erin. Dan houdt hij zijn voet op het pedaal en leunt opzij, zodat ik er ook bij kan.

'Het zal je verbazen hoeveel mensen de woorden "de gang in en dan naar links" niet goed begrijpen,' zeg ik, terwijl ik de bekers weggooi en weer een stap naar achteren zet. 'Voor hetzelfde geld was je verdwaald.'

Hij laat de deksel van de prullenbak beheerst weer zakken en haalt dan zijn voet van het pedaal. 'Dat moeten we niet hebben. Er is nog genoeg werk te doen.'

'Precies,' zeg ik monter. Ik wijs over mijn schouder naar de deur van de toiletten. 'Ik fris me even op en dan kunnen we wat mij betreft weer verder. Geef me twee minuten.'

Noud haalt een hand door zijn haar. Hij heeft zo'n kapsel dat eruitziet alsof het zomaar in model valt, zonder er iets voor te doen. Diep donkerbruin, halflang bovenop, met een paar plukken die nonchalant naar de zijkant vallen. Zijn ogen hebben iets sprankelends als hij zegt: 'Geen haast. Je doet het zo natuurlijk, ik twijfel er niet aan dat we de rest er ook in een mum van tijd op hebben staan.'

De woorden echoën na in mijn hoofd als hij me met één mondhoek iets opgetrokken een knikje geeft en de keuken uit loopt. *Je doet het zo natuurlijk*. Dit is de tweede cursus die we opnemen en ik merkte zelf ook al dat het steeds makkelijker gaat, maar blijkbaar ben ik niet de enige die dat is opgevallen.

Vanuit mijn kantoor hoor ik Boaz naar me roepen dat ik moet opschieten en ik roep terug dat hij niet zo ongeduldig moet zijn, voordat ik de deur van de toiletten open.

Pas als ik naar mezelf in de spiegel kijk, zie ik dat ik bloos.

9

Wat geef je een man die ten eerste alles al heeft, ten tweede alles wat hij verder nog wil gewoon zelf koopt en ten derde net tegen jou heeft gezegd dat hij van je wil scheiden? Een goed boek over waarderen wat je hebt? Ik weet niet of hij daarom kan lachen en *Van saai naar fraai* ligt ook nog steeds onaangeroerd op zijn nachtkastje. Een spirituele zelfontdekkingstocht door de Himalaya is ook niet bepaald handig als je op het punt staat het familiebedrijf over te nemen, en hij heeft al een stuk of twintig nieuwe manchetknopen van me gekregen in de afgelopen jaren. Dan een set golfclubs? Nah. Een nieuw meubelstuk? Ook niet. Een nieuwe auto? Staat op de zaak, dus niet nodig. Rest me nog één ding dat ik hem zou kunnen geven: een nieuw begin. Maar ja, vind daar maar eens een passende cadeaudoos voor.

Toch heb ik een manier gevonden om een nieuw begin letterlijk en figuurlijk vorm te geven: ik heb online een *limited edition* Patron of Art Montblanc-pen besteld. De editie is opgedragen aan Henry E. Steinway, 's werelds bekendste pianobouwer. Lammert speelt al piano sinds hij kan lopen en voor ons huwelijk schonken zijn ouders hem – of eigenlijk ons, maar voornamelijk hem – een prachtige ivoorwitte Steinway-vleugel. De laatste jaren zijn de momenten waarop hij erop speelt steeds schaarser geworden, maar als de pianoklanken onze woonkamer vullen, vult mijn hart zich met liefde.

De pen is gemaakt van zwart edelhars met als blikvanger een vergulde dop, versierd met schitterende details. De penpunt met daarin een gegraveerde afbeelding van het hoofd van Steinway is van 18 karaat goud. Ja, je zou kunnen zeggen dat het ding prijzig was, maar liefde is nou eenmaal niet te koop. Daarnaast vond ik het een mooie gedachte dat dat 'nieuwe begin' tweeledig is: het slaat op zijn benoeming tot CEO, maar ook een beetje op ons.

Nog zoiets waarvan ik had verwacht er meer moeite mee te hebben: de overgang van luchtgitaar spelende tiener naar welgestelde echtgenote. Het hebben van geld went verdacht snel, al helemaal als jij uiteindelijk ook een goedlopend bedrijf opzet en omzetten behaalt waar de meesten alleen maar van kunnen dromen. Lammert en ik zijn overigens wel getrouwd op huwelijkse voorwaarden: ga er maar niet van uit dat het geld van de familie Verheyen gratis en voor niets bij een aangetrouwde terechtkomt.

Rijk, Eloise en ik staan in de lobby van een van de hotels, gelegen op ongeveer vijftien minuten rijden van ons huis. Een peulenschil, normaal gesproken, maar dit waren de vijftien langste minuten van mijn leven. Zodra we de oprit af waren, maakte ik namelijk een cruciale fout.

Als goedmaker dat ze hun vrije zondagmiddag moeten spenderen in een van de hotels van hun vader, opperde ik om op de terugweg langs McDonald's te gaan voor een burger en een McFlurry. Slechtste idee ooit, want Eloise heeft vorige week een documentaire gezien over de vleesindustrie en weigert vanaf nu vlees te eten. Ik had het woord 'burger' amper goed en wel uitgesproken, toen ze naar me gilde dat ik prehistorisch was en eens in de eenentwintigste eeuw moest gaan leven. Gevolg: discussie met Rijk over dat de mens vlees 'nodig heeft om te overleven', discussie met haar vader over dat ze niet met Rijk moest discussiëren en een woordenwisseling tussen Lammert en mij over dat híj wél had onthouden dat ze dat had verteld. Mijn goede idee vloog met tachtig kilometer per uur uit het raam toen we de rondweg op draaiden en de sfeer in de auto daalde met dezelfde snelheid tot het nulpunt.

Kort samengevat betekent dit dat ik nu met twee stikchagrijnige prepubers in de lobby van het eerste Verheyen Hotel sta en elke seconde aftel tot we weer naar huis kunnen.

De lobby is voor de gelegenheid aangekleed met goudkleurige ballonnen. Het zijn er zo veel dat ik spontaan ademhalingsproblemen krijg, maar als de deur achter de receptie opengaat, zie ik gelukkig een ballonnenpomp staan. Als die arme receptioniste dit zelf had moeten opblazen, had ze nu aan de beademing gelegen. Ik ken haar niet heel goed, maar ik gun het niemand om zijn complete longinhoud in duizend ballonnen te moeten storten.

Doordat de keten uit vijf locaties bestaat, heeft het personeelsbestand van Verheyen Hotels zo'n omvang dat ik meer dan de helft van de mensen hier vandaag niet ken. Gelukkig is er één man die ik uit duizenden zou herkennen, en die man staat nu met een botermesje uit de ontbijtzaal tegen zijn champagneglas te tikken in de hoop ieders aandacht te krijgen.

'Goedemiddag allemaal... Mag ik even uw aandacht? Dag, hallo, goedemiddag...' De gesprekken van de aanwezigen verstommen en alle ogen in de lobby kijken afwachtend in de richting van de incheckbalie, waar Lammert voor staat. Hij draagt een donkerblauw geblokt colbert op een stijlvolle chino en zijn haar zit zoals altijd strak naar achteren gekamd. Zijn ogen glanzen.

Ik vind Lammert op dit soort momenten de mooiste en leukste man ter wereld. Hij is charmant, weet altijd precies wat hij moet zeggen en vindt het heerlijk om in de belangstelling te staan. Voordat ik op grote congressen durfde te spreken, heb ik een flink aantal mediatrainingen en presentatiecursussen gevolgd, maar bij hem is het absoluut aangeboren.

En ik ben niet de enige die dat opvalt. Iedereen in de ruimte hangt aan zijn lippen en er zijn een paar vrouwen – en mannen – die hem haast met hun ogen uitkleden. Inclusief de receptioniste, die haar net nog volle champagneglas wonderbaarlijk snel heeft geleegd en nu veel te overdreven met een lok van haar ravenzwarte haar speelt terwijl ze Lammert in de gaten houdt.

'Ik wil jullie allereerst hartelijk bedanken voor jullie aanwezigheid vandaag,' zegt Lammert. 'Het doet me goed om te zien dat zo veel mensen om mijn vader geven, of in elk geval zin hadden om een glaasje te drinken.' Hij lacht hard en als vanzelf bulderen de aanwezigen met hem mee.

Ik voel mijn hart opzwellen van trots.

'Ik wil het glas heffen op mijn vader, Lammert Verheyen senior, die eigenhandig dit bedrijf heeft gebracht naar het niveau waar het nu staat. Verheyen Hotels is een tweede thuis, niet alleen voor onze gasten, maar ook voor mij en mijn familie. Ik ben hier opgegroeid. En het mooiste is: daardoor heb ik alle kanten van dit bedrijf gezien. Als twaalfjarig jochie hielp ik mee met de dames van housekeeping – tegen een véél te laag loon, moet ik zeggen...' Hij pauzeert even en kijkt beschuldigend in zijn vaders richting, wat hem weer een gulle, collectieve lach oplevert. 'En op mijn zestiende heb ik vele avonden achter de desk doorgebracht, toen nog met een dvd-speler met dvd'tjes die ik stiekem van het aanbod in de kamers had gestolen. Je moet wat, als er nog geen streamingdiensten bestaan!' Verontschuldigend legt hij zijn hand op zijn hart. 'Vergeef me, pap.'

Vanzelfsprekend speelt Lammert senior het spel mee door een semi-vermanend foei-gebaar naar hem te maken.

Als de zoveelste lach door de ruimte is gerold, trekt Lammert een serieus gezicht. 'Hoe dan ook, het belangrijkste wat ik wil zeggen, is dit...' Zijn glas gaat de hoogte in en hij richt zich tot zijn vader. 'Alles wat ik weet, heb ik van jou geleerd en ik zal de komende jaren alles wat binnen mijn macht ligt doen om jouw nalatenschap door te laten klinken in dit bedrijf. Verheyen Hotels zal niet hetzelfde zijn zonder jou, maar we doen ons best. Op Verheyen.'

We heffen allemaal ons glas en roepen: 'Op Verheyen!'

Ik kijk omhoog en knipper een paar keer flink om mijn tranen terug te duwen.

Lammert senior loopt naar zijn zoon toe, slaat zijn arm om hem heen en maant ons weer tot stilte. Hij heeft pretlichtjes in zijn ogen en wiebelt heen en weer op zijn voeten – lichtvoetiger dan ik hem in lange tijd heb gezien.

'Nu we hier allemaal bijeen zijn, wil ik voordat ik afzwaai een nieuw project aankondigen,' zegt hij. 'Het is het eerste échte project waar ik in het geheel niet meer bij betrokken ben geweest. We zijn er achter de schermen al enige tijd mee bezig en dit lijkt me een uitstekend moment om het wereldkundig te maken...'

Ik trek één wenkbrauw op en kijk vragend naar Lammert, die me op zijn beurt stralend aankijkt. Achter de schermen? Ik heb nog geen enkele keer ook maar iets gehoord over 'een project achter de schermen'. Dat betekent óf dat het niets voorstelt, óf dat het heel veel voorstelt maar dat Lammert het niet nodig vond dat ik ervan zou weten. Het rare is: ergens in mijn achterhoofd weet ik dat het laatste het geval is.

'Nou, nou...' zegt Lammert lachend. 'Ja, het is een groot project, maar maak het niet groter dan het is.' Hij richt zich tot ons. 'Geachte aanwezigen, voor dit project heb ik ontzettend veel steun gehad van één persoon in het bijzonder. Zij heeft ervoor gezorgd dat ik de afgelopen tijd mijn hoofd boven water hield. Zij is degene zonder wie ik niet de man zou zijn die ik ben.'

Ik controleer mijn blouse op ongewenste inkijk en strijk mijn haar glad. Zie je nou wel? Mijn man. Mijn rots. En ik die van hem. We redden het wel, hij en ik. Hij is de vader van mijn kinderen. Mijn grote liefde. Mijn reddingsboei. Mijn...

'Mijn geweldige receptioniste Ronja,' schalt de stem van Lammert door de ruimte.

Het is dat ik bij een statafel sta, anders was mijn champagneglas op de grond gekletterd. Zijn wát?

De zwartharige bimbo zet stralend wat stappen naar voren en stort zich zowat tegen Lammert aan.

Ik heb het gevoel alsof ik in een film zit. Een heel slechte film, die op de *Tomatometer* van Rotten Tomatoes nog geen zestig procent zou halen. Eindoordeel: veel te cliché en ongeloofwaardig. Dit kan toch niet?

Lammert is blijkbaar totaal vergeten dat ik – en zijn kinderen! – ook in de ruimte ben en slaat met een olijk gebaar zijn arm om Ronja heen. 'Ja, zonder deze vrouw was ik denk ik allang ingestort. Ronja is jaren geleden, toen we beiden nog onbezonnen waren, begonnen als receptioniste. Hier, aan deze desk. Maar het is tijd om te erkennen dat ze veel, veel meer in haar mars heeft. Ze stuurde natuurlijk deze hele toko al aan, maar nu zet ze nog een extra stap.

Dus ik kondig haar wel aan als receptioniste, maar dat is véél te weinig voor alles wat deze vrouw in haar mars heeft. Ronja wordt vanaf nu namelijk mijn rechterhand bij ons nieuwe project. Mag ik een *drum roll*, alsjeblieft?'

Rijk roffelt meteen vol overgave op de statafel en de hele lobby lijkt zijn adem in te houden. Dat ik létterlijk mijn adem inhoud en zo dadelijk naar de grond zak, merkt niemand. Dat ik het glas in mijn hand zowat fijnknijp ook niet.

'Verheyen Hotels *goes international*!' roept Lammert verrukt. 'We hebben een werkelijk schitterend monumentaal pand aangekocht in het centrum van Antwerpen! De komende maanden zullen Ronja en ik intensief samenwerken om de verbouwing zo voorspoedig mogelijk te laten verlopen. De zesde vestiging van Verheyen Hotels is vanaf dan een feit!'

Het wordt zwart voor mijn ogen en ik moet me vastgrijpen aan het tafelblad. De komende máánden? De komende maanden horen wij aan ons huwelijk te werken, moeten we middelbare scholen bezoeken en moeten we Rijk en Eloise helpen bij hun voorbereidingen voor de Centrale Eindtoets, maar hij gaat doodleuk naar België? Met Rónja?

'Mam, gaat het wel goed?' hoor ik de stem van Eloise naast me. 'Je ziet een beetje wit. Moet ik wat water voor je halen?'

Water. Ja, ik moet water hebben.

Terwijl het applaus nog steeds voortduurt en Lammert samen met Rechterhand Ronja wordt opgeslokt door een feliciterende menigte, strompel ik naar de zijkant van de lobby en duik ik de toiletten in. Ik stort mezelf in een hokje, doe de toiletbril naar beneden en ga erbovenop zitten.

Dit is niet het moment om in paniek te raken en al helemaal niet om te gaan huilen van frustratie. Als mijn ogen nu beginnen te tranen, loopt mijn make-up uit, en ik heb alleen mijn poederdoos en lippenstift bij me om die bij te werken, verder niets.

We hebben alles. Het gaat ons zó voor de wind: twee bloedjes van kinderen, een tot voor kort prima huwelijk, een sterke basis.

En toch komt hij met die vreselijke woorden. 'Ik wil scheiden. O, ja, en ik ga ook nog even intensief samenwerken met een prachtige zwartharige schoonheid terwijl jij er alles aan doet om ons huwelijk te redden.'

Alsof het niets is. Alsof ík degene ben die dit wil en hij niet. Hij stemde toch in? Hij wil toch ook ons huwelijk redden? Waarom is er dan tot nu toe werkelijk nog niets veranderd? Ik doe toch mijn best? Ik regel de metamorfose van de kinderkamers, ik werk elke dag nog maar tot zes uur in plaats van tot negen en ik heb nog geen moment gemist om samen te ontbijten. Híj is degene die gehaast een stuk toast naar binnen propt, nog geen enkele keer met ons op de bank heeft gehangen voor een filmavond en me 's avonds nog net een kus geeft voor het slapengaan. Hoe kán dit?

Ik sta op, klop mijn nieuwe geruite pantalon van SCAPA af – een merk uit Antwerpen, *of all places* – en trek voor de vorm nog even door. Voor de spiegel strijk ik mijn crèmekleurige blouse glad en laat ik wat koud water over mijn polsen stromen. Misschien moet ik me er gewoon niet zo druk om maken. Als goed bij elkaar passend stel gun je elkaar alles, toch? Nu Lammert het bedrijf overneemt, is hij daar nou eenmaal veel mee bezig. Dat is logisch. De timing is niet zo handig, maar we zijn pas twee weken onderweg. Zoiets moet gestaag gaan. Tegen mijn cliënten zeg ik ook altijd: je groeit niet van de ene op de andere dag uit elkaar, maar je groeit ook niet van de ene op de andere dag weer naar elkaar toe. Nou, dat geldt ook voor ons.

Net als ik op het punt sta om mezelf weer in het feestgedruis te storten, vliegt de kersenhouten deur naar de lobby open en schrijdt Ronja het damestoilet binnen. Ze ziet er ineens een stuk minder lodderig uit dan net.

'Pfoe, jeetje, ik moest daar echt even weg,' verzucht ze. Ze knipoogt samenzweerderig naar me, alsof we in de afgelopen tien jaar veel meer dan vijf woorden hebben gewisseld en ineens de beste vriendinnen zijn. 'Maar dat begrijp jij volledig, of niet?'

Technisch gezien is zij de reden dat ik de lobby uit ben gevlucht, maar dat ga ik haar natuurlijk niet vertellen. In plaats daarvan knik ik ernstig en zeg ik: 'Ja, helemaal.'

Ze klikklakt naar de tweede wasbak en begint aan een uitgebreide kapselinspectie. Haar lange, golvende lokken gooit ze over haar linkerschouder, dan over haar rechterschouder, dan toch weer naar voren en dan toch weer over links. Ik kan geen enkele grijze haar bij haar ontdekken. Niet één.

'Weet je?' vraagt ze, en ik neem aan dat ze het tegen mij heeft. 'Toen Lammert me vroeg of ik zijn rechterhand wilde worden bij de realisatie van Antwerpen, heb ik heel kort getwijfeld. Ik dacht: wat zal zijn vrouw daarvan vinden? Zo nauw samenwerken met elkaar, heel vaak lange autoritten van hier naar België… Ik zou me heel goed kunnen voorstellen dat je daar een beetje ongemakkelijk van zou worden.' Ze draait zich naar me toe en legt haar hand op mijn bovenarm. Meteen schieten alle haartjes omhoog.

'Maar als ik naar jullie kijk, weet ik dat het goed zit. Jullie zijn zo'n perfect stel samen, en dan met die heerlijke tweeling er nog bij. Echt zó jaloersmakend.'

Ik wil iets zeggen, vragen wat maakte dat ze zich überhaupt heeft afgevraagd 'wat Lammerts vrouw ervan vond', maar al het speeksel is uit mijn mond weggetrokken. Mijn tong is een ingedroogde, vier maanden oude schnitzel.

Ronja schenkt me opnieuw een overdreven knipoog. 'Maar dat kan ook niet anders, het huwelijk van een relatietherapeut móét wel perfect zijn, toch? Ik zou hem maar goed bij me houden als ik jou was. Deze man met deze looks op vrije voeten… Oef! Ik zou natuurlijk nóóit stoken in zo'n goed huwelijk als dat van jullie, maar als hij vrijgezel was geweest, had ik het absoluut wel geweten.' Ze geeft me een klopje op mijn arm, zwiept haar haar voor een laatste keer over haar andere schouder en heupwiegt naar de deur.

Met haar hand op de deurklink draait ze zich om. 'O, ja, nu ik je toch spreek… Heb je nog ruimte voor nieuwe cliënten? De relatie van mijn zus en haar man loopt een beetje stroefjes. Maar ik wéét dat ze zó goed bij elkaar passen. Ze moeten elkaar gewoon weer vinden, snap je wat ik bedoel?'

Ik knik, zonder daadwerkelijk het signaal te hebben gegeven dat ik mijn hoofd moet bewegen. Het voelt alsof ik Pinokkio ben en mijn hoofd aan een draadje zit, bestuurd door een onzichtbare hand.

'Dus je hebt ruimte?' kirt Ronja. 'Wat geweldig! Ik laat haar weten dat ze contact op kan nemen, goed? Dat gaat ze fantastisch vinden!'

'Ja, fantastisch,' weet ik uit te brengen, maar Ronja merkt niet eens dat ik aan de grond genageld sta.

Ze geeft me opnieuw zo'n ongemakkelijke knipoog, lacht stralend naar me en wandelt dan op haar gemak de toiletruimte uit.

Ik blijf achter. Dat klopje op mijn arm had net zo goed een stomp in mijn gezicht kunnen zijn.

Vind je het lastig om aan elkaar te vertellen wat je denkt en hoe je je voelt? Schrijf het op! Koop een notitieboek en doop het om tot Liefdesboek: dé plek waarin jullie de leuke én minder leuke dingen aan elkaar opschrijven. Geen lange epistels, gewoon korte, krachtige zinnen. Voor elke negatieve eigenschap of negatief aspect schrijf je minstens één positieve op. En vergeet niet: eerlijk zijn!

Uit: Van saai naar fraai. Zo houd je je relatie levendig, *hoofdstuk 2: 'Als je de verbinding met elkaar verliest'*

10

Relaties zijn net als auto's: er één hebben is niet zo moeilijk, er één onderhouden des te meer. Toch lijken veel mensen dat vaak te vergeten – daarom verdien ik zo veel geld met wat ik doe.

Een auto kopen is simpel: je gaat naar de dealer of struint wat rond op internet, vindt wat je zoekt, maakt een proefrit, spreekt een prijs af en rijdt – als je auto rijklaar is – fluitend naar huis. Dat de verkoper zei dat de deur klemt, neem je voor lief en dat je net wat vaker de motorolie moet bijvullen, is ook niet zo erg. Het is immers de deur aan de passagierskant en je noteert wel in je agenda wanneer je de olie moet peilen. Maar uiteindelijk pik je steeds vaker je collega op om te carpoolen, waarbij die klemmende passagiersdeur wel echt vervelend blijkt te zijn. En die ene dag dat je vergeet de olie te peilen, is net de dag dat je met een oververhitte motor langs de snelweg stil komt te staan.

Vervang de klemmende deur door nooit de toiletbril naar beneden doen en de motorolie door onderbroeken náást in plaats van ín de wasmand, en je hebt de kleine ergernissen aan het begin van een relatie. Maar net als dat die blauwe kleur van je nieuwe bolide zo gaaf is, kijk je met liefde door die luttele gebreken van je kersverse liefje heen. Zó erg is het immers niet om de bril zelf even naar beneden te doen, en die onderbroek ligt tenminste nog in de buurt van de wasmand. Iedereen heeft wel wat, toch? Die houding kun je heel lang volhouden – er zijn talloze relaties die prima werken ondanks dit soort ergernissen.

Totdat het niet alleen meer de toiletbril en de onderbroeken zijn, maar ook het feit dat je partner de vuilniszak nooit weggooit, nooit zijn schoenen uitdoet in huis en veel meer laat slingeren dan in het begin. Op een gegeven moment barst dan de bom, terwijl dat totaal onnodig was geweest als je na een paar weken samen je irritaties al had uitgesproken.

Precies daarom moet je je relatie onderhouden, net als die auto. Aangeven wat je dwarszit. Af en toe wat motorolie bijvullen en een keer de rubbers op de deur vervangen, zodat dat geklem eindelijk is afgelopen.

Voor Lammert en mij betekent dat meer tijd voor elkaar vrijmaken. Ik heb voor volgend weekend kaarten voor *Het Zwanenmeer* geregeld en ik heb er een hotelovernachting bij geboekt, zodat we elkaar weer helemaal opnieuw kunnen ontdekken. Vandaag nemen we daar alvast een voorproefje op door een avond samen te spenderen. Technisch gezien zie ik dit als onze eerste echte therapiesessie, maar dat hoeft Lammert niet te weten. Ik heb besloten om mijn eigen Liefdesboek-tip op te volgen en heb een in leer gebonden notitieboek gekocht om te gebruiken met Lammerts 'Een nieuw begin'-pen. Die een succes was, overigens.

Als de krachtige vrouw die ik ben, stapte ik na mijn gesprek met Ronja zelfverzekerd het damestoilet uit en vertelde ik iedereen die het maar wilde horen hoe geweldig Lammert wel niet is. Zij ziet een goed huwelijk? Dan krijgt ze een goed huwelijk. Stralend kaapte ik hem weg bij een van de bestuursleden om hem zijn cadeau te overhandigen. Als 'de vrouw van' moest dat kunnen, toch? Vind ik wel, zeker als je het doet met een gigantische glimlach.

De pen was een schot in de roos en ik meende zelfs een traantje in Lammerts ooghoek te zien. Dus nu het bijbehorende notitieboek er is, beginnen we vanavond met het bespreken van ons Liefdesboek. We hebben dingen opgeschreven die we leuk of juist minder leuk aan de ander vinden – dé tip die de meeste koppels weer bij elkaar brengt, omdat je zwart op wit ziet wat de ander aan je waardeert. Tegelijkertijd is het ook een spiegel om te zien wat de ander soms stoort, zonder dat je er meteen een lange discussie over hoeft te voeren. Het staat er gewoon en je kunt zelf een moment kiezen om het erover te hebben.

Een minder leuk ding aan mij is bijvoorbeeld, volgens Lammert, dat ik niet van koken hou en er daarom ook geen moeite voor wil doen. Normaal gesproken zou ik daar boos om worden, maar nu kan ik zijn opmerking oppakken en van alle kanten bekijken. Het is alsof ik een sneeuwvlok heb opgevangen op mijn vingertop en hem voorzichtig kan bestuderen, alleen staat deze sneeuwvlok in Lammerts krulletters op de tweede pagina van het boekje.

Bij ons thuis bestellen we drie keer per week eten. Op de andere dagen kookt Lammert; hij houdt ervan om uren in de keuken te staan en steeds nieuwe recepten uit te proberen. Als het aan mij lag, zouden we zeven dagen per week iets laten bezorgen of elke dag buiten de deur eten. Koken vind ik zo'n zinloze bedoening: je bent een eeuwigheid bezig en maakt van alles vies, met twee mogelijke uitkomsten. Eén: het is heerlijk en je schuift het in een paar minuten naar binnen. Twee: het smaakt vreselijk en je bestelt eten dat gemaakt is door mensen die wél weten wat ze doen.

Toch laat ik me niet kennen. Lammerts opmerking staat er niet voor niets en het is uiteraard niet de bedoeling van het Liefdesboek dat ik dat negeer. Dus heb ik vandaag een uur lang een groentestoof laten pruttelen op het fornuis, in de hoop dat het me een paar chef-kokpunten oplevert. Rijk en Eloise zijn naar hockeytraining en aangezien Elo's 'ik eet nooit meer vlees'-uitroep nog vers in mijn geheugen ligt, heb ik er een vegetarisch gerecht van gemaakt. Hopelijk scoor ik dan naast chef-kokpunten ook wat moederpunten als ze terug zijn.

Ik heb de kaarsen op de eettafel aangestoken, heb een sfeervol muziekje opgezet, heb de haard in de woonkamer aangemaakt en breng hoopvol tegelijkertijd met Lammert mijn vork naar mijn mond.

Zodra mijn tong de groentestoof proeft, weet ik weer waaróm ik nooit kook. Het smaakt naar niets. De aubergine en courgette die ik erin heb verwerkt, zijn veranderd in snot en ik vraag me meteen af of je een groentestoof eigenlijk wel zo lang hoort te laten pruttelen. Er staat me iets bij dat lang pruttelen bij vlees heel goed is om alles lekker mals te krijgen, maar in het geval van mijn hippe vegetarische gerecht was het misschien toch niet zo'n goed idee.

'Liefje? Ik, eh...' begint Lammert.

'Het is niet te eten, hè,' constateer ik.

Een opgeluchte grinnik ontsnapt uit Lammerts keel. 'Ik heb weleens lekkerder gegeten, ja.'

Ik laat mijn vork terug in de groenteprut zakken en neem mijn hoofd in mijn handen. 'Dat was dus precies níét de bedoeling. Sorry, lief. Ik wilde er een gezellige avond van maken samen.'

Lammert buigt zich over de tafel heen en legt zijn hand op mijn onderarm. 'Dat kan toch nog steeds?' Zijn duim strijkt over de rug van mijn hand en verspreidt een golf warmte door de rest van mijn lichaam.

Ik glimlach mistroostig. 'Pizza dan maar?'

Een halfuur later zitten we beiden met een opengevouwen pizzadoos op schoot voor het knisperende haardvuur in de woonkamer. De groenteprut ligt in de container en de stoofpan is inmiddels afgewassen. Het ziet eruit alsof er niets gebeurd is. Terwijl ik een hap van mijn pizza neem, kan ik de gedachte niet onderdrukken dat ik zou willen dat het net zo makkelijk was met relatieproblematiek: even afwassen en klaar.

Hoe goed ik Lammert ook ken, toch weet hij me altijd weer te verrassen. Soms ben ik er zeker van dat hij linksaf gaat, maar duwt hij op het laatste moment toch de richtingaanwijzer omhoog om rechts voor te sorteren. Op andere momenten verwacht ik dat we in stilte ons eten zullen verorberen om daarna onze eigen weg te gaan – in de meeste gevallen betekent dat dat we allebei nog even werken en dan onafhankelijk van elkaar gaan slapen – maar kijkt hij me ineens zo lang aan dat ik er ongemakkelijk van word.

'Weet je nog toen we elkaar ontmoetten, dat ik zo'n arrogante kakker was en jij op de een of andere manier toch voor me viel?'

Ik stop even met kauwen en kijk op, mijn stuk pizza zwevend in de lucht. 'Hoe kom je daar nou ineens bij?'

Hij wijst op mijn donkerrode blouse. 'Die kleur doet me denken aan wat je aan had op onze eerste date. Toen was het een jurkje, toch?'

Als mijn mond niet vol pizza had gezeten, was hij nu open gezakt van verbazing. 'Dat je dat nog weet.'

'Natuurlijk weet ik dat nog.' Een melancholische glimlach glijdt over zijn gezicht. 'Ik ben nooit van mijn leven zo nerveus geweest als toen. Al toen we buiten stonden die avond wist ik niet meer naar welke film we eigenlijk waren geweest.'

Ik grinnik. 'Volgens mij was het een of andere zwijmelfilm. Die ik natuurlijk had uitgezocht. Ik geloof dat ik hoopte jou daarmee te kunnen verleiden, of zo.'

Lammerts pizzapunt zakt even en hij kijkt me aan op een manier die ik niet helemaal kan duiden. 'Dat is in elk geval wel gelukt,' zegt hij.

Mijn wangen kleuren en ik wil iets zeggen, maar net alsof ze weet dat dit het meest onmogelijke moment is om te bellen, begint mijn telefoon te zoemen en verschijnt Ellies foto in beeld.

Ja, het was beter geweest als ik mijn telefoon had weggelegd, maar als de kinderen weg zijn, ben ik altijd bereikbaar. Wat als een van beiden bij de hockeytraining struikelt, verkeerd terechtkomt en een pols breekt, en de club mij dan niet te pakken kan krijgen? Ik moet er niet aan denken.

Ellie daarentegen is niet degene die ik nu hoef te spreken, dus druk ik haar weg en ik grinnik ongemakkelijk naar Lammert, die uitvoerig zijn pizzapunt begint te bestuderen.

Direct nadat de oproep is gestopt, trilt het toestel opnieuw. Ik staar er een paar tellen naar en overweeg verschillende opties. De afgelopen dagen heeft Ellie me twee keer per dag gemaild – en ik heb haar continu genegeerd. Ik kan deze oproep ook laten gaan, maar Ellie kennende belt ze dan gewoon voor een derde keer. En een vierde. En een vijfde. Ik wil mijn telefoon niet uitzetten tot de kinderen weer thuis zijn, maar om nou mijn literair agent te blokkeren… Als ik nou toch opneem en dit heel snel afhandel…

Ik gooi mijn pizzapunt terug in de doos en reik naar mijn telefoon. 'Sorry. Ik moet dit even afhandelen. Zo terug.'

Hij knikt zwijgend.

Houterig duw ik mezelf omhoog. Mijn broek is gekreukeld door deze spontane actie en er is een stuk kaassliert op mijn blouse terechtgekomen. Meteen weet ik weer waarom we eigenlijk altijd aan tafel eten, in plaats van voor de haard op de grond.

'Ellie,' zeg ik, als ik de woonkamer uit ben gelopen en in de van boven tot onder in marmer uitgevoerde hal sta. Ik zet de punt van mijn Louboutin op de onderste trede van de trap en leun naar voren. 'Waar is de brand?'

'Dat kan ik beter aan jou vragen,' antwoordt ze. 'Ik vroeg me af of je nog leefde.'

'Als je iets van me nodig hebt, kun je altijd Yfke –'

'Ja, ja, je assistente bellen, ik weet het.' Ellie slaakt zo'n dramatische zucht dat ik me afvraag of ze een ademhalingscursus heeft gedaan, zo veel lucht komt erbij vrij. 'Ik heb nog niets van je ontvangen. Geen boekidee, geen pitch, nog geen letter. Hoe komt dat?'

Omdat het hypocriet is om een derde boek over relaties te schrijven als je eigen huwelijk op sterven na dood is.

Ik schud mijn hoofd. Niemand hoeft te weten dat Lammert en ik even in onrustig vaarwater verkeren. Het is precies wat het is: maar even. Niet voor altijd.

'Ik heb het gewoon druk,' antwoord ik zwakjes. Meteen kan ik mezelf wel voor mijn kop slaan: 'het druk hebben' is een excuus dat door Ellie niet bepaald geaccepteerd wordt. De keer dat ik met haar bij mijn uitgever was om mijn eerste boekcontract te tekenen, sleepte ze me naderhand mee naar de kroeg. Ik protesteerde dat ik nog van alles te doen had, maar Ellie verkondigde dat zij honderd uur in de week werkte en nóg tijd had voor een feestelijk drankje. Dat ik nu tegen haar zeg dat ik het druk heb, zal haar dus geen biet interesseren. Uren bestaan niet voor Ellie. En als ze wel bestaan, dan heeft zij er dertig in een dag, waar de rest het met vierentwintig moet doen.

Net als ik die gedachte hardop wil uitspreken, dendert Ellie met de kracht van een stoomtrein over me heen. 'Claudette, luister. Ik ben je grootste fan, dat weet je.'

Ah, daar gaan we. Het 'zus en zo, máár...'-argument.

'Máár,' zegt ze, precies zoals verwacht, 'we hebben een afspraak over je derde boek. Je voorschot is al betaald, terwijl de uitgever nog niets van je heeft gezien. Zo veel vertrouwen hebben ze in je. En ik ook, hè? Ik geloof in je. Helemaal. Maar ik moet wel een keer íéts aan ze laten zien, dat begrijp jij toch ook wel?'

Ik duw drie vingertoppen tegen de zijkant van mijn hoofd en masseer mijn slaap. 'Dat begrijp ik. Ik ben ermee bezig, echt. Geef me nog heel even. Je belt alleen op een nogal onhandig moment en ik...'

'Hoelang heb je nodig?' vraagt ze.

Ik denk even na en zeg dan: 'Twee weken.'

Meteen weet ik dat dit niet alleen gaat om mijn derde boek, maar dat dit ook een stip op de horizon is voor Lammert en mij. Twee weken, dat moet lukken. Over twee weken ziet mijn leven er compleet anders uit. Tegen die tijd hebben we de eerste stappen voor het redden van ons huwelijk gezet en dan komt mijn boekidee vast vanzelf. Ik moet het allemaal gewoon een beetje ruimte geven. Ruimte om te ontplooien. Om te groeien. Om die sfeer van net wat vaker terug te halen. Lammert en ik gaan hoofdstuk 2 en hoofdstuk 6 van *Van saai naar fraai* met elkaar verweven: dingen opschrijven in ons Liefdesboek én heel veel met elkaar praten. Wellicht dat we hoofdstuk 3, 'De pijnpunten opzoeken', meteen mee kunnen nemen! Ik voel dat een golf van enthousiasme vermengd met vastberadenheid me overspoelt. Dit gaat me lukken. Dit gaat óns lukken.

'Goed dan,' zegt Ellie. 'Als je over twee weken nog niets hebt aangeleverd, kom ik je opzoeken en blijf ik net zo lang naast je aan je bureau zitten tot we iets op papier hebben. Al moet ik blijven logeren.'

'Bedankt, El. Ik beloof je dat ik je niet zal teleurstellen.'

Als ik heb opgehangen en na een snelle plaspauze terug de woonkamer in loop, is Lammert verdwenen. Het notitieboek ligt opengeslagen naast mijn pizzadoos.

Leuk: samen herinneringen ophalen.
Minder leuk: de telefoontjes.

Hoofdstuk 3 van *Van saai naar fraai* wordt vaak gezien als het meest beladen hoofdstuk van het hele boek. Het gaat namelijk over pijnpunten. Beter gezegd: het op zoek gaan naar en erkennen van pijnpunten. Om dat te doen moet je met elkaar in gesprek. Over de fijne én de minder fijne dingen. Je gaat de dingen verdiepen die je in het Liefdesboek uit hoofdstuk 2 hebt opgeschreven. Je moet die dingen oppakken en er van alle kanten naar kijken, om vervolgens in hoofdstuk 4 de patronen die eruit zijn voortgekomen te herkennen én te doorbreken.

Ik weet waar Lammert naartoe is. Ik weet het, omdat hij dat altijd doet. Als we een discussie hebben waar hij geen zin meer in heeft, gaat hij de trap op, naar zijn kantoor. Heeft hij het 'druk', dan zit hij in zijn kantoor. Heeft hij een moment voor zichzelf nodig, dan zit hij in zijn kantoor. En ik doe hetzelfde, want ik ben ook altijd maar druk, druk, druk. Zo druk dat ik zelfs een telefoontje aanneem van mijn literair agent, terwijl ik op de grond voor de open haard mijn huwelijk probeer te lijmen.

Ik staar naar Lammerts woorden en adem een paar keer rustig in en uit.

Deze avond was succesvol. Dat we even werden onderbroken door Ellie, betekent niet dat we er maar meteen de brui aan moeten geven en allebei in ons kantoor moeten gaan zitten mokken. De telefoontjes zijn het pijnpunt, het terugtrekken op kantoor is het patroon en nu is het tijd om dat te herkennen, te erkennen én te doorbreken.

Ik klap het notitieboek dicht, neem mijn pizzadoos mee en zet koers naar boven. Daar aangekomen duw ik met mijn schouder de deur open, de pizzadoos als een mand met wasgoed tegen me aan geklemd.

Hij kijkt verbaasd op als ik binnenkom en op hem af loop.

'We moeten praten,' zeg ik. Ik laat de pizzadoos met een plofje op Lammerts bureau terechtkomen en klap de deksel open. Met één hand vis ik mijn half opgegeten pizzastuk eruit en ik gebaar dat Lammert ook een stuk moet pakken. 'Over ons,' ga ik verder, als hij niet reageert. 'Dat deden we, maar toen werden we even onderbroken door Ellie. Dat is afgehandeld en ik ben nu hier bij jou, mét jou, dus kom maar op.'

Lammerts linkermondhoek schiet kort omhoog, maar zijn glimlach komt niet eens in de buurt van zijn ogen. Hij haalt een hand over zijn gezicht. 'Met één gesprek komen we er niet, liefje.'

'Met géén gesprek al helemaal niet,' zeg ik triomfantelijk. Ik laat mezelf in de stoel schuin tegenover zijn bureau zakken, bijt een stuk van mijn pizza af en kijk hem afwachtend aan.

Een paar tellen lijken we als bevroren tegenover elkaar te zitten. De ongedwongen sfeer van beneden is verdwenen en ergens verwacht ik dat Lammert me zijn kantoor uit zet, maar dan buigt hij zich langzaam naar voren en pakt een stuk pizza uit de doos. Hij neemt een hap, kauwt een paar keer nadenkend en slikt de pizza eerst door voordat hij weer wat zegt. 'Oké. Misschien heb je gelijk.'

'Je bent afgestompt,' zeg ik. 'Hoe komt dat?' Ik probeer geen oordeel in mijn stem te laten klinken; het is een constatering waar ik graag het gesprek over aan wil gaan.

Hij haalt zijn schouders op en brengt tot twee keer toe het stuk pizza naar zijn mond zonder een hap te nemen. Dan zegt hij: 'Ik weet het niet. Ik ben er inmiddels aan gewend dat we op deze manier met elkaar omgaan en ik vind het moeilijker dan ik dacht om me voor je open te stellen. Het zit zo in mijn systeem om...' Hij valt stil.

Ik wil naar voren schieten en doorvragen, maar ik doe het niet.

Veel mensen hebben de natuurlijke neiging om stiltes in een gesprek op te vullen. Dat betekent dus ook dat als jij dat juist níét doet, de ander dat automatisch op zich neemt. Geleerd tijdens mijn opleiding: als je veel van iemand wilt weten, moet je niet alleen voldoende vragen stellen, maar ook weten wanneer je je mond moet houden.

Zoals nu, want Lammert haalt opnieuw een hand over zijn gezicht en gooit zijn pizzastuk terug in de doos.

Ik doe hetzelfde; mijn trek is verdwenen. Inwendig vervloek ik mezelf dat ik geen servetjes heb meegenomen: nu moet ik mijn vette vingers in mijn schoot laten liggen tot er een acceptabel moment is om naar de badkamer te lopen en mijn handen te wassen.

Lammert ziet het en trekt een lade van zijn bureau open. Ik kijk even beduusd naar de tissuedoos die hij me voorhoudt, maar pluk er toch een tissue uit en veeg mijn vingers af. 'Dank je wel,' zeg ik.

Hij geeft een kort, bevestigend knikje als reactie.

Is het de bedoeling dat dit soort gesprekken zo stroef en moeizaam gaan? Ik heb niet het idee dat de stellen tegenover mij net zo ongemakkelijk zijn als wij nu.

Ineens krijg ik een geniale ingeving. We moeten niet tegenover elkaar zitten, zelfs niet zo half als nu. We moeten onze neuzen dezelfde kant op krijgen – letterlijk.

Ik sta op, gooi de tissue in de pizzadoos, pak Lammerts hand en loods hem zijn kantoor uit. De gang over, naar de slaapkamer.

'Gaan we…'

'Nee, niet dat,' zeg ik, al weet ik niet zo goed waarom niet. Misschien dat het júíst spanning terugbrengt in onze relatie als ik hem ter plekke zou bespringen, maar voor nu ben ik iets anders van plan.

Ik duw Lammert op bed, sluit de deur naar de gang en trek de gordijnen dicht, waardoor het zo goed als donker wordt in de slaapkamer. Dan doe ik mijn schoenen uit en ga ik op mijn rug naast hem liggen, mijn handen op mijn buik gevouwen. We kijken allebei naar het plafond.

'Ik luister,' zeg ik zacht.

Dat we elkaar amper kunnen zien en er verder geen enkel geluid in huis te horen is, maakt dat we in een soort bubbel zitten. De duisternis ligt als een beschermende deken over ons heen en dwingt ons zachter te praten, alsof we op dit moment onmogelijk onze stem zouden kunnen verheffen.

Lammert zucht diep en ik hou mijn adem juist in, in afwachting van wat hij gaat zeggen.

'Het zit zo in mijn systeem om ervan uit te gaan dat ik teleurgesteld word,' zegt hij dan.

Zijn woorden snijden recht door mijn ziel en knijpen zo abrupt mijn keel af dat het is alsof ik met een sjaal om achter de deurklink blijf hangen.

'Het is niet dat ik het niet wil, echt niet,' zegt hij. 'Anders had ik geen ja gezegd op dit voorstel. Maar zo veel teleurstellingen achter elkaar zijn niet zomaar verdwenen. Ik denk nog steeds meestal bij voorbaat: ik zeg dit maar niet, want ze keurt het toch af. Ze weet er toch iets negatiefs van te maken. Ze brandt het toch af. Ze heeft er toch geen zin in.' Hij valt stil en lijkt zijn woorden af te wegen voordat hij verder gaat.

Ik kijk opzij en zie zijn borstkas rustig op en neer gaan. Mijn ogen zijn inmiddels wat meer gewend aan het donker, maar ik kan zijn gezichtsuitdrukking niet zien.

'Ik weet niet eens wanneer dat precies is gebeurd,' zegt hij. 'Het is niet dat ik van de ene op de andere dag die conclusie heb getrokken.'

'Het is een proces,' zeg ik.

'Ja.'

'Waarom heb je me dit nooit verteld?'

Hij zwijgt.

'Niet je woorden afwegen,' zeg ik. 'Gewoon zeggen wat er in je opkomt.'

'Omdat het zo geleidelijk is gegaan dat ik het me heel lang niet eens heb gerealiseerd. En toen ik het doorhad, dacht ik dat het te laat was.'

'Het is nooit te laat,' zeg ik zacht. 'Maar het is wel oneerlijk om meteen met een scheiding te komen en niet eerst te proberen het alsnog op te lossen. Pas als de boom gekapt is, is het te laat. Tot die tijd moet je binnen de juridische termijn bezwaar mogen maken tegen de kapvergunning.'

Hij blaast lucht uit zijn neusgaten in een halfhartig, zacht lachje, maar zegt niets.

We zeggen allebei niets en voor het eerst heb ik niet eens de behoefte om de stilte op te vullen. Weten wanneer je je mond moet houden, betekent blijkbaar soms ook dat je gesprekspartner hetzelfde doet. Ik voel zijn arm naast me bewegen en laat als vanzelf mijn hand tussen ons in vallen. Zijn hand vindt de mijne en onze vingers vervlechten zich met elkaar.

'Dank je wel,' fluister ik. 'Voor het praten.'

Hij draait zijn hoofd en drukt een kus in mijn haar. Dan fluistert hij terug: 'Dank je wel voor het luisteren.'

Hoe vaak doe je iets wat je eigenlijk niet wilt of waar je eigenlijk geen zin in hebt, puur om een ander een plezier te doen? Het is tijd om vaker 'nee' te zeggen tegen anderen en vaker 'ja' tegen jezelf! Met dit boek heb je dé sleutel in handen tot meer zelfliefde. De keus is aan jou: steek je hem in het slot, of laat je hem liggen?

Uit: Omslagtekst Houden van jezelf

11

Toen ik op mijn vijfentwintigste dit bedrijf startte, deed ik dat omdat ik in mijn omgeving dingen opmerkte die bij Lammert en mij niet voorkwamen. Dingen waarvan ik hoopte dat ik anderen erbij zou kunnen helpen. Pasgetrouwde stellen die elkaar uit het oog verloren. Ouders bij wie het leven volledig om de kinderen draaide, maar die zichzelf – en elkaar – compleet vergaten. Bij bijna iedereen gebeurde het, maar bij ons niet. Niet omdat het ons allemaal zo makkelijk afging, maar omdat wij, op de dag dat we die positieve zwangerschapstest in handen hadden, één ding afspraken: wij blijven oog houden voor elkaar, wij blijven praten over hoe het gaat en wij blijven de momenten samen koesteren.

Hoe het mogelijk is dat we dat gaandeweg zijn vergeten, weet ik niet, maar na gisteravond zijn we het voorzichtig aan het terugvinden.

Ik sluit mijn laptop af, klap hem dicht en laat mijn hoofd in mijn handen zakken. Beneden hoor ik Eloise tegen Rijk krijsen – vast iets over de PlayStation en dat hij de controllers weer laat slingeren of zo. Heel even hoop ik dat Lammert ze in het gareel weet te krijgen, maar dan besef ik dat hij vandaag de eerste verbouwplannen in Antwerpen bespreekt. Omdat we dit weekend naar de open dag van een middelbare school voor de kinderen gaan is hij vanavond weer terug, maar de komende maanden zullen er ook momenten zijn waarop hij in Antwerpen blijft. Met Ronja.

Vanochtend heb ik tot drie keer toe een begin gemaakt met mijn nieuwe boek. Ik wilde iets schrijven over hoe belangrijk het is om oog voor elkaar te houden, maar elke keer was ik na een paar alinea's al klaar.

Ik kan het gewoon niet.

Nog niet. Niet nu.

Ik kan op dit moment geen boek schrijven met advies aan anderen als ik zelf dat advies niet eens ter harte neem. Alsof een patissier zegt: 'Maak deze taart, hij is heerlijk!' maar die taart na het bakken zelf meteen in de prullenbak gooit. Of nee, erger: dat hij niet eens weet of de verhoudingen van het recept wel kloppen en of je abrikoos wel met hazelnoten moet combineren.

Ik moet schrijven over het bakken van een taart en heb niet eens een oven.

Mijn telefoon piept.

Ik stop met het masseren van mijn slapen en werp een blik op het scherm. Het is een e-mail van Yfke. Omdat er geen afspraken met cliënten stonden voor vandaag, heb ik Yfke vrij gegeven, maar blijkbaar zit ze thuis toch nog even de inbox bij te werken.

Sinds de opnames lijkt Yfke uit alle macht te doen alsof ze niet vreemd op mijn schoonzus reageerde. Zelfs toen de cameraploeg en Boaz weg waren en we nog met zijn tweeën over waren, bleef het stil. Ik vond dat het niet aan mij was om ernaar te vragen, dus ruimden we in stilte mijn kantoor op en spraken we daarna nog even de binnengekomen mails door. En dat was het. Sindsdien ligt het onderwerp 'mijn assistent reageerde heel vreemd op mijn schoonzus' op het kerkhof, naast 'die keer dat ik zware buikloop had en alle toiletperikelen door de dunne muren op kantoor heen te horen waren' en 'mijn assistent heeft ooit gezien dat ik met mijn Tesla een deuk in de auto van de buurman reed en zonder een briefje achter te laten wegliep'. We hebben het er niet meer over, einde verhaal.

Hoi Claudette,

Ik heb een nieuwe cliëntaanvraag binnen. Ze zeggen dat ze persoonlijk door jou zijn goedgekeurd. Klopt dat? Je hebt toch geen ruimte voor nieuwe cliënten? In de bijlage de aanvraag, ik hoor graag hoe ik op ze kan reageren.

Groetjes,
Yfke

PS Vergeet niet vanavond de live-Q&A voor de Instagramcursisten!

Shit. De zus van Rechterhand Ronja en haar man. Ik heb eigenlijk echt geen ruimte voor nieuwe cliënten. Al helemaal niet voor mensen die praktisch aan me zijn opgedrongen. Maar tegelijkertijd…

Ik leun achterover in mijn stoel en tik met mijn wijsvinger tegen mijn kin. Misschien dat ik Ronja's zus wel een beetje zou kunnen uithoren over Ronja. Niet te veel, gewoon zo af en toe. Het is nou eenmaal verstandig om te weten met wie Lammert de komende maanden zo 'intensief gaat samenwerken', toch? Dat ik daarvoor een beetje moet schuiven met mijn werkschema, neem ik dan maar voor lief.

Ik stuur Yfke terug dat ze deze cliënten inderdaad mag aannemen en twijfel of ik eraan toe moet voegen dat ze altijd met me mag praten, maar meteen voel ik me een bemoeizuchtige buurvrouw. Als ze er zelf niet over begint, is het niet aan mij om het gesprek te openen, zo simpel is het.

Zodra ik op 'verzenden' heb gedrukt, klap ik mijn laptop weer open. Tijd voor wat FBI-speurwerk naar Lammerts 'geweldige medewerker'. Ik surf naar Facebook en typ haar naam in, maar dan besef ik dat ik haar achternaam helemaal niet weet. En ik weet ook niet of ze hier uit de buurt komt; voor hetzelfde geld woont ze zestig kilometer verderop.

Lammert heeft geen Facebook, dus ik kan haar ook niet tussen zijn vrienden zoeken. Dan… LinkedIn? Vrijwel iedereen heeft LinkedIn, toch? Ik ook, al doe ik er niets mee. Ik geef alleen af en toe een like of een reactie als iemand me tagt in de zoveelste symposiumtoespraak. 'Claudette Verheyen-van Raasveld sprak op ons symposium over het belang van een goede fundatie voor relaties, zowel zakelijk als privé. De hele zaal hing aan haar lippen.' Dan reageer ik iets als: 'Bedankt voor de uitnodiging! Fijn om deel uit te mogen maken van het programma.' En dan levert me dat weer wat likes en nieuwe connecties op. Verder hou ik me vooral bezig met mijn perfect uitgekiende Instagrampagina en is Yfke degene die mijn onlinecursus beheert op de besloten pagina van mijn website. Zij is ook degene die de vragen beantwoordt in de *direct message*-inbox, dus behalve af en toe wat plaatsen en soms op een comment te reageren hoef ik alleen sporadisch online te verschijnen voor een live-Q&A.

Ik surf naar LinkedIn en typ Lammerts naam in de zoekbalk. Zijn profielfoto komt meteen tevoorschijn: een stralende lach boven een wit overhemd, met op de achtergrond een van de hotels. Ik weet nog heel goed dat hij nerveus was voor die shoot. Het was de eerste sinds tijden en er was een IT-bedrijf bezig geweest om de website van Verheyen Hotels te upgraden, inclusief een nieuwe 'Over ons'-pagina. Zijn zenuwen bleken nergens voor nodig te zijn: zoals altijd was de fotograaf meteen weg van hem en was de perfecte foto al binnen enkele seconden genomen.

Via Lammerts profiel kom ik op de lijst met alle medewerkers van Verheyen Hotels uit, en ik scrol door de namen tot ik die van Ronja zie staan. Ronja van Es.

Ik open haar profiel in een incognitovenster, zodat ze niet ziet dat ik op haar pagina heb gekeken.

Ronja's profielfoto is al net zo superieur als die van Lammert. Zwarte lokken golven als pure perfectie verpakt in een kapsel over haar schouders en haar tanden zijn zo wit dat ik de helderheid van mijn scherm acuut lager zet.

Ze is perfect.

Bah.

Net op het moment dat ik haar complete profiel aan het doorspitten ben op spelfouten en andere onvolkomenheden, klinkt er een zacht klopje op de deur. 'Mam?'

Ik klap van schrik mijn laptop weer dicht. 'Ja?'

De deur gaat voorzichtig open en Eloise steekt haar hoofd om de hoek. Haar ogen zijn betraand en ze haalt sniffend haar neus op.

Meteen rol ik mijn bureaustoel naar achteren en ik gebaar dat ze bij me mag komen. 'Wat is er gebeurd?'

Mijn dochter wankelt op me af en hijst zichzelf op de hoek van mijn bureau. 'Rijk zegt dat hij op de Centrale Eindtoets vast beter scoort dan ik.'

Ik leg mijn hand op haar hand en wrijf er zacht overheen met mijn duim. 'Waarom zegt hij dat?'

'Omdat ik aan het leren was en vroeg of hij wat stiller kon zijn met de PlayStation, en toen zei hij dat het toch geen zin had om te leren want ik was toch dom.'

Ah, daar is de PlayStation. Weliswaar in een andere hoedanigheid dan ik verwacht had, maar toch.

'Denk jij ook dat je dom bent?' vraag ik haar.

Ze schudt krachtig haar hoofd. 'Nee. En juf Hetty ook niet. Zij denkt dat we allebei een goed advies krijgen.'

'Mooi zo. Ik wéét namelijk dat jij niet dom bent, en dat is niet alleen vanwege je schooladvies. En ik vind het heel goed van je dat je leert voor de eindtoets. Dat zou Rijk ook moeten doen, maar we weten allebei dat je broertje er niet zo goed in is om dingen te doen die hij eigenlijk zou moeten doen.'

Ze giechelt en haalt haar mouw langs haar neus. Ze draagt een nieuwe, gestreepte trui en ik wil heel graag roepen dat ze haar mouw niet als tissue moet gebruiken, maar ik doe het niet. Er zijn ergere dingen in het leven. Toch leun ik naar voren op mijn bureau en pluk ik een tissue uit de tissuedoos, om die nonchalant aan haar te geven. 'En je hebt nog even, hè? De eindtoets is pas over drie weken.'

'Drie weken gaan supersnel voorbij, hoor,' zegt ze verontwaardigd. 'Al helemaal als je alleen maar zit te gamen. Rijk heeft ook nog niet eens zijn teksten voor de schoolmusical geleerd.'

'Het lijkt me een goed idee als we dat binnenkort maar eens samen oppakken, denk je niet?' zeg ik sussend. 'Zowel de schoolmusical als het leren voor de eindtoets. Je hebt gelijk: drie weken gaan razendsnel voorbij. Heb je je al voorbereid op de open dag?'

Ze knikt fanatiek en snuit haar neus in de tissue. 'Ik wil de gymzaal zien, en kijken of ze een hockeyveld hebben, en zien hoe groot de aula is, en hoe het muzieklokaal eruitziet. Ik hoop dat ze een piano hebben, net als wij.' Haar breekbare poppengezichtje klaart alweer iets op. Ze wipt van mijn bureau af en deponeert de volgesnotterde tissueprop met een boogje in de prullenbak. Bij de deur draait ze zich om en vraagt: 'Wat was jij eigenlijk aan het doen?'

'Niks, lieverd,' zeg ik snel. 'Ik was de vragensessie van vanavond aan het voorbereiden en de shotlist voor morgen aan het doornemen. Dan ga ik weer filmen voor de cursus, weet je wel?'

Ze gooit haar lange, blonde vlecht over haar schouder. 'Oké.'

Mijn dochter vergeet blijkbaar meteen de ruzie die ze net nog met haar broertje had, want ze vraagt: 'Gaan we eten bestellen vanavond? En mogen Rijk en ik dan uitkiezen waar we dat doen?'

'Dat mag,' antwoord ik. 'Zolang het geen pizza is, oké?'

Eloise steekt juichend haar vuist in de lucht en sluit dan de deur achter zich. Meteen hoor ik haar roepen op de gang: 'Rijk, we mogen Thais bestellen van mama!'

Ik kan een glimlach niet onderdrukken. Dat is natuurlijk ook een vorm van 'samen uitkiezen'.

Ik klap mijn laptop weer open en klik hoofdschuddend de LinkedInpagina van Ronja weg.

Ze wordt vast niet minder perfect als ik giftig naar haar profielfoto blijf staren.

12

De *Van saai naar fraai*-cursus is een vijf maanden durende cursus waarin ik, uiteraard aan de hand van mijn boek, cursisten begeleid tijdens hun proces van relatietransformatie. Ik heb hem eigenlijk bedacht uit een soort noodzaak: mijn agenda was zo vol en mijn wachtlijst zo lang dat potentiële cliënten allang een andere therapeut hadden gevonden – of uit elkaar waren – tegen de tijd dat ik eindelijk plek voor hen had. Daarom bedacht ik de cursus: laagdrempelig toegankelijk via een besloten onlineomgeving. Via de QR-code aan de binnenkant van mijn boekcover kom je op een website waar je je aankoopbon kunt uploaden en dan de eerste module gratis kunt volgen. Niet helemaal gratis, overigens, want sinds de tweede druk is *Van saai naar fraai* twee euro duurder dan eerst, maar dat hoeven mijn cursisten niet te weten.

Na aanmelding is het cursusverloop simpel: bij elk hoofdstuk hoort één module, waar de cursist twee weken de tijd voor heeft. Elke twee weken wordt een nieuwe module vrijgegeven en als een cursist vragen heeft, kan hij die stellen per mail of in de live-Q&A, die strategisch na de eerste module is gepland zodat geïnteresseerden later nog kunnen aanhaken.

Tijdens de cursus upload ik ook zorgvuldig geplande posts op mijn Instagramaccount, die uiteraard verschijnen als 'spontane posts' waarin ik naar mijn kantoor wandel of een wijntje drink bij de open haard. Met die posts haal ik meestal nog enkele tientallen extra cursisten binnen, dus het is zaak om precies op het juiste moment de juiste dingen te delen.

'Op een gegeven moment kom je op een punt in je carrière dat je een contentkalender nodig hebt,' zei Ellie ooit tegen me. 'Zie het als een stukje marketing. Bouwen aan je merk.'

Ik weet heus wel dat ze gelijk heeft, maar alsnog zou ik liever willekeurige dingen uit mijn leven delen op een moment dat ik er zin in heb. Niet omdat het beter past in de feed of omdat het hét moment is om de laatste twijfelaars over de streep te trekken, maar gewoon omdat de zonsondergang zo mooi was en ik er toevallig een foto van heb gemaakt.

Daarom vind ik de live-Q&A's zo leuk: écht contact met mijn volgers en cursisten. Kletsen over van alles, brandende vragen beantwoorden... Oké, en wat complimenten over mijn boek ontvangen. Dat is ook niet verkeerd. Zeker niet nu de cursor van mijn document getiteld 'Ideeën voor boek drie' de rest van de middag vruchteloos heeft staan knipperen.

Ik instrueer de kinderen dat ze stil moeten zijn en het komende uur niet in de buurt van mijn kantoor moeten komen tenzij er iets in brand staat, en vertrek naar boven om alles klaar te zetten.

Veel mensen denken dat je bij een onlinepresentatie of Instagram Live-sessie voor een niet-afleidende achtergrond moet zorgen. Maar juist een saaie, witte achtergrond zorgt voor afleiding! Het is het complete plaatje dat ervoor zorgt dat je de aandacht vasthoudt; in een gesprek zit je je gesprekspartner ook niet continu diep in de ogen te staren.

Daarom schuif ik een van mijn fauteuils zo dat ik genoeg ruimte heb om mijn ringlamp en telefoonstandaard neer te zetten, en je op de achtergrond een deel van mijn kantoor ziet. Op een uitstekende plank van de boekenkast steek ik twee waxinelichtjes aan en ik dim de lampen in de kamer, zodat het een sfeervol geheel wordt. De volgende keer zou ik dit bij de open haard moeten doen: lekker kletsen met mijn cursisten, peilen wat hun voortgang is en als het nodig is wat mensen een hart onder de riem steken en ze bemoedigend toespreken.

Ik schenk een glas water in, knip mijn ringlamp aan zodat ik goed ben uitgelicht en open Instagram. Het klokje in de boekenkast vertelt me dat het precies acht uur is en ik voel wat zenuwkriebels onder in mijn buik.

Zodra ik de livesessie ben gestart, zie ik het kijkersaantal oplopen.

'Hallo, allemaal! Goedenavond,' zeg ik zonnig. 'Ik zie dat iedereen gezellig binnendruppelt, wat fijn dat jullie er zijn. Deze Q&A is bedoeld voor iedereen die onlangs is gestart met de cursus gebaseerd op *Van saai naar fraai*, maar mocht je nou toevallig inschakelen en geen cursist zijn, blijf dan ook gewoon lekker hangen. Je bent van harte welkom en als je wilt, kun je ook later nog bij de cursus aanhaken.' Ik lach mijn liefste glimlach en buig me iets naar voren om het kijkersaantal te zien. Honderd. Een aardig volle ruimte. Ik beeld me in dat ik voor een zaal sta met een publiek dat als één grote zwarte vlek achter de felle spotlights naar me kijkt. Verwachtingsvol. Afwachtend. Misschien een beetje sceptisch, omdat nog niet iedereen heeft bereikt wat ze willen. Of misschien juist wel hoopvol en bewonderend, juist omdat ze zo veel aan mijn boek hebben.

'We zijn al met honderd, zie ik, dus laten we beginnen. Nogmaals hallo iedereen. Welkom. Leuk dat jullie er zijn. Vandaag is bedoeld als open moment om vragen te stellen. Over de cursus, over het traject, over mij, over het boek...' Ik steek *Van saai naar fraai* omhoog en streel liefkozend over de kaft. 'Je mag me alles vragen wat je wilt. Er zijn al een paar vragen binnengekomen die ik graag eerst wil behandelen, omdat ik denk dat ze voor iedereen wel relevant zijn. Als je tussendoor nog andere kwesties hebt waar je iets over wilt weten, deel het gerust in de comments. We beantwoorden alle vragen morgen in een extra nieuwsbrief, dus mocht ik je vraag niet voorbij zien komen, dan betekent dat niet dat hij onbeantwoord blijft!' Ik werp mijn geruststellende therapeutenglimlach in de camera en leg het boek naast me neer. Om de tijd zo optimaal mogelijk te benutten, behandel ik veelgestelde vragen vaak direct aan het begin: is de cursus later terug te kijken, wat als ik een module gemist heb, kan ik ook later aanhaken, is het erg als we nog niet echt vooruitgang hebben geboekt?

Met mijn rustige therapiestem loop ik alle vragen af: ja, het kan ook later en de modules blijven een halfjaar beschikbaar. Daarna wordt de cursuspagina gedeactiveerd en heb je een nieuwe inlogcode nodig om weer mee te doen. Nee, het is niet erg als je het gevoel hebt weinig voortgang te maken. Kleine stapjes zijn ook stapjes en de cursus is een houvast, geen tijdspad dat je moet volgen.

Als ik alle vragen heb beantwoord, leun ik weer naar voren om de stroom aan binnenkomende reacties te bekijken.

Hoe doe jij het? schiet voorbij. Een gelukkig gezin én een drukke baan, dat lijkt me ontzettend moeilijk te combineren.

Meteen is het alsof een onzichtbare hand naar mijn keel vliegt en ik doe mijn uiterste best om de vraag te negeren. ‘Even zien, hoor… Ah! Klopt het dat de eerste module net is afgerond?’ lees ik hardop voor. ‘Dat klopt. We starten vanaf maandag met de module die is gebaseerd op hoofdstuk twee, “Als je de verbinding met elkaar verliest”.’ Ik steek mijn hand op en tel op mijn vingers. ‘Hierna gaan we het nog hebben over pijnpunten, praten, praten, praten, de verbinding terugvinden, patronen herkennen, gaten dichten in een zinkend schip – mijn favoriet – en nog veel meer. Dus ik wil meteen van de gelegenheid gebruikmaken om nogmaals te benadrukken dat als er kijkers zijn die nog willen aanhaken, je echt van harte welkom bent. Op mijn website vind je de link naar de cursuspagina en na het afrekenen krijg je meteen een inlogcode toegestuurd. Je kunt ook mijn boek aanschaffen, dan krijg je de eerste module gratis. Het is niet nodig om het boek te hebben, maar ik merk dat veel mensen het er graag naast houden voor wat extra verdieping.’ Ik werp opnieuw een zorgzame glimlach richting het scherm en trek een ernstig gezicht. ‘En voor de cursisten die al meedoen: *connect* ook gerust met medecursisten, hè? Daar is de community voor. Mijn team en ik staan altijd voor je klaar, maar je medecursisten maken hetzelfde mee als jij. Om maar weer even een scheepsmetafoor te gebruiken: zij zitten in hetzelfde schuitje! Leg verbinding met elkaar, wissel ervaringen uit…’ Ik leg plechtig mijn hand op mijn borst. ‘Weet dat je niet alleen bent. Goed, even kijken of er nog meer vragen binnenkomen… O, waar mijn blouse van is!’ Ik strijk over de grote strik van mijn paarse, zijden Gucci-blouse. Dezelfde blouse die Kate Middleton droeg tijdens een Instagram Live, hoewel zij de blouse achterstevoren aan had. De knoopjes horen aan de achterzijde te zitten en de grote strik aan de voorkant. Zij droeg zowel de knoopjes als de strik aan de voorkant. Enigszins gewaagd, al zeg ik het zelf, maar ach. Het is Kate Middleton, zij kan doen wat ze wil.

'Deze is van Gucci,' zeg ik. 'Leuk dat je het vraagt, dank je wel! Ik vind de kleur echt fantastisch. Even kijken of er nog meer vragen zijn...' Ik scrol over het scherm. 'Of je de cursus alleen of samen moet doen.' Met mijn meest serieuze gezicht leun ik achterover in mijn stoel en leg ik mijn handpalmen tegen elkaar alsof ik aan het bidden ben. 'Allebei mag. Kijk, het gaat natuurlijk om jullie relatie, en die kun je niet in je eentje redden. Als jij telkens de ene kant op roeit en je partner de andere kant, dan blijf je stilliggen. Of je eindigt in het riet langs de waterkant. Dus werken aan je relatie is een tweepersoons aangelegenheid.' Ik pauzeer even om mijn woorden te laten bezinken. Dan prik ik mijn vinger in de lucht. 'Maar dat betekent niet dat je deze cursus samen moet volgen. Jij kunt prima alleen de modules volgen en die vervolgens toepassen. Ja, het is makkelijker als je partner daarvan op de hoogte is en het liefst ook een beetje wil meewerken, maar dat is niet per se nodig.' Ik buig me samenzweerderig naar de camera, zet mijn hand afschermend naast mijn mond en doe alsof ik iets supergeheims ga vertellen. 'Ik heb zelfs deelnemers gehad die hun partner nergens van op de hoogte brachten, puur om te kijken wat er zou gebeuren als ze de tips en trucs zouden toepassen. En wat denk je? Werkte als een tierelier. In therapie zonder dat je weet dat je in therapie zit, hoe vind je die?' Ik leun weer naar achteren en geef een knipoog naar de camera. Deze anekdote doet het altijd goed en ik zie dan ook verschillende lachende reacties en hartjes in beeld voorbijschieten. Ik begin op dreef te raken en buig me na een slok water weer naar het scherm om de vragen te scannen.

Of het echt zo is dat Lammert en ik nooit ruzie hebben, of dat ook ons huwelijk na dertien jaar de nodige butsen, krassen en barsten heeft opgelopen.

Ik voel die onzichtbare hand weer mijn keel dichtknijpen en kakel snel: 'Tijd voor de volgende vraag. Jeetje, het zijn er zo veel! Nogmaals: mocht ik je vraag niet voorbij zien komen, dan betekent dat niet dat hij onbeantwoord blijft. Morgen beantwoorden we in een aparte nieuwsbrief alle vragen die vandaag voorbijkomen in de comments.'

Behalve die over mijn privésituatie dus.

Ik ga verzitten om weer mijn krachtige therapeutenhouding aan te nemen en ga door met de volgende vragen. '"Ik wil graag een vraag stellen maar liever niet in de openbare chat, kan het ook privé?" Ja, hoor, dat kan. Mijn team zit altijd voor je klaar om je vragen te beantwoorden. Stuur gerust een e-mail, dan krijg je binnen één werkdag antwoord. Je mag als je je vraag júíst openbaar wilt stellen ook een deelnameverzoek doen, dan kletsen we even gezellig en heb je stiekem toch een een-op-een-sessie met mij. Wel met...' Ik leun weer naar voren, '357 toeschouwers, zie ik, maar ik voel dat dit een fijne groep is. Dus wees welkom!' Ik knijp mijn ogen samen om de comments te lezen die over het scherm vliegen. 'Even kijken, hoor... Iemand vraagt waar de kaars van is die achter me staat. Dat is een Yankee Candle. Deze is in de geur Angel Wings. Een van mijn favorieten nu het voorjaar in de lucht hangt! Zo heerlijk vind ik dat, geurkaarsen. O, kijk aan, een deelnameverzoek! Even zien...' Ik buig me dichter naar het scherm toe, dankbaar dat ik me even niet op de comments hoef te richten. Soms vliegen die zo snel over het scherm dat ik ze maar amper kan bijbenen.

Mijn hand trilt meer dan ik zou willen en voordat ik het verzoek kan accepteren, druk ik eerst een paar keer mis, maar uiteindelijk lukt het en splitst mijn scherm zich in tweeën.

Onder mij op het scherm komt een jonge vrouw in beeld die niet veel ouder lijkt dan ik. Ze heeft halflang, donkerbruin haar en draagt een bril met zwart montuur.

'Hoi!' zegt ze opgewekt.

'Hallo! Welkom in mijn Instagram Live, wat fijn dat je er bent. Vertel, wie ben je, wat is je vraag? Als je je er comfortabel bij voelt natuurlijk, want je bent aan niemand hier iets verplicht.' Ik plak mijn innemende therapeutenglimlach weer op en neem een nieuwe slok water.

'Geen probleem, hoor,' zegt de vrouw op het scherm. 'Ik ben Nicole.' Zij zit dus wel voor een witte wand en het ziet er direct ongezelliger uit. Meteen ben ik extra tevreden met mijn eigen achtergrondkeuze.

Als ik Nicole moet inschatten, is ze een gezellig, ongedwongen type. Ze oogt verzorgd en netjes, maar haar T-shirt verraadt dat ze niet echt gevoel voor mode heeft. Het ding ziet er verwassen uit en ik zie nog net een of andere vage opdruk van iets wat lijkt op een 'inspirerende quote'. *DARE TO BE DIFFERENT* staat er volgens mij, met daaronder een rijtje vogels waarvan er eentje ondersteboven hangt.

Ik heb haar introductiebabbel over zichzelf een beetje gemist, maar haar laatste drie woorden brengen me direct terug in het gesprek: 'Ik ben journalist.'

'Journalist?' herhaal ik. 'O, wat interessant!' Meteen stuur ik het naar mijn hals en wangen trekkende bloed met alle kracht die ik in me heb de andere kant op. Laat haar alsjeblieft bij een of ander paardenmagazine of zo werken, of laat haar een pottenbakcolumn hebben in de lokale krant, of...

'Ik zal maar meteen met de deur in huis vallen: ik werk voor *Vuur*,' zegt Nicole glimlachend. 'Ik doe mee aan je cursus omdat ik een onderzoek doe naar je astronomisch hoge succespercentage. Ik vraag me namelijk af hoe dat kan.' Ze laat even een stilte vallen, die mijn oren graag opvullen met het gebons van mijn eigen hart. Dan zegt ze: 'Zeker omdat er geruchten gaan dat Lammert en jij zelf enige... hoe zal ik het zeggen... problemen hebben.'

13

Waar ik net nog hoopte dat mijn bloed zich niet naar mijn wangen zou begeven, hoef ik me daar nu geen zorgen over te maken: al het bloed trekt abrupt uit mijn gezicht en ik voel me licht worden in mijn hoofd.

Vuur is het bekendste maandelijkse roddelblad van de Lage Landen. Zodra er ook maar iets te melden is over welke A-, B- of C-list celebrity of welke letter van het alfabet dan ook, zitten zij erbovenop – met een mega-uitgebreide reportage uiteraard. Hun slogan is niet voor niets: WAAR ROOK IS, IS *VUUR*. Tot dusver schreven ze slechts sporadisch over Lammert en mij; dat we er zo dolgelukkig uitzagen bij de boekpresentatie van *Van saai naar fraai*, toen we de gevel van ons huis hadden geschilderd in die schitterende beige tint en natuurlijk onlangs toen Lammert Verheyen Hotels overnam. Verder niet. Althans, niet dat ik weet, want ik mag mezelf niet googelen van Ellie omdat je daar 'alleen maar ongelukkig van wordt'.

'Het is misschien een beetje gemeen om je zo voor het blok te zetten, Claudette, maar aangezien jij zo veel van je leven deelt op Instagram, leek het me niet zo'n probleem om het je op deze manier te vragen,' galmt de stem van Nicole uit de speakers van mijn telefoon. 'Tenzij je er liever geen antwoord op geeft?'

'Nee, nee, natuurlijk geef ik er antwoord op. Geen probleem. Zoals je zegt, ik heb niets te verbergen!' Mijn stem schiet de hoogte in en buiten beeld druk ik mijn nagels in mijn handpalm.

Kalm blijven. Rustig blijven. Paradijsvogel, weet je nog? Paradijsvogel.

Ik neem een flinke teug lucht en blaas beheerst uit door mijn neus. Mijn therapeutenglimlach is nog geen moment van mijn gezicht verdwenen. Volgens mij ben je als therapeut ongeveer net zo als een stewardess: hoe vervelend de situaties die je voor de voeten worden geworpen ook zijn, je mondhoeken blijven altijd omhoog. Pas als je helemaal alleen bent, laat je ze weer los.

'Het gaat helemaal prima tussen Lammert en mij,' zeg ik. 'Ik heb geen idee waar die roddels vandaan komen, maar het zijn natuurlijk niet voor niets roddels.'

Ik moet haar afleiden. Ik moet het gesprek een andere kant op sturen.

'Maar ik ben blij dat je meedoet met de cursus, Nicole! Heb je een partner met wie je de cursus samen doet, of is het puur onderzoeksgerelateerd?'

Ze schudt haar hoofd en schuift haar bril iets verder op haar neus. 'Geen partner. Puur in het kader van het onderzoek, inderdaad. Mag ik je nog iets...'

'Nou, ik geef graag antwoord op al je vragen, maar misschien is het beter om dat niet hier in de Q&A te doen,' kap ik haar af. 'Ik kan me voorstellen dat er anderen zijn die wel iets over de cursus willen vragen, en ik wil natuurlijk niet ieders tijd inpikken met een gesprek over mijn privésituatie.' Ik lach hoog en ongemakkelijk, waarna ik me snel weer naar het scherm buig om de binnenkomende reacties te zien.

Geen probleem, hoor! Ik ben eigenlijk wel benieuwd hoe het gaat tussen jou en Lammert...

Ja, ik ben ook benieuwd!

Ook benieuwd!

Van saai naar fraai is alweer een paar jaar oud, is er in de tussentijd iets veranderd tussen jullie?

Is het waar wat Nicole zegt?

Ben eigenlijk ook wel benieuwd.

Ik zet mijn vraag wel in de comments, komt hij dan aan bod in de nieuwsbrief?

Ik lees Vuur elke maand! Zo'n leuk bald.
Blad, bedoel ik.

Ik moet weg, maar wordt deze video opgeslagen? Wil eigenlijk de rest nog wel horen...

Ik scrol gehaast over het scherm, maar er komen totaal geen nieuwe vragen meer binnen.

Dat valt Nicole blijkbaar ook op, want ze glimlacht zelfgenoegzaam en zegt: 'Als ik de reacties zo lees, is het volgens mij niet heel erg als wij nog even verder praten. Zoals je net zelf zei: als ze hun vragen in de comments delen, behandel je ze morgen in de nieuwsbrief. Toch?'

Ik zit als een rat in de val.

Als ik eerlijk ben over onze situatie, keldert mijn geloofwaardigheid als therapeut en blaas ik mijn complete, zorgvuldig opgebouwde merk op. Een relatietherapeut die haar eigen huwelijk niet eens bij elkaar kan houden, hoe treurig is dat? Ik wil niet eens denken aan de koppen die er in de kranten – en blijkbaar in een enkele pagina's tellende reportage in *Vuur* – zullen staan. Mijn gedachten gaan als een razende alle kanten op. Kan ik haar niet gewoon 'per ongeluk' uit de video gooien en dan een nieuw deelnameverzoek weigeren? Of moet je in een livevideo zelf wegklikken? Ik heb nog nooit iemand uit een livevideo hoeven zetten, tot nu toe wist iedereen zelf wanneer het tijd was om eruit te gaan. Maar als ik deze video ben gestart, heb ik toch de controle over wat er in beeld staat?

Dan heb ik het.

Wat nou als ik niet lieg, maar ook niet écht de waarheid vertel? Gewoon een beetje ertussenin. Antwoord geven op de vragen, maar niet álles vertellen. Alleen wat nodig is om een geloofwaardig antwoord te formuleren, meer niet. De kans bestaat dat ze me direct doorziet, maar stel dat het wél werkt...

'Ik zie het, inderdaad,' zeg ik verbeten. 'Dat is natuurlijk het allerbelangrijkst. Nou, in dat geval... Wat wil je weten?'

Nicole buigt strijdvaardig naar voren en ik zie haar ogen glanzen. 'Hoe komt het dat deze cursus – en je boek trouwens ook – zo'n hoge *succes rate* heeft?'

'Omdat het werkt,' zeg ik meteen. 'Toen ik mijn bedrijf startte, merkte ik dat Lammert en ik anders over dingen dachten binnen onze relatie dan de meeste andere stellen. Dingen die eigenlijk heel simpel waren, haast basaal. Elkaar niet uit het oog verliezen, met elkaar praten, het aangeven als het niet goed met je gaat. Ruzies aanpakken zodra het zaadje ervoor wordt geplant, in plaats van te wachten tot het is uitgegroeid tot een gigantische doornstruik.' Ik weet dat Lammert niet naar deze livesessies kijkt omdat hij ze onzinnig vindt, maar mocht hij toevallig ooit deze video voorbij zien komen, dan hoop ik dat hij mijn struikvergelijking oppikt. 'En dat is zo ontzettend jammer, want in de basis is je relatie vaak echt wel goed. Je bent niet voor niets voor elkaar gevallen. Ergens zit die connectie er nog. Je moet hem vaak alleen even terugvinden en dat gaat soms moeizamer dan op andere momenten, maar het kan in veruit de meeste gevallen wel.' Ik leun weer achterover en neem een slok water. 'Zo ingewikkeld is het vaak helemaal niet.'

'Is dat tussen jou en Lammert dan alsnog misgegaan? Die roddels zijn er niet voor niets, lijkt me.'

Ik schamper: 'Ik heb geen flauw idee wie je bron is, Nicole, maar als ik jou was zou ik diegene toch echt eens flink door elkaar schudden. Lammert en ik –'

'Hij noemde jou niet in zijn speech toen hij de Belgische vestiging van Verheyen Hotels aankondigde.'

'Natuurlijk niet, ik heb toch ook niets met Verheyen Hotels te maken?' Ik boor opnieuw mijn nagels in mijn handpalmen. Ronja, die vuile, perfecte bitch met haar golvende zwarte haar. Ik durf te wedden dat zij naar de pers is gestapt om dit soort onzin de wereld in te helpen.

'Het zou een beetje vreemd zijn als Lammert mij zou bedanken in zijn speech als ik totaal niets te maken heb gehad met de nieuwe vestiging, toch?'

Nicole trekt een overdreven 'ik begrijp het niet'-gezicht. 'Maar je bent toch zijn partner?'

'Ja, ach.' Ik wuif haar opmerking weg met een nonchalante zwaai van mijn hand. 'Als je al zo lang samen bent, wéét je dat soort dingen van elkaar. Dan wéét je dat de ander er altijd is. Ik neem aan dat je voor je reportage ook in onze geschiedenis bent gedoken, toch? En eventueel andere speeches hebt bekeken? Dan zul je zien dat er ontzettend veel momenten zijn waarop Lammert mij wel noemt. En andersom ook, trouwens. In dit geval ging het niet om mij: het ging om Lammert senior die na zijn jarenlange inzet Verheyen Hotels achter zich laat en het stokje overdraagt aan zijn oudste zoon, en om de nieuwe vestiging. Ik heb daar niets mee te maken, echt niet. Het zou pas raar zijn als Lammert me wél had genoemd, alsof hij niemand anders had om te bedanken!' Ik ben buiten adem van dit geratel en dwing mezelf te stoppen met bazelen. Was ik niet van plan om 'niet álles te vertellen'? Zo dadelijk begin ik nog de evolutietheorie uit te leggen, alleen maar om niet een nieuwe vraag van Nicole voor de voeten te krijgen.

Abrupt klap ik mijn mond dicht en ik reik weer naar mijn glas water, dat verrassend genoeg al praktisch helemaal leeg is. Het is absoluut beter als ik nu weer terugval op mijn 'de mens is geneigd stiltes op te vullen'-theorie en net zo lang wacht totdat Nicole het woord weer neemt.

Ondertussen zie ik de reacties weer over het scherm vliegen, vrijwel allemaal met dezelfde strekking: Mooi gezegd, Claudette.

Ha. *Eat that*, Nicole.

'Ik denk dat ik voor nu wel genoeg weet,' zegt ze liefjes. 'Ik zal mezelf weer uit deze video halen. Bedankt, Claudette.'

'Jij bedankt voor je vragen, Nicole. Ik hoop dat je nog iets aan de cursus hebt, of in elk geval plezier hebt met het volgen van de modules. Je weet me te vinden, hè, als je nog iets wilt weten?'

'Dat weet ik zeker,' antwoordt ze.

Het klinkt als een dreigement.

Ik steek opgewekt mijn hand op om afscheid van haar te nemen en zie dan op beeld dat je de afdrukken van mijn nagels in mijn handpalm ziet. Snel doe ik mijn hand weer naar beneden. 'Goed, nu ik zo naar de klok kijk, zie ik dat we alweer aardig aan de tijd zitten, dus het lijkt me verstandig om af te ronden. Ik wil tot slot nog leuk nieuws met jullie delen, namelijk dat er ook een tweede cursus aankomt! Zoals jullie vast allemaal weten, verschijnt binnenkort mijn tweede boek, *Houden van jezelf*. Daarin ga ik, hoe kan het ook anders, dieper in op hoe je meer van jezelf kunt houden. Hoe doe je dat? Hoe zeg je nee tegen een ander, zodat je ja kunt zeggen tegen jezelf? Bij dat boek zijn mijn team en ik op dit moment een cursus aan het ontwikkelen, net zoals de cursus gebaseerd op *Van saai naar fraai*.' Ik steek de niet-gehavende hand afwerend omhoog. 'Ik weet het, ik weet het, we zijn pas net gestart met deze cursus en ik wil jullie ook helemaal niets verkopen. Echt niet. Het is alleen dat ik ontzettend blij ben met hoe mijn tweede boek is geworden, en de bijbehorende cursus wordt echt prachtig. Als ik een paar van jullie zo meemaak, weet ik gewoon dat *Houden van jezelf* perfect zou passen bij de levensfase waar je op dit moment in zit. Als je vragen hebt over deze tweede cursus of over mijn nieuwe boek, laat het gerust weten.' Ik til theatraal mijn pols op en kijk op mijn horloge. 'Nou, voordat ik nog meer van jullie tijd opslok, lijkt me dit me het perfecte moment om af te sluiten. Bedankt dat jullie er waren! En Nicole, als je nog kijkt, nogmaals dank voor je scherpe vragen. Dan sluit ik nu echt af. Voor mijn cursisten heel veel succes met de komende modules en voor de rest: tot snel!'

Ik zie nog net een duimpje van Nicole in beeld verschijnen voordat ik de livevideo afsluit. Wanneer ik zeker weet dat ik echt niet meer in beeld ben, vergrendel ik mijn telefoon in de houder, knip ik de lamp uit en laat ik mezelf voorovervallen op mijn okergele bank. Dan druk ik mijn gezicht in een van de fleurige, geborduurde kussens en schreeuw zo hard als ik kan.

'Het geheim van een goed huwelijk bestaat niet. Een huwelijk is hard werken, elke dag opnieuw. Neem elkaar nooit voor lief, blijf naar elkaar luisteren en blijf je voor elkaar interesseren. Daarmee kom je een heel eind. Daarmee haal je vijftig jaar huwelijk! Wat mij betreft zou dat ook geen geheim moeten zijn, daarom heb ik er een boek over geschreven. Ik heb het bij me, ik zal er zo dadelijk een achterlaten op de cadeautafel. Gewoon, voor het geval het ooit nodig is. Vast niet, maar je weet nooit! Blader het gewoon af en toe even door, dan herinner je je weer wat er echt toe doet. Liefde. Liefde is wat er echt toe doet.'

Uit: Lichtelijk aangeschoten spontane speech op een bruiloft van Lammerts verre achternicht, anderhalf jaar geleden

14

De tweede draaidag voor mijn nieuwe Instagramcursus is een stuk minder chaotisch dan de eerste – mede dankzij het gebrek aan een flitsbezoek van mijn schoonzus.

We moeten alleen het intro nog opnemen. En de promotie voor het nog te schrijven derde boek, maar daarover heb ik net heel terloops gezegd dat we die kunnen schrappen.

Noud, de opnameleider, staat naast me met de shotlist in de hand. 'Goed, Claudette, jij zit zo dadelijk achter je bureau. Je hebt je boek vast, er ligt een stapel boeken schuin voor je en je zit lekker nonchalant, alles onder controle, je straalt openheid en warmte uit. Dan begin je het openingspraatje. Welkom bij de cursus, hier gaat het over... Enzovoorts.' Hij wijst met zijn pen naar de velours stoelen en kijkt naar Yfke en de cameracrew. 'Stonden die de vorige keer ook zo?'

Ik knik. 'Ik heb een foto gemaakt na de vorige draaidag, zodat ik ze precies zo terug kon zetten. De schoonmaker had ze wat verschoven bij het stofzuigen, maar nu staan ze weer recht.'

'Perfect,' zegt hij. 'Niets zo vervelend als gebrek aan continuïteit.'

De cameraman past wat instellingen van de camera aan en kijkt met één dichtgeknepen oog door de lens. 'Wat mij betreft zijn we er klaar voor. Claudette, kun jij gaan zitten? Dan kan ik even kijken of ik je goed scherp heb.'

Ik neem de laatste slok uit het flesje water dat ik vast heb en zet het naast mijn bureau op de grond, buiten beeld. Dan neem ik plaats op mijn bureaustoel en ga ik nog één keer met mijn hand over mijn haar om te controleren op opspringende plukjes.

Noud kijkt samen met Yfke over de schouder van de cameraman mee op het afkijkscherm.

Yfke steekt haar duim naar me op en Noud knikt tevreden. 'Ziet er geweldig uit, Claudette. Ik zou direct alles aannemen wat je zegt.'

Ik zorg ervoor dat ik goed rechtop zit en kijk in de camera. Als het rode opnamelampje aan gaat en de geluidsman zegt dat de audio loopt, plak ik een vriendelijke glimlach op mijn gezicht en wacht ik op het teken dat ik kan beginnen.

'Wist je dat de oude Grieken acht verschillende soorten liefde hadden? Ze hadden aparte woorden voor onder andere flirten, familiaire liefde, lust én eigenliefde. Met andere woorden: de liefde voor jezelf. Dat is waar wij het in deze cursus over gaan hebben. Doordat jij de stap hebt gezet om met deze cursus te starten, kies jij voor jezelf.' Ik grijp plechtig *Houden van jezelf* vast en hou het boek omhoog richting de camera. 'Zelfliefde is meer dan af en toe een maskertje pakken of chocolade kopen zonder schuldgevoel. Het is nee zeggen tegen iets omdat je weet dat het te veel energie vraagt. Kiezen voor jezelf. Jezelf centraal stellen in het leven en weten dat dat goed is. Dat dat még. Want dat mag echt! Zelfliefde is niet egoïstisch, het is juist het meest loyale wat je een ander kunt geven.'

Gisteravond heb ik dit stuk nog twee keer herschreven, omdat ik vond dat het niet helder genoeg was. Vóór de Q&A, gelukkig, niet erna. Erna heb ik een volle minuut in mijn bankkussens geschreeuwd en vervolgens een groot glas wijn ingeschonken, waarna ik met de kinderen een of andere slechte comedyfilm keek over een vrouw die in een loterij een B&B wint. Ongeloofwaardig en ook nog eens ontzettend saai, maar het was in elk geval wel gezellig en het haalde gelukkig mijn gedachten bij Nicole weg.

Nu ik Yfke tijdens mijn vernieuwde intro op haar lip zie bijten en een paar keer flink zie knipperen, weet ik dat het goed zit.

Yfke huilt nooit.

Zelfs niet toen ze me vertelde over het verlies van haar eerste huisdier, een herdershond genaamd Mickey. 'Verlies hoort bij het leven,' zei ze, waarna ze een kort moment voor zichzelf nam en vervolgens gewoon weer verderging met haar werk.

Wacht.

Yfke huilt nooit.

Echt nooit. Letterlijk nooit.

Het is dat ze traanvocht nodig heeft om haar ogen niet te laten uitdrogen, anders zou ik zweren dat ze niet eens traanbuisjes heeft.

Terwijl ze wild knipperend naar boven kijkt, rond ik mijn intropraatje af en dreun ik de onderwerpen uit de cursus op. Ik druk de kijkers op het hart dat mijn inbox altijd openstaat voor vragen en dat ze zojuist een levensveranderende keuze hebben gemaakt. Dat dit een nieuw pad is dat we samen gaan bewandelen. Een punt waarop ze met zekerheid kunnen zeggen: vanaf nu is mijn leven nooit meer hetzelfde.

Als de cameraman 'staat erop!' heeft geroepen, schiet ik omhoog uit mijn stoel. 'Top. Nou, dat was hem, toch?'

De crew knikt instemmend en ik zet mijn meest professionele ik-heb-alles-onder-controle-glimlach op.

Als alle apparatuur weer in de cameratassen zit en ik iedereen heb bedankt voor hun inzet, blijven Yfke en ik als enigen achter. Ik tap twee koppen kokend water uit de Quooker-kraan en zet een van de koppen voor haar neer op de hoek van mijn bureau.

'Gaat het?' vraag ik.

Yfke gaat zitten in een van de gebloemde fauteuils tegenover mijn bureau en doet er alles aan om mijn blik te ontwijken. Met trillende handen maakt ze een zakje kamillethee open en hangt het in haar theekop. Daarna blijft ze aan de verpakking frunniken, nog steeds met haar ogen op alles gericht behalve op mij.

'Ik kan je niet dwingen om met me te praten,' zeg ik. 'Maar ik wil dat je weet dat ik er voor je ben.'

Ze knikt.

Even verwacht ik dat daarmee het gesprek is beëindigd, maar blijkbaar heeft ze er toch behoefte aan om haar hart te luchten. Ze haalt diep adem, gooit het verpakkingspapiertje op mijn bureau en zegt: 'Ik had nooit verwacht dat ik haar weer zou zien.'

Ik trek mijn wenkbrauwen in een vragende frons, maar Yfke ziet het niet eens.

'Annemijn,' zegt ze tegen mijn bureau. 'Ik wist wel dat ze schoonfamilie van je was natuurlijk, want ze heeft dezelfde achternaam als je man. Maar alsnog...' Haar stem sterft weg.

'Hebben jullie een geschiedenis samen?' vraag ik. Mijn gedachten razen door mijn hoofd. Ze zijn ongeveer even oud, dus het zou me niks verbazen als ze elkaar van school of een of andere vereniging kennen. Yfke vertelde me ooit dat ze een blauwe maandag heeft gehockeyd. Net als Annemijn dus. De kans is groot dat Yfkes korte hockeyloopbaan mede aan Annemijn te danken is, bijvoorbeeld.

'Ja.' Haar ogen schieten omhoog en voor het eerst kijkt ze me aan. Ik meen een vleugje angst op haar gezicht te zien, maar ze zegt niets.

Alles in mij schreeuwt: 'Praat erover! Met mij! Of met Annemijn!'

Maar ik zeg niks.

Ik zou natuurlijk wél gewoon een keer open het gesprek met Annemijn aan kunnen gaan. Ik bedoel: ze is mijn schoonzus, en ik ben eigenlijk wel benieuwd wat er tussen hen is gebeurd. Als ze echt iemand van de hockey heeft weggepest, ligt daar waarschijnlijk een bepaalde angst aan ten grondslag. Kinderen pesten iemand vaak om hen naar hun eigen niveau te trekken. Naar beneden, uit angst om er zelf niet meer bij te horen. Angst die ik met haar zou kunnen doorbreken...

Yfke vist haar iPad uit haar tas en schraapt haar keel. 'Ik heb van Ellie de planning voor de boektour ontvangen en die wil ik graag nog even met je doorlopen. Kan dat nu?'

Ik ga wat meer rechtop zitten en zet mijn computer aan. 'Ja, zeker. Absoluut.'

Oké, gesprek voorbij. Maar mijn gedachten hierover nog niet...

15

Ik heb een Google Alert ingesteld op 'Verheyen' en op 'Claudette Verheyen-van Raasveld'. Ik mag mezelf niet googelen van Ellie, maar nu ik weet dat een journalist me op de hielen zit, hoor ik het liever direct als er iets over Lammert of mij wordt geschreven.

Nu de pers lucht heeft gekregen van het nieuwe hotel in Antwerpen, wordt Lammert als kersverse CEO sowieso continu gebeld voor interviews. Ik wil gewoon weten of het enkel over het hotel gaat, of dat Nicole hem ook benadert in het kader van haar 'onderzoek'. Aan Lammert kan ik het niet vragen: na afloop van zo'n telefonisch interview geeft hij me vaak zo'n summiere samenvatting dat ik er niets aan heb. Dan lees ik liever het hele artikel. Gewoon, om te kijken wat er precies is opgeschreven, en zo. Om te zien of Ronja nog genoemd wordt en zo ja, wat er dan over haar wordt gezegd.

En of hij het over mij heeft. Misschien dat ook.

Tot dusver heeft het me nog weinig opgeleverd: een saai, algemeen artikel over de hotelketen en één duo-interview met Lammert en zijn vader, waarin de geschiedenis van Verheyen Hotels uiteengezet werd en ze vooral ingingen op 'hoe mooi het is dat dit familiebedrijf nu door de derde generatie geleid wordt'. Dat er achter de schermen vooral veel geléden wordt, maakt blijkbaar niemand iets uit.

Van Nicole heb ik nog niets voorbij zien komen, maar alsnog zit ze continu in mijn achterhoofd. Ze is een soort donkere wolk die boven mijn hoofd hangt, klaar om me te verzuipen in de grootste regenbui die ik ooit heb meegemaakt. Die Google Alert voelt tenminste nog als een melding van Buienradar, zodat ik me kan wapenen met een paraplu.

Ik stop mijn telefoon in mijn tas en vouw een plattegrond van het Geert Groote College uit.

'Oké, jongens,' zeg ik vanaf de voorstoel. 'Even een plan de campagne opstellen.'

‘Is dat echt nodig?’ moppert Lammert naast me.

‘Ja, liefje. Dat is echt nodig.’ Ik vouw demonstratief de plattegrond een stukje verder uit en kijk aandachtig naar alle mogelijkheden. ‘Het is toch essentieel dat ze weten wat ze belangrijk vinden? We zijn al rijkelijk laat hiermee. Ik sprak onlangs de moeder van Bastiaan en zij zei dat hij zijn schoolkeuze in november al heeft gemaakt.’

Lammert bromt dat ik in november in het buitenland zat voor een congres.

Ik negeer het en babbel vrolijk verder. ‘Kijk, hier. Bij de lokalen van verzorging leer je appeltaart maken! Dat is toch leuk? En hier, bij biologie kun je een stekje meenemen van een parapluplant!’

Vanaf de achterbank klinkt een collectieve zucht.

‘Ik heb je gisteren al verteld wat ik wil bekijken, mam,’ zegt Eloise klaaglijk.

‘Jij bent ook niet degene om wie ik me zorgen maak.’

Het blijft een paar tellen stil in de auto, totdat Rijk doorheeft dat ik hem bedoel. ‘Ja, hallo! Het is maar een middelbare school, hoor. Ik heb mijn keuze allang gemaakt. Bastiaan gaat hier ook heen en nog wat andere mensen uit mijn klas ook. En jij zei ook dat dit de beste keuze was, dus ik ben hier eigenlijk voor niks.’

‘Je bent hier zodat je een potentiële middelbare school leert kennen,’ werp ik tegen. ‘En als je ook maar de minste twijfel hebt, bezoeken we over twee weken ook nog de open dag van het Erasmus Lyceum. Gewoon, voor de zekerheid. Aanmelden kan toch pas vanaf komende maand.’ Die laatste woorden spreek ik extra hard uit, in de hoop dat ze bij Lammert binnenkomen. Dat hij in november tijd had om scholen te bezoeken, betekent niet dat het aan mij ligt dat we dat niet hebben gedaan. Oké, technisch gezien wel, maar dan nog… Het maakt toch geen verschil. En daarbij: we zijn er nu toch?

‘We gaan er het beste van maken, jongens,’ zeg ik. ‘Het gaat hier om je toekomst! Laten we eerst samen een rondje door de school lopen. Dan kunnen jullie daarna je eigen gang gaan als papa en ik bij de oudervoorlichting zitten.’

De school is nog groter dan in mijn herinnering. Drie verdiepingen en in totaal vier vleugels, onderverdeeld in A tot en met D. Tientallen achtstegroepers en hun ouders krioelen door elkaar heen als we binnenstappen. Ik krijg het er benauwd van.

Nog voordat we de lokalen op de benedenverdieping hebben gezien, zijn we Rijk al kwijt. Hij heeft gezien dat er een gymzaal aan het eind van de gang zit en is na een 'ik ga daar kijken!' meteen verdwenen. Eloise laten we even later achter bij een workshop houtbewerken die wordt gegeven door de handvaardigheidsdocent: een man zo gespierd dat hij overduidelijk aan boomstamwerpen doet in zijn vrije tijd. Hij doet me een beetje denken aan Boaz, met zijn duizend verschillende houtprojecten in zijn schuur.

'We moeten naar de aula voor de oudervoorlichting,' zeg ik tegen Lammert. Ik kijk op van de folder als hij niet reageert en zie dat hij verveeld op zijn telefoon staat te kijken. Voor de derde keer sinds we de auto hebben geparkeerd. 'Het zijn ook jouw kinderen, hè?'

Lammerts wenkbrauwen schieten omhoog. 'Wat is dat nou weer voor opmerking?'

'Je ziet er niet bepaald uit alsof het je interesseert wat hier allemaal gebeurt.'

'En dat weet jij op basis van die ene keer dat ik even op mijn telefoon kijk?'

Ik sla mijn armen over elkaar. 'Als het bij één keer gebleven was niet, nee.'

De zucht die Lammert slaakt, lijkt uit zijn tenen te komen. Ik weet meteen weer van wie de tweeling dat heeft. 'Kunnen we gewoon gaan? Ik heb er geen trek in om hier discussiërend in de gang te blijven staan.'

Als antwoord op zijn vraag been ik langs hem heen met de plattegrond in mijn hand, maar dan besef ik dat ik de verkeerde kant op ga.

'Het is...' begint Lammert.

Ik draai me om en kijk hem recht aan.

'Die kant op, ja. Ik weet het.'

Als ik de goede kant op wil lopen, vervloek ik mezelf dat ik me zo snel uit mijn tent laat lokken. Voorheen keek Lammert ook honderd keer per dag op zijn telefoon en deed het me niets, maar nu schiet ik uit mijn slof vanwege… niets.

Lammert loopt langs me heen, maar ik hou hem tegen door zijn pols vast te pakken.

'Weet je jouw eindexamengala nog, in de aula?'

Hij kijkt me een paar tellen niet-begrijpend aan, maar dan valt het kwartje. Het was het laatste feest voordat Lammert van school ging en omdat ik zijn vriendin was, mocht ik als vijfdejaars bij hoge uitzondering mee.

Tegenwoordig wordt het eindexamengala in een uitgaansgelegenheid in de stad gehouden, maar toen was het nog in de aula op school. Alcohol was streng verboden en aan roken hoefde je al helemaal niet te denken, dus wat deden wij? We sneakten door de school totdat we bij het lokaal Nederlands van meneer Jongkind waren. De enige docent die zijn lokaal nooit op slot deed – waarschijnlijk omdat hij te vergeetachtig was om het zich te herinneren. Lammert en ik stonden high van de puberhormonen in het lokaal te zoenen en besloten dat het een goed idee was om een stiekem sigaretje te roken. Gewoon, hangend uit het raam, dan zou de rook vast genoeg naar buiten kringelen.

'Het brandalarm,' zeg ik ademloos. 'Omdat de helft van de rook naar binnen ging in plaats van naar buiten.'

Lammert knikt. Een jongensachtige grijns verschijnt op zijn gezicht en zijn hand glijdt van mijn pols naar beneden. 'Volgens mij was dat de dag waarop jij leerde rennen op hoge hakken.'

'Ik heb daarna nooit meer van mijn leven zó hard gelopen,' zeg ik. 'Weet je nog dat ik bijna onderuitging op de trap, vlak voordat we weer bij de aula waren? En die enorme rok die ik omhoog moest houden!' Ik voel me ineens weer die zestienjarige puber, rennend door de gangen van de school. Met Lammerts hand in de mijne, allebei gierend van het lachen.

Lammert trekt me aan mijn hand dichter naar zich toe en drukt een kus in mijn haar. 'Je zag er zo schitterend uit in die zachtroze galajurk. Ik kwam laatst nog foto's tegen van die avond, op mijn computer. Twee jonkies die totaal geen idee hebben wat hun te wachten staat in het leven, maar allebei zo'n vastberaden blik hebben. Alsof ze willen zeggen: kom maar op, wereld, we zijn klaar voor je.'

'Ik ben blij dat we net op tijd terug waren en dat niemand had gemerkt dat wij het alarm af hadden laten gaan,' zeg ik. 'Al had ik het wel ontzettend koud toen we een halfuur lang bibberend buiten stonden te wachten toen de school werd doorzocht op brand.'

Lammert buigt zich naar me toe en fluistert: 'Ik kan me anders nog herinneren dat we een prima manier hadden gevonden om onszelf warm te houden. Of moet ik zeggen: elkaar?'

Zijn ademhaling kriebelt in mijn hals en ik duik giechelend weg. 'We moeten gaan, anders zijn we te laat. Kom.'

Lammerts hand glijdt uit die van mij en hij strijkt kort langs mijn onderarm als hij me voorgaat.

Ik kan de enorme glimlach op mijn gezicht niet onderdrukken als ik hem volg.

De aula is afgeladen. Op de een of andere manier ruikt het hier exact hetzelfde als twintig jaar geleden: naar zweterige pubers en vergeten boterhammen.

In de hoek zie ik een podium waar een man van midden veertig driftig op een microfoon staat te tikken. 'Wat fijn dat jullie hier allemaal zijn,' galmt uiteindelijk door de speakers naast het podium terwijl de man monter zijn hand opsteekt. 'Hallo, allemaal. Welkom. Ik ben Pieter Ibema, rector van deze prachtige school. Ik ben hier vandaag om jullie allen welkom te heten op wat wellicht de middelbare school van jullie kinderen wordt.' Hij wijst naar een jonge vrouw in de hoek. 'Jetteke loopt rond om een microfoon aan te geven als jullie vragen hebben, en schroom vooral niet om ze te stellen. Daar ben ik voor.'

Er rolt een projectiescherm uit het plafond en de rector steekt een algemeen praatje af over de school en wat voor soort onderwijs ze aanbieden. Alle eersteklassers beginnen in een 'dakpanklas': een klas waarin onderwijs wordt aangeboden op twee verschillende niveaus. Rector Ibema vertelt vol passie over de keuze om bepaalde niveaus te combineren, maar ik luister maar half: Rijk en Eloise komen waarschijnlijk in een havo/vwo-klas terecht en stromen daarna vast in één keer door naar het vwo.

Zodra het projectiescherm weer omhooggaat en de lampen in de aula weer aan springen, komt de jonge vrouw voor het podium staan. Nu het licht aan is, zie ik dat ze een veel te kort rokje draagt en een topje aan heeft dat zo laag is uitgesneden dat je bijna haar navel kunt zien. Zowel de rok als het topje is knalgeel en bevestigt meteen mijn overtuiging dat dat echt te fel is om te dragen als je ouder bent dan vijftien. De vrouw heeft een Catchbox vast: een draadloze microfoon in een zachte kubus, waardoor je ermee kunt gooien. De meeste congressen werken tegenwoordig ook met dit soort microfoons en ik word er altijd zenuwachtig van. Hoe moeilijk is het om even naar iemand toe te lopen? De helft van de tijd wordt er niet goed gegooid en sta je acrobatische capriolen uit te halen om die microfoon op te vangen – of te ontwijken, als hij eigenlijk voor je buurman bedoeld is. Het is een nachtmerrie.

'Zoals ik net al zei: dit is Jetteke,' zegt rector Ibema, nog altijd in een opperbeste stemming, 'en zoals je ziet heeft zij onze eigen Catchbox bij zich. Als je een vraag hebt, steek je hand op, dan komt onze magische microfoonkubus naar je toe.'

Jetteke presenteert het ding alsof ze in een spelshow zit en ik hoor hier en daar 'wat handig, zo'n ding' om me heen. Waarschijnlijk mensen die nooit naar congressen gaan.

Toch heb ik wel een aantal vragen voor de rector, dus ik steek braaf mijn hand op.

Nu is één ding belangrijk om te weten. Ik ben niet zo goed in sport. Ik snelwandel graag en als ik het echt op mijn heupen heb, volg ik een zumba-klasje bij de sportschool in de stad, maar op het gebied van hand-oogcoördinatie ben ik niet gezegend met goede genen. Als Jetteke de kubus dan ook met een koket gebaar naar me toe gooit, gaan er slechts korte, krachtige zinnen door mijn hoofd: gewoon vangen, gewoon vangen, zorg dat je dat ding vangt...

De kubus vliegt als in slow motion op me af en ik strek mijn armen uit. Dit moet lukken. Dit gáát lukken. Ten overstaan van ruim honderd ouders en andere geïnteresseerden ga ik niet degene zijn die niet fatsoenlijk een schuimrubberen kubus kan vangen.

Dit moet lukken.

Dit... ding knalt finaal tussen mijn handen door, recht in mijn gezicht. Het schuimrubber deukt in tegen mijn neus en het duurt maar een fractie van een seconde, maar door de speakers galmt een doffe *bonk*.

Naast me hoor ik Lammert een kleine proest voortbrengen, maar ik doe alsof ik het niet hoor. Professioneel hou ik de microfoon op borsthoogte, zoals het hoort.

'Goede vangst,' zegt de rector zonnig. 'Hoe heet je en wat is je vraag?'

Ik glimlach minzaam vanwege het ongevraagde tutoyeren en zeg: 'Claudette Verheyen. Onze tweeling is zich aan het oriënteren om zich wellicht in te schrijven op deze school. Kunt u me vertellen wat hier zoal verkrijgbaar is aan gezond eten?' Ik leg extra nadruk op 'u', maar de rector negeert het en blijft me doodleuk met 'je' aanspreken.

'Bedankt voor je vraag, Claudette,' zegt hij knikkend. 'In principe nemen onze leerlingen zelf brood mee van huis, maar eens per week is de schoolkeuken open en serveren we broodjes en soep. Die worden gemaakt door een aantal leerlingen. In ruil voor studiepunten, want pubers doen natuurlijk niets gratis,' voegt hij er lachend aan toe.

De zaal lacht met hem mee en ik pers er een beleefd grinnikje uit.

Ik kijk even naast me naar Lammert, die wederom op zijn telefoon zit te kijken. Dat hij zijn aandacht niet bij mij heeft, wekt ineens een gevoel van strijdvaardigheid in me op – meer nog dan dat ik er boos van word. De behoefte om te concurreren met wie zijn aandacht ook heeft, is zo groot dat ik Jetteke negeer als ze gebaart dat ik de kubus terug mag gooien. Ik moet Lammert laten zien dat ik de toekomst van onze kinderen serieus neem.

'Dus pubers zijn lui, vindt u. Begrijp ik dat goed?'

De wenkbrauwen van de rector schieten kort in een verbaasde frons en hij lacht ongemakkelijk. 'Die conclusie wilde ik er niet per se aan verbinden. Ik neem aan dat je begrijpt dat het een grapje was, toch?'

'Hoe belangrijk vindt u het dat uw leerlingen de handvatten krijgen om het maximale potentieel uit zichzelf te halen?' ga ik verder.

'Clau...' sist Lammert, maar ik negeer hem. Ik ben ineens een soort Nicole. Het spervuur van vragen is geopend en nu ik weet dat ik Lammerts aandacht heb, wil ik dit moment optimaal benutten.

'Heel belangrijk,' zegt de rector meteen. Hij schiet zo te zien direct weer in rectormodus en duwt zijn schouders naar achteren. 'Naar mijn mening bieden we alles wat onze leerlingen nodig hebben.'

'Zoals wat?'

'Zoals, eh... We bieden onder andere een aantal plusprogramma's aan, waarmee leerlingen kunnen ontdekken wat ze leuk vinden. Niet alleen bepaalde vakken, maar ook bijvoorbeeld hobby's.'

'Wat voor hobby's?'

'Muziek, handvaardigheid, verschillende sporten... We hebben zelfs een toneelclub en een schoolband.'

Ik knik kort en zeg: 'Goed om te weten.'

'Als je kinderen besluiten zich hier in te schrijven, zou ik je graag in de ouderraad zien, Claudette,' zegt de rector. 'Ik heb het idee dat je vol goede ideeën zit.'

Jetteke duikt ineens naast me op en trekt de kubus zowat uit mijn handen. Heel even twijfel ik of ik haar pootje zal haken als ze wegloopt, maar het is beter als ik dat niet doe. Als Rijk en Eloise echt voor deze school kiezen, wil ik niet de moeder zijn die bij de eerste kennismaking een van de medewerkers een tand door de lip heeft bezorgd.

'Tevreden?' vraagt Lammert als ik weer ga zitten. Hij kijkt me aan met een enigszins bewonderende maar vooral geamuseerde uitdrukking op zijn gezicht.

Ik steek mijn kin in de lucht. 'Ja. Heel tevreden.'

Zijn telefoon is nergens meer te bekennen.

Wanneer we een halfuur later aanstalten maken om de aula weer te verlaten, komt de tweeling op ons af gerend.

'Ze hebben een hockeyveld!' roept Rijk. 'Mam, ze hebben een hockeyveld!'

'En een piano in het muzieklokaal!' Eloise stort zich zo hard tegen me aan dat ik een oempf-geluid uitstoot.

'Wat fijn, lieverds,' weet ik uit te brengen.

'Waarom kijkt iedereen naar je?'

Ik volg Rijks om zich heen kijkende ogen en zie dat er een paar ouders smiespelend in onze richting staan te wijzen. 'Niks, lieverd.'

'Je moeder had weer van alles te vragen aan de rector,' zegt Lammert met een grijns.

Rijk klapt in zijn handen. 'Zo ken ik je weer, mam. Wel even checken of je kinderen naar een écht goede school gaan, hè?'

'Iemand vertelde dat ze bij McDonald's sinds kort vegetarische nuggets hebben, dus ik wil nu toch wel naar McDonald's,' zegt Eloise. Ze gooit haar haar over haar schouder en veegt een pluisje van haar jurk – een superschattig, roze exemplaar.

Rijk laat een oerkreet horen en steekt beide vuisten de lucht in, blijkbaar om te laten weten dat hij blij is met het bijdraaien van zijn zusje.

Lammert slaat zijn arm om onze kinderen heen en zet koers naar de uitgang. Hij begint meteen van alles te vragen over het hockeyveld, het muzieklokaal en de piano. Als hij merkt dat ik ben blijven staan, houdt hij stil en kijkt hij over zijn schouder. 'Kom je, lief? Ik heb best wel trek gekregen, wat jij?'

Denk er eens over na waar jullie laatste ruzie over ging. Was het iets groots of iets kleins? Of leek het groot, maar was het uiteindelijk heel onbenullig? Als je diep in je hart kijkt, was het dan echt nodig om daarover te ruziën?

Uit: Van saai naar fraai. Zo houd je je relatie levendig, *hoofdstuk 5: 'Het ligt niet aan mij, het ligt aan jou'*

16

Ronja's zus en haar man zijn stipt op tijd. Zo stipt dat ze de indruk wekken voor de deur te hebben staan wachten, om vervolgens exact om tien uur aan te bellen. Of ze hebben hun reistijd zodanig uitgekiend dat ze op de minuut af op tijd zijn, maar dat kan ik me niet voorstellen.

Ik ben zelf bijvoorbeeld altijd vijf minuten te vroeg, overal. Bij de kapper, bij een lunchafspraak, altijd. Dat vind ik gewoon prettig.

Yfke is vrij vandaag, dus ik wacht mijn nieuwe cliënten op bovenaan de trap. Zodra ze in het zicht zijn, valt mijn mond open van verbazing.

Het is de rector. Van het Geert Groote College.

'Rector Ibema,' zeg ik. 'Wat leuk u weer te zien.'

Hij herkent me direct. 'Dat is absoluut geheel wederzijds,' zegt hij. 'En zeg maar je, hoor. Als het akkoord is dat ik dat ook bij jou doe?'

Ik weersta de neiging om mijn ogen samen te knijpen en hem duidelijk te maken dat ik daar afgelopen weekend niet bepaald van gediend was. Maar goed, nu is het de bedoeling dat hij zijn hart bij me uitstort, dus lach ik overdreven breed en zeg: 'Vanzelfsprekend!'

De argwanende blik op het gezicht van Ronja's zus als ze merkt dat we elkaar herkennen, geeft me meteen inzicht in het probleem: ze vertrouwt hem niet. Voor geen meter.

Dit wordt interessant.

'Dus toen kwamen we bij jou, want als er iemand is die ons moet kunnen helpen bij onze problemen, ben jij het wel,' zegt Ronja's zus even later als ze met koffie hebben plaatsgenomen in de met authentiek fluweel beklede stoelen tegenover mijn bureau.

Anja, heet ze. Ronja en Anja. Ik heb weleens originelere namen meegemaakt, zal ik maar zeggen.

Anja heeft net als Ronja lang, zwart haar, maar in tegenstelling tot de golvende lokken van haar zus zijn die van haar bijeengebonden in een lange vlecht. Op haar voorhoofd dansen wat losse grijze haren – bij haar wel! – en een snelle check van het ingevulde intakeformulier leert me dat ze veertig is. Vijf jaar ouder dan ik. En dus getrouwd met rector Pieter Ibema.

Ik neem een slok van mijn tweede koffie van de dag. 'Wat een toeval, hè, dat Ronja voor mijn man werkt?'

'Nou, inderdaad, ik kan niet zeggen hoe blij ik ben dat je tijd voor ons hebt,' antwoordt Anja. 'Ja, ik had natuurlijk ook je cursus kunnen kopen, maar toen Ronja zei dat ze in elk geval een balletje wilde opgooien, dacht ik: ach, wat zal het. Ik heb niets te verliezen.'

Ik hum instemmend. 'Goed, even over waarom jullie hier zijn...' Voor de vorm frunnik ik aan wat papieren op mijn bureau, maar in werkelijkheid is er maar één ding dat ik wil weten: heeft je zus haar zinnen gezet op mijn man? Ik moet alleen even een goede manier vinden om die vraag ongezien het gesprek in te fietsen. Niet zo ethisch, ik weet het, maar ik móét het weten en Anja is mijn enige ingang, dus wat moet ik anders?

'Ronja zei al dat je echt een ontzettend goede therapeut bent.'

Ik glimlach zoet. 'Is je band met haar goed?' Perfecte vraag, al zeg ik het zelf. Als ze nu nee zegt, kan ik alsnog zeggen dat ik geen ruimte heb.

'Goed? Praat me er niet van,' schampert Pieter. 'Die twee zijn praktisch *joined at the hip*.'

'O ja?' Ik pak mijn koffiekop op en kijk hen beiden vragend aan. Rustig, beheerst. Totaal niet bovenmatig geïnteresseerd in de zus in kwestie, die toevallig voor mijn man werkt.

'Ron en ik hebben een goede zussenband, ja,' antwoordt Anja vlak, waarop Pieter een ongelovig geluid uitstoot en zich cynisch lachend vooroverbuigt om zijn koffie te pakken. 'Een goede zussenband? Hou op, joh. Als wij met elkaar naar bed gaan, bel je haar vooraf nog even om te vragen of het wel een goed idee is.'

'Hoe kom je daar nou weer bij?'

'Ach, doe niet alsof ik zit te liegen.'

Anja slaat haar armen over elkaar, leunt achterover in de stoel en snuift. 'Misschien had jij dan niet zo gezellig met Jetteke moeten doen op die nieuwjaarsborrel.'

Pieter verslikt zich haast in zijn koffie. 'Jetteke? Hou toch eens op over Jetteke! Je haalt je dingen in je hoofd. Dingen die er niet zijn. Er is niks gebeurd tussen mij en Jetteke en dat zal ook nooit gebeuren.'

Ik krabbel wat in mijn notitieboek en knik begripvol. Anja is dus bang dat Pieter vreemdgaat met de kokette blondine die mij afgelopen weekend de kubusmicrofoon toegooide. Maar waarom? Ik besluit om het beestje bij de naam te noemen.

'Zulke gedachten komen ergens vandaan, Anja. Wat maakt dat je denkt dat er iets speelt tussen Jetteke en Pieter?'

Anja staart uit het raam, naar de boom in de binnentuin van het kantoorpand. Ik volg haar blik. Op de een of andere manier gaat die boom altijd in een paar dagen van volledig kaal naar compleet groen, inclusief gigantische bladeren. Ik vind het prachtig, al vind ik de herfstkleuren die hij in het najaar heeft nog mooier.

'Ze heeft gewoon… een reputatie,' zegt ze zacht. 'Dat komt ergens vandaan en als Pieter dan avond na avond moet overwerken, tel ik één en één bij elkaar op. Ik ben ook niet gek.'

Ik schrijf ijverig mee en knik langzaam. 'Wat voor reputatie bedoel je?'

Ze zwijgt, maar Pieter lacht hard en kort.

'Sletteke. Ze noemen haar Sletteke. Anja en Ronja noemen haar zo, terwijl Ronja Jetteke nog nooit van haar leven gezien heeft en alleen maar uit verhalen weet hoe ze eruitziet.'

'En hoe ziet ze er dan uit, volgens jou?' vraag ik geïnteresseerd.

Anja veert overeind om wat te zeggen, maar Pieter is haar voor.

'Anders. Ze is meestal net wat anders gekleed dan bijvoorbeeld onze docenten of andere medewerkers.'

'Net wat anders?' echoot Anja hatelijk. 'Net wat anders? Het is dat ze niet in een bikini mag komen, anders had ze het vast gedaan!

Ik heb zweetbandjes in de kast met meer stof dan zij in haar complete outfits stopt.'

Ik moet een glimlach onderdrukken bij de gedachte aan Jettekes outfit van afgelopen weekend. Ja, ik werd nogal aangestaard door de ouders na mijn vragenvuur, maar de andere ogen waren allemaal op haar gericht.

'Wat doet Jetteke?' vraag ik aan Pieter, in de hoop de boosheid van Anja wat te temperen. 'Wat is haar functie?'

Direct aan het begin van een gesprek met boosheid van start gaan is niet de juiste manier. Dat is alsof je een trein bestuurt en deze niet rustig op gang laat komen, maar vanaf het station afvuurt als een raket. Meteen van nul naar honderd en in de meeste gevallen al meteen stuurloos.

'Ze is mijn secretaresse.'

'De secretaresse,' herhaalt Anja. Ze spuugt de woorden zowat uit. 'Tien jaar huwelijk en hij is degene die met de secretaresse...'

'Ik doe niets met de secretaresse!' roept Pieter. Hij is ineens een stuk minder gezellig dan hoe ik hem zaterdag zag. 'Je hebt echt problemen, An.'

'Dat is waarom jullie...' begin ik met zoetgevooisde stem, maar Anja is me voor.

Ze gooit haar laatste slok koffie achterover en zet met een klap haar kopje neer. 'Dat is waarom we hier zijn, weet je nog? *Wíj* hebben problemen, niet alleen ik.'

In mijn ooghoek zie ik een melding op mijn computerscherm binnenkomen: een bericht van Lammert.

Bel me even als je tijd hebt. Ik wil het even hebben over...

De rest past niet in de melding. Hebben over wat? Over de kinderen? Over dat Rijk nog steeds niet bezig is met leren voor de Centrale Eindtoets? Over dat je toch van plan bent om je biezen te pakken en de deur uit te lopen? *Wáár* wil je het over hebben?!

Terwijl Anja doorratelt over de korte jurkjes van Jetteke, doe ik alsof het belangrijk is dat ik dit digitaal noteer in plaats van in mijn notitieboek. Ik reik naar mijn laptop, nog steeds overdreven knikkend en 'aandachtig luisterend'. Het scherm komt tot leven na een vingertik op het trackpad en meteen zie ik Lammerts bericht.

Bel me even als je tijd hebt. Ik wil het even hebben over zaterdag.

De date! Ik adem scherp in en knik dan snel richting Anja, alsof ik op haar reageer. Mijn gedachten zijn echter bij Lammert. Als hij nou maar niet afzegt...

Ik doe alsof ik het bericht niet heb gelezen en neem me voor pas een halfuur nadat Anja en Pieter weg zijn te reageren met een nonchalant 'wat is daarmee?'. Voor de vorm trek ik mijn wenkbrauwen nog even in een peinzende frons en typ ik wat onsamenhangende zinnen in een leeg Word-bestand, om vervolgens mijn laptop dicht te klappen.

Anja is ondertussen aanbeland bij het deel van haar betoog waarin ze oude koeien uit de sloot haalt. 'Wat dacht je van die ene keer op Kos, toen je schaamteloos zat te flirten met de serveerster?' briest ze.

'Dat was acht jaar geleden!' roept Pieter terug.

'Nou en, wat maakt dat uit?'

'Dat maakt heel veel uit! Weet je wel hoelang dat geleden is? Jemig, An, ik word hier zo ontzettend...'

En dan gebeurt het.

Pieter maakt een wild armgebaar om zijn woorden kracht bij te zetten, maar lijkt te zijn vergeten dat hij nog een halfgevulde kop koffie in zijn hand heeft. De koffie vliegt uit het kopje en een sierlijke, bruine straal landt deels in Anja's schoot en deels op de armleuning van mijn prachtige velours stoel met karakteristieke bloemenprint. Ik staar er een paar seconden naar totdat tot me doordringt wat er precies is gebeurd.

De bruine substantie verspreidt zich over de stof en druppelt langzaam op de eikenhouten vloer.

'Pieter!' gilt Anja. 'Wat doe je nou?'

'Ik doe dat toch ook niet expres?' snauwt hij terug.

Ik schiet naar voren, trek een hele rits tissues uit de doos op mijn bureau en begin te deppen op de vlek. Het zweet staat in mijn nek en ik voel een branderig gevoel van misselijkheid opkomen. Mijn stoel, mijn prachtige stoel…

Pieter pakt zelf ook een tissue en veegt wat druppels op van de vloer, ondertussen mompelend: 'Sorry, Claudette. Dit was absoluut niet mijn bedoeling. Ik, eh…'

Met de grootste moeite van de wereld lukt het me om te glimlachen. 'Het geeft niet,' zeg ik professioneel en luchtig, alsof het me niets kan schelen. 'Daar is de verzekering voor!'

Tuurlijk, de verzekering dekt het vast, maar dat ik geld terugkrijg voor een geruïneerde stoel staat in schril contrast met het feit dat ik deze achttiende-eeuwse fluwelen bekleding nooit meer terugvind.

Als ik de koffie heb opgedept en er nog twee grote, bruine vlekken zijn overgebleven, grijp ik mezelf mentaal bij de schouders. Anja en Pieter zijn hier voor hulp. Hulp van míj. Enigszins opgedrongen door Ronja, maar dat maakt hun intentie niet minder oprecht. Als ik niet terugkeer naar het gesprek, boeken we geen vooruitgang. Dan blijft Pieter bedolven onder de woordenlawine die Anja net over hem heeft uitgestort en gaan ze naar huis zonder ook maar één millimeter dichter tot elkaar te zijn gekomen. Ik moet mezelf kalmeren. De schade aan de fauteuil kan ik bekijken zodra ze weg zijn, maar eerst… moet ik ingrijpen.

Ik strijk mijn rok glad, ga vlug met mijn hand over mijn haar en loop naar de boekenkast. 'Als er iets is wat niet bijdraagt aan het scheppen van een toekomst samen, is het oude koeien uit de sloot halen. Het is goed om de angel te trekken uit kwesties die je nog dwarszitten, maar dat is het dan ook: de angel eruit. Hoe langer zo'n koe in de sloot blijft liggen, hoe meer ze gaat stinken. En ik neem aan dat jullie ook niet houden van stank.'

Ik kijk over mijn schouder en zie ineens twee pubers voor me die te laat zijn thuisgekomen van een feestje en nu door mij worden terechtgewezen.

Zowel Anja als Pieter knikt stilletjes, maar beiden zeggen ze niets.

Ik trek *Van saai naar fraai* uit de keurig geordende kast en laat mijn ogen over de kaft glijden. Mijn bestseller, mijn bijbel, mijn... *meest hypocriete boek ooit.* Ik trek mijn wenkbrauwen op en schud kort mijn hoofd om die gedachte meteen te weren. 'Kijk,' zeg ik tegen Anja en Pieter, het boek plechtig overhandigend, 'dit is wat jullie nodig hebben. Jullie relatie is ingekakt. Daardoor ga je dingen naar elkaars hoofd gooien die jaren geleden geen probleem waren. Dingen die je voor lief nam, die je eerst niet stoorden of die je zelfs juist in de ander kon waarderen.'

'Jaren geleden vertrouwde ik Pieter nog,' zegt Anja giftig.

Ik ga weer zitten en leg mijn handen met de handpalmen naar boven op mijn bureau. 'Ik merk vijandigheid bij je, Anja. Waar komt dat vandaan?'

Ze slaat haar armen over elkaar heen en leunt achterover in de stoel. 'Ik vertrouw hem niet.'

Pieter wil alweer briesend overeind veren, maar ik leg hem het zwijgen op door mijn hand rustig te heffen.

'Hoe komt dat?'

'Ik... Ik weet het eigenlijk niet.'

'Is hij ooit vreemdgegaan?'

Ze schudt haar hoofd.

'Heeft hij ooit iets gedaan waardoor hij je het idee gaf dat je hem niet kon vertrouwen? Dan tel ik flirten met de serveerster op Kos niet mee, want daar flirten ze met iedereen als dat betekent dat ze een hogere fooi krijgen.'

Ze perst haar lippen op elkaar en schudt haar hoofd opnieuw. 'Nee,' piept ze.

Dit is het moment voor de genadeklap.

Ik rol mijn bureaustoel naar achteren, draai me om naar de kleinere boekenkast achter mijn bureau en haal er mijn tweede boek uit: *Houden van jezelf.* De doos met auteursexemplaren is afgelopen week geleverd en Yfke heeft alles meteen netjes bij elkaar in de kast gezet. Het ziet er geweldig uit, zo'n rij gloednieuwe boeken naast elkaar.

Ik overhandig het boek aan haar, leg mijn handen weer opengevouwen op mijn bureau en zeg dan: 'Zou het kunnen dat jouw wantrouwen jegens Pieter bij jezelf vandaan komt?'

Ze staart naar het boek, dan naar mij, dan weer naar het boek en dan... begint heel zwakjes en bijna onzichtbaar, haar onderlip te trillen.

17

Er is iets magisch aan het theater. Die grote, rode gordijnen, de spanning in de zaal vlak voordat de lichten worden gedoofd… Ik vind het betoverend.

Lammert en ik staan op ons paasbest gekleed in de lobby van de Nationale Opera. Zijn bericht tijdens de sessie met Anja en Pieter ging er simpelweg over of ik de hotelovernachting al had geboekt – wat ik uiteraard al had gedaan. We wisselden er slechts een paar berichten over, maar er was een bepaalde spanning voelbaar die ik nu ook nog steeds ervaar. Het geeft me opgetogen kriebels in mijn buik die ik al lange tijd niet heb gevoeld.

Lammert draagt een schitterend maatpak van Armani, gemaakt van scheerwol en met een uiterst subtiel ruitdessin.

Ik draag een zachtroze, zijden midi-jurk die ik ooit in de sale bij de Bijenkorf heb gekocht. De rok zit strak rond mijn benen en het lijfje is uitgevoerd met een vlindermouw. Samen met de gehakte muiltjes die ik eronder draag en de bijpassende clutch zie ik eruit als een Disneyprinses op een cocktailfeestje.

'Je ziet er mooi uit,' zegt Lammert als hij me een glas champagne aangeeft en kort zijn hand op mijn onderrug laat rusten.

'Dank je wel,' zeg ik glimlachend. 'Jij ook.'

Hij laat zijn hand over zijn revers glijden. 'Nieuw pak. Afgelopen week uitgezocht met… Afgelopen week uitgezocht. In Antwerpen.'

Ik moet moeite doen om de glimlach vast te houden, maar het lukt. We zijn hier met zijn tweeën, op date. De kinderen logeren bij Lammerts ouders en wij hebben een heerlijke avond ballet voor de boeg. Meer niet. Dit komt goed.

Van de zenuwen gooi ik mijn champagne in één keer achterover. Het valt me op dat Lammert precies hetzelfde doet.

'Even naar het toilet,' prevel ik.

Onderweg zet ik mijn lege champagneglas op een statafel en vis ik mijn telefoon uit mijn tasje. Ik duik een hoekje in waarvan ik hoop dat het uit het zicht van Lammert is en kies het enige nummer dat ik zou kunnen kiezen op dit moment: Boaz.

Terwijl de piepjes in mijn oor harder klinken dan een achteruitrijdende vrachtwagen, hups ik van mijn ene been op het andere. 'Neem op, neem op…'

'Jij hebt date night, je hoort mij helemaal niet te bellen,' hoor ik eindelijk als ik net op het punt sta om weer op te hangen.

'Bo, ik kan dit niet,' sis ik in mijn telefoon. Lichtjes gebogen draai ik me verder van de lobby af en ik schrik op als door een deur ineens een personeelslid van de Nationale Opera tevoorschijn komt. Ik glimlach naar hem met de zekerheid van iemand met een kilo cocaïne in zijn koffer op Schiphol.

'Wat kun je niet?'

'Daten! Ik ben zó ontzettend nerveus. We hebben het tot nu toe alleen maar over werk, het nieuwe hotel en de kinderen gehad en zo langzamerhand heb ik geen gespreksonderwerpen meer over. Ik zie allemaal mensen om me heen gezellig lachen en lol hebben en ik kan dat helemaal niet. Waarom kan ik dat niet?'

Ik zie al helemaal voor me dat Lammert en ik zo dadelijk als enigen naast elkaar staan zonder een woord te wisselen. Zo'n koppel dat continu de zaal rondkijkt, vriendelijk glimlacht naar de mensen om hen heen en verder niets.

'Wordt het niet eens tijd dat je ophoudt met die onzekerheid?'

Misschien verbeeld ik het me, maar ik hoor een zekere irritatie in Boaz' stem. Tegen mijn cliënten zeg ik altijd: er is maar een beperkte mate van begrip die iemand kan opbrengen voor een situatie. Op een gegeven moment is dat op. Of dat nou bij ziekte, pijn, verdriet of zelfs blije momenten is, op een zeker moment vlakken we allemaal af. De meeste cliënten beginnen te steigeren als ik dat tegen ze zeg, maar diep vanbinnen weet iedereen dat het waar is. Er komt een moment waarop het klaar is. Zo te horen is dat moment bij Boaz nu aangebroken.

'Weet je wat wij moeten doen?' vraag ik plotseling, zonder antwoord te geven op zijn vraag. 'We moeten eruit. Jij en ik. Zoals vroeger.'

'Vroeger?' vraagt hij.

'Ja! Toen we zomaar tegen elkaar zeiden: kom, we gaan naar de kroeg.'

'Clau, wij zijn letterlijk één keer in ons leven naar de kroeg geweest.'

'En het was de beste avond van mijn leven! Ik moet meer leven. Echt leven. Ik moet...'

'...in gesprek gaan met je man?' vraagt Boaz voorzichtig.

'Naar Las Vegas!' roep ik uit, hopende dat hij gelooft dat ik zijn woorden niet heb gehoord.

'Las Vegas?' herhaalt mijn broer ongelovig. 'Met wie?'

'Met jou! Jij en ik!' Ik voel mijn ademhaling gejaagder worden. Hoe kan het dat ik hier nog niet aan gedacht heb?

'Ik moet uit mijn veilige bubbel en weer eens iets beléven. Je zei het zelf: de volgende keer dat je naar Londen zou gaan, moest ik met je mee. Nou, dit is iets ambitieuzer dan Londen, maar ook veel leuker! Ik moet mijn zelfvertrouwen terugvinden, de controle durven loslaten en een roulettetafel in Las Vegas lijkt me daar de perfecte plek voor.'

'Ik vind dit echt een heel goed idee en je weet dat ik altijd in ben voor een reisje, maar dit is iets waar we het later over moeten hebben,' zegt mijn broer. 'Niet nu. Oké? Of ben je even vergeten waarom je me belt?'

Ik voel een gevoel van recalcitrantie opkomen, maar dan zie ik in mijn ooghoek dat de deuren van de zaal worden geopend. O ja, ik was op date. En ik was in paniek.

'Wat moet ik doen, Bo?' vraag ik zacht. 'Ik kan toch niet de hele avond stil naast hem gaan zitten?'

Mijn broer grinnikt. 'Technisch gezien zou het door de rest van het publiek wel het meest gewaardeerd worden als je dat zou doen.'

'Zo meteen, ja. Maar nu niet. Nu moet ik toch echt eerst nog enige gezelligheid op zien te brengen. En straks, na de voorstelling.'

Ik hoor geschuif aan de andere kant van de lijn en Boaz mompelt: 'Momentje hoor... Even iets opzoeken in een boek dat heel toevallig over relaties gaat...'

Ik deins achteruit en druk mijn vrije hand tegen mijn borst. 'Heb jij mijn boek? Zit je te bladeren in mijn boek?'

'Natuurlijk heb ik jouw boek. Dat heb je me toch gegeven?'

'Ja, maar dat betekent toch niet dat je het in de kast hebt gezet?'

Boaz is even stil. 'Ik heb ook nooit gezegd dat het daadwerkelijk in de kast staat. Of nou ja, het staat wel in de kast, maar wel in de dichte kast. Niet in de boekenkast, zeg maar.'

Ik grijns.

'Hoofdstuk zeven, "De verbinding terugvinden". Date night,' citeert mijn broer. 'Daten is in het begin van een relatie aan de orde van de dag, maar op een gegeven moment behoren de afspraakjes vaak tot het verleden. Of dat nu komt door de komst van kinderen of door een drukke carrière, het gevolg is hetzelfde...'

'Sleur,' zeg ik, tegelijk met hem.

'Precies!' roept hij. 'En het allerbelangrijkst is dat je die moet doorbreken,' gaat hij op gedragen toon verder. 'Ga op date en kies bij voorkeur voor iets waar je niet al te veel hoeft te praten. Bijvoorbeeld de bioscoop, of...'

'...het theater,' vul ik aan. 'Ik weet het. En áls je dan moet praten, kun je altijd nog met elkaar kletsen over *the good old days*, de tijd dat het wél goed ging en anders over de voorstelling die je net hebt gezien of gaat zien. Maar verder is het vooral belangrijk dat je ervaart hoe het is om weer écht tijd met elkaar door te brengen.' Ik zucht en strijk over de gladde stof van mijn jurk. 'Hoe heb ik dat kunnen vergeten?'

'Nou, daar staat hier ook nog een prima zin over. "Veel mensen vergeten dat dat is waar het echt om draait: qualitytime. Dus: telefoons uit en in de tas, tijd om eens alleen op elkaar te focussen,"' zegt Boaz. 'Helemaal niet zo'n gek boek, als ik het zo bekijk.'

'Je ziet het niet, maar ik steek mijn tong naar je uit,' zeg ik. Mijn ogen vinden die van Lammert, die zoekend in de foyer om zich heen staat te kijken. 'Ik moet gaan, Bo. Bedankt voor je peptalk. En ik meende het van Las Vegas, want behalve dat het tijd is om op mijn huwelijk te focussen is het ook tijd om eens te focussen op mezelf.'

'Ik vind het een ontzettend goed idee, zus. Eerst genieten van het ballet! En verder gewoon niet zo zeiken, je kunt dit heus wel. Ik spreek je snel, goed?'

Boaz en ik nemen afscheid en ik negeer het bericht van Ellie waarin ze me voor de duizendste keer vraagt om een update over mijn derde boek. Snel prop ik mijn telefoon terug in mijn clutch en loop ik terug naar Lammert.

'Boaz,' zeg ik, mijn clutch een beetje onbenullig in de lucht stekend. 'Had een vraag over welke kleur hij voor zijn gordijnen moest kiezen nu hij die eindelijk gaat aanschaffen.'

Lammert knikt ernstig. 'Heb je hem okergeel geadviseerd?'

'Ik, eh...' Een zenuwachtige giechel borrelt uit mijn keel. 'Ik zou niet durven.'

Hij trekt zijn mondhoek omhoog in een schuin glimlachje en legt kort zijn hand op mijn onderarm. 'Zullen we? De zaal is open.'

Vierenhalf uur, twee pauzes en nog eens vier – of waren het vijf? – glazen champagne in de hotelbar verder vallen Lammert en ik uitgelaten onze hotelkamer binnen. In principe is het tien minuten lopen vanaf de Nationale Opera naar het Amstel Hotel, maar op de een of andere manier hebben wij er ruim dertig minuten over gedaan. Arm in arm hebben we geslenterd langs de gracht, honderduit kletsend over het 'ballet der balletten'.

Sinds mijn telefoontje met Boaz verloopt de avond geweldig: tijdens de eerste akte schoof Lammerts hand voorzichtig in die van mij en sindsdien grijpen we elk moment aan om elkaar aan te raken. De hele voorstelling lag zijn hand in de mijne, streek zijn duim over mijn handpalm en zelfs in het donker kon ik een twinkeling in zijn ogen zien als ik voorzichtig naar hem lachte. Dit is waarom ik verliefd ben op deze man. Die moeiteloze, ongecompliceerde sfeer tussen ons, het gevoel alsof er niemand anders op de wereld is dan wij.

Bij aankomst in het hotel namen we ons voor 'één afzakkertje' te doen in de hotelbar, maar één werd twee, toen drie en vanaf dat moment was ik de tel kwijt. Met een nieuwe fles Veuve Clicquot onder de arm gaat Lammert me nu voor de hotelkamer in en al mijn angsten voor vanavond zijn als sneeuw voor de zon verdwenen. Vanavond is magisch. Ik heb het gevoel alsof ik op wolken loop en dat is niet alleen vanwege de champagne. Er hangt iets in de lucht, iets... seksueels.

Een beetje overmoedig laat ik me met mijn rug tegen de deur vallen en ik trek Lammert aan zijn revers naar me toe. Meteen staan we te zoenen als twee tieners in een discotheek. Half struikelend gaan we de enorme suite door, onderweg elkaar geen seconde loslatend. Er is geen tijd te verliezen.

'De rits,' lispel ik. 'Van mijn jurk. Op mijn rug.'

Eerder vanavond heb ik het ding omhoog gekregen door mezelf een halve hernia en een schouder uit de kom te bezorgen, maar nu lijkt het me beter als Lammert me even helpt. Hij zet de fles champagne op een bijzettafeltje en loopt net zo onvast naar mij toe als ik naar hem. De wereld draait als hij me voorover op het bed duwt en ik zijn vingers over mijn schouders voel glijden. Tergend langzaam begint hij de rits naar beneden te trekken, maar al snel stagneert de beweging.

'Hij zit vast,' is zijn geprevelde conclusie.

Ik kijk over mijn schouder. 'Hoe kan dat nou? Eerder vanavond ging het juist zo soepel,' lieg ik. 'Je moet er gewoon iets harder aan trekken.'

'Dat doe ik,' zegt hij. Ik hoor dat hij zijn tanden op elkaar geklemd heeft en voel hoe hij aan de rits blijft wurmen, maar er komt geen enkele beweging in.

'Dan maar zo,' zeg ik. Ik draai me vastberaden om en begeleid zijn handen naar de zoom van mijn jurkje in de hoop dat hij de hint begrijpt: over mijn hoofd.

Voor één seconde kijkt hij me verward aan, maar dan grijpen zijn handen mijn jurk vast en ontstaat er een dans waarin ik als een kronkelend insect met mijn armen omhoog uit een zijden cocon probeer te glijden. Het lukt redelijk gemakkelijk om de rok omhoog te krijgen, maar dan stagneert de hele exercitie. Ik blijf steken met mijn armen in de lucht en mijn hoofd omhuld door stof. De jurk zit om me heen als een dwangbuis.

'Ik, eh... En nu?' hoor ik Lammerts stem bij mijn linkeroor. 'Hij zit vast.'

Niet de meest intelligente observatie van de avond, maar het is hem vergeven.

Misschien is het de alcohol, misschien de belofte van een lange, zwoele nacht samen, maar ineens hoor ik mezelf zeggen: 'Scheuren.'

'Scheuren?' herhaalt hij ongelovig. 'Weet je dat zeker?'

Ik knik verhit, al betwijfel ik of hij dat ziet in de kluwen van zachtroze stof. Ik begin alleen langzaamaan het gevoel in mijn armen te verliezen en ik ben weliswaar niet claustrofobisch, maar in deze jurk word ik het wel. 'Ja,' zeg ik daarom. En dan, krachtiger: 'Ja. Doe het. Scheur hem kapot.'

Het wekt opnieuw een korte aarzeling op bij Lammert, maar dan wint zijn opwinding het klaarblijkelijk van zijn drang om mijn jurk intact te houden en klinkt er een harde *rats* door de suite.

Mijn jurk valt in een paar slierten op de grond en ik kan eindelijk weer ademen. Lang heb ik alleen niet om op adem te komen, want meteen drukt Lammert zijn lippen weer op de mijne. Zijn tong zoekt die van mij en het duizelt me als ik voel dat zijn opwinding in zijn broek is gegroeid. Al zoenend schuifelen we terug naar het bed en hij legt me lieflijk op de knisperend verse lakens. Meteen begin ik voorzichtig zijn overhemd los te knopen.

Ik kan me niet herinneren wanneer ik me voor het laatst zo heb gevoeld. Het is vertrouwd en nieuw tegelijk, alsof ik een nieuw paar Louboutins koop in het klassieke model dat al jaren mijn voeten siert. Ik ken elke centimeter van Lammerts lichaam en toch is het alsof ik hem helemaal opnieuw ontdek.

Zijn lippen trekken een spoor langs mijn hals en mijn huid voelt warm en koud tegelijk. Ik laat mijn hand in zijn nek glijden en druk mijn onderlichaam tegen hem aan, wat me een goedkeurende grom oplevert.

'Uit,' fluister ik, doelend op zijn broek. Meteen ben ik blij dat Armani zulke kwalitatief goede pakken levert, want afgaande op wat ik tegen me aan voel duwen, is de mogelijkheid bijzonder groot dat de stof zo dadelijk scheurt door de druk die erop staat.

Een nieuwe grom ontsnapt uit Lammerts keel als hij zich opricht en zijn broek los begint te maken.

Net als zijn strakgespannen boxer tevoorschijn komt en ik verlangend op mijn onderlip bijt, hoor ik iets in de hoek van de kamer.

Gerinkel.

Telefoongerinkel.

En voor de verandering eens niet míjn telefoongerinkel.

Gedurende de voorstelling stonden onze telefoons op 'niet storen', maar terug in de lobby hebben we het geluid weer aangezet. Mijn idee. Een slecht idee, zo blijkt.

'Niet doen,' zeg ik zacht terwijl ik Lammert naar me toe probeer te trekken. 'Wat het ook is, het kan wachten. De kinderen zijn bij je ouders en zij weten dat we niet goed bereikbaar zijn vanavond.'

Hij knikt en zoent me weer, terwijl de marimba op de achtergrond zo lang door blijft gaan dat ik even denk dat de oproep nooit naar de voicemail zal gaan.

Als het muziekje eindelijk gestopt is en Lammert zijn spoor van zoenen over mijn buik hervat, ga ik er eens goed voor liggen. Het is lang geleden dat we dit hebben gedaan. Te lang geleden. Maar dit is het begin van een nieuw tijdperk, het startschot voor onze vernieuwde relatie. Vanavond zullen we elkaar vinden. Vanavond zullen we verdrinken in elkaars ogen, vrijen tot de zon opkomt, ons herinneren waarom ons huwelijk zo goed werkt. Vanavond herontdekken we elkaar, vanavond...

Worden we opnieuw onderbroken door telefoongerinkel, ditmaal afkomstig van mijn telefoon. Fucking *Gooische Vrouwen.*

Een seconde kijken we elkaar aan, maar dan trekken we beiden dezelfde conclusie. In plaats van het speciaal voor deze avond gekochte lingeriesetje van mijn lijf te trekken, zich tussen mijn benen te storten en me tot een gillend hoogtepunt te brengen, laat Lammert zich van me af glijden en loopt hij naar de hoek van de ruimte, waar ik mijn clutch oneerbiedig heb neergegooid. Hij reikt me het tasje aan en ik klik het open, maar voordat ik mijn telefoon te pakken heb, stopt het gerinkel.

Lammert heeft intussen zijn telefoon uit de binnenzak van zijn jasje gehaald en belt degene terug die mij zojuist ook probeerde te bereiken: zijn moeder.

'Mam, is alles in orde?'

Ik voel me ineens ontzettend naakt in mijn lingerie en sla het laken over me heen, alsof mijn schoonmoeder anders merkt wat we aan het doen waren.

Lammert haalt licht geïrriteerd een hand over zijn gezicht, maar dan worden zijn ogen groot en ziet hij eruit alsof hij het ineens Spaans benauwd heeft. 'In het ziekenhuis? Ja… Oké. Oké. We komen eraan.'

18

Wat er ook in je leven speelt, op het moment dat er iets met je kind is, zet je alles aan de kant. Dus als je schoonmoeder belt en zegt dat je zoon in het ziekenhuis zit te wachten op een röntgenfoto omdat hij van de trap is gevallen, dan snel je het hotel uit en bel je een taxi om naar hen toe te gaan.

Ook als je op het punt stond om voor het eerst in lange tijd... Nou ja, ook dan.

De rit naar het ziekenhuis leek wel twee uur te duren, maar eindelijk stormen Lammert en ik door de schuifdeuren naar binnen. Lammert stort zich zowat tegen de balie van de spoedpost aan. 'Verheyen. Onze zoon is hier, Rijk Verheyen.'

De vrouw tikt wat in op de computer en wijst dan een kant op. 'Loop maar door,' zegt ze. 'Kamer drie. Die kant op en dan naar rechts.'

Ik weet amper een bedankje te produceren voordat Lammert mijn hand grijpt en me meetrekt de gang in. Mijn hakken tikken op het linoleum en het geluid weerkaatst tegen de hoge muren.

Ik heb de donkergroene A-lijn jurk aangetrokken die ik voor morgen in gedachten had en Lammert draagt nog steeds zijn Armani-pak. We benen vastberaden door de gang en slaan zoals de baliemedewerker zei rechtsaf, nog altijd zonder elkaar los te laten.

'Hier, we zijn hier,' hoor ik de stem van Machteld, Lammerts moeder. Ze staat meteen zwaaiend op zodra ze ons ziet. Er ligt een diepe fronsrimpel in haar voorhoofd en haar ogen zijn rood.

'Hoe gaat het met hem?' vraagt Lammert. Hij probeert langs zijn moeder te kijken, de ruimte in die de baliemedewerker noemde, maar de deur zit dicht en het venster ernaast is van matglas.

'Het is niet gebroken,' antwoordt Machteld. Ze houdt haar pols vast, als een soort visuele toelichting op Rijks letsel. 'Alleen zwaar gekneusd. Of verstuikt, of... De arts heeft het wel gezegd, maar ik weet het niet meer precies. Ik hoorde alleen dat het niet gebroken was. Je… Je vader is bij hem. Samen met Elo. Rijk was… Hij was zo bleek. Hij trok helemaal wit weg.' Ze ijsbeert heen en weer en ik voel Lammerts hand uit de mijne glijden. Behoedzaam legt hij zijn beide handen op zijn moeders schouders om haar staande te houden. 'Wat is er gebeurd?'

'Ze… Ze waren aan het dollen met elkaar. De trap op en weer af. Ze moesten eigenlijk naar bed, maar ik denk dat ik ze te veel suiker heb gegeven. Dat is het vast geweest. Ze zaten nog zó vol energie en ik weet niet zo goed wat er precies gebeurde… Ineens hoorden we een schreeuw en een harde knal. Of eerst een knal en toen een schreeuw, ik weet het niet meer. Ik… O, lieverd, ik vind het zo erg.' Ze slaat haar hand voor haar mond en haar ogen schieten heen en weer tussen Lammert en mij. Ze glinsteren door de opwellende tranen.

'Je kon er niks aan doen,' probeer ik haar gerust te stellen. Het is eruit voor ik er erg in heb, maar ik meen het nog ook. 'Echt niet. Rijk is soms gewoon een beetje lomp, dat heeft niets met suikerinname te maken.'

Machteld schenkt me een waterig glimlachje en Lammert haalt een zakdoek uit zijn binnenzak om aan zijn moeder te geven, terwijl hij mij kort een dankbare blik toewerpt. Ik glimlach een beetje onbeholpen terug.

'Hij moet een brace,' gaat Machteld verder. 'Ze zijn nu bezig die aan te brengen en daarna mag hij naar huis. Maar je vader en Eloise waren er al bij, dus ik dacht: ik wacht buiten op jullie.'

'Dank je wel, Machteld,' zeg ik. Ik loop op haar af en leg mijn hand tussen haar schouderbladen. Ze staat te bibberen alsof ze tot haar knieën in de sneeuw staat, dus ik begeleid haar met zachte hand naar een van de zitjes tegen de muur.

Lammert staat op het punt om op de deur te kloppen, als die plotseling openzwaait en Rijk naar buiten komt.

'Pap! Kijk, ik heb een brace! Vet cool, toch? Nu lijk ik net een ninja.'

Ik vlieg overeind uit de stoel om Rijk en Eloise op te vangen, terwijl Lammert met de arts bespreekt wat er met onze zoon aan de hand is.

‘Wat is er gebeurd?’ vraag ik aan Rijk, die nog altijd zijn brace uitvoerig staat te bestuderen en veel meer kleur op zijn wangen heeft dan zijn oma.

Hij haalt achteloos zijn schouders op. ‘Ik rende achter Elo aan de trap op en toen struikelde ik. Ik wilde mezelf opvangen met mijn handen, maar ik viel iets harder dan ik dacht.’

Eloise knikt heftig. ‘Die knal was echt hard.’

Lammert senior stiefelt op Machteld af en legt in het voorbijgaan kort zijn hand op mijn arm. ‘Fijn dat jullie er zijn. Wat zie je er prachtig uit.’

Ik glimlach naar hem. ‘Dank je wel. Ook dat jullie zo snel hebben gehandeld en hiernaartoe zijn gegaan.’

‘We moesten wel, Rijk stond te huilen als een kleuter,’ zegt Eloise plagerig. Daarna vervolgt ze met een serieus gezicht: ‘Ik ben wel blij dat het alleen gekneusd is.’

‘Ik ook, lieverd,’ zeg ik. Ik kijk op om te zien of Lammert al uitgesproken is met de arts. Misschien is het de alcohol die nog altijd in mijn bloed zit, maar ik word duizelig van liefde als ik hem zo zie, met een bezorgde frons op zijn gezicht en een vastberaden houding die een en al kracht uitstraalt.

Snel en efficiënt neemt hij alles door wat we moeten weten en als het gesprek is afgerond, steekt de arts nog even meelevend zijn hand op naar Rijk. Dan lopen we met zijn zessen door de gang richting de uitgang.

‘Ik, eh…’ begint Lammert senior aarzelend, als de automatische schuifdeuren voor ons open glijden. ‘Er is niet genoeg ruimte voor zes in de auto.’

Lammert houdt halt en slaat zijn arm om Rijk. ‘Zeg jij het maar, knul. Wat wil je doen? Naar huis, of terug naar opa en oma?’

Ineens is er weinig over van de bravoure waarmee Rijk net naar buiten stapte. Zijn postuur zakt in en zijn ogen schieten heen en weer. ‘Ik denk dat ik toch wel naar huis wil,’ zegt hij voorzichtig. Meteen richten zijn grote bruine ogen zich op naar zijn grootouders. ‘Is dat goed? Het is niet dat ik niet terug wil naar jullie, hoor!’

'Welnee, kerel,' zegt Lammert senior meteen. Hij maakt een wegwuifgebaar en de autosleutels rinkelen in zijn hand. 'Lekker in je eigen bed. Dat is toch veel fijner?'

'Ja,' zegt Rijk zacht.

'Weet je wat,' zeg ik, de groep rondkijkend. Ik wijs naar de taxistandplaats voor de hoofdingang van het ziekenhuis. 'Als opa en oma jullie nou naar huis brengen, dan nemen wij een taxi. Volgens mij zijn we dan rond dezelfde tijd thuis. Ik bel wel even naar het hotel om te vragen hoe laat morgen de uitchecktijd is en dan halen we dan wel onze spullen op.'

Er stijgen wat instemmende geluiden op uit de groep en na wat omhelzingen en kussen – en woest geschud van prepuberhoofden – zetten Lammert en ik koers naar de taxistandplaats.

Als vanzelf vindt zijn hand de mijne weer en er trekt een aangename steek door mijn onderbuik als onze vingers zich weer met elkaar vervlechten.

'Bedankt,' zegt Lammert als we een meter of tien zwijgend hebben afgelegd.

Ik kijk opzij. 'Voor wat?'

'Dat je zo rustig bleef en mijn moeder geruststelde. Ik weet dat ze er anders een paar slapeloze nachten van had gehad.'

'Het lag toch ook niet aan haar?'

'Weet ik. Maar ik had niet van je verwacht dat je het daadwerkelijk zou benoemen. Dat waardeer ik, en jij zegt dat je dingen die je in elkaar waardeert moet uitspreken. Of eigenlijk moet opschrijven, maar ik heb dat notitieboek niet bij me.'

De frons op mijn voorhoofd verdwijnt en ik voel mijn wangen lichtjes kleuren. 'Ik ook niet,' zeg ik. 'Maar uitspreken is ook goed. Voor één keer zal ik het goedkeuren dat het dan niet wordt opgeschreven.'

Lammert draait zijn hoofd en kijkt strak voor zich uit, naar de taxi's voor ons. Ik zie zijn mondhoek lichtjes opkrullen. 'Gelukkig. Ik ben blij dat we zo'n toegeeflijke therapeut hebben uitgezocht. Ik mag haar wel.'

Spanning in een relatie hoort erbij. Bekijk het zo: aan een auto-accu waar geen energie meer in zit, heb je ook niks. Een beetje spanning is dus juist goed. Broodnodig zelfs. Het wordt pas een probleem als je continu storingen hebt omdat je accu last heeft van hoogspanning, of de spanning juist volledig is verdwenen en je auto niet meer wil starten. Dán gaat er iets mis.

Uit: Gastcolumn voor Ouders van nu, *anderhalf jaar geleden*

19

De cursus is af. De editor stuurde me zojuist een WeTransfer met alle video's waarop ik akkoord moet geven, zodat de webbouwer alles in de cursusomgeving kan zetten.

Ik heb op 'downloaden' gedrukt en nu staat het mapje keurig rechtsonder op mijn laptop, me aan te staren als een blauwe, ordnervormige verzameling van mijn hersenspinsels. Ik moet ernaar kijken, maar ik kan het niet.

Mijn brein is een soort kermis, inclusief knipperende lampjes en gillende bezoekers. Aan de ene kant ben ik dolgelukkig dat Lammert en ik voorzichtig nader tot elkaar komen, maar aan de andere kant maakt het me absurd onzeker dat het in een ander tempo gaat dan ik gewend ben. Dan ik zou willen. Het is alsof ik op de hoge duikplank sta en niet terug mag, het trappetje af, maar ook niet durf te springen. Terwijl dat is wat ik moet doen: springen. Springen zonder te weten wat er in het water gebeurt, of ik het red, of ik wel weer boven kom.

Mijn ogen schieten naar de fles whisky die ik van Ellie heb gekregen als schrijfmotivatie in de tijd dat ze me nog niet zes keer per dag belde. 'Hemingway schreef zijn beste werk onder invloed,' verkondigde ze opgewekt, insinuerend dat ik dat ook zou kunnen proberen. Het is amper drie uur 's middags en het voelt laf om de fles nu te openen, maar tegelijkertijd... Zal ik?

Nee.

Ik doe het niet.

Ik drink af en toe een wijntje of een glas champagne, maar absoluut niet meer dan dat – met afgelopen weekend als uitschieter dan. En zo nu en dan een glaasje bij het eten. Of 's avonds, voor het slapengaan. Soms allebei. Maar overdag een fles openen is bespottelijk, al helemaal whisky. Hemingway mag dan permanent dronken zijn geweest, ik ben dat niet. Ik heb zelfbeheersing, verantwoordelijkheidsgevoel tegenover mijn kinderen en een huwelijk waar weliswaar barsten in zitten, maar dat nog niet in scherven op de grond ligt. Dronken achter mijn laptop zitten draagt daar hoogstwaarschijnlijk niet in positieve zin aan bij.

Beneden hoor ik de voordeur opengaan en twee stemmen vullen de gang.

'Mam! We zijn weer thuis!' galmt de stem van Eloise onderaan de trap.

Ik spring haast achter mijn computer vandaan als ik haar de trap op hoor komen en ze door de openstaande deur mijn kantoor binnenstormt. 'Lieverd! Jullie zijn er alweer! Dat was snel. Hoe ging het? Wacht, niet zeggen. Ik heb nog iets voor jullie. Laten we naar beneden gaan, dan maak ik thee en kunnen we er even over kletsen.'

'Is pap er ook?' vraagt ze hoopvol.

Ik schud mijn hoofd. 'Nee, lieverd. Pap is in Antwerpen vandaag en is morgen pas weer terug. Maar ik ben er wel en ik hoor graag álles over de toets.'

'Oké,' zegt ze luchtig. Haar rok ruist zachtjes als ze zich omdraait en de trap af rent.

Toen mijn ouders uit elkaar gingen, was ik er heilig van overtuigd dat dat kwam doordat ze niets meer met elkaar te bespreken hadden. Iets wat vaak gebeurt: twee derde van de gesprekken tussen ouder en kind gaan over het reilen en zeilen binnen het gezin. De praktische dingen. 'Heb je je hockeyspullen gepakt?' 'Is je huiswerk gemaakt?' 'Wanneer moet je dat verslag inleveren?' Als ouders kun je daar heel gemakkelijk in meegaan, waardoor je uiteindelijk elkáár amper nog aandacht geeft.

Des te belangrijker vind ik het dus om met mijn kinderen te praten over meer dan alleen wanneer ze hun kamer opruimen en of ze hun kleren in de was willen doen. In tegenstelling tot Lammerts moeder heb ik meestal geen tijd om met thee en koekjes klaar te zitten na school, maar ik probeer zo veel mogelijk momenten met Rijk en Eloise te koesteren. Als ze straks gaan puberen zullen ze waarschijnlijk sowieso direct naar hun kamer stampen en elke vorm van sociale interactie met mij weigeren.

Ik loop achter Eloise aan de trap af naar de keuken, waar ik Rijk al met een aangebroken pak koekjes aantref. Chocolate chip, met drie soorten chocolade.

'Deze zijn echt het lekkerst, mam,' zegt hij met volle mond. Zijn brace zit nog altijd netjes om zijn pols en hij heeft overduidelijk al veel minder pijn dan een paar dagen geleden. Gelukkig is het zijn rechterpols, anders had hij de eindtoets met zijn niet-dominante hand moeten maken.

Ik wijs op de koekjes. 'Vandaar dat je in een paar seconden het halve pak naar binnen hebt gewerkt?' Ik loop langs hem naar de kraan en druk in het voorbijgaan een kus op zijn hoofd. 'Vertel, hoe ging het?'

Rijk is met zijn 'goed hoor' zijn nonchalante zelf, maar Eloise steekt meteen van wal.

'Het was echt heel moeilijk. We hadden taal en rekenen en dat duurde al heel lang, maar daarna hadden we ook nog wereldoriëntatie. Maar wereldoriëntatie telt niet mee voor de uiteindelijke score.'

'Ik snap nog steeds niet waarom we dan wereldoriëntatie hadden,' roept Rijk boven het geprуttel van de Quooker uit. 'Dat stuk heb ik een beetje afgeraffeld.'

'Omdat dat gaat over dingen als aardrijkskunde en geschiedenis, en zo,' zegt zijn zusje. 'Dat krijgen we straks op de middelbare ook en het is goed om je niveau alvast te weten.'

'Mijn niveau is prima, dat heeft juf Hetty allang gezegd.'

Eloise pakt het theeglas op dat ik haar voorzet en blaast er voorzichtig in. 'Als je echt wereldoriëntatie hebt afgeraffeld, is dat ontzettend dom. En juf Hetty heeft ons expres nog geen niveau-advies gegeven, zodat we niet een te hoge score verwachten. Dat zei ze zelf.'

Ik pak een theedoosje uit de lade en zet het op tafel, samen met Rijks glas en een schoteltje om de gebruikte zakjes op te leggen. 'Maak je nou maar geen zorgen om je broertje, die heeft de toets vast en zeker net zo goed gemaakt als jij. En jullie beginnen toch in een dakpanklas, dat zei de rector van het Geert Groote College. Als jullie daar nog steeds naartoe willen, natuurlijk.'

'Duh.' Rijk rolt met zijn ogen. 'Dat zei ik al voordat we naar die open dag gingen. Bastiaan gaat ook naar het Geert Groote en het is niet heel ver fietsen, dus ik vind het prima.'

'En het was ook jullie school, dus misschien krijgen we wel les van leraren die jullie nog in de klas hebben gehad.' Eloise hangt haar theezakje in haar glas en kijkt me vragend aan. 'Wil je nog eens vertellen over die keer dat jij en pap waren opgesloten in een lokaal omdat jullie daar stiekem naar binnen waren geglipt, maar dat iemand toen alles op slot draaide en jullie via het raam naar buiten moesten klimmen?'

Een warm, nostalgisch gevoel verspreidt zich in mijn onderbuik. Gelukkig was het op de benedenverdieping, maar via een raam naar buiten klimmen was toch minder makkelijk dan ik had gedacht. Inmiddels is het alweer negentien jaar geleden, maar ik kan het me nog herinneren alsof het gisteren was.

'Daar vertelt mam liever niet over,' zegt Rijk stellig.

Ik kijk geschrokken op. 'Hoezo niet?'

Als hij er nu weer over begint dat Lammert en ik amper tijd met elkaar doorbrengen, ga ik gillen.

Rijk schuift opnieuw een koekje in zijn mond en houdt het pak dan op voor zijn zusje.

'Hoezo niet?' herhaal ik. Ik moet moeite doen om de irritatie in mijn stem te verbergen.

'Gewoon.' Rijk slaakt een typische prepuberzucht. 'Omdat pap en jij geen tieners meer zijn. Toch?'

'Ja. Ja, dat is het precies.'

Allemachtig, die kinderen halen echt vijf jaar van mijn levensverwachting af.

'Maar, eh... Nu ik jullie hier toch bij me heb... Ik heb nog iets leuks. Om te vieren dat de eindtoets erop zit. En misschien ook al een heel klein beetje voor jullie verjaardag.'

Twee paar ogen schieten omhoog en kijken me verwachtingsvol aan.

'Wat?' vraagt Rijk met volle mond. 'Hoe bedoel je? We zijn dit weekend pas jarig.'

Ik trek een geheimzinnig gezicht en loop naar de buffetkast, waarvan ik het deurtje linksonder met een theatraal gebaar opentrek. Dan haal ik twee dezelfde, rechthoekige dozen tevoorschijn, de ene ingepakt in glanzend blauw en de andere in glanzend rood inpakpapier.

Cadeautjes geven aan onze tweeling vind ik het leukste wat er is. Je zou denken dat de meeste tweelingen dezelfde cadeaus krijgen, maar in ons huis proberen we dat zo veel mogelijk te voorkomen. Aangezien ze al beiden van jongs af aan hockeyen en in dezelfde klas zitten, vonden we het juist belangrijk om waar mogelijk andere dingen voor ze te kopen. Zodat ze hun eigen stijl en interesses zouden ontwikkelen, in plaats van als een soort *The Shining*-tweeling door het leven te gaan. Behalve vandaag dan. In deze rechthoekige dozen zitten weliswaar geen lichtblauwe jurkjes, maar wel twee dezelfde cadeaus.

'Een Switch! Mam, je hebt een Nintendo Switch voor ons gekocht!' Rijk heeft het pakpapier er als eerste af gescheurd en steekt de spelcomputer als een trofee met beide handen omhoog. Op het moment dat zijn zusje 'met Animal Crossing!' roept, roept hij: 'Met Mario Kart! Wat cool!'

'Lukt dat wel met je pols?' vraag ik. 'Anders...'

'Natuurlijk lukt dat! Ik zorg wel dat het lukt!' Rijk stormt op me af, geeft me een stevige knuffel en rent dan naar de woonkamer om met zijn nieuwe spelconsole op de bank te ploffen.

Eloise volgt jubelend zijn voorbeeld.

Samen laten ze een half slagveld achter: één theeglas waar alleen kokend water in zit, één theeglas waar het theezakje nog in hangt en een aangebroken pak koekjes, half uit de verpakking.

Ik buig me naar voren om een koekje te pakken en zie dan vanuit mijn ooghoek mijn telefoon oplichten. Een berichtje van Yfke.

Heb je de cursusvideo's gezien? Ze zijn weer perfect! Ik heb een paar punten over de ondertiteling teruggestuurd, die sluit niet honderd procent aan op wat jij in beeld vertelt. Ging ervan uit dat jij hetzelfde zou vinden, want het boek en jouw woorden zijn natuurlijk de basis. Maar verder is hij echt perfect. *You've done it again!* Tot morgen!

Ik wil net mijn telefoon vergrendelen, als er op dat moment een tweede bericht in beeld schuift. Het is van Noud.

Ha Claudette! Ik hoop dat je tevreden bent met de video's. Ik vond het weer een eer om met je samen te werken. Mocht je ooit een derde boek schrijven en daar een cursus bij willen: je hebt mijn nummer... Groet, Noud

'Ik vind het belangrijk om elk moment aan te grijpen om een feestje te geven. Het is heerlijk om met de mensen van wie je houdt te proosten. Op het leven, op een mijlpaal of zoals nu op de nieuwe vestiging. Dit soort momenten zijn kostbaar en ik vind het enorm bijzonder dat ik dit mag meemaken. Vanuit Verheyen Hotels is hier maanden naartoe gewerkt en het is schitterend om te zien hoe het uiteindelijk is geworden. Ik denk niet dat ik trotser kan zijn dan dit.'

Uit: Interview met RTL Boulevard *op de witte loper bij de opening van het vijfde Verheyen-hotel, vier jaar geleden*

20

In de laatste paar weken van mijn zwangerschap was het het mooiste voorjaarsweer dat je je kunt voorstellen. Meer dan twintig graden, een heerlijke voorjaarszon... en dikke, opgezwollen enkels, vol met vocht. Met twee baby's in mijn buik had ik de omvang van een klein vrachtschip en toen ze eindelijk na 37 weken en drie dagen hun komst aankondigden, stond ik te huilen van opluchting.

Alle clichés over ouderschap zijn waar – daarom zijn ze er ook. Dat alles maar een fase is en ook dat de 'twee is nee'-periode vanzelf overgaat. Dat tweelingen voor *double trouble* zorgen. Dat jouw kinderen de allermooiste zijn, zelfs al ziet elk kind eruit als een gewelde rozijn als het net is geboren. En bovenal: dat alles zo vreselijk snel gaat.

'Geniet er maar van, voor je het weet zijn ze groot,' zei Lammerts vader tegen ons, toen ik na een slopende bevalling van 28 uur en een nachtje in het ziekenhuis eindelijk de drempel van ons eigen huis over schuifelde.

Op dat moment kon ik zijn hoofd wel van zijn romp trekken, maar inmiddels moet ik hem gelijk geven: een kind opvoeden gaat verschrikkelijk snel. Het lijkt wel gisteren dat ze hun eerste stapjes zetten, hun eerste woordjes brabbelden en hun eerste meters op een driewieler fietsten.

En nu zijn ze twaalf. Ineens. Zomaar. Gisteren liepen ze nog in de luiers, vandaag rolt Eloise een picknickkleed uit op het gras en staat Rijk op een krukje bij de appelboom met één hand een overdadige hoeveelheid lampjes en slingers op te hangen.

'Pas op dat je niet valt!' roep ik naar hem.

'Ja-haa!' roept hij terug. Ik zou zweren dat ik zijn oogrol door zijn achterhoofd heen kan zien.

Aan Lammerts kant van de familie zijn verjaardagen een soort opschepevenementen waarin wordt bepaald wie de grootste taart, mooiste versiering of hoogste ballonnenboog heeft. Tien jaar geleden, toen de tweeling twee werd, vroeg Annemijn bloedserieus waarom ik maar één verjaardagstaart had besteld. Het ding was groter dan een gemiddelde studentenkamer, maar blijkbaar alsnog te klein.

'Komt je zus ook?' vraag ik Lammert als hij door Eloise met een heliumtank op de hielen gezeten de tuin in stapt.

'Ik zou niet weten waarom niet. Matthias komt niet, die heeft een vlucht naar Dubai vanavond, en van Boudewijn weet ik niet zeker of Lotte en hij alweer terug zijn uit Seattle. Maar Annemijn komt sowieso. En mijn ouders ook, natuurlijk. Is je moeder alweer terug van haar vrijwilligerswerk in... Wat was het ook alweer?'

'Ghana,' zegt Eloise glunderend. 'Ze heeft een kaartje gestuurd om ons te feliciteren. Er zaten superveel stempels en postzegels op.'

Op een van de vorige kinderverjaardagen raakte mijn moeder in gesprek met Annemijn. Tijdens dat gesprek babbelden ze over 'iets teruggeven aan de maatschappij' en vertelde mijn moeder dat ze graag 'iets goeds voor de wereld wilde doen'. Annemijn koppelde haar aan een van de goede doelen waar zij zich voor inzet, en sindsdien reist mijn moeder de wereld over om putten te graven in ontwikkelingslanden en eigenhandig scholen te bouwen voor kansarme kinderen. Ik spreek haar daardoor eens per halfjaar, maar het maakt haar gelukkiger dan wat dan ook, dus ik gun het haar met heel mijn hart.

De verjaardagsvisite bij ons thuis is – op de kinderen die morgen voor het kinderfeestje komen na – sowieso dun bezaaid, want iedereen in Lammerts gezin is belachelijk succesvol. Matthias, Lammerts jongere broer, werkt als gezagvoerder bij KLM en zit elke paar weken ergens anders op de wereld. Boudewijn werkt als pr-manager voor een of ander modebedrijf dat is gevestigd in Seattle, dus hij pendelt continu op en neer tussen Amerika en Nederland. Als ik hem was, zou ik het wel weten, maar het lot – of eigenlijk: Lotte – wil dat hij verliefd werd op iemand in Nederland en naar Amerika emigreren is nou eenmaal lastiger dan je denkt.

Daarnaast is het ook nog eens zo dat iedereen uit Lammerts gezin extreem gek is op hun ouders, dus emigreren zou eerder een laatste optie zijn dan een eerste keus.

'Ghana inderdaad,' zeg ik. 'Goed onthouden, Elo.' Ik richt me tot Lammert. 'Heb je genoeg ballonnen?' Zonder op antwoord te wachten draai ik me om en loop ik naar binnen om er meer te halen.

Om eerlijk te zijn zie ik er niet echt naar uit de hele dag met mijn schoonzus te spenderen. Hoe ze het doet weet ik niet, maar zelfs op mijn geweldige cadeau voor Lammert had ze nog commentaar. Verkapt commentaar dan, want Annemijn is zo iemand die een belediging weet te verpakken als een compliment. Dat zij er nóóit op zou zijn gekomen om een pén te geven aan haar partner. Dat zij zo'n kleur jurk nóóit zou durven dragen. Dat de schaaltjes van de chips 'van zo'n aandoenlijk formaat' zijn. Chips is volgens haar overigens überhaupt iets van het plebs; wij horen zalmrolletjes en visseneitjes op toast te eten. Terwijl ik haar wel altijd een handvol Nibbits naar binnen zie werken, precies op een moment dat ze denkt dat niemand kijkt.

In de keuken pak ik twee saladekommen en zet die vast klaar op het aanrecht. Als ze die ook te klein vindt, weet ik het niet meer.

Eloise verschijnt achter me en leunt tegen de opengeschoven schuifpui. 'Mam, komt oom Boaz ook vandaag?'

'Natuurlijk,' zeg ik met een brede glimlach. 'Ik hoorde hem toevallig gisteren nog zeggen dat hij zo'n prachtig cadeau voor jullie heeft gekocht.'

Een lach breekt door op mijn dochters gezicht en ze straalt van oor tot oor.

Ik pak een zak ballonnen uit de kast, geef die aan haar en zeg: 'Wil jij deze even naar papa brengen? Ik denk dat hij niet genoeg ballonnen heeft.'

Ze huppelt zowat naar buiten en ik kijk haar vol genegenheid na.

Ook al wil hij zelf geen kinderen en heb ik hem al duizend keer gezegd dat hij écht weleens mag afzeggen, mijn broer mist de verjaardag van de tweeling nooit. Hij brengt altijd de perfecte cadeaus mee en heeft een onuitputtelijk uithoudingsvermogen als het gaat om verstoppertje, bordspellen en kinderverhalen. Ik durf te wedden dat dat vanzelf komt als je weet dat je ze gewoon kunt teruggeven zodra je er geen zin meer in hebt.

Terwijl ik in de koelkast controleer of de zalmrolletjes – die ik toch maar heb ingekocht bij de traiteur – nog allemaal in orde zijn en voor de derde keer vandaag de temperatuur van de wijnkast check, gaat de bel. Vast Lammerts ouders, die zijn op elk feestje standaard een uur te vroeg. '*Fashionably late* is iets uit de jaren negentig, liefje,' zei mijn schoonmoeder ooit poeslief toen ik te laat was op hun zoveelste zomerse tuinfeest. Dat was vanwege een uitgelopen werkafspraak, overigens, maar dat deed er blijkbaar niet toe.

'Jullie zijn er,' zeg ik opgewekt als ik de voordeur open, en ik word meteen ruw aan de kant geduwd door Rijk, die zijn grootouders in de armen valt.

'Jullie zijn er!' schreeuwt hij op misthoornsterkte, vele malen enthousiaster dan ik. Meteen begint hij Lammert senior aan zijn arm te trekken. 'Opa, ik heb lampjes opgehangen in de appelboom. Je moet ze zien, vanavond als ze aangaan. En ik heb tijdens de training geleerd om met één hand de bal hoog te houden, zal ik het laten zien?'

Op hetzelfde moment stort Eloise zich op Machteld. 'Oma! Ik heb een nieuw stuk geleerd op de piano, wil je het horen?' Zonder op antwoord te wachten sprint ze naar de woonkamer, waar ze plaatsneemt op de pianokruk en ongeduldig zit te wiebelen, wachtend tot Machteld klaar is met twee kussen geven aan Lammert en alle aandacht voor haar heeft.

Gelukkig. Het voordeel van twee kinderen hebben die allebei aardig extravert zijn, is dat ze altijd iemand bezig kunnen houden. Soms zelfs meerdere mensen tegelijkertijd.

Boaz komt wat later, dus dat betekent dat er nog één iemand is die we…

'Hai allemaal,' klinkt een zangerige stem vanuit de hal. 'Waarom staat de voordeur open? Is dit een soort walk-in verjaardag of zo?'

Ik draai me om en zie Annemijn in de deuropening staan. Ze draagt een beige broekpak met daaronder torenhoge plateauzolen en ziet eruit alsof ze zo van de set van een of andere eighties-film komt. In haar handen heeft ze de grootste bos bloemen die ik ooit heb gezien. Aan haar pols bungelt een tasje van de Apple Store en ik weet al meteen hoe laat het is: ze heeft zich weer uitgeleefd op cadeaus die veel en veel te duur zijn.

'Claudette!' kirt ze overdreven enthousiast, terwijl ze het boeket in mijn handen drukt. 'Ik dacht: jij kunt vast wel een verse bos bloemen gebruiken.' Ze buigt zich opzij om over mijn schouder naar de bos tulpen op de hoek van de eettafel te kijken. Ik heb ze een paar dagen geleden op de markt gekocht en ze staan erbij alsof ze het nog maanden zullen volhouden. De truc is om, voordat je de tulpen op de vaas zet, de steel net onder de bloem even door te prikken met een naaldje. Daardoor gaan ze niet hangen.

Ik steek trots mijn neus in de lucht in de verwachting dat mijn schoonzus iets positiefs zal zeggen, maar ze snerpt: 'Ja, zie je, dat dacht ik al. Het huis van mijn broer verdient altijd een schitterend boeket verse bloemen, vind je ook niet? Misschien kun je dat andere bosje op een bijzettafeltje kwijt of zo.' Ze lacht stralend naar me en schrijdt langs me heen naar de woonkamer.

Ik knijp woest in de stelen, spied om me heen of niemand me ziet en steek dan onopvallend maar krachtig mijn middelvinger naar haar op. Niet dat ze het merkt, maar goed voelt het wel.

Als ik even later de bos bloemen van Annemijn op de hoek van de eettafel heb gezet en mijn tulpen strategisch op de andere hoek heb gepositioneerd zodat iedereen ze alsnog kan zien, gaat de bel opnieuw.

'Claudette, liefje, de bel,' kwettert Machteld vanachter de piano.

'Ik hoorde het, Machteld,' zeg ik met een hoge stem. Van haar bedremmelde houding van laatst is zo te zien niets meer over.

Lammert staat voor de verandering weer eens te bellen in de tuin en de kinderen zijn zich nog steeds aan het uitsloven voor hun grootouders, dus ik recht mijn schouders en loop naar de deur.

'Bo,' verzucht ik, als ik mijn broer zie. 'Wat ben ik blij jou te zien.'

'Uh-oh, is het alweer zo ernstig gesteld?' vraagt hij.

'Je hebt geen idee.' Ik hef mijn ogen ten hemel en doe een stapje opzij zodat hij de gang in kan lopen. 'Het lijkt wel alsof het elke keer erger wordt.'

'Eens even kijken of ik de boel hier een beetje kan opschudden,' zegt hij met een duivelse grijns. 'Waar zullen we het vandaag eens over hebben, klimaatverandering? Hoe slecht vlees eten is? O! Ik heb gisteren een documentaire gezien over de zuivelindustrie, die is ook niet mals. Zal ik daarover beginnen?' Hij wacht tot ik de deur heb dichtgedaan en legt dan zijn arm om mijn schouders. 'Geen zorgen, ik zorg wel voor wat reuring.'

Een uur later is Boaz verwikkeld in een hevige discussie met Lammert senior over hoe slecht het eigenlijk is dat we zo veel *processed foods* eten en dat iedereen een eigen moestuin zou moeten hebben. Lammert senior is daarentegen van mening dat dat allemaal wel meevalt – en dat niemand de tijd heeft om zijn eigen groenten te verbouwen.

Annemijn is in de tuin alweer helemaal in haar hockeytrainersrol en spreekt met Rijk zijn verdedigingstactiek door voor de eerste wedstrijd dat hij weer het veld in mag, Machteld nipt op de grote hoekbank van een glas merlot en Lammert speelt samen met Eloise het nieuwe stuk dat ze op de piano heeft geleerd.

Ik leun even tegen de deurpost om naar ze te kijken.

De eerste keer dat ik Lammert ooit piano hoorde spelen, was toen hij me voor het eerst had meegenomen naar zijn huis. We waren twee keer op date geweest, hadden officieel verkering en hij was die middag alleen thuis, dus hij vroeg of ik na school met hem mee wilde. Ik viel bijna van mijn fiets toen ik zijn huis zag. Letterlijk, omdat ik het stoepje miste voor de oprit. Afgaande op zijn kledingstijl en manier van praten wist ik wel dat hij rijk was, maar op de een of andere manier had ik niet door hóé rijk dat dan moest zijn.

Hun herenhuis was ronduit schitterend – ís ronduit schitterend, want Lammert senior en Machteld wonen er nog steeds. Het huis heeft een trapje dat naar de voordeur leidt en Lammert vertelde dat het vroeger twee panden waren. Ergens halverwege de achttiende eeuw was er voor beide panden één gevel geplaatst en kwam er één voordeur, in het midden van de gevel.

Zodra ik voor dat huis stond, wist ik: ooit woon ik op net zo'n prachtige plek. En zodra Lammert achter de hoogglans zwarte vleugel plaatsnam en *Pianosonate nr. 14* van Beethoven speelde, wist ik: ooit trouw ik met deze man. Nog steeds kan ik tot tranen geroerd worden als hij zich verliest in een pianostuk.

Net als nu, nu hij samen met Eloise *Comptine d'un autre été* speelt en ze af en toe afwachtend naar hem opkijkt als ze niet meer weet welke toetsen ze moet aanslaan.

'Mam, Annemijn zegt dat ze een cadeautje voor ons heeft!' Rijk komt via de keuken de woonkamer in gestormd, op de voet gevolgd door Annemijn, die alweer een zoete glimlach op haar gezicht heeft geplakt.

'O, ja?' vraag ik. 'Nou, misschien moeten we dan maar even wachten met het aansnijden van de verjaardagstaart en eerst cadeaus uitpakken.'

'Het is iets kleins, hoor,' zegt Annemijn luchtig, wapperend met haar perfect gemanicuurde hand.

Ik heb zin om het Apple Store-tasje dat ze tevoorschijn haalt tegen haar gezicht te slaan. Gelukkig weet ik hoe een MacBook-doos eruitziet en het is onmogelijk dat dat in zo'n formaat tas past, maar dan nog. Het is nou niet dat je verder zulke goedkope producten bij Apple kunt krijgen.

Rijk en Eloise nemen stuiterend de in inpakpapier verpakte vierkante doosjes aan en scheuren in enkele bewegingen het papier eraf. Bij beiden komt een Apple Watch tevoorschijn.

Mijn schoonzus heeft voor mijn kinderen van twaalf het gloednieuwe model Apple-smartwatch gekocht.

Ik klem mijn kiezen op elkaar terwijl de tweeling door het lint gaat en Annemijn om haar hals valt.

'Deze wilde ik al zó lang!' roept Rijk.

'Maar van mama mocht het niet,' doet Eloise een duit in het zakje.

Omdat jullie twaalf jaar oud zijn. Twáálf. En omdat jullie net een Nintendo Switch hebben gekregen en ik dat wel genoeg technologie vond voor twee prepubers, naast de PlayStation en de iPhones.

Rijk en Eloise hebben sinds hun tiende een smartphone. Ik vond het te vroeg en wilde dat ze die zouden krijgen als ze naar de middelbare school gingen, omdat ze vanaf dan wat verder moeten fietsen en ik het een prettig idee vind dat ik ze in elk geval kan bereiken als het nodig is. Maar toen bleek dat het halve hockeyteam al op hun negende met een iPhone rondliep en de tweeling ook op school als enige achterbleef. Dat kon natuurlijk niet, dus kocht ik voor hen beiden een iPhone. De simpelste en absoluut niet het nieuwste model. Simkaart erin, superlaag abonnement erop en klaar. Ik dacht dat de gadgetsdiscussie daarmee gesloten was, maar blijkbaar vond Annemijn van niet.

'Ik heb het nieuwste model gekozen, want anders moeten ze volgend jaar alweer vervangen worden. Rijk, jij hebt een blauw bandje en Elo, die van jou is rood. Dat is jullie lievelingskleur, toch?' Annemijn zegt het met zo'n engelengezicht dat ik elk moment twee vleugels uit haar rug en een aureool boven haar hoofd verwacht. Al zijn twee duivelshoorntjes en een knalrode staart een stuk aannemelijker.

Terwijl de kinderen jubelend het plastic van de doosjes trekken en de horloges tevoorschijn halen, gaat de bel. Deze keer is het Lammert die naar de gang loopt en ik trek me terug in de keuken om een glas wijn in te schenken. Het is pas middag, maar voor deze ene keer kan het wel. Als ik dit nog langer nuchter moet volhouden, sta ik niet voor mezelf in.

Ik schenk een glas merlot in en loop terug naar de woonkamer, waar ik bijna omver word gelopen door een storm aan donkere krullen.

Ellie.

Op de voet gevolgd door Yfke, die mij aanstaart met een uitdrukking die 'paniek 2.0' te noemen is.

'Wat is...' begin ik, maar ze beginnen exact op hetzelfde moment te praten, door elkaar heen.

'Claudette, ik heb je zes keer geprobeerd te bellen, maar je nam niet op.' Mijn assistent hijgt alsof ze vanaf haar huis hiernaartoe is gerend.

Shit, mijn telefoon ligt nog boven in mijn kantoor en ik was zo druk met versieren dat ik hem compleet ben vergeten. Zie je, meteen zes gemiste oproepen van Yfke. En Lammert maar zeggen dat mijn bedrijf niet zo belangrijk is.

'Ellie belde naar kantoor en de oproep werd doorgeschakeld naar mijn telefoon en ze zei dat ze hierheen kwam, omdat je haar e-mails niet beantwoordt en ik...'

'Ja, op een gegeven moment is het klaar, Claudette,' zegt mijn agent lijzig. 'Ik ben helemaal vanuit Haarlem hiernaartoe komen rijden, weet je wel wat een eind dat is? Ik had gezegd dat ik je zou opzoeken en dat moment is nu. Het heeft geen zin om nog langer af te wachten, want je negeert me gewoon volledig.' Ellie wappert met een hand voor mijn perplexe gezicht. 'Hallo-o, ik ben hier. Wat is er toch met je aan de hand? Je bent altijd zo stipt met alles. Als ik je mail, kan ik de klok erop gelijkzetten dat ik binnen een paar uur een reactie van je heb. En nu... niks! Al weken! Je zou me een maand geleden een boekidee aanleveren. Een maand!'

'Ik weet het,' zeg ik met gedempte stem. Ik probeer Ellie naar de keuken te loodsen door mijn hand op haar schouder te leggen en haar een zacht duwtje te geven, maar ze blijft onvermurwbaar staan. 'Ellie, kunnen we alsjeblieft even praten op een plek met wat meer privacy?' vraag ik met opeengeklemde kaken.

Mijn schoonfamilie zit gefascineerd naar het hele tafereel te kijken. Alleen Rijk en Eloise besteden er geen aandacht aan dat er ineens twee extra mensen in onze woonkamer staan, maar storten zich volledig op hun smartwatches.

'Ik wil een verklaring, Claudette.' Ellie staart me aan met giftige ogen.

'Die heb ik voor je, maar niet hier.'

Yfke doet een stap in onze richting en probeert me te helpen door mijn merlot uit mijn hand te pakken en haar hand op Ellies andere schouder te leggen, maar Ellie schudt haar van zich af. Daarbij maakt ze zo'n wild gebaar dat ze allereerst mij een halve linkse hoek geeft, terwijl tegelijkertijd haar andere hand op het glas af vliegt. Het gebeurt zo snel dat Yfke niet meer op tijd is om Ellies hand te ontwijken en de merlot wordt genadeloos uit haar handen gemept. In een tergend langzame stroom schiet de donkerrode vloeistof uit het glas en landt... op het pak van Annemijn.

21

Fijn, ik heb amper het verzekeringsgeld van mijn met fluweel gestoffeerde fauteuil terug of ik kan opnieuw een claim indienen. Voor praktisch dezelfde gebeurtenis. Nog even en ze komen langs om te kijken of ik niet probeer de verzekeringsmaatschappij op te lichten.

'Mijn pak!' gilt Annemijn. 'Mijn pak!'

Het interessante is: in plaats van dat ze boos wordt op mij omdat het mijn merlot is die in haar schoot is beland, of tegen Ellie uitvaart omdat het haar arm is die het glas uit Yfkes hand heeft getikt, stort ze zich op Yfke.

'Waarom ga je dan ook aan haar arm hangen? Weet je wel wat voor...' Ze stoot een gefrustreerde kreet van ongenoegen uit. 'Dit is Prada, hoor!'

Het is dat ik nog geen slok wijn had genomen, anders had ik me er hoogstwaarschijnlijk in verslikt. Hoe kan het ook anders. *The devil wears Prada.*

Yfke wordt meteen knalrood. 'Ik, eh... Sorry. Ik vergoed het wel. Het spijt me. Het spijt me echt.'

Tenzij ze naast haar werk als mijn assistent nog een uiterst lucratieve baan heeft, kan ik me niet voorstellen dat Yfke een Prada-pak kan vergoeden zonder een maand op water en brood te moeten leven. Ik weet wat ik haar betaal en het is geen schamel hongerloontje, maar er is ook een reden dat ze het zelf bij de iets minder dure merken houdt.

Meteen schiet een geniaal idee me te binnen: ik moet haar eens mee uit winkelen nemen en haar trakteren op een paar goede outfits. Gewoon, als bedankje. Omdat ze zo geweldig haar werk doet. Niet nu, overigens. Nu moet ik eerst deze situatie zien te de-escaleren.

'Annemijn, probeer even je rust terug te vinden,' zeg ik op mijn zalvende therapietoon. 'Yfke probeerde alleen maar te helpen.'

'Te helpen bij wat? Het ruïneren van mijn pak?'

Ik verwacht dat Yfke op de verontschuldigende toer doorgaat, maar opeens lijkt het alsof iemand een schakelaar bij haar omzet.

Ze beent verrassend zelfverzekerd naar de keuken, zet het glas op het aanrecht, trekt wat kasten en lades open en komt dan terug met een theedoek in haar hand. Met een rechte, onderhandse worp gooit ze de theedoek tegen Annemijn aan. 'Hier. Het helpt vast niet tegen de vlek, maar misschien kun je hem gebruiken voor je krokodillentranen, of zo. Daarna lijkt het me een goed idee dat je het woord "opzet" even opzoekt in een woordenboek, want jij weet net zo goed als ik dat dit niet opzettelijk gebeurde. Je kunt opzettelijk een gemene opmerking maken of opzettelijk iemand laten struikelen, en je kunt ook heus opzettelijk een glas wijn in iemands schoot gooien, maar dit ging per ongeluk en dat weet jij ook. O ja, net als dat je iets opzettelijk een jaar lang kunt verzwijgen voor je familie en het er blijkbaar niet toe doet wie je daarmee kwetst!' Hijgend van boosheid staat ze met vuurspuwende ogen in het midden van de ruimte.

Ik heb haar nog nooit zo gezien. Yfke is kalm, rustig. Ze is haast een beetje vlak te noemen. Ik denk dat ik haar nog nooit heb horen schreeuwen of zelfs haar stem heb horen verheffen.

Annemijn daarentegen is degene die je tijdens wedstrijden drie hockeyvelden verderop nog kunt verstaan. Als zij haar stem verheft, is die schel, schetterend en kun je je maar beter uit de voeten maken. En ik ben niet de enige die dat weet: iedereen in de woonkamer lijkt zijn adem in te houden en zelfs Rijk en Eloise kijken even op van hun smartwatchgejubel. Vol verwachting kijken we van Yfke naar Annemijn en terug, totdat Annemijns schouders een stukje zakken. Vanuit haar hals kruipen rode vlekken omhoog en ze frunnikt ongemakkelijk aan de theedoek in haar handen. 'Kunnen we, eh... Kunnen we dit ergens anders bespreken? Buiten, misschien?'

Boaz doorbreekt de ongemakkelijke stilte die volgt door op te springen en te zeggen: 'Klinkt als een ontzettend goed idee. Ik bedenk namelijk net dat ik óók nog cadeautjes heb meegenomen en dat jullie die nog niet eens hebben uitgepakt.' Hij richt zich tot de tweeling. 'Wat zeggen jullie ervan als we dat eens gaan doen?'

Rijk en Eloise lopen opgetogen achter hem aan naar de keuken, waar hij twee in groen papier verpakte cadeaus uit een boodschappentas tevoorschijn haalt.

Ik maak van de gelegenheid gebruik om Annemijn en Yfke naar de tuin te begeleiden en de schuifdeur achter hen dicht te doen. Een halve seconde twijfel ik of ik ze een exemplaar van mijn boek moet meegeven en moet toefluisteren dat zowel hoofdstuk 8 als 9 bomvol staat met handige conversatietips, maar misschien is het beter van niet. Ze redden zich vast wel.

Als ik het lege wijnglas in de vaatwasser heb gezet en me omdraai om terug de woonkamer in te lopen, knal ik bijna tegen Ellie op.

'Ellie!' roep ik geschrokken. 'Ik was even...'

'Vergeten dat ik er was?' vraagt ze. Haar wenkbrauwen gaan een paar keer snel achter elkaar op en neer. 'Ik neem aan dat je niet dacht dat je zo gemakkelijk van me af was, toch?'

'Zeker niet,' antwoord ik opgelaten. 'Absoluut niet. Natuurlijk niet. Je was hier – je bént hier met een reden. Dus, eh...' Mijn blik schiet naar de deur en ik vraag me af of ik snel genoeg ben om het op een lopen te zetten. Rennen en doen alsof ik niet doorhad dat Ellie hier was. Misschien kan ik een ander nummer nemen, of toch dat van haar blokkeren in mijn telefoon. Zou dat een optie zijn?

Ellie wappert met haar hand voor mijn gezicht. 'Ja, hoi! Kun je me alsjeblieft gewoon vertellen wat er met je aan de hand is? Ik bijt niet, hoor. Ook nu niet. Zelfs nu niet.'

Ik kijk schichtig naar Lammert, maar die is totaal niet bezig met mij.

Met één oog op zijn telefoon kijkt hij toe hoe de kinderen nieuwe cadeaus uitpakken.

Eloise haalt een schitterend oogschaduwpalet tevoorschijn van een merk dat ik zelfs niet eens ken en Rijk steekt trots een nieuw spel voor de Switch in de lucht. 'Pap, deze kunnen we samen spelen!' roept hij, maar de lauwe reactie van Lammert is op zijn minst betreurenswaardig te noemen.

Als hij opkijkt, hint ik met mijn hoofd dat hij wat enthousiaster op zijn zoon moet reageren.

Hij stopt zijn telefoon weg en zegt: 'O, ja! Goed plan, kerel. Leuk!'

Op Rijks afwachtende gezicht breekt een lach door en hij steekt Lammert het doosje toe om het spel te bekijken.

'Claudette?'

Shit, ja. Ellie.

Aangezien Yfke en Annemijn in de tuin druk gebarend naar elkaar staan te schreeuwen, loods ik Ellie door de gang naar buiten en ga ik met haar op de stoep voor ons huis staan. De voordeur zet ik achter me op een kier.

Mijn agent draait zich naar me om en slaat haar armen over elkaar. 'Nou, kom maar op. Wat is je excuus?'

Even ben ik overdonderd door haar directheid. Ergens had ik gehoopt weg te kunnen komen met een vaag verhaal over dat ik het nou eenmaal zo druk heb met het filmen van de cursus en de boektour die straks aan de release gekoppeld wordt. En dan natuurlijk de kinderen die naar de middelbare school gaan en tot voor kort bezig waren met leren voor de eindtoets... Dat soort dingen. Dat zou ze dan toch wel begrijpen?

Haar ogen spuwen echter zo veel vuur dat ik weet dat het daar te laat voor is.

Ik heb haar in de afgelopen weken meerdere keren afgewimpeld en haar laatste stroom e-mails heb ik niet eens gelezen. Om over haar talloze – onbeantwoorde – telefoontjes nog maar te zwijgen.

'Nou?' vraagt ze. 'Ben je ziek? Is er iemand dood?' Ze slaat haar hand voor haar mond. 'O Claudette, ga *jíj* dood? Dat is het toch niet?'

'Nee, nee, dat is het niet,' zeg ik snel. 'Ik ben niet ziek en er is ook niemand in mijn directe omgeving overleden. Dat is het allemaal niet.'

'Wat is het dan wel?'

Ik kijk naar de stoep en vertrap een plukje gras dat tussen de stoeptegels groeit. 'El, ik... Kijk, het zit zo. Ik, eh... Lammert en ik... We...'

Ze tilt haar hoofd op en knijpt haar ogen tot spleetjes. Haar armen zijn nog steeds over elkaar geslagen.

Ik haal adem en zeg dan: 'Lammert heeft gezegd dat hij wil scheiden.'

Ellies mond valt open. Elk ander mens zou op dat moment zijn mond snel weer sluiten, maar Ellie niet. 'Wát?' roept ze, op zo'n sterkte dat ze het drie straten verderop nog hebben gehoord. 'Schéíden? Júllie?'

Ik zet een stap in haar richting en breng mijn wijsvinger naar mijn mond, doodsbang dat de buren een raam open hebben staan en nu hun oren hebben gespitst. 'Niet zo hard, alsjeblieft.'

'Ga je scheiden?' sist ze, nog steeds op de geluidssterkte van een marktkoopman.

'Nee. Ja. Dat weet ik niet. Ik hoop het niet. We zijn aan het proberen alles uit te praten en het weer op de rit te krijgen.'

'En lukt dat?'

Ik staar zwijgend naar de passiebloem die vanuit onze geveltuin tegen het huis op groeit.

Aan de ene kant wel, want een avond zoals bij het ballet hadden we al in tijden niet gehad. Het is alleen jammer dat die eindigde met een bezoekje aan het ziekenhuis, maar toch...

'Ja, best wel,' zeg ik daarom naar waarheid. 'Maar zo lang zijn we nog niet bezig. We hebben het allebei erg druk en dan is het best moeilijk om tijd vrij te maken voor elkaar, en de kinderen vragen natuurlijk ook...' Mijn stem sterft weg. Ik sta smoesjes te verzinnen en mezelf in te dekken voor het geval het toch niet meer gaat werken tussen Lammert en mij. Onzinnige smoesjes voor een minstens even onzinnige situatie, want we gaan er gewoon voor zorgen dat het weer werkt. We dichten de gaten in ons zinkende schip en dan kunnen we nog jaren verder varen. 'Het komt wel goed,' besluit ik. 'Het is alleen even zwaar en ik merk dat ik het moeilijk vind om te beginnen aan een nieuw boek over de liefde terwijl ik zelf met allemaal andere dingen bezig ben. Snap je wat ik bedoel?'

'Tuurlijk komt het goed,' zegt Ellie. Ze loopt op me af en komt zoals altijd net iets te dichtbij tot stilstand. 'Claudette,' zegt ze gewichtig, terwijl ze één hand op mijn bovenarm legt. 'Waarom heb je me dit niet gewoon verteld?'

Ik kijk haar aan, dan langs haar heen, dan naar de grond en dan weer naar haar, terwijl haar ogen onderzoekend over mijn gezicht gaan. 'Ik wilde heel graag dat dit iets kleins was,' zeg ik. 'Iets simpels. Zo van: achter de schermen lossen we dit even op. Net als wanneer ik op een podium sta op een congres en de PowerPoint-presentatie nog moet worden ingeladen, maar dat het publiek daar amper wat van meekrijgt omdat ik gezellig de tijd vol sta te kletsen. Niemand hoefde het te weten.'

'Ik had het graag geweten,' zegt ze streng. Haar arm ligt nog altijd op mijn arm en ze trekt me naar zich toe in een stevige omhelzing.

Ik ben niet zo van het omhelzen. Buiten Boaz en mijn gezin omhels ik in principe niemand. Omhelzen zorgt voor kreukels in mijn kleding en ik weet nooit zo goed hoelang je iemand moet vasthouden, dus probeer ik het liever te voorkomen. Nu Ellie haar armen dan ook strak om me heen geklemd heeft, sta ik er een beetje onbeholpen bij. Houterig knuffel ik haar terug door mijn handen op haar rug te leggen. Mijn neus kriebelt door haar krullen.

'Dit soort dingen kun je me gewoon vertellen,' zegt Ellie op bemoedigende toon. 'Je hoeft er niet in je eentje doorheen te gaan. Ik ben dan wel je literair agent, maar bovenal ben ik ook een vriendin.'

Ik moet me inhouden om haar te zeggen dat ik ook niet zo van de vriendinnen ben, maar het lijkt me beter als ik gewoon met haar meepraat. 'Bedankt, El.'

Eindelijk laat ze me los. Ze staart diep in mijn ogen, slaakt zo'n meewarige 'ik weet helemaal hoe je je voelt'-zucht en zegt: 'Neem je tijd. Zolang als je nodig hebt. Ik verzin wel wat om tegen de uitgever te zeggen. Dat maakt je alleen maar meer gewild, een beetje exclusiviteit en schaarste.' Ze geeft me een overdreven knipoog en maakt dan rechtsomkeert naar haar auto. Met het portier open zegt ze: 'Ik weet dat het is alsof je juridisch advies aan een advocaat geeft of een tandarts eraan herinnert dat hij vaak genoeg moet flossen, maar toen mijn man en ik problemen kregen, zijn we teruggegaan naar de basis. Letterlijk. Kamperen. Helemaal back to basics, weet je wel? Rolletje toiletpapier onder de arm naar het toiletgebouw, dat soort dingen. Was heel leuk! Heel primitief.'

'Werkte het voor jullie huwelijk?'

Ellie laat haar hoofd in haar nek vallen en laat een kort, sardonisch lachje horen. 'Nee, absoluut niet. Het was de hel om een week met die man in een tent te zitten. We waren amper een kwartier thuis of we vroegen de scheiding aan. De auto was nog niet eens uitgepakt. Maar wie weet, misschien werkt het voor jullie wel. Nou, tot snel!'

Ze zwaait enthousiast, stapt in en rijdt weg.

'Kamperen,' mompel ik, terwijl ik me omdraai om terug naar binnen te gaan. 'Misschien is dat best een goed idee.'

22

Kamperen is een afgrijselijk idee. Vreselijk. Het slechtste idee ooit.

Lammert en ik zitten in een safaritent op een camping op Terschelling. Toen ik twee weekenden geleden na mijn gesprek met Ellie terug het huis in stapte, leek het zo logisch: de kinderen zijn dit weekend op hockeykamp en Lammert en ik zouden deze drie dagen gebruiken om eens écht ongestoord aan onze relatie te werken. Niet één avond naar het theater, maar een heel weekend samen.

Het kostte me maar een week om Lammert te overtuigen. Omdat het mij symbolisch wel mooi leek om echt even 'weg' te zijn, ook van het vasteland, boekte ik een weekend Terschelling. In een tent. Geen hotel, geen gezellige bed and breakfast, zelfs geen Airbnb, maar een tent. Wel een glamping-safaritent met een normaal bed, want ik weiger in een slaapzak op een opblaasmatras te gaan liggen, maar toch. Verder is het praktisch hetzelfde als wat Ellie voorstelde: back to basics.

Ik was alleen even vergeten dat zo'n tentdoek niet bepaald warmte binnenhoudt, dus ik heb al één nacht liggen rillen van de kou. De zon heeft er overduidelijk geen boodschap aan dat het bijna mei is.

We zitten op een camping die geen wifi heeft en onze tent staat in een soort Bermudadriehoek van het terrein, waar ons mobiele signaal de helft van de tijd wegvalt of zelfs ontbreekt. Om er zeker van te zijn dat we een telefoongesprek kunnen voeren zonder drie keer weg te vallen moeten we in de buurt van het receptiegebouw staan, wat ongeveer tien minuten lopen is. Gevolg is dat Lammert en ik continu als een tweekoppig welkomstcomité bij de oprit van de camping staan terwijl we onze mails en telefoontjes wegwerken. Lammert staat er nog iets vaker dan ik, want ik werk uiteraard efficiënter – mede dankzij Yfke. Ik heb vanochtend mijn stoffeerder laten weten welke stof ik wil om beide stoelen opnieuw te laten bekleden, heb twee cursisten te woord gestaan en heb de ontvangstbevestiging van mijn verzekeringsclaim doorgenomen.

En nu zit ik in mijn eentje bij de tent, aan het campingtafeltje. Naast me staat mijn thee – in zo'n vreselijke melamine campingbeker – en op mijn schoot ligt ons Liefdesboek. Na het telefoontje van Ellie tijdens onze pizza-avond hebben we het beiden niet meer aangeraakt, maar ik vind dat het tijd wordt om het nieuw leven in te blazen. We moeten het boek wel écht een kans geven, en dat hebben we tot nu toe nog niet gedaan. Dus wiebel ik met mijn pen tussen mijn vingers terwijl ik peins over wat ik precies wil opschrijven.

De regels van het Liefdesboek zijn simpel: schrijf op wat je leuk en minder leuk vindt aan elkaar. Probeer dat zo veel mogelijk in balans te houden: voor elk minder leuk ding schrijf je één leuk ding op en vice versa. De enige voorwaarde is dat de balans niet mag doorslaan naar de minder leuke dingen; het is immers de bedoeling om positieve energie te creëren.

Wat je opschrijft mag van alles zijn, van bijna-lege pakken melk terugzetten in de koelkast tot de auto niet voltanken – of in ons geval: aan de laadpaal doen – na gebruik. Daartegenover zet je dingen als 'dat je weet wat mijn lievelingsthee is' of 'dat je altijd verse bloemen op tafel zet'.

Ik krabbel net neer dat ik Lammerts mintgroene overhemd zo mooi bij zijn ogen vind staan, als mijn telefoon piept op het campingtafeltje. Blijkbaar is er toch een minuscuul beetje bereik door de Bermudadriehoek heen gesijpeld.

Of er is een hogere macht die me even met mijn neus op de feiten wil drukken, want het is een Google Alert. Een artikel van *Vuur*, uiteraard geschreven door 'uw eigen roddeljournalist' Nicole. Ik open het nieuwsbericht en mijn ogen vliegen over de regels.

LAMMERT VERHEYEN: 'RONJA IS HET BESTE WAT ONS BEDRIJF OOIT IS OVERKOMEN'

Lammert Verheyen, CEO *van Verheyen Hotels, is dolblij. Samen met zijn rechterhand Ronja van Es is hij bezig het nieuwste hotel in de keten te realiseren – een schitterend pand in het centrum van Antwerpen. Verheyen nam onlangs het stokje over van zijn vader, Lammert senior, en is langzaamaan het concern aan het moderniseren. 'We hebben nog veel plannen,' zo vertelt hij. 'Doordat Ronja al zo lang bij ons werkt, weet ze precies hoe het bedrijf in elkaar zit en wat onze gasten willen. Samen laten we een frisse wind door de keten waaien, zonder af te doen aan het klassieke Verheyen Hotels-gevoel.' Van Es heeft een achtergrond in interieurdesign en werkt al jaren als receptioniste. Het was haar idee om een vernieuwingsslag te maken. Het lijkt erop dat ze daar precies op het juiste moment over is begonnen bij de kersverse CEO. Dat beaamt Verheyen met een brede glimlach: 'Ze is het beste wat ons bedrijf ooit is overkomen.'*

Boven het artikel staat een foto van Lammert en Ronja, stralend naast elkaar. Hij kijkt breed lachend in de camera, zij kijkt bewonderend naar hem op. De rest van het artikel laadt niet, maar dat maakt me eigenlijk niet uit. Het is vast een voortborduursel op het lulverhaal van het intro. Ronja is geweldig, Ronja is fantastisch, blablabla.

Mijn bloed bevriest en kookt tegelijk.

Het beste wat ons bedrijf ooit is overkomen.

Het beste wat ons bedrijf ooit is overkomen.

Het beste wat ons bedrijf ooit is overkomen.

De woorden gonzen als een vreselijk, martelend mantra door mijn hoofd. Terwijl Lammert bezig was 'het bedrijf' groot te maken, zorgde ik voor de kinderen. Terwijl voor hem het pad werd vrijgemaakt, was ik degene die in de berm bleef staan. Tussen de brandnetels, plakkende stengels fluitenkruid en giftige berenklauw. Ik heb de kinderen grootgebracht. Ik heb hun poepluiers verschoond, hen getroost na hun nachtmerries, hun bedden verschoond als ze een ongelukje hadden gehad. Toen ze naar de basisschool gingen en ik overdag meer vrije tijd had, startte ik weliswaar mijn eigen bedrijf, maar zodra ze uit school kwamen, stond ik voor hen klaar. Thee en koekjes, de hele santenkraam.

Lammert was als COO van Verheyen Hotels intussen bezig om langzaamaan het bedrijf over te nemen, en was er alleen als 'de leuke vader'. De vader die hun leerde pianospelen, die langs de lijn stond bij hockeywedstrijden als hij tijd had, maar die hen niet in de stromende regen naar de training bracht want 'dan was hij te druk'. Toevallig.

Maar het is Ronja die 'het beste is wat het bedrijf ooit is overkomen'.

Ronja.

Rechterhand Ronja.

Mijn wazige staarsessie wordt verstoord door Lammert, die terugloopt naar onze kampeerplek. 'Had jij nog gereserveerd bij dat restaurant?' vraagt hij. 'Ik weiger om vanavond nog een keer op zo'n eenpitsding te koken.'

'Eh, ja. Ja,' stamel ik. 'Ik eh... Ja.' Ik vergrendel snel mijn telefoon en leg hem met het scherm naar beneden op het campingtafeltje. 'Ja, ik heb gereserveerd. Zeven uur vanavond. Ik ga zo nog even door de duinen wandelen.'

Lammert laat zich aan de andere kant van de tafel in de klapstoel ploffen en kijkt over het kampeerveld. 'Perfect. Zal ik met je meegaan?'

'Naar het... O, naar de duinen? Nee, dat hoeft niet. Ik moet nog, eh... Ik wil gewoon even mijn hoofd leegmaken. Nadenken over mijn volgende boek, en zo.'

Hij knikt.

Ik moet hem vragen naar dit artikel. Ik moet weten wat hij verder nog over haar heeft verteld. Waarom hij haar zo vreselijk ophemelt. En waar ik ben in dit hele verhaal. Ik ben nergens, in geen enkel verhaal. Ik kwam niet voor in zijn speech, ik word niet genoemd in interviews en ik ben overduidelijk nergens te bekennen in dit artikel. Bij Nicole wapperde ik dat allemaal weg, maar eigenlijk steekt het me dat hij het nooit over mij heeft. Zou ik hem op de man af kunnen vragen waarom niet? Ik pak met bevende handen mijn thee van tafel en sla mijn handen eromheen, ook al weet ik dat het me nooit zal opwarmen.

'Hoe, eh... Hoe gaat het eigenlijk met de persaandacht voor de nieuwe vestiging?' vraag ik. Luchtig. Mijn stem is luchtig en ik ben kalm. Ik schud mijn innerlijke paradijsvogel wakker, die tot nu toe ergens op een tropisch strand lag te tukken. Zolang ik mezelf maar voorhoud dat ik kalm ben, ben ik het ook gewoon. Denk het en het gebeurt, toch? Een slechte variatie op *if you can dream it, you can do it*, maar ik moet íéts.

Lammert lijkt zich niet bewust te zijn van mijn interne staat van paniek en leunt ontspannen achterover. 'Goed, heel goed. Ik heb meerdere keren per week journalisten aan de telefoon die iets willen weten of die me een gratis overnachting willen ontfutselen.' Hij glimlacht afgemeten en wappert in de richting van mijn telefoon. 'Zeker met al dat socialmediagedoe moeten we het straks ook hebben van mensen die het online willen promoten. Dus we zijn al wat influencers aan het benaderen, maar het is echt krankzinnig hoe hoog de tarieven zijn die zij vragen. Wij bieden hun een overnachting, hè? En dan moeten wíj ervoor betalen.'

'Nou, inderdaad,' zeg ik verontwaardigd. Ik ben blij dat hij er net niet was toen ik mijn derde Instagrampost van vandaag online zette: een selfie waarop ik het Liefdesboek innig tegen me aan klem. Bijschrift: *Full disclosure.* Ook een relatietherapeut werkt aan haar relatie! Juist de relaties die goed gaan, moet je aandacht geven. Een bloeiende plant geef je water, op een raceauto zet je nieuwe banden en een stevig huis heeft af en toe een lik verf nodig. L. en ik zijn er even tussenuit om onze bloemen water te geven – én ze eens flink buiten te zetten!

Dat het niet helemáál de waarheid is, hoeven mijn volgers niet te weten. Het is overigens niet de grootste onzin die ik ooit online heb gezet. Dat was toen we erachter kwamen dat Rijk snel wagenziek wordt en de hele achterbank had ondergespuugd, waarna ik een foto deelde van mezelf in schoonmaakoutfit met het bijschrift:

De achterbank aan het schoonmaken na een vervelend ongelukje. Weet ik meteen weer van mezelf dat ik een sterke maag heb! #wagenziekkind

Ik heb helemaal geen sterke maag en ik heb welgeteld drie hele minuten kokhalzend de boel schoon proberen te maken. Daarna gaf ik het op en liet ik een professioneel reinigingsteam komen. Vlak nadat ik de foto had gemaakt, draaide het schoonmaakbedrijf de oprit op en rende ik met een bleek gezicht het huis in voor een glaasje water en wat ademhalingsoefeningen.

Lammert oreert nog steeds over influencers, maar ik wil toch echt meer weten over dat interview. Ik besluit er maar gewoon op de man af naar te vragen.

'Ik stuitte op een interview met jou over Ronja,' zeg ik terloops, precies op het moment dat hij ademhaalt om een nieuwe klaagzang in te zetten.

Hij valt stil. 'O?'

'Ja, net, toevallig. Nadat ik de stoffeerder had gemaild, scrolde ik even door mijn tijdlijn en ineens kwam ik jou en Ronja tegen,' lieg ik. 'Dat ze... zo'n aanwinst voor het bedrijf is, en zo.' Ik weiger zijn exacte woorden te herhalen.

'O, ja!' Lammert gaat rechtop zitten en lijkt ineens een beetje zenuwachtig. 'Ja, dat was vorige week. Ik kreeg het nog doorgestuurd voordat ze het plaatsten en ik had gevraagd of ze die titel wilden aanpassen, maar blijkbaar hebben ze dat niet gedaan. Iets dat Ronja het... Wat was het ook alweer?'

'Het beste is wat het bedrijf ooit is overkomen,' zeg ik vlak. Ik knijp inmiddels zo hard in de mok dat er elk moment barsten in kunnen springen.

Lammert lacht ongemakkelijk. 'Ja, totaal uit zijn verband gerukt, die quote. Ik heb dat wel gezegd, maar ze is natuurlijk niet het allerbeste wat het bedrijf ooit is overkomen. Dat is te veel eer.'

'Ja,' zeg ik. 'Misschien.'

'Ja.'

Lammerts telefoon, die nu op de plek ligt waar mijn telefoon net lag, begint te rinkelen. Hij vliegt overeind en lijkt zichtbaar opgelucht dat hij dit gesprek kan afkappen. 'Deze moet ik even nemen,' zegt hij ten overvloede.

'Vanzelfsprekend,' zeg ik tegen zijn rug.

Hij is al weg voordat ik het woord volledig heb uitgesproken.

23

Die avond zitten Lammert en ik houterig tegenover elkaar in het restaurant. Lusteloos prikken we in ons voorgerecht: ik een kleine salade niçoise, hij een halve Canadese kreeft met een salade van rode sla, rucola, knoflook, wittewijnazijn en kerstomaten.

Tot dusver hebben we behalve 'wat neem jij?' en 'de eend lijkt me wel lekker' niets tegen elkaar gezegd. Terwijl ik naarstig op zoek ben naar een gespreksonderwerp, prikt Lammert een half kerstomaatje aan zijn vork en zegt: 'We moeten de container aan de weg zetten morgenavond.'

'Pardon?'

'De container,' herhaalt hij. 'Aan de weg.'

'O. Ja, goed.'

Dit is zo'n plek waar de tafels net iets te dicht op elkaar staan en de bediening net iets te amicaal is. Terwijl ik praktisch een vorkje bij mijn buurman mee zou kunnen prikken, hoort het hele restaurant de ober verkondigen dat de wijn die een vrouw bij haar gerookte zalm heeft gekozen 'een ontzettend goede keuze' is. Toegegeven: dit is niet de meest ideale plek om diepe gesprekken te hebben over je huwelijk. Maar een gesprek over de container die aan de weg moet, is wel echt het andere uiterste.

'En we moeten de kinderen inschrijven voor het Geert Groote College. Dat had je nog niet gedaan, toch?' gaat Lammert onverstoorbaar verder, duidelijk niet in het minst onder de indruk van de ober drie tafels verderop. Of van mijn wenkbrauwen die zowat in mijn haargrens verdwijnen van verbazing over zijn onderwerpkeuze.

Als hij eindelijk opkijkt en mijn verwonderde gezicht ziet, vraagt hij: 'Wat?'

Ik kijk hem strak aan. 'Meen je dit nou?'

'Meen ik wat? Van dat inschrijven? Ja, dat hebben we toch nog niet gedaan?' Een nieuwe hap salade verdwijnt in zijn mond.

De mijne smaakt me ineens niet meer.

'Lammert, je weet waarom we hier zitten, toch?'

'Om... iets te eten?'

Ik sluit mijn ogen twee tellen en moet mijn best doen niet geïrriteerd te raken. 'Omdat we onze...'

De ober verschijnt naast ons tafeltje en vraagt of alles naar wens is.

Ik knik zo snel zo opgewekt dat het lijkt of ik van mijn leven nog nooit zoiets heerlijks heb gegeten. Wanneer hij na een korte frons en een 'nou, fijn om te horen, laat het me weten als ik nog iets voor jullie kan doen' weer verdwijnt, buig ik me over de tafel.

'Omdat we ons huwelijk aan het... Nou ja, aan het redden zijn. Hoop ik. Dat was de bedoeling van dit weekend, weet je nog?'

'Dat weet ik,' zegt Lammert luchtig.

Ik spiets vinnig een stuk tonijn aan mijn vork. 'Waarom begin je dan over de container?'

'Omdat het me gewoon te binnen schoot, oké? Meer niet.' Hij legt zijn vork neer, dept zijn mondhoeken met zijn servet en bromt: 'Even naar de wc.'

Als hij zijn stoel naar achteren schuift om op te staan, klinken er een paar piepjes vanuit zijn binnenzak. Hij haalt zijn telefoon eruit, kijkt op het scherm en er schiet een glimlach over zijn gezicht. Het bericht is blijkbaar niet belangrijk genoeg om te beantwoorden, want hij legt zijn telefoon met het scherm naar beneden op tafel en loopt naar de toiletten.

Alles in mij roept dat ik het niet moet doen. Ik moet dit niet doen. Het is niet gezond om je partners mobiel te checken. Dat hoort niet. Dat doe je niet. Dat doen mensen die hun partner niet vertrouwen, en dat is bij ons niet aan de orde. Ik vertrouw Lammert. Dat doe ik echt.

Ik reik naar mijn wijnglas en neem een grote slok. Ligt het aan mij of is het hier ineens een stuk warmer geworden? Ik veeg met mijn vingertoppen over mijn voorhoofd om wat plotseling uitgebroken zweet weg te halen en pak mijn vork weer op, maar ik kan het niet. De drang is te groot. Ik kan het niet níét doen. Ik vertrouw Lammert wel, maar Ronja is het probleem. Haar vertrouw ik voor geen meter. Wat als zij nu een of andere *inside joke* stuurt? Of erger?

Als ik nou gewoon heel even zijn scherm bekijk, meer niet. Dan hoef ik alleen maar te zien wie hem iets heeft gestuurd, niet eens wat het precies was. Misschien is het Ronja namelijk helemaal niet. Dan zit ik me de rest van de avond op te vreten over Lammerts berichtje, terwijl dat niets met Ronja te maken had. Dat is toch ook zonde?

Ik weeg mijn opties af en kijk snel over mijn schouder naar de toiletten als het toestel opnieuw piept.

Zonder er echt goed over na te denken schiet mijn hand over de tafel en grijp ik Lammerts telefoon. Ik draai het toestel om en boor mijn ogen zowat door het scherm om de meldingen te bekijken.

Het zijn twee berichten van Rijk.

Als ik de toegangscode van Lammerts telefoon intoets, lees ik dat Rijk hem in het eerste berichtje bedankt voor iets en zegt dat hij de groetjes aan mij moet doen, en daarna stuurt hij nog een onbeduidende emoji van een vlammetje en een bak popcorn.

Ik kan mezelf wel voor mijn kop slaan. Met rode wangen vergrendel ik snel de telefoon weer en ik leg hem precies zo terug zoals hij lag. Op het moment dat ik 'onschuldig' een stuk tonijn aan mijn vork prik, is Lammert terug.

Hij pakt zijn telefoon op, kijkt nog even op het scherm en stopt het toestel dan terug in zijn binnenzak. 'Groetjes van Rijk,' zegt hij.

Ik kijk hem vragend aan.

'Hij vroeg of ik wat geld kon overmaken zodat hij met wat teamgenoten naar de bioscoop kan vanavond. Hij stuurde net een bedankje en zei dat ik jou de groetjes moest doen.'

'O,' zeg ik. Ik glimlach weifelend. 'Nou, doe maar de groetjes terug dan.'

Hij kijkt me zwijgend aan en ik voel al het bloed in mijn lichaam naar mijn wangen stromen. Zou hij gezien hebben dat ik in zijn telefoon zat te neuzen? Waarom zou hij anders zo geheimzinnig naar me kijken? En waarom buigt hij zich nu naar voren, naar...

'Wat moet je met mijn tas?' vraag ik argwanend, als ik zijn hand naar mijn geliefde Céline Trio Bag zie gaan.

Lammert zegt niets, maar pakt mijn tas beheerst van de stoel waar ik hem op heb gezet en ritst het middelste tasje open.

De Céline Trio Bag bestaat uit – de naam verraadt het al – drie tasjes. Ze zijn aan elkaar gemaakt met uiterst subtiele stiksels en vormen daardoor één geheel, maar wel met drie afzonderlijke compartimenten. Ik heb de mijne altijd op dezelfde manier ingedeeld: telefoon, lippenbalsem, lippenstift en mini-parfumverstuiver in het voorste vak, portemonnee en een pakje tissues in het middelste en mijn poederdoos, een doosje tandenstokers, een miniflesje mondwater en een pincet in het achterste vak.

Lammert haalt uit het middelste tasje niet mijn portemonnee of de tissues, maar… het notitieboek. Het Liefdesboek waar ik eerder vanmiddag nog in probeerde te schrijven – en waardoor ik meteen medelijden had met mijn cliënten, omdat het echt niet zo makkelijk is als ik altijd roep.

'Wat moet je daarmee?' vraag ik verbaasd.

Hij zegt niks, maar schuift zijn bord iets naar voren, steunt met zijn onderarmen op tafel en vouwt het boekje open. Het valt me nu pas op dat het er een stuk gebruikter uitziet dan vanmiddag: de rug is geknakt en er zijn veel meer pagina's beschreven.

'Het fascineert me dat jouw haar altijd perfect zit,' leest hij voor. 'Ik controleer af en toe 's nachts of je niet rechtop in bed slaapt, aangezien jouw kapsel zelfs als je net wakker bent al voortreffelijk in model zit.'

Ik glimlach een beetje verward. 'Wat is…' begin ik, maar hij heft zijn hand en ik doe mijn mond weer dicht.

'Ik vind het geweldig om te zien hoe jij ons huishouden met zachte hand regeert. Naar mij luistert de tweeling amper, maar als jij ze iets opdraagt, doen ze het meteen.'

Ik pak mijn wijnglas op en zeg haast onverstaanbaar: 'Nou, niet altijd…'

Zijn ogen vinden de mijne en hij houdt mijn blik even vast, maar hij zegt niets. Dan richt hij zich weer op het notitieboek. 'Ik waardeer het dat je een stille wekker hebt gekocht, zodat ik niet wakker word als jij 's ochtends uit bed gaat. En ik waardeer het ook dat je je sportkleren klaarlegt en aantrekt in de badkamer, en niet eens een lampje aandoet in de slaapkamer. Waardoor je 's winters in het donker naar de deur moet stommelen. Maar je doet dat, omdat je mij wil laten slapen en volgens mij heb ik nooit gezegd dat ik dat waardeer, dus zeg ik het nu.' Hij legt zijn vinger op het papier en draait het notitieboek naar me toe, zodat ik kan lezen wat er staat.

- *Dat je een stille wekker hebt*
- *Dat je zonder het licht in de slaapkamer aan te doen uit bed gaat 's ochtends*
- *Dat je je sportkleren aantrekt in de badkamer*

Ik glimlach schaapachtig, niet in staat om iets te zeggen.

Het valt me op dat de mensen aan het tafeltje naast én achter ons hun gesprekken hebben gestaakt en zo onopvallend mogelijk meeluisteren naar wat Lammert vertelt.

Hem lijkt het niet te deren. Hij slaat de bladzijde om en ik zie een nieuwe opsomming.

'Dat je net als ik zoveel van klassieke muziek houdt. Dat je naar me luistert. Altijd. Of ik nou boos, verdrietig, blij, enthousiast, uitgeput of uitgelaten ben, je neemt altijd de tijd om naar me te luisteren. Dat je jezelf jarenlang hebt weggecijferd om de kinderen op te voeden. Dat je geen enkel tienminutengesprek mist en de tweeling altijd helpt bij schoolprojecten, spreekbeurten en werkstukken. Dat je besloot ervoor te gaan toen ik de handdoek al in de ring had gegooid.'

Meer gesprekken om ons heen vallen stil. Inmiddels zit het halve restaurant aandachtig naar ons tafeltje te kijken; de meeste mensen doen niet eens meer moeite om de schijn op te houden dat ze met iets anders bezig zijn.

Lammert ziet het en kijkt me kort aan. Naast zijn ogen verschijnen lachrimpeltjes als hij zijn stoel naar achteren schuift en opstaat. Het notitieboek fier in de lucht stekend met zijn ene hand en op mij wijzend met zijn andere, zegt hij: 'Dames en heren...' Het restaurant is zo klein dat het niet eens nodig is om zijn stem te verheffen. De rest van de gesprekken verstomt nu ook en ik zie in mijn ooghoek zelfs het barpersoneel belangstellend naar ons kijken.

'Dit is mijn vrouw, Claudette Verheyen-van Raasveld. De kans bestaat dat u haar herkent, aangezien ze de allerbeste relatietherapeut van Nederland is en eigenlijk ook ver daarbuiten. De kans bestaat ook dat u haar niét herkent, dan is het zeer aannemelijk dat u een gelukkige relatie hebt en geen behoefte hebt aan relatietherapie.' Hij pauzeert even om de lach die door het restaurant rolt te laten aanzwellen.

Ik zie de twinkeling in Lammerts ogen verschijnen die altijd tevoorschijn komt als hij in het middelpunt van de belangstelling staat en reik weer naar mijn glas. Er fladdert iets door mijn onderbuik waarvan ik niet precies weet wat het is. Ik ken hem goed genoeg om te weten dat hij me niet ten overstaan van al deze mensen voor schut zet, maar toch... Wat ís dit?

'De mogelijkheid is zeer groot dat u binnenkort haar hoofd voorbij ziet komen op reclameposters, aangezien haar tweede boek bijna verschijnt,' gaat hij verder. 'En als u haar eerste boek hebt gelezen, dan weet u dit hier waarschijnlijk te herkennen.' Hij steekt met twee handen plechtig het notitieboek voor zich uit en beweegt traag van links naar rechts, als een achtstegroeper tijdens een spreekbeurt. 'Het Liefdesboek. Ik ga eerlijk met u zijn: toen ze met dit concept kwam, dacht ik oprecht dat het succes van haar praktijk haar een beetje naar het hoofd was gestegen. De bedoeling is dat je hierin opschrijft wat je leuk én minder leuk vindt aan elkaar. Dat mag van alles zijn. Dat je partner altijd kookt als jij later thuis bent van je werk, maar ook die keer dat jullie spontaan besloten om vier weken naar Zuid-Afrika te gaan en de volgende dag in het vliegtuig zaten.' Hij kijkt weer naar mij en onze safari in Zuid-Afrika trekt aan mijn geestesoog voorbij. Ik had net mijn scriptie ingeleverd voor mijn bachelor psychologie en moest een paar weken wachten op een beoordeling, dus Lammert vond het een uitgekiend moment om er even tussenuit te gaan. De dag dat ik wakker werd in onze safarilodge en oog in oog stond met een giraffe, vergeet ik nooit meer.

'De enige voorwaarde is dat je er ook de minder leuke dingen in zet, zodat het een oprechte afspiegeling van jullie relatie is,' zegt Lammert. Hij klemt het boek tegen zijn borst en kijkt met verdrietige puppyogen het restaurant rond. 'Nu kan ik u vertellen: wij hebben zelf een nogal onstuimige paar jaar achter de rug. Ik zou dit boek met gemak vol kunnen schrijven met alle dingen die me de afgelopen tijd hebben geïrriteerd, waar ik me aan heb geërgerd en waar ik me boos om heb gemaakt.'

Ik voel het bloed naar mijn wangen stijgen en mijn mond wordt droog. Ongemakkelijk glimlachend reik ik naar de karaf water op tafel en schenk mijn glas vol. Terwijl ik een slok neem, schieten mijn ogen over de gezichten in het restaurant. Tot nu toe zit niemand ons uit te lachen. Er wordt vooral belangstellend geknikt en ik zie zelfs mensen een blik van verstandhouding wisselen, alsof ze tegen elkaar zeggen: ik snap precies wat hij bedoelt.

'Maar deze vrouw tegenover me is de intelligentste, aantrekkelijkste en meest oprechte vrouw die ik ooit in mijn leven heb gezien of ben tegengekomen,' gaat Lammert verder. 'En dat heb ik niet altijd even goed doorgehad, laat staan gewaardeerd.' De twinkeling in zijn ogen is terug en hij laat zijn blik door het restaurant glijden. 'Dat besefte ik pas toen ik vanmiddag begon te schrijven. Dames en heren, ik daag u graag uit om degene met wie u vandaag aan tafel zit eens goed in de ogen te kijken en te bedenken wat u in hem of haar waardeert. Misschien zit u hier met uw partner, misschien met een familielid, misschien bent u hier op een eerste date en denkt u: ik weet niet eens wat de lievelingskleur is van degene tegenover me, laat staan dat ik weet wat ik in hem of haar waardeer. Iemands lievelingskleur lijkt onbelangrijk, maar is een van de essentiële dingen die u van een ander hoort te weten.' Opnieuw laat hij een korte pauze vallen voor het lachsalvo, dat als vanzelf op gang komt.

Ik zet mijn glas weer op tafel en kijk het restaurant rond. Een paar mensen pakken over de tafel de hand van hun tafelgenoot. Een tweetal dat ik een jaar of tien jonger schat dan onszelf, kijkt elkaar onwennig glimlachend in de ogen. Een man op leeftijd strijkt liefkozend met zijn duim over de handrug van de vrouw tegenover hem. Hij fluistert haar iets toe wat alleen voor haar verstaanbaar is en ze begint te giechelen.

Mijn hart is inmiddels net zo warm als de soep voor de neus van mijn buurvrouw.

'Ik heb eenentwintig pagina's volgeschreven,' vervolgt hij. 'Toen was ze terug van haar uurtje wandelen in de duinen en moest ik snel het boek opbergen, want het was natuurlijk niet de bedoeling dat ze het zou zien. Ik had me voorgenomen het boek heel romantisch tijdens het diner tevoorschijn te halen en een aantal dingen voor te lezen, maar toen kwam ik erachter dat u aan die tafels achterin nog luid en duidelijk kan horen waar ons gesprek hier over gaat.'

De ober die daarstraks zo monter tegen de gerookte-zalm-vrouw verkondigde dat haar wijn zo'n goede keuze was, grijnst schuldbewust, terwijl hij zo stilletjes mogelijk twee hoofdgerechten uitserveert.

'Maar dat maakt het eigenlijk alleen maar beter,' gaat Lammert verder, die overduidelijk nog niet klaar is met deze speech. 'Want wat ik heb opgeschreven, deel ik met liefde niet alleen met mijn vrouw, maar ook met de hele wereld. Oké, niet alles...' Hij bladert door het notitieboek en legt zijn vinger op een aantal woorden, waarna hij het opnieuw net als bij een spreekbeurt aan het restaurant laat zien, ditmaal een stuk sneller. 'Dit is bijvoorbeeld iets wat ik later vanavond aan haar vertel, dat gaat u allemaal niets aan.' Zijn ogen glanzen boven een jongensachtige grijns, terwijl de andere gasten weer in de lach schieten. Dan trekt hij zijn gezicht terug in de plooi en richt zich weer tot mij.

'Lieve Claudette, ten overstaan van al deze mensen wil ik graag een aantal dingen tegen je zeggen die ik in je waardeer.' Zijn ogen dwalen over de geschreven regels en hij schraapt zijn keel. 'Je blauwe ogen, die als de zon schijnt soms azuurblauw lijken en me doen denken aan de keer dat we samen op vakantie waren op Santorini. Dat je als je een karaf water op tafel zet voor visite, er altijd cranberry's en steranijs in doet, waardoor het er meteen feestelijk uitziet. Dat je mijn voorraad shampoo en douchegel bijvult, nog voordat ik besef dat het op begint te raken. Dat je een kerstcadeau koopt voor de werkster. En voor de krantenbezorger. En voor de pakketbezorger. En voor de hovenier, ook al komt die maar twee keer per jaar en moet je zijn cadeau opsturen. Dat je altijd koekjes hebt bij de thee, dezelfde als die ik vroeger thuis altijd kreeg. Dat ik mezelf bij je kan zijn. Dat je soms 's nachts, in je slaap, tegen me aan rolt en dan een paar goedkeurende geluidjes maakt. Dat je 's avonds... O nee, dat is er eentje die we even voor later bewaren...' Weer die grijns, weer zijn ogen die die van mij zoeken. Ik voel een leger vlinders fladderen in mijn onderbuik en moet de drang weerstaan om op te staan en me in zijn armen te werpen, want hij is zo te zien nog niet klaar. 'Dat je altijd een fles champagne koud hebt staan, omdat er elke dag iets kan gebeuren wat de moeite waard is om te vieren. Dat je me steunt in alle plannen die ik heb. Dat je me vertrouwt. Dat je de beste moeder bent voor onze kinderen. Dat je in me gelooft, me de vrijheid geeft om de dingen te doen die me gelukkig maken en dat je onvoorwaardelijk, zonder bijbedoelingen, zonder mitsen en maren ten volle van me houdt.' Hij slikt terwijl hij de bladzijde omslaat. Zijn ogen zoeken nog één keer de mijne en dan zegt hij: 'Dat je mij, ondanks en misschien ook wel dankzij alles, nog steeds van jou laat houden.'

De gasten in het restaurant stoten collectief een vertederde kreet uit en ik schuif mijn stoel zo hard naar achteren dat ik half tegen mijn buurvrouw stoot, maar die applaudisseert zo uitgelaten om Lammerts speech dat ze het amper merkt.

Ik sta op, ben met een halve stap bij hem en stort me tegen hem aan. Mijn lippen botsen ruw tegen de zijne en ik klem mijn beide armen zo stevig om hem heen dat ik zijn rug haast voel kraken.

Een applaus rolt door het restaurant terwijl de tranen over mijn wangen stromen en ik hem zo stevig kus dat ik geen ruimte heb om te ademen. Als ik hem hijgend loslaat en mijn voorhoofd tegen het zijne gedrukt hou, fluistert hij: 'Wat zeg je ervan als we voor de laatste nacht onze tent laten voor wat hij is en we een hotelkamer met bubbelbad boeken? Waar we nu écht zullen overnachten?'

Een giechel ontsnapt uit mijn keel. 'Dat lijkt me een ontzettend goed idee.'

Verleg je grenzen! Als er iets funest is voor een relatie, dan is het sleur. Ik schreef er ooit een gastcolumn over voor Flow Magazine *– waar ik zó veel reacties op heb gekregen. En dat is natuurlijk niet voor niets.* Life begins at the end of your comfortzone. *Samen je grenzen verleggen schept een band! Maak een roadtrip, ga raften of ga gewoon op vakantie naar een plek waar je in eerste instantie misschien niet naartoe zou willen. Wij doen dit soort dingen regelmatig en het is een intense boost voor onze relatie!*

Uit: Van saai naar fraai. Zo houd je je relatie levendig, *hoofdstuk 7: 'De verbinding terugvinden'*

24

De tweede sessie met Anja en Pieter is er een uit het boekje: Anja heeft haar exemplaar van *Houden van jezelf* van kaft tot kaft gelezen en is meteen daarna in *Van saai naar fraai* begonnen, dat ze in één weekend heeft verslonden. Inmiddels weet ze bijna net zoveel van mijn boeken als ik, en dat is te merken. Ik hoef amper vragen te stellen; Anja praat honderduit en laat nauwelijks stiltes vallen waarin ik iets zou kúnnen zeggen, al zou ik het willen. Ze citeert mijn boeken haast woord voor woord en ik voel een gevoel van trots, maar er is wel één probleem: ze is nog steeds 'het slachtoffer' in deze relatie.

'Ik begrijp niet hoe het kan dat ik nog steeds geen vooruitgang zie bij jou, Pieter. Ik heb beide boeken toch aan je uitgelegd? Ik heb de tips die Claudette in haar hoofdstukken noemt opgevolgd, ik heb een Liefdesboek gemaakt en jou volgens mij toch best aardige complimenten gegeven, en jij hebt er letterlijk nog niets in geschreven. Sterker nog, volgens mij heb je de boeken niet eens opengeslagen, of wel?'

Pieter buigt zich naar de salontafel om zijn kop koffie te pakken.

Vandaag zitten ze niet in de stoelen tegenover mijn bureau, maar hebben we plaatsgenomen in de zithoek. Zonder de gebloemde stoelen was er een aardig groot gat in het midden van mijn kantoor ontstaan, dus ik heb de zithoek wat verder richting mijn bureau geschoven en de bank in het midden van de ruimte gezet. Zelf zit ik op een van de okergele stoelen en Anja en Pieter zitten op de bank. Elk aan één kant, zo ver mogelijk bij elkaar vandaan.

'Anja,' zeg ik in een halve seconde dat ze even stil is. 'Ik merk dat je het boek goed hebt doorgenomen. Dat is erg fijn, daardoor heb je veel handvatten om mee aan de slag te gaan. Maar laat me je één ding vragen. Zijn jullie in één dag uit elkaar gegroeid?'

'Nee,' zegt ze wars. 'Dat zeg ik toch net? Dat heeft heel lang geduurd. Dat staat zelfs in je boek, bijna aan het begin van hoofdstuk één: uit elkaar groeien duurt altijd een langere tijd, maar op een dag kom je erachter dat het zover is.'

Ik breng mijn kop koffie naar mijn lippen en kijk afwachtend naar haar.

Ze kijkt verward terug.

De 'ik laat je zelf de conclusie trekken'-aanpak is overduidelijk mislukt. Tijd voor wat extra hints.

'Maar dat zou ook moeten betekenen dat je hebt gelezen wat er ná het stuk over uit elkaar groeien komt, toch?'

Ze knikt en brengt dan haar kin omhoog, alsof ze afwacht waar ik mee kom en zich schrap zet voor een tegenaanval.

'Dat je niet kunt verwachten van twee mensen die er jaren over hebben gedaan om uit elkaar te groeien dat ze ineens van het ene op het andere moment weer bij elkaar zijn.'

Anja snuift afkeurend. 'Dat weet ik ook wel, maar toch... Ik zou zo graag willen dat het wel zo was. Maar ik ben allang blij dat we jou hebben. En dat we eraan werken.'

Ik glimlach gracieus en neem een slok van mijn koffie. 'Ik begrijp je volledig, maar doorbraken zijn helaas niet te forceren. Je kunt ze alleen stimuleren.' Ik wacht even tot mijn woorden bezinken en kijk afwisselend van Anja naar Pieter. 'Hebben jullie echt nog helemaal niets gemerkt? Je vertelt net dat je al wat tips hebt opgevolgd.'

Anja knikt heftig. 'Ik heb alles gedaan wat je schreef: een etentje georganiseerd bij kaarslicht, mijn telefoon een dag niet in de buurt gehad zodat ik volledig op Pieter kon focussen...' Ze buigt zich naar voren, rommelt in haar tas en haalt er een notitieboek uit, dat ze geïrriteerd in de lucht priemt. Het boekje heeft een roze kaft met witte bloemen en ze bladert er driftig doorheen. 'Kijk, helemaal vol. En hij? Niéts!'

'Wat vind jij daarvan, Pieter?' vraag ik hem.

Hij trekt een verontwaardigd gezicht. 'Ik heb het nog niet gelezen.'

Anja wijst met het notitieboek in Pieters richting, haar blik gericht op mij. Het is een 'zie je nou wel'-gebaar dat ik zo vaak in mijn praktijk zie: de één heeft 'alles gedaan wat er gevraagd werd' en de ander heeft er bijzonder weinig interesse in getoond. Zie je nou wel, we zitten hier voor niets.

Ik pak mijn pen op en speel ermee tussen mijn vingers, nadenkend over mijn volgende vraag. 'Hoelang is het geleden dat jullie hier waren?'

'Vier weken,' antwoordt Anja nors. 'En ja, ik weet wat je nu gaat zeggen: vier weken is hartstikke kort, vier weken is niet genoeg om weer naar elkaar toe te groeien, vier weken is niet eens lang genoeg om te besluiten of je dat dure paar schoenen wel of niet zult kopen...'

Ik glimlach. 'Dat wilde ik niet zeggen, maar dat vind ik een mooie metafoor.'

'Kwam mijn zus mee,' zegt ze.

Mijn mond zakt een stukje open, maar tijd om erop te reageren heb ik niet.

Pieter slaat namelijk zijn armen over elkaar en kijkt stoïcijns voor zich uit.

'Ik zie weerstand bij je, Pieter,' zeg ik. 'Klopt dat?'

Hij stoot een hoog, schril geluid uit. 'Zoals ik de vorige keer ook al zei: Anja en haar zus zijn een twee-eenheid. Die schoenen die Anja nu aan heeft? Draagt ze omdat Ronja zei dat het zo'n goed idee zou zijn. Ze krijgt er blaren van zodra ze er meer dan vijftig meter op moet afleggen, maar ja, Rónja zei dat ze zo mooi waren. Bij ons thuis zijn de wanden van het toilet donkerpaars geverfd. Vind ik donkerpaars een mooie kleur? Nee. Vindt Anja het een mooie kleur? Ik vraag het me oprecht af, maar Rónja zei dat we het moesten doen. En nu, met alle respect jegens jou, maar toch, zitten we hier...' hij spreidt zijn armen, '...vanwege Ronja. Omdat het Ronja zo'n goed idee leek om eens in relatietherapie te gaan.'

'Heeft Ronja een partner?' vraag ik zo terloops mogelijk.

Ondanks ons fijne moment afgelopen weekend kan ik de gedachte aan Ronja niet van me afzetten. Als ze een partner heeft, is het in elk geval een stuk minder aannemelijk dat ze haar pijlen op Lammert richt... Toch?

Pieter lacht schamper. 'Had ze dat maar! Misschien dat ze haar klauwen dan eens niet in haar zus zou zetten. Nee, Ronja heeft geen partner.'

'Ik vind het niet prettig dat je zo over mijn zus praat, Pieter.' Anja leunt nog verder naar de zijkant van de bank en duikt lichtjes ineen.

'Het is interessant wat hier nu gebeurt,' zeg ik, wijzend met mijn pen van de een naar de ander. 'Pieter, jij hebt overduidelijk geen hoge pet op van Ronja, dat is te merken. Maar zie je wat dat met Anja doet?'

Hij vouwt zijn armen over elkaar en kijkt uitdagend naar de andere uithoek van de bank. 'Mag ik niet iets van Ronja vinden dan?'

'Zeker wel, natuurlijk mag dat. Maar zie je wat het met Anja doet?' Ik wijs met mijn hele hand op Anja. 'Je kwetst haar. Het is wel haar zus over wie je het hebt, niet de buurman die elke zaterdag om acht uur 's ochtends zijn gras maait en die je tot gezamenlijke vijand zou kunnen bombarderen.' Ik leun opzij voor de laatste slok van mijn koffie en zet dan beheerst mijn kopje terug op tafel. 'Ik heb zelf een oudere broer. We schelen iets meer dan één jaar. Onze band is ontzettend goed. Ik deel alles met hem, en hij ook met mij. Als ik Anja zo over Ronja hoor praten, is hun zussenband minstens zo sterk, volgens mij. Klopt dat, Anja?'

Ze knikt, nog steeds met haar armen over elkaar geslagen. 'Ja. Ja, dat klopt.'

'Heb jij broers of zussen, Pieter?'

'Eén oudere broer, maar wij zijn niet zo hecht.'

'Zou je me een plezier willen doen en je toch heel kort willen inbeelden hoe het zou zijn als je wel een goede band met hem zou hebben? En dan hoe je het zou vinden als Anja jouw broer telkens de grond in zou boren?'

'Ik, eh...'

Anja maakt een honend geluidje en Pieter lijkt ineens twintig centimeter kleiner te worden.

'Precies,' zeg ik zonnig. 'Maar dat is wel wat er gebeurt. Dat geeft niet, een beetje plagen moet kunnen. Zolang het aan beide kanten maar wordt gewaardeerd. Tussen jullie is er geen sprake meer van plagen, maar is er heuse haat en nijd ontstaan. Dat is niet goed. Ik krijg het gevoel dat jullie heel goed weten wat je van elkaar wilt, maar dat jullie allebei op een punt zijn beland waarop je te koppig bent om het elkaar te geven. Ik kan het samenvatten in één woord.' Ik leun naar voren, leg mijn pen weg en druk mijn vingertoppen tegen elkaar. Voor een extra dramatisch effect laat ik een korte stilte vallen, en dan zeg ik: 'Ruimte.'

'Ruimte?' herhalen ze tegelijk.

Ik knik. 'Ruimte. Om te zijn wie je bent, om je hart te kunnen volgen, om steun van de ander te ervaren. Die ruimte moet je elkaar kunnen geven en in langere relaties gaat dat weleens mis, omdat ruimte geven en ruimte nemen twee verschillende dingen zijn. Uiteindelijk moet dat in balans zijn. Het moet net zo goed mogelijk zijn om een stap naar voren te doen als een stap naar achteren te zetten. Pieter, bij jou merk ik de behoefte om meer ruimte in te nemen en Anja, jij hebt die ruimte wel, maar die laat je nu innemen door Ronja. Terwijl júllie de enige twee mensen zijn die iets van de muurkleur in het toilet zouden moeten vinden. Jullie zitten daar meerdere keren per dag, Ronja niet. Klopt het, wat ik zeg?'

Ze knikken allebei en Anja legt haar handen in haar schoot. Frunnikend aan de zoom van haar jurk zegt ze kleintjes: 'Ik ben gewoon bang dat er ooit een dag komt dat je inziet dat je minder gelukkig bent dan eerst. Dat je liever je aandacht en liefde aan iemand anders geeft.'

'An... Dat is toch helemaal niet...' begint Pieter, maar ik hef mijn hand en wijs naar Anja.

'Wat als dat wel zo is? Voor zover ik weet, kunnen we nog steeds de toekomst niet voorspellen. Het is lief dat je dat meteen wil ontkrachten, Pieter, maar je kunt nooit beloven dat je voor altijd bij iemand blijft. Wie weet wie je ooit tegenkomt? Misschien loopt Anja wel een keer iemand tegen het lijf die ze nog vele malen leuker vindt dan jou. Misschien kom jij wel ooit iemand tegen die jou compleet van je sokken blaast. Dat weet je niet. Dat weet niemand.'

Ik leun voorover en richt me tot Anja. 'Het ding is alleen: hoe zit dat nú? Betekent het dat je nu al moet zeggen: de kans bestaat dat deze persoon ooit bij me weggaat, dat deze relatie ooit eindigt, laat ik daar nu maar vast op anticiperen door nu niet voluit te leven? Door mijn hart niet volledig te geven aan de ander, want stel dat het ooit gebroken wordt?'

Anja schudt haar hoofd. 'Dat zou ik niet willen.' Ze zucht en veegt een lok haar uit haar gezicht. 'Weet je wat het is? Ik zou soms gewoon willen dat het weer was zoals vroeger. We zijn al zó lang samen, dan verlies je elkaar een beetje uit het oog. Ik had verwacht dat we elkaar veel sneller weer terug zouden vinden, als ik maar alles zou doen zoals het in je boeken staat... Alleen werkt dat blijkbaar niet. Je hebt ook wel gelijk, een doorbraak kun je niet forceren, maar toch... Wat als het nooit meer wordt zoals vroeger?'

'Vroeger,' mompelt Pieter. 'Ik weet dat we al lang samen zijn, maar je doet nu net alsof we elkaar in de prehistorie hebben leren kennen.'

Ik kan het niet helpen. Normaal gesproken ben ik echt professioneel, maar er is iets aan deze twee mensen wat me echt raakt. Ze doen me op de een of andere manier denken aan Lammert en mij. Een rotsvaste liefde, verankerd in vertrouwen. Ze hebben alleen een duwtje in de juiste richting nodig. Een beetje hulp om dat vertrouwen weer te zien in plaats van ervan weg te lopen.

Ik schiet in de lach om Pieters opmerking en gelukkig gebeurt bij Anja hetzelfde. 'Sorry, ik lach jullie absoluut niet uit,' zeg ik grinnikend. 'Echt niet. Het ding is alleen, als ik zo naar jullie kijk zíé ik gewoon dat het goed zit. Jullie zijn voor elkaar gemaakt, als ik dat zo mag zeggen.' Ik kijk ze beiden veelbetekenend aan en werp dan tersluiks een blik op het klokje in de vensterbank achter Anja en Pieter. 'Weet je wat? Ik heb wat huiswerk voor jullie. Vooral voor jou, Pieter.' Ik sta op en loop naar mijn boekenkast, waar ik een leeg notitieboek uit haal – formaat A6, perfect om altijd mee te nemen en daardoor het ideale formaat voor een Liefdesboek. Met een plechtig gebaar geef ik het aan Pieter. 'Helemaal vol, van kaft tot kaft. Normaal gesproken zou ik zeggen: volschrijven met zowel de positieve als de negatieve dingen aan elkaar, maar ik heb afgelopen weekend geleerd dat alleen de positieve dingen benoemen soms verrassende uitkomsten heeft. De focus even verleggen, zullen we maar zeggen. En dan natuurlijk uitwisselen. Of aan elkaar voorlezen, als je dat durft, want wat Anja heeft opgeschreven is minstens zo belangrijk. Zullen we dat afspreken?'

Pieter pakt het notitieboek van me aan en knikt zwijgend.

'Mooi zo,' zeg ik. 'Dan zie ik jullie graag over twee weken weer terug.'

Sport. Ik moet toegeven: ik hou er niet zo van. Maar ja, het is wel een goede verbinder. Binnen ons gezin is de hockeyclub dan ook een plek die we graag samen bezoeken. Er gaat niets boven in weer en wind langs de lijn staan en het team van je kind naar de overwinning schreeuwen!

Uit: Nog niet opgestuurde gastcolumn voor Ouders van nu, *drie maanden geleden*

25

Als ouder of verzorger van een kind dat lid is van de hockeyclub, ben je verplicht één of twee keer per jaar een bardienst in de kantine te draaien. In principe geldt dat voor elke ouder, dus ook Lammert en ik ontvangen eens in de zes maanden de oproep op onze digitale deurmat. Lammert vervult zijn rol als 'betrokken hockeyvader' met verve en steelt de harten van iedereen op de club tijdens die ene keer per jaar dat hij achter de bar staat, maar ik heb me er elke keer nog onderuit weten te kletsen.

Tot nu dus.

Nu sta ik op mijn vrije zaterdagochtend om halfnegen bij een gesloten kantine op de sportclub, te wachten op mijn medebarvrouw. Opzettelijk, want ik dacht: als ik mijn leven wil veranderen, moet ik 'ja' zeggen tegen dit soort verzoeken. Zelfs als zo'n kantinedienst op het laatste moment met Annemijn blijkt te zijn.

Kantinediensten worden altijd minimaal met zijn tweeën gedraaid; allereerst voor de gezelligheid, maar ook omdat je dan sneller de honger van twee elftallen inclusief coaches en supporters kunt stillen als ze na de wedstrijd allemaal tegelijk de kantine binnenkomen.

Die elftallen zijn overigens niet alleen hockeyelftallen. De vereniging waar Rijk en Eloise hockeyen, heeft namelijk ook voetbal, handbal, badminton, volleybal en korfbal. Het sportcomplex bestaat uit twee hockeyvelden, twee handbalvelden en drie voetbalvelden, die allemaal rondom de kantine en de kleedkamers liggen. Aan de rand van het complex ligt de sporthal en langs één uitgestrekte oprijlaan kun je je fiets stallen. Of je scooter, in het geval van Annemijn, want ik hoor het geluid van haar Vespa al aankomen voordat ze überhaupt in beeld is verschenen.

Het was eigenlijk de bedoeling dat ik mijn dienst met Brenda zou draaien, al weet ik niet wie dat is. Toen die echter midden in de nacht een berichtje in de 'Kantinedienst'-appgroep van de hockeyclub stuurde dat ze ziek was en er vanochtend één lange stroom van 'ik kan helaas niet'-reacties kwam, zei Annemijn dat ze haar dienst wel zou overnemen. Tijdens mijn wandeling vanochtend schoot nog even door mijn hoofd dat ik misschien een plotselinge gebroken pols zou kunnen veinzen, maar uiteindelijk besloot ik dat toch maar niet te doen.

'Claudette,' begroet mijn schoonzus me afgemeten als ze haar scooter op slot heeft gezet en op me af loopt. Ze is van top tot teen in verenigingstenue: zwart-witte trui, zwarte sportbroek en daaronder spiksplinternieuwe witte sneakers. Haar lichtbruine lokken zijn bijeengebonden in een 'sportieve hoge staart' zoals je die alleen in advertenties van sportmerken ziet.

'Annemijn,' zeg ik, zoals altijd op mijn hoede. Mijn schoonzus is als een valse hond die elk moment kan uitvallen. Zelfs als ze rustig onder tafel ligt te slapen, moet je nog oppassen, want één verkeerde beweging en ze hapt in je onderbeen.

'Hoe gaat het met je?' vraag ik.

Annemijn vist een sleutelbos uit de zak van haar trainingsbroek en loopt, al zoekend naar de juiste sleutel, naar de deur van de kantine. 'Ik moet mijn team in de steek laten omdat Brenda zich midden in de nacht afmeldde, dus om eerlijk te zijn niet zo goed. Als trainer hoor ik bij elke wedstrijd te zijn. Maar ja, ik kon jou moeilijk in je eentje een kantinedienst laten draaien. Kijk, Brenda staat hier minstens één keer per maand, dus bij haar had ik het wel aangedurfd, maar nu... Ik heb met Sjon overlegd en we besloten dat het team het vandaag zonder trainer ook wel zou redden, als hij er als leider maar bij is.'

'Wat sneu voor Brenda,' zeg ik als ik achter Annemijn aan de kantine binnenstap.

Annemijn kijkt over haar schouder met een blik waarmee ze duidelijk maakt dat ze het vooral sneu vindt voor zichzelf. 'Ja, ze had iets verkeerds gegeten. Toen ik haar vanochtend belde, wilde ik haar net vragen of ze zich niet toch wat beter voelde nu ze de halve nacht boven de pot had gehangen, maar toen bleek dat alles er nog niet helemaal uit was. Ik hoorde nog net wat kokhalsgeluiden voordat de verbinding werd verbroken.'

Ik huiver.

'Maar goed,' gaat Annemijn verder, 'in elk geval is het geregeld en aangezien de meeste teams vanmiddag pas spelen, hebben we een rustige ochtend voor ons. Hou je dat aan?' Ze wijst naar mijn zorgvuldig uitgekozen geblokte pantalon en fijngebreide top met opstaande kraag. Voor de ultieme casual look draag ik er mijn zwarte, leren sneakers onder.

'Wat is hier mis mee?' vraag ik.

'Het ziet eruit alsof je naar de golfclub gaat.'

'O. Nou. Ik, eh...' Ik kijk naar mijn outfit en frunnik ongemakkelijk aan de zoom van mijn top.

Annemijn stopt met de stoelen van de tafels halen en slaat geamuseerd haar armen over elkaar. 'Jij komt hier echt nooit, hè?'

'Wat bedoel je met hier? De sportkantine?' Mijn stem schiet met elk woord verder de hoogte in en ik stop maar gewoon met praten, want dit werkt niet. Ze heeft gelijk. Ze heeft helemaal, honderd procent gelijk en ik word knalrood tot aan mijn haarwortels terwijl ik het besef.

Ik ben hier nooit. In de vier jaar dat Rijk en Eloise hier nu hockeyen, ben ik hier denk ik drie keer geweest. Niet per jaar, niet per maand, in totaal. Ik breng de tweeling naar de training als het rotweer is of als een van hen weer eens een lekke band heeft, maar dan zet ik ze af bij het hek. Verder dan dat kom ik het terrein niet op.

'Ik kom hier inderdaad nooit,' zeg ik. Het komt er verslagener uit dan ik zou willen.

Ik verwacht dat Annemijn in een duivels lachsalvo uitbarst en naar me roept dat ik de slechtste moeder ooit ben, maar dat doet ze niet. Ze blijft staan en blijft me aankijken, met een gezichtsuitdrukking die ik niet kan plaatsen.

'Waarom eigenlijk niet?'

'Ik, eh... Ik ben druk. Ik kan nou eenmaal niet elke zaterdag langs de lijn staan.' Ik staar naar een punt op de vloer en krijg een vieze smaak in mijn mond. Ik sta keihard te liegen. Ja, twee sportende kinderen tegelijk hebben is veel. Gelukkig traint het team van Rijk bij gebrek aan een trainer mee met het team van Eloise, maar meestal spelen ze allebei op zaterdag een wedstrijd. Vaak midden op de dag, waardoor ik een hele zaterdag kwijt zou zijn die ik ook aan andere dingen kan besteden. Dingen die ineens futiel lijken nu ik niet eens een fatsoenlijk excuus kan verzinnen waarom ze belangrijker zouden zijn dan een zaterdag spenderen met mijn kinderen.

'Je zou tijd vrij kunnen maken,' zegt Annemijn. 'Je weet wel, niet ook nog in het weekend werken en als je in het weekend werkt, dat doen op een moment waarop de kinderen niet spelen. Ik weet zeker dat ze het fijn zouden vinden om je af en toe langs de kant te zien.' Haar stem is zacht en rustig, zonder oordeel.

Ik knipper een paar keer traag, alsof ik moet scherpstellen op de persoon die voor me staat. Ik herken haar zo helemaal niet.

'Ik denk dat ik dat inderdaad maar eens doe,' zeg ik.

Annemijn glimlacht een beetje stroef en lijkt dan plotseling weer terug te schieten in de persoonlijkheid die ik zo goed ken: de bitchy versie. 'Nou, pak dan in elk geval even een trainingssweater uit de bestuurskamer. Die broek kan nog wel, maar je top kan echt niet. Het is belangrijk om er toegankelijk uit te zien als je kantinedienst draait. Met wat je nu aanhebt, jaag je minstens de helft van de teams weg.' Ze gooit me de sleutelbos toe en wijst naar de klapdeuren achter in de kantine. 'Daardoorheen en dan de tweede deur links. Als je binnenkomt zie je in de hoek een aantal dozen, ze zijn als het goed is gelabeld met de juiste maat. Vanaf xs zijn de volwassenmaten, die staan achteraan.'

Ik knik en snel de kantine uit.

De rest van de dag vliegt voorbij en ik moet toegeven: ik begin het daadwerkelijk leuk te vinden. Het principe van kantinedienst draaien is eigenlijk vrij simpel: zolang er wedstrijden worden gespeeld, zorg je ervoor dat er altijd verse koffie en thee is. Is de koffiepot halfleeg, dan zet je alvast een nieuwe pot en raakt de bodem van de theekan in zicht, dan zet je snel een waterkoker op. Intussen hou je in de gaten op welk veld welke wedstrijd wordt gespeeld, zodat je een dienblad met limonade of thee klaar hebt staan dat wordt opgehaald als het rust is.

Voor de mensen die niet van koffie en thee houden, is er warme chocolademelk uit een zakje. Het is belangrijk om eerst het zakje in de beker te legen en daarna het hete water erop, anders gooi je met een volle beker gegarandeerd de helft van het zakje ernaast en gaat het klonteren. *Learned that the hard way.* Meteen was ik Annemijn dankbaar voor de sporttrui, want de bruine veeg cacaopoeder die erop zat, zou ik waarschijnlijk nooit meer uit mijn fijngebreide top hebben gekregen.

Is een wedstrijd afgelopen, dan zet je je schrap voor de teams en supporters die de kantine komen binnenstormen en zorg je ervoor dat je genoeg chips, zakjes snoep en andere versnaperingen op voorraad hebt om de honger te stillen.

Verder zijn er broodjes kroket en knakworst, waarbij je het broodje insnijdt met een elektrisch mes. Een superhandig ding, want als je handmatig dertig broodjes knakworst moet snijden krijg je gegarandeerd kramp in je hand.

Inmiddels is het halfvier en zijn de teams van vanochtend naar huis, terwijl de uitspelende teams het terrein op komen gesneld. Eloise hoefde zelf niet te spelen vandaag en aangezien er een plek vrij was in een van de auto's, ging ze mee met Rijks wedstrijd. Door het raam zie ik ze met rode konen richting de deur stuiven. Zodra mijn dochter me ziet, stoot ze haar broer aan en ik zie aan haar lippen dat ze iets zegt als 'mam is er!'. Rijk volgt haar uitgestoken vinger en kijkt een halve seconde naar mij alsof hij water ziet branden.

Ik zwaai uitgelaten naar hen en ze zwaaien net zo uitgelaten terug. Dan verdwijnen ze even uit beeld, om vervolgens de deur van de kantine met zo'n kracht open te gooien dat hij bijna uit de scharnieren klapt.

'Mam!' gilt Eloise. 'Je bent er!'

'Ik zei toch dat ik bardienst had vandaag?' verdedig ik mezelf, maar ik weet dat het een halfslachtig antwoord is.

Mijn dochter weet dat ook maar al te goed, want ze roept: 'Ja, maar ik had nooit verwacht dat je daadwerkelijk zou kómen! En je hebt een trui aan van de club!' Ze snelt om de bar heen en werpt zich tegen me aan in een omhelzing die zo onverwacht stevig is dat ik er tranen van in mijn ogen krijg. 'Ik vind het leuk dat je er bent,' zegt ze met haar gezicht half in mijn trui gedrukt.

'Ik ook, lieverd.' Ik adem diep in en hou haar dan op een armlengte afstand, zodat ik haar kan aankijken. 'Maar jullie moeten wel wegwezen achter de bar, want volgens mij mogen jullie hier helemaal niet komen.' Ik haal twee flesjes Extran uit de koelkast en zet ze voor hen neer, terwijl zij zich op een barkruk hijsen. Annemijn is aan de andere kant van de bar druk bezig een aantal snoepzakjes af te rekenen, maar het ziet er niet naar uit alsof ze mijn hulp nodig heeft. Dus leun ik naar mijn kinderen toe en zeg: 'Vertel, hoe was de wedstrijd?' Ik kijk vragend naar Rijk, die vandaag eindelijk weer het veld in mocht. Zijn polskneuzing is helemaal genezen, al moet hij het nog wel rustig aan doen.

Een advies dat hij overduidelijk in de wind heeft geslagen, want hij begint meteen heldhaftig te vertellen dat hij een speler van de tegenpartij had getackeld. 'De scheidsrechter zei dat het een overtreding was, maar ik zei dat het echt wel op de bal was.'

'En hij kreeg nog gelijk ook!' roept Eloise. 'Ik dacht dat hij van het veld zou worden gestuurd of dat ze een strafcorner zouden krijgen, maar dat gebeurde niet eens!'

Rijk trekt de sportdop van zijn flesje los en neemt een paar flinke slokken. 'Natuurlijk niet. Ik ben heel goed in mensen overtuigen,' zegt hij trots. 'Dat heb ik van pap geleerd.'

Als drie uur later iedereen weg is en Annemijn en ik de kantine opruimen, voel ik me euforisch. Ik hoorde erbij. Ik was een hockeymoeder. Mensen vroegen dingen aan me en ik wist waar het lag, ik kon de weg wijzen naar het juiste sportveld en ik heb zelfs een geschaafde knie verbonden van een jongen die een flinke smakkerd had gemaakt.

Zelfs Annemijn en ik hadden op een gegeven moment een fijne manier van werken. We checkten af en toe bij elkaar of de ander ergens hulp bij nodig had en het kwam een paar keer voor dat de een zonder te vragen precies ophaalde wat de ander moest hebben: een doos paprikachips, een fles limonadesiroop, een stapel servetten.

Misschien ben ik dan ook een beetje overmoedig geworden, maar ik kan sinds een paar uur de gedachte aan Yfke niet uit mijn hoofd weren. Hoe ze als een gebroken vogeltje tegenover me zat. Ik móét weten wat er is gebeurd tussen hen.

'Annemijn?' vraag ik zo terloops mogelijk als ze aan de andere kant van de kantine bezig is de stoelen omgekeerd op de tafels te zetten, zodat ik erlangs kan met de dweil.

'Ja?' Ze kijkt niet op van haar geroutineerde stoelen-optil-beweging. Niet bepaald het uitnodigende antwoord waar ik op hoopte, maar ik laat me niet afschepen.

Ik blijf staan en leun op de dweilstok, alsof die me houvast geeft bij de vraag die ik in mijn hoofd al tien keer opnieuw heb geformuleerd. 'Jij en Yfke... Mag ik vragen wat er tussen jullie is gebeurd? Toen je laatst bij mij op kantoor was, deden jullie zo... vreemd tegen elkaar. Om nog maar te zwijgen over wat er gebeurde op de verjaardag van Rijk en Eloise.'

Annemijn laat de stoel die ze net aan het omkeren was nog net niet op het tafelblad kletteren. Haar ogen schieten in mijn richting en ik voel dat ze haar stekels opzet. 'Vreemd? Hoezo, zegt zij dat? Ik deed helemaal niet vreemd.'

'Nee, nee,' zeg ik snel, 'misschien is dat niet het juiste woord. Ik kreeg het idee dat er iets is gebeurd tussen jou en haar. Ook omdat jullie iets uit te praten hadden na wat er... gebeurd was. Met de wijn, en zo. Ik vroeg me af of dat gelukt was.'

Nadat ik Ellie de deur uit had gewerkt – vooruit, en eerlijk was over wat er gaande is tussen Lammert en mij – stapte ik ons huis weer binnen en waren Yfke en Annemijn in de tuin nog steeds druk in gesprek. Het geschreeuw was gelukkig overgegaan in gekibbel, maar er was overduidelijk nog steeds van alles gaande. Ik had er bijzonder veel voor overgehad om te kunnen horen wat er op dat moment werd gezegd, maar helaas is ons huis zo goed geïsoleerd dat er geen enkel geluid vanuit de tuin te horen is als de schuifpui dicht zit.

Een kwartier later kwam Yfke weer naar binnen, liep langs me heen, zei 'ik zie je maandag, Claudette' en stapte de deur uit. Meer niet. Sindsdien is er geen woord meer over gezegd, maar na vandaag móét ik er wel over beginnen bij Annemijn.

Hoewel zij er overduidelijk niet op zit te wachten, want ze schuift harder dan nodig is twee tafels tegen elkaar aan en zegt: 'Dat doet er niet toe.'

Ik merk aan alles dat ze daarmee het gesprek als afgerond beschouwt, maar zo gemakkelijk laat ik me niet afschepen. 'Eerlijk gezegd heb ik het gevoel dat het er wel toe doet,' zeg ik, mijn lieflijke therapeutstem opzettend. 'Yfke is mijn assistent, jij bent mijn schoonzus. Ik geef veel om jullie allebei en het zou me pijn doen als jullie verdriet hebben. Nogmaals, ik weet niet wat er is gebeurd, maar...'

'Het doet er niet toe,' herhaalt Annemijn haar eerdere woorden. Ze keert stuurs een volgende stoel om en zet hem op een volgende tafel. 'En het doet er ook niet toe wat wij van jou zijn. Dat we elkaar toevallig twee keer in zo'n korte tijd tegen het lijf zijn gelopen in jouw bijzijn, is precies wat het is: toeval. Ik kan je met zekerheid zeggen dat dat niet meer gebeurt.'

Ik dweil verwoed onder de tafel waar Annemijn net de stoelen op heeft gezet. 'Oké.'

Annemijn keert de laatste stoel om en laat hem met een klap op het tafelblad terechtkomen. 'Claudette, als je het niet erg vindt, heb ik het liever niet over mijn privéleven met jou.'

'Ik wilde alleen...' begin ik, maar ik val stil als ze me zo dreigend aankijkt dat het me de adem beneemt. Met dichtgeknepen keel zeg ik: 'Ik hoop dat als je er ooit over zou willen praten, je de ruimte voelt om naar me toe te komen.'

Ze kijkt me aan, geeft dan een knikje alsof ze in het leger zit en loopt de kantine uit, onderweg iets brommend over het aanvullen van de chipsdozen.

We sluiten in stilte af en voordat ik nog iets kan vragen of zeggen, beent Annemijn al naar haar scooter. Ik blijf net zo lang bij de deur staan tot het geluid van haar Vespa is weggestorven in de frisse avondlucht.

26

Het was Ellies idee om *Houden van jezelf* uit te geven in een wat strakker jasje dan *Van saai naar fraai*. Waar op de cover van *Van saai naar fraai* twee mensen elkaar op een zonovergoten tropisch strand hartstochtelijk in de armen vallen, is de cover van *Houden van jezelf* veel rustiger. Het is simpelweg een linnen hardcover met daarop in sierlijke krulletters 'Houden van jezelf'. Okergeel, uiteraard.

Het is een soort bijbel. Een *self-love*-bijbel, noemt Ellie het. Aan de binnenkant van het omslag staat een QR-code voor een gratis eerste module van de nieuwe cursus, die eind deze week van start gaat.

In no-time heeft Ellie samen met de uitgever – of misschien is het vooral het doortastende werk van Ellie zelf – dertig boekwinkels in het hele land bereid gevonden om 'de nieuwe Claudette' groots in te kopen, inclusief signeersessie van mij. Uittrekbanners, posters, displays, de hele mikmak hangt, staat of ligt in de ouderwetse boekhandel waar ik nu ben. Ellie, Boaz en ik zijn in het noorden van het land en ik zit achter een gigantische houten tafel, klaar om mijn lezers te ontmoeten en mijn boeken te signeren. Naast me staat een kunstig gebouwde boekentoren en ik ben nu al doodsbang dat die stapel instort.

'Ligt het aan mij of helt deze stapel over?' vraag ik met een half oog op de toren aan Boaz.

Hij zit met een grote thermosfles thee een meter of twee bij me vandaan en neemt de tijd om de stapel in zich op te nemen.

'Volgens mij valt het wel mee. Ja, je moet er niet tegenaan duwen en het zou ook niet slim zijn om er nog wat extra meters bovenop te bouwen, maar ik denk niet dat hij zomaar naar beneden komt zetten.' Hij wrijft over zijn kin, waarna zijn inmiddels aardig woeste baard weer terug op zijn plek springt.

Ik kijk nogmaals angstvallig naar de stapel. Is hij er zeker van dat hij recht staat, of zegt hij dat gewoon zodat ik niet aan de boekverkoper vraag of ze even een halfuur kunnen nemen om de stapel opnieuw op te bouwen?

'Hij staat echt stevig, Clau,' zegt mijn broer verveeld, alsof hij mijn gedachten kan lezen. 'Weet je wat? Ik trakteer je op een etentje als blijkt dat het niet zo is.'

Ik glimlach flauwtjes en wil iets terugzeggen, maar dan hoor ik de stem van Ellie door de boekhandel schallen. Eén tel later komt haar wilde bos krullen achter een van de boekenkasten vandaan.

'Ja, hoor, ze zit hier! Komt u maar, in rijen van twee alstublieft. Niet dringen, iedereen komt aan de beurt.'

Als je Ellie als literair agent hebt, hoef je niet bang te zijn dat men je ooit in een hoekje achteraf zal zetten. De signeertafel staat pontificaal in het midden van de boekhandel – in zekere zin zelfs een beetje in de weg. Links en rechts van me staat een gigantische banner met daarop kreten als 'De nieuwe Claudette' en 'Vandaag is de start van een nieuwe jij'. Naast me is zelfs een levensgrote kartonnen versie van mij neergezet. We hadden gisteren pas de shoot daarvoor, maar laat het maar aan Ellie over om een drukkerij te vinden die binnen 24 uur een *true to size* kartonnen Claudette Verheyen-van Raasveld weet te fabriceren.

De foto is perfect. Ik had er mijn nieuwe gestippelde blouse met parelknopen voor aangetrokken. De blouse heeft een lichtblauw kraagje waardoor mijn blauwe ogen nog meer naar voren springen.

Ellie beent op me af met de vastberaden tred van een schoenliefhebber tijdens de uitverkoop. In haar kielzog zie ik een medewerker van de boekhandel en een stuk of twintig vrouwen die allemaal óf *Van saai naar fraai* in handen hebben, óf hun ogen gefixeerd hebben op de stapel met *Houden van jezelf.*

Ik wil op de stapel duiken, maar Ellie is me voor.

'Rustig aan, lieve mensen, rustig aan. Voordat we straks de kranten halen met een kop als "Relatietherapeut sterft tragische dood door onder eigen boeken bedolven te raken", doen we lekker kalm aan. We hebben de hele dag. Althans, wíj hebben de hele dag, u hebt vast wel wat beters te doen dan hier uren in de rij te staan, dus we gaan natuurlijk wel gewoon beginnen.' Ze blijft staan en buigt zich naar de boekverkoper. 'Wil je voor de zekerheid even iemand vragen die toren van Pisa opnieuw op te bouwen? Gewoon... *just in case*?'

Ik slaak een onhoorbare, opgeluchte zucht. Was ik toch niet de enige die dat had gezien.

Anderhalf uur later zet ik met kramp in mijn hand mijn handtekening in het laatste exemplaar van *Houden van jezelf*. De vrouw aan de andere kant van de tafel volgt verwachtingsvol mijn stift, waarmee ik met zwierige letters 'Liefs, Claudette Verheyen-van Raasveld' op het titelblad zet. Ik wacht twee tellen tot ik zeker weet dat de inkt droog is en vouw dan het boek dicht. 'Alsjeblieft. Bedankt voor je komst, fijn dat je er was.'

Ik verwacht dat ze zich omdraait en wegloopt, maar de vrouw blijft staan. 'Herken je me niet?' vraagt ze.

Mijn mond vertrekt in een vertwijfelde glimlach. Mijn ogen zoeken naar Ellie en Boaz, alsof zij iedereen kennen die ik zou moeten kennen en me uit deze situatie kunnen redden. Zij staan echter aan de andere kant van de boekwinkel te praten met een van de medewerkers, dus ik moet het toch echt zelf zien op te lossen.

'Ik, eh...'

'Sanne,' zegt ze monter. 'Ik snap het wel, hoor. Je hebt natuurlijk zo veel cliënten en het is ook alweer even geleden dat we elkaar voor het laatst hebben gezien.'

'Sanne,' herhaal ik schaapachtig, terwijl er in de verste krochten van mijn brein nog geen belletje gaat rinkelen. Shit, waarom herken ik haar niet? Ze ziet er ook zo ontzettend doorsnee uit: saai haar dat dezelfde kleur heeft als de vacht van een veldmuis, nietszeggende ogen en een outfit bestaande uit een spijkerbroek met daarop een effen T-shirt. Ze is dertien in een dozijn, maar zelfs dertien-in-een-dozijncliënten zou ik toch moeten herkennen? 'Hoelang, wat, eh...' stamel ik.

'Een paar jaar geleden alweer.' Ze glimlacht er melancholisch bij, alsof we samen iets bijzonders hebben meegemaakt. Iets wat ik me dus totaal niet meer kan herinneren.

'*Van saai naar fraai* was net uit en je was bezig met het schrijven van het vervolg.' Ze houdt *Houden van jezelf* omhoog. 'Ik heb zó veel aan je eerste boek gehad. Op een gegeven moment had ik het zo vaak doorgebladerd, aantekeningen gemaakt en ezelsoren gevouwen dat het er vreselijk gehavend uitzag. Echt, dat boek is jarenlang mijn bijbel geweest.' Liefdevol klemt ze mijn nieuwe boek tegen zich aan. 'Ik ben echt ontzettend benieuwd naar deze.'

'Wat fijn om te horen,' zeg ik oprecht. Ik pak mijn stift op en begin er nerveus mee te friemelen. 'Hoe is het nu tussen jou en eh...'

'René? Ach, ja...' Ze pauzeert even en gedurende een halve tel bereid ik me voor op het ergste. Is hij overleden? Moet ik zo dadelijk over de tafel heen leunen om haar te omhelzen? Ik ben niet echt van het aanraken, maar in dit soort gevallen lijkt het me wel gepast om op zijn minst een hand op haar schouder te leggen. Ik zet alvast mijn meest meelevende therapeutengezicht op en leg de stift weg. Misschien moet ik...

'We zijn uit elkaar.'

Abrupt verslik ik me in een druppel speeksel en ik moet een paar keurige kuchjes voortbrengen om niet als een blaffende zeekoe over de tafel te vallen. 'Sorry, maar als het je bijbel was, ben je toch niet uit elkaar? Dat kan ik me niet voorstellen.'

Sanne haalt mistroostig haar schouders op. 'Dat het míjn bijbel was wil niet zeggen dat het ook zíjn bijbel was. Sommige dingen zijn blijkbaar niet te repareren. Des te blijer ben ik met je nieuwe boek, want als er iets is waar ik nu meer over wil leren, is het houden van mezelf. Dit komt echt op exact het juiste moment.'

'Blij dat te horen,' zeg ik. Voor de vorm pers ik er een glimlachje uit. Ik versta niet eens wat ze zegt als ze afscheid neemt en als in een waas steek ik mijn hand op. Hoe kan ze nou zo veel aan mijn boek hebben gehad en dan alsnog niet meer samen zijn met haar vriend?

'Klaar om te gaan?' vraagt Boaz, die opeens naast me is opgedoken.

'Ja,' zeg ik afwezig. Nog steeds verdwaasd sta ik op en neem ik afscheid van de boekhandelaar. Het aantal verkochte boeken dat Ellie jubelend noemt, gaat volledig langs me heen.

Is jouw relatie ingekakt, kan het allemaal wel wat meer vuurwerk gebruiken en zoek je naar een manier om dat voor elkaar te krijgen? Zoek niet verder! Met dit boek heb je de sleutel tot een (opnieuw) sprankelende relatie in handen. Dit boek zit bomvol handige én praktische tips en legt uit hoe het komt dat we soms het vlammetje even kwijtraken. Elke relatie is te redden, ook die van jou!

Uit: Omslagtekst Van saai naar fraai. Zo houd je je relatie levendig

27

‘Hoe kan ik haar nou niet herkennen? Hoe kan ik haar nou niet herkennen?’ Terwijl Boaz en ik in mijn Tesla over de snelweg zoeven, herhaal ik de vraag keer op keer hardop. ‘Ik kan er niet bij dat ik haar niet herkende.’

Boaz heeft in de piepkleine kantine van de boekhandel zijn thermosfles hervuld en nipt nu tevreden van een nieuwe lading thee. ‘Hoe heette ze?’

‘Sanne.’

‘Ja, hállo.’ Hij spreidt theatraal zijn armen en gooit daarbij bijna zijn thee in mijn schoot. ‘Sanne is de meest doorsnee naam die er bestaat. Ik ken wel dertig Sannes. Logisch dat je je haar niet meer herinnert.’

‘Toch had ik door moeten hebben dat er iets mis was. Ik had het moeten zien aankomen toen ze zo beteuterd keek. Ik hoor dat soort dingen toch door te hebben?’

‘Er zijn wel meer dingen die jij niet doorhebt of ziet aankomen,’ zegt Boaz. Hij kijkt me aan van opzij en haalt onbenullig zijn schouders op. ‘Ja, sorry. Het is wel zo. Maar goed, ondanks al je tips zijn ze dus uit elkaar gegaan.’

‘Ja!’ roep ik uit. Van frustratie knijp ik in het stuur en stoot ik een kreet uit. ‘En ik begrijp niet waarom! Mijn boek is een succesvolle handleiding om je relatie weer op de rit te krijgen. Koop je mijn boek en volg je alle tips op, dan komt het goed. Ja, je moet het tijd geven, maar dat het goed komt, is haast een zekerheid.’

‘Háást een zekerheid, precies,’ zegt mijn broer stellig. ‘Je bent geen *miracle worker*, hè?’

‘Maar ze zei dat ze zo veel aan mijn boek heeft gehad.’ Mijn stem klinkt zeurderig en ik herken het toontje dat Rijk en Eloise opzetten als ze geen zin hebben in groenten en liever een grote portie friet naar binnen schuiven.

'Dat kan toch? Kijk maar naar...' Meteen valt hij stil.

'Ik weet wat je wilde zeggen. "Kijk maar naar jullie,"' zeg ik. 'Onze relatie is nog niet geëindigd. Ik heb wél iets aan mijn boek. Anders had ik het niet geschreven. Mijn boek hangt aan elkaar van fijne dingen die Lammert en ik doen.'

'Hm-hm,' zegt Boaz. 'Doen of deden?'

Zijn woorden blijven tussen ons in hangen en ik heb geen zin om de vraag te beantwoorden. De rest van de rit blijf ik in stilte piekeren over Sanne en waarom ik haar blijkbaar toch niet heb kunnen helpen, terwijl Boaz uit het raam staart.

Als we de stad binnenrijden en ik vanwege een wegafsluiting moet omrijden om bij Boaz' huis te komen, zegt hij opeens: 'Stop hier eens.'

'Hoezo? We zijn er toch nog niet? Of wil je het laatste stuk lopen?' vraag ik.

'Stop hier maar.'

'Waarom?'

'Stop hier nou maar gewoon.' Hij wijst zo nadrukkelijk naar een parkeerterreintje dat ik de auto er een beetje verbaasd naartoe stuur.

Ik laat de auto stationair lopen en draai me naar hem toe. 'Wat is er nou?'

'Weet je nog dat je zei dat je naar Las Vegas wilde?'

Ik knik weifelend. 'Ja, dat weet ik nog, maar dat kunnen we niet echt nú doen, hè? Morgen is de eerste dag na de meivakantie en ik heb beloofd te helpen bij het luizenpluizen.'

'Luizenpluizen?' roept Boaz uit. 'Jíj? Meen je dit?'

Ik rimpel mijn neus afkeurend. 'Helaas wel. Ik ben erin getuind toen Lammert en ik een tienminutengesprek hadden en hij er vlak voordat we aan de beurt waren tussenuit kneep om een telefoontje te plegen. Toen was ik veroordeeld tot koetjes en kalfjes met de juf totdat hij terugkwam. Nou, dan weet je het wel.' Ik slaak een overdreven jammerkreet en schuif iets onderuit in de autostoel. 'Er was iemand uitgevallen in de Ouderwerkgroep Hoofdluisbestrijding, dus toen vroeg de juf of ik voor één keer wilde invallen. Ik had nog net niet toegezegd om de schoolmoestuin opnieuw in te zaaien, toen stapte Lammert gelukkig het klaslokaal binnen.'

Boaz negeert mijn boze relaas over juf Hetty en wijst naar het gebouw waar we achter geparkeerd staan. 'Ta-da.'

'Ta-da wat?'

'Ta-da,' zegt hij nog eens, nu vergezeld van een gezichtsuitdrukking die het midden houdt tussen manisch en dwingend.

Ik volg zijn ogen met een licht geïrriteerde frons. 'De achterkant van het... Oooo. Het casino!' Meteen gaat er een golf opwinding door me heen. Het casino!

'Las Vegas is dan weliswaar iets te ver weg, maar het casino is het beste wat ik kon bedenken,' zegt mijn broer triomfantelijk. 'Letterlijk net bedacht, toen we hier de straat in draaiden. Ik ben er al tien jaar niet meer geweest, maar vroeger kon je er ook eten. Dus ik hoop dat dat nog steeds zo is, anders komen die cocktails die ik van plan ben bij je naar binnen te gieten extra hard aan.'

Heel even aarzel ik. Rijk en Eloise hebben hockeytraining vanavond en het was sowieso al het plan om eten te laten bezorgen, maar ik kan toch niet zomaar zeggen dat ik er niet ben? Toch? Hoewel... Plots schieten er beelden van Lammert door mijn hoofd. Lammert die opstaat van de stoel in de gang om 'nog even snel een telefoontje te plegen', precies op het moment dat de juf ons naar binnen roept. Lammert die 'nog even snel een mailtje af moet tikken', net als zijn ouders voor de deur staan om bij ons te komen eten. Lammert die verveeld op zijn telefoon staat te kijken op de open dag van het Geert Groote College. Ik ben degene die altijd met werk bezig is, maar híj is vergroeid met zijn telefoon. En dan is het maar te hopen dat het om werk gaat, en niet om werkgerelateerde personen...

Ik voel me recalcitrant worden. Ik heb altijd alles van minuut tot minuut uitgestippeld, maar wat heeft me dat tot nu toe gebracht? Misschien moet ik inderdaad wel een keer uit de band springen. Misschien moet ik inderdaad wel de teugels wat meer laten vieren. Straks in Las Vegas, maar nu eerst hier, in het casino. Het zorgde er in de IKEA voor dat ik een ruzie tussen Rijk en Eloise kon sussen en het zorgde er bij Ellie voor dat ze me eindelijk eens met rust liet over mijn derde boek. Ben ik niet gewoon te krampachtig geworden de laatste jaren? Of was ik altijd al zo?

'Bo?' vraag ik zacht.

'Ja?'

'Was ik altijd al zo?'

'Hoe?'

'Zo krampachtig. Zo strak georiënteerd. Zo planmatig. Zo dwángmatig.'

Hij denkt even na en schudt dan zijn hoofd. 'Niet zó. Je bent altijd al van de strakke planning geweest en ik weet nog dat je vroeger helemaal van slag was als iets niet ging zoals jij het wilde, maar zoals je nu bent... Het is een beetje alsof je jezelf een typetje hebt aangeleerd. Alsof Claudette Verheyen een personage is, zoals ik een personage speel bij mijn trainingen.'

Ik staar zwijgend naar het klokje op mijn dashboard. 'Ik heb soms het idee dat het allemaal wat te veel is,' zeg ik stilletjes. Met een zucht laat ik me onderuitzakken op mijn stoel en ik leg mijn hoofd tegen de hoofdsteun. 'Dat ik... Dat ik ben vergeten waarom ik dit allemaal ben begonnen. Ik herken Sanne niet, lieg tegen mijn literair agent, draai signeersessies af alsof het niets is. Ik ben mijn praktijk begonnen omdat ik mensen wilde helpen, omdat ik bij de scheiding van pap en mam zag dat het echt anders had gekund. Omdat heel veel mensen elkaar gewoon terug moeten vinden, in plaats van er meteen een punt achter te zetten. Alleen... Alleen is het nu zo groot en veel en overweldigend geworden dat ik dat ben vergeten. Wéér een signeersessie, wéér een cursus, wat maakt het allemaal ook uit? Het is alsof het me allemaal niets kan schelen. Maar het kan me wél wat schelen.'

De hoop op een meelevende opmerking van mijn broer kan ik direct laten varen, want als ik wanhopig opzij kijk, kijk ik recht in de duidelijkste 'ik zei het toch'-blik die ik ooit heb gezien – zelfs voor zijn doen.

'Hè, hè,' zegt hij. 'Eindelijk! Ik dacht dat je het nooit zou inzien. Allemachtig, dat duurde lang, zeg.'

Ik geef hem een stomp tegen zijn bovenarm. 'Hé!'

'Ja, nou,' werpt hij tegen. 'Ik kon wel een interventie organiseren, maar dat zou geen enkel effect hebben. Je moet dit soort dingen echt zelf inzien.' Hij schraapt zijn keel en gaat rechtop zitten. 'Een doorbraak moet vanzelf ontstaan,' zegt hij met cartooneske stem. 'Die moet je niet forceren. Je kunt hem alleen...'

'Stimuleren,' maak ik zijn zin af. 'Bo, je bent geweldig. Een eikel, maar geweldig.' Ik trek zijn hoofd met twee handen naar me toe en druk een klapzoen op zijn voorhoofd. Dan pak ik mijn telefoon uit de carkit, ontgrendel het scherm en zoek Lammerts naam op in mijn berichten.

Ik ben laat thuis vandaag. Hapje eten in de stad met Bo. Niet nodig om op me te wachten! X C

'Yes?' vraagt Boaz als het kenmerkende plopgeluid uit mijn telefoon klinkt.

Ik vergrendel het toestel en knik resoluut. 'Yes.'

Twee uur later hang ik enigszins aangeschoten aan de roulettetafel. Ik heb meer dan me lief is weggespeeld bij een aantal rondes blackjack en heb een beschamende hoeveelheid geld in de fruitautomaten gegooid, maar het is het tot dusver allemaal waard. Ik heb de avond van mijn leven. Boaz en ik hebben in het restaurant een heerlijke kreeftensoep en zeebaars gegeten als 'bodem' voor de belachelijke hoeveelheid alcohol die we tot nu toe hebben genuttigd. Sinds we het casino zijn binnengestapt, is er geen enkel moment geweest waarop ik niet een Cosmopolitan in mijn handen had en Boaz niet een glas whisky.

Terwijl ik van mijn vijfde glas van de avond nip, schuif ik wederom een fiche van tien euro op rood. Ik begrijp niets van roulette, maar de croupier legde me eerder uit dat je op deze manier vijftig procent kans hebt om te winnen. Tot dusver heb ik twee keer verloren, maar ik laat me niet uit het veld slaan. Misschien staat het geluk nu eindelijk aan mijn zijde.

Het is druk aan de tafel en ik heb een plekje moeten veroveren tussen twee volledig in galajurk uitgedoste vrouwen en een man in een Elviskostuum – ik dacht altijd dat casino's een chique aangelegenheid waren, maar blijkbaar is 'chic' een breed begrip. De plastic edelstenen op zijn witte pak glinsteren me tegemoet en ik kan mijn kapsel checken in zijn gigantische zonnebril.

Terwijl ik een slok van mijn cocktail neem, schiet de croupier het witte balletje de tafel op. De kogel, heb ik net geleerd. Ergens vermoed ik dat ze dat alleen maar uitleggen aan wanhopig ogende dertigers en vergeetachtige bejaarden.

Het balletje wordt op het wiel geworpen en terwijl het ratelend een paar rondes maakt, voel ik onder in mijn buik iets samentrekken. Nooit gedacht dat ik dit daadwerkelijk spannend zou vinden. Ik ben van de ratio, van goed nadenken voordat ik iets doe. Toen Lammert en ik begonnen na te denken over kinderen, maakte ik een lijstje met voors en tegens. Uiteindelijk kwam ik op een fifty-fifty eindstand uit, net iets meer neigend naar een positieve uitkomst. Conclusie: doen. Ik sloeg de 'ik wil kinderen'-weg in en dat was dat.

Nu ik hier aan de roulettetafel sta, is dat rationele ineens weg. Als het balletje op 17 valt – zwart – wil ik meteen opnieuw inzetten. En opnieuw. En opnieuw.

Na vijf rondes ben ik honderd euro verloren en heb ik twintig euro gewonnen, die ik in een vlaag van zelfoverschatting opnieuw heb ingezet en vanzelfsprekend ook weer ben kwijtgeraakt.

Elvis heft zijn glas naar me en verlaat de tafel, iets mompelend als '*Elvis has left the building*'. Meteen wordt zijn plek opgevuld door een van de galavrouwen en heb ik eindelijk het gevoel dat ik iets meer kan ademen.

Dan verschijnt Boaz naast me. 'Wist je dat ze in casino's bewust geen ramen en klokken hebben?' Hij praat met dubbele tong en kijkt een beetje glazig uit zijn ogen.

'Dat wist ik niet,' zeg ik. Nu ik mijn eigen stem hoor, merk ik dat die ook niet bepaald helder meer klinkt.

'Dat is zodat je de tijd vergeet. Er zijn mensen die úúúren achtereen in een casino doorbrengen. Als je dan buiten ziet dat het weer licht begint te worden of je ziet op een klok hoe laat het is, is de kans groter dat je naar huis gaat. Daarom geen klokken.' Boaz brengt lodderig een wijsvinger naar zijn slaap en tikt ertegenaan. 'Psychologie. Ik dacht dat jij dat wel interessant zou vinden.'

'Vind ik ook,' zeg ik. Ik schuif nog één keer een fiche van tien euro op nummer 12. Als ik amper een halve minuut later ook die door de croupier van de tafel geschoven zie worden, ben ik er klaar mee. Ik neem de laatste slok van mijn drankje en kijk op naar mijn broer. 'Zullen we gaan?'

'Nu al?'

Met een zwierig gebaar hef ik mijn pols en druk ik mijn horloge half tegen zijn neus aan. 'Tien uur. Dat hier geen klokken hangen, betekent niet dat ik niet weet hoe laat het is.'

'Amateur,' lispelt hij. 'Ik heb het mijne gewoon af gedaan toen we binnenkwamen. Voor de ultieme casino-*experience*.'

Ik bedank de croupier en neem afscheid van de twee dames in galajurk, maar die zijn alweer druk bezig hun fiches te tellen en te bepalen hoeveel geld ze nog willen verspillen vandaag.

'Kom, we drinken nog één drankje,' dringt Boaz aan. 'Eentje. Daarna gaan we naar huis.'

'Ik moet eigenlijk...' begin ik, maar een stem diep vanbinnen zegt dat ik helemaal niks moet. Ja, ik moet morgen aanwezig zijn in het gymzaaltje op de school van Rijk en Eloise, maar ik heb nog lang niet zo veel gedronken dat ik morgen met een gigantische kater wakker ga worden. En ik kan wel naar huis gaan, maar Lammert is waarschijnlijk toch nog aan het werk en de kinderen zijn nou ook niet bepaald meer op een leeftijd dat ik ze nog in bed moet stoppen. Nog één cocktail kan prima.

Boaz klapt in zijn handen als een kind dat een ijsje wordt beloofd als ik zeg dat ik nog wel één cocktail wil en recht zijn rug alsof hij Superman is, inclusief vuisten in zijn zij. 'Kom! Naar de bar!'

Tien minuten later gooi ik mijn laatste slok achterover. 'Zo zonde dat die glazen zo klein zijn...'

'Zo klein zijn ze niet,' zegt Boaz. 'Een goed martiniglas heeft een inhoud van tussen de 25 en 30 centiliter. Ooit geleerd toen ik mijn hobby's wilde uitbreiden met glasblazen. Niet gedaan uiteindelijk, heb je een oven voor nodig en zo.'

Ik hou mijn glas omhoog en bestudeer het aandachtig. 'Goh. En tóch is-ie razendsnel leeg. Bijzonder. Misschien moeten we nog één drankje doen dan. Eentje.'

Terwijl Boaz enthousiast naar de barman gebaart, klik ik mijn okergele clutch open en haal mijn telefoon tevoorschijn. Op het scherm staat een antwoord van Lammert: Oké, tot straks. Zonder kus! Hij stuurt niet eens een kus!

Ook is er een mail van Yfke met een nieuwe sprekersaanvraag en een nieuwe Google Alert op de naam Verheyen. Meteen slaat mijn hart een slag over. Weer een artikel van Nicole? Tot nu toe heeft ze zich aardig koest gehouden, maar ik verwacht elk moment een reportage van haar hand die als een allesverwoestende tsunami over mijn huwelijk en carrière heen stort.

Die mail beantwoord ik wel op een ander moment – en misschien moet ik Yfke ook eens zeggen dat ze dit soort mails echt wel tot de volgende werkdag mag laten liggen. Aan Lammert hoef ik overduidelijk ook geen extra aandacht te besteden, maar ik kan het niet laten om de Google Alert te openen. Het is net als met een pleister: in één keer eraf rukken, zodat je de minste pijn hebt. Hoop ik.

Alsof het iets verandert aan de inhoud van het artikel, knijp ik mijn ogen tot spleetjes en gluur ik tussen mijn wimpers door naar het scherm.

DIT IS HAAR DAN: DÉ VROUW DIE VERHEYEN HOTELS OP DE KAART GAAT ZETTEN IN BELGIË

Wat volgt is een jubelend interview met Rechterhand Ronja, waarin ze dweept dat ze het zo fijn vindt om met Lammert te werken en dat ze ontzéttend veel vrijheid heeft bij het inrichten van het hotel in Antwerpen. Het artikel sluit af met een quote van Lammert die zo zoet is dat het glazuur haast van mijn tanden springt: 'Met Ronja aan boord varen we met Verheyen Hotels precies de koers die we willen varen.'

Aan bóórd? Kóérs? Gebruikt hij nou scheepvaartmetaforen? Míjn scheepvaartmetaforen?

Ongezien is er een nieuwe Cosmopolitan naast me verschenen. Lichtelijk baldadig sla ik die voor de helft achterover, terwijl ik Boaz mijn telefoon met daarop het artikel toesteek.

'Bah,' zegt hij, al bij het zien van de foto die boven het stuk staat: een breeduit grijnzende Ronja, zittend in een stoel in de lobby van een van de hotels. Haar perfecte, ravenzwarte haar golft over haar schouders, haar handen rusten op haar knieën en ze heeft een vastberaden blik in haar ogen. Zo'n blik die je ook bij Bob de Bouwer ziet als hij roept 'of ze het kunnen maken'. Deze hele foto schreeuwt: nou en of. Zetten we een perfect hotel neer? Nou en of. Kaap ik in de tussentijd je man onder je neus vandaan? Nou en of.

'Ik mag haar niet,' zegt Boaz resoluut. 'Ik mag Annemijn niet, maar ik mag háár al helemaal niet.' Hij staart even naar het scherm en tovert dan met een paar veegbewegingen Ronja's LinkedIn-pagina tevoorschijn. Met een zuur gezicht kijkt hij naar Ronja's profielfoto. 'Nee, nog steeds niet.'

Ik krijg zowat een hartverzakking. 'Niet op klikken!'

'Hoezo niet? Alsof ze het ziet dat je op haar profiel kijkt.'

'Bo, dat is precies hoe LinkedIn werkt.' Ik heb het nog niet gezegd of mijn telefoon geeft een ping en er verschijnt een rood bolletje bij mijn connectieverzoeken. Ronja van Es heeft u uitgenodigd om een connectie te maken. Razendsnel gris ik mijn telefoon uit Boaz' handen en ik smijt het ding op de bar. Alsof het apparaat zo dadelijk spontaan ontploft, blijf ik er angstig naar kijken.

'Gewoon accepteren,' zegt Boaz, nog steeds even luchtig en kalm als net. 'Weet zij veel dat je haar niet mag. Ik begrijp sowieso niet waarom jij op LinkedIn zit. Alsof je het netwerk nodig hebt. Hoe meer mensen je kent, hoe groter de kans is dat je hen vergeet. Zo werkt ons brein nou eenmaal.'

'Ja, ja, het getal van Dunbar,' zeg ik zuur. Met mijn vinger volg ik de contouren van mijn martiniglas.

Boaz trekt een gezicht. 'Wie?'

'Robin Dunbar. Een Engelse antropoloog die ooit een onderzoek publiceerde waarvan de uitkomst was dat elk mens maximaal 148 individuen kan kennen met wie hij een stabiele, sociale relatie kan onderhouden. Gebaseerd op de correlatie tussen de grootte van de neocortex en de groepsgrootte waarin apen leven, doorberekend naar de mens. Het getal van Dunbar.'

Boaz gaapt overdreven. 'Nooit van gehoord. Je was me al kwijt na de woorden "Engelse antropoloog". Maar die man heeft wel gelijk. Vandaar dat jij Sanne vanmiddag niet herkende.'

Ik draai mijn cocktailglas rond op de bar. 'Ik vind het zo erg dat ze uit elkaar zijn.'

'Zit je je daar nou nog steeds druk om te maken? Dat is toch helemaal niet nodig, joh. Hoeveel cliënten heb jij per jaar, vijftig? Honderd? Een paar duizend, als je de deelnemers aan je online-cursussen meerekent? Als daar één relatie van strandt, betekent dat niet dat je boek niet werkt.' Boaz leunt in een verrassend heldere beweging naar voren om mijn telefoon te pakken, ontgrendelt het scherm en accepteert de uitnodiging van Ronja. 'Zo. Jij hebt toch een paar duizend connecties, dus je kunt altijd nog doen alsof je haar niet meer herkent vanwege dat Dunding-getal. Nou, wat zeg je ervan? Nog één cocktail?'

Balans vinden. Het blijft lastig. Ook bij ons in huis slaat de weegschaal weleens door. Of het nu gaat om iets te vaak eten bestellen (tja, ik hou nou eenmaal niet van koken en onze kinderen zullen nooit nee zeggen tegen pizza) of te laat naar bed gaan, ook bij ons gebeurt het vaker dan me lief is. Maar ja, alleen in wiskundesommen is de weegschaal in evenwicht, toch? Gaat het niet vooral om genieten in het leven?

Uit: Gastcolumn voor Ouders van nu, *één jaar geleden*

28

Twee paracetamol, een groot glas water en drie straffe espresso's en nog steeds voelt mijn hoofd alsof de lokale fanfare er zijn oefenruimte van heeft gemaakt. Inclusief koperblazers en slagwerk.

Het casino was tot drie uur 's nachts geopend en Boaz en ik waren de allerlaatsten die naar buiten liepen. Ze waren nog net niet het tapijt aan het stofzuigen, maar het scheelde niet veel.

Nadat Boaz in mijn naam Ronja's connectieverzoek had geaccepteerd, leek het hem een goed idee om een paar shotjes tequila achterover te gooien. Om precies te zijn vier. Voor ons allebei twee, want 'op één been kun je niet lopen'. Op twee benen overduidelijk ook niet, in elk geval niet meer nadat die vier shotjes ineens zes en daarna acht shotjes werden.

Het laatste wat ik weet, is dat ik een taxi naar huis heb genomen, zwalkend naar de voordeur liep en bij mezelf dacht dat mijn horloge vast stuk was, want het kon onmogelijk halfvier zijn. Hoe ik mijn bed heb gevonden, weet ik niet en waarom de kinderen nu aan mijn hoofd staan te zeuren in plaats van hun vader lastig te vallen, weet ik ook niet. Misschien moet ik het concept 'kater' eens aan ze uitleggen.

'Lieverds, ik zou het heel fijn vinden als jullie iets zachter konden praten,' zeg ik.

We zitten aan de eettafel in de keuken. Ik leun er met mijn ellebogen op en masseer mijn slapen met mijn vingertoppen.

Eloise kijkt me onderzoekend aan en gooit haar vlecht over haar schouder. 'Maar mam, ik zag dat je auto er niet staat. Mijn band is nog steeds niet geplakt en je zei dat je ons zou brengen, omdat jij toch naar school moet vanwege het luizenpluizen. Hoe komen we dan op school?'

School... Shít. Ik moet de hele dag tweehonderd kinderkoppies nalopen op ongewenste logees. Krampachtig laat ik me van de stoel glijden en met halfgesloten ogen trek ik de medicijnlade open. Hoeveel paracetamol mag je in 24 uur?

Als ik heb besloten het toch maar bij één extra tablet te houden en de pijnstiller met een glas water achterover heb gegooid, mompel ik: 'Dan nemen we papa's auto wel.'

Eloise lijkt opgelucht adem te halen, totdat Rijk zijn mond opentrekt.

'Dat kan niet. Pap zei dat hij met Ronja weg moest om de tegels voor in de badkamers van het hotel te bekijken en daarna blijft hij een nachtje in Antwerpen.' Hij zegt het zonder op te kijken van zijn Switch.

'O ja?' Ik draai me zo achteloos mogelijk terug naar de kraan en vul mijn glas opnieuw. 'Zei hij dat?'

'Ja, gisteravond, voordat Elo en ik naar bed gingen. Toen jij met oom Boaz uit was.' Er klinkt een vreselijk irritant muziekje uit zijn Switch en ik heb onmiddellijk spijt dat ik ze die krengen heb gegeven. Normaal gesproken kan ik die Mario-muziekjes wel filteren, maar vandaag is mijn tolerantiegrens een stuk lager.

'Rijk, kun je het geluid even uitzetten, alsjeblieft?' zucht ik.

'Maar de muziek en de *sound effects* zijn de helft van het spel.'

'Dan moet je het vandaag maar even met de helft van het spel doen.'

'Maar waarom?'

'Rijk, zet het geluid nou gewoon even uit, alsjeblieft.'

'Maar waaro-hom?'

'Omdat ik het zeg!' Ik schrik ervan hoe snauwend mijn stem klinkt, maar ik ga ook niet mijn excuses aanbieden. Ik ben zijn moeder en hij heeft naar me te luisteren, zo simpel is het. En de goden zij geprezen: hij luistert. Met zichtbare tegenzin zet hij zijn Switch uit. 'Ik moest toch al omkleden.' Hij zwiept zijn haar uit zijn gezicht en kuiert de keuken uit.

'Zo, hier is het gezellig.'

Ik schrik op van Lammert, die ineens achter me in de deuropening staat. Zijn ene hand rust op de uitgetrokken stang van zijn koffer en in zijn andere heeft hij losjes zijn jasje vast. Hij draagt een donkere spijkerbroek met daarop het mintgroene overhemd dat hij ook droeg tijdens onze avond naar het ballet. Het is overduidelijk wie van ons tweeën de paradijsvogel is vandaag – en ik ben het niet.

Eloise wipt van haar stoel en loopt naar de deuropening. 'Ik moet me ook omkleden, maar zeg je nog even doei voordat je weggaat?' vraagt ze aan Lammert.

'Doe ik, lieverd.' Hij aait over haar hoofd en drukt een kus in haar haar.

'Ga je naar Antwerpen?' vraag ik als Eloise de trap op rent.

Het is de derde keer in twee weken dat het koffertje de keuken in wordt gerold. Of misschien zelfs wel in anderhalve week.

'Ja, dat kwam even snel tussendoor,' zegt Lammert. 'Ik had het je gisteravond willen laten weten, maar vond het niet nodig om je avond met Boaz te verstoren. Dus ik hoopte je nu nog even te treffen.'

'Nou, hier ben ik,' zeg ik zwakjes. Ik ben vandaag voor het eerst in vier jaar niet om vijf uur opgestaan. Ook niet om zes uur. Pas om zeven uur, toen ik wakker werd van Eloise die iets tegen Rijk riep op de gang, merkte ik dat Lammerts kant van het bed al leeg was en hoorde ik de douche lopen.

Voordat we weggaan, lijkt het me verstandig als ik ook nog even een douche neem; op dit moment ruik ik waarschijnlijk alsof ik al vier dagen geen badkamer heb gezien. Voor mijn gevoel dampt de alcohol uit elke porie van mijn lichaam. Ik deins dan ook achteruit als Lammert dichterbij komt, maar besef direct hoe suf dat eruit moet zien. Deze man heeft me op mijn beste en mijn slechtste momenten gezien. Vandaag behoort absoluut tot die laatste categorie, maar ik weet zeker dat het morgen weer anders is.

Toch knijp ik mijn ogen dicht als Lammert op me af loopt, zijn hand kort om mijn middel laat glijden en een zachte kus op mijn wang drukt.

'Ik zie je morgen, oké?'

Ik knik, nog altijd met mijn ogen dicht. 'Ja. Tot morgen.'

'Je ruikt zoet,' zegt hij.

Mijn ogen vliegen open en ik kijk hem verward aan. 'Zoet? Ik ruik naar drank.'

'Zoete drank dan,' zegt hij schouderophalend. 'Doet me denken aan die keer dat we veel te veel hadden gedronken op het verjaardagsfeestje van Boudewijn. En jij dacht dat het een goed idee was om jus d'orange en Safari in een verhouding van één op één te mixen.'

Ik trek een vies gezicht. 'Safari... Als ik het alleen al rúík tegenwoordig.... Af en toe heb ik nog nachtmerries van die avond, weet je dat? Of vooral van de ochtend erna, moet ik zeggen.'

'Geef toe: het was wel een perfect idee om toen een lading katervoedsel weg te werken bij de snackbar. Er gaat niets boven een flinke burger om de maag weer tot rust te brengen.'

Ik huiver, maar schiet dan toch in de lach. 'Het werkte in elk geval wel.'

Lammert schudt eveneens lachend zijn hoofd en we blijven even zwijgend staan, allebei onze herinneringen ophalend aan die avond en de volgende dag.

'Nou,' zegt hij uiteindelijk als het zweempje nostalgie van zijn gezicht is verdwenen. 'Ik moet ervandoor.' Hij geeft me nog een kus op mijn wang en zegt: 'Ik zie je morgen.'

'Ja,' zeg ik. 'Tot morgen.'

Aangezien ik in deze toestand weiger een band te plakken – en elk zuchtje wind tegen mijn hoofd vandaag te veel is – stappen we een uur later uit een taxi voor de deur van OBS De Rietvijver.

Eloise en Rijk rennen meteen naar een groepje kinderen uit hun klas en ik loop een beetje onwennig naar het gymlokaal aan de zijkant van de school.

'O, wat goed, je bent er! Kom snel binnen,' begroet een grote, donkerharige vrouw me als ik een paar meter van de deur ben. Terwijl er een paar kinderen langs haar stormen, steekt ze haar vrije hand naar mij uit. 'Ik ben Brenda. De moeder van Fleur.'

'O, van de hockey!' roep ik meteen. 'En van de buikgriep.'

'De... buikgriep?' vraagt ze aarzelend, maar dan valt het kwartje. 'Claudette, natuurlijk! De kantinedienst. Sorry, ik, eh... Je bent er niet zo vaak met schoolaangelegenheden, dus ik was even vergeten hoe je eruitziet.'

Ik open mijn mond om te antwoorden, maar doe hem toch maar weer dicht als ik besef dat ik alleen iets onaardigs kan verzinnen. In plaats daarvan strijk ik mijn haar glad en zeg ik gracieus: 'Nou, in elk geval ben ik er nu. Wat kan ik doen?'

Brenda loodst me naar binnen en wijst naar een stapel krukjes. 'Die moeten even worden neergezet. Gewoon op een rijtje naast elkaar, maar met genoeg ruimte ertussen zodat we elkaar niet in de weg staan. Het luizenpluizen is haast een militaire operatie, dus het moet allemaal zo soepeltjes mogelijk verlopen. Tweehonderd kinderen in één ochtend nalopen is een hele klus!'

'Ik kan het me voorstellen,' zeg ik, maar voordat ik mijn woorden goed en wel heb uitgesproken, gaat Brenda alweer verder.

'Ja, de Ouderwerkgroep Hoofdluisbestrijding bestaat normaal gesproken uit een vaste ploeg, maar Anca is even tijdelijk uit de running. Ik zei nog tegen haar: kun je niet alsnog gewoon één ochtendje bijspringen, maar ze zit thuis met een burn-out.'

Ik frons als ik hoor hoe luchtig Brenda's toon is. 'Tweehonderd kinderen om je heen lijkt me niet bepaald een pretje als je een burn-out hebt,' zeg ik scherp.

Brenda kijkt op van de stapel papieren die ze aan het ordenen is en lijkt even na te denken. 'Ja, daar heb je misschien ook wel gelijk in,' zegt ze dan. 'Zo had ik het nog niet bekeken. Misschien kunnen we haar straks een bloemetje sturen namens de werkgroep. Of is dat te veel van het goede?'

'Ik denk dat ze dat best kan waarderen,' zeg ik terwijl ik naar de stapel krukjes loop en er één vanaf haal. 'Als er geen bladluis op zit dan.'

Brenda lacht hard. 'Ik zal het voor de zekerheid even controleren bij de bloemist. Je kunt trouwens het best...' Ze stopt midden in haar zin als ze iets signaleert wat achter mij gebeurt. 'Fleur!' sist ze. 'Niet aan die tassen zitten, de moeder van Dion komt zo om dat allemaal klaar te zetten.' Ze snelt langs me heen en duwt me zowat aan de kant. Als ze bijna bij de deur is, roept ze: 'Jij redt je wel, hè?'

'Tuurlijk,' zeg ik opgewekt. 'Komt helemaal goed!'

Ik zet de krukjes neer met genoeg ruimte ertussen zodat er nog enige privacy is en zet schuin achter elk krukje een tafel, waar zo dadelijk de luizentoilettas voor elke ouder op kan worden gezet. Daarna schuif ik een gymbank voor de wachtende kinderen naar de zijkant van de zaal en stel ik me voor aan de andere ouders die binnendruppelen.

We zijn vandaag met zes pluizers en Brenda als aanvoerder. Als een ware luizensergeant drukt ze ons op het hart dat we maximaal vijf minuten per kind hebben – inclusief plaatsnemen, pluizen, het uittikken van de kam en het noteren van het al dan niet hebben van luizen op de klassenlijst. Op die manier moet het lukken om voor het middaguur klaar te zijn.

We staan nog net niet in de houding als Brenda voor de laatste keer alles met ons doorneemt. 'Ik heb hier een kopie van de klassenlijsten met alle namen. Als we één klas gehad hebben, neem ik jullie lijsten in en voeg ik alle resultaten samen. Als er iemand met hoofdluis is, noteer je dat op het papier, maar roep je niet, ik herhaal: níét hardop dat een kind luizen heeft. Na het pluizen gaan ze meteen terug naar hun klas en sturen ze de volgende. Op die manier zijn er altijd een paar kinderen aan het wachten, worden er een paar kinderen gecheckt en zijn de volgende alweer onderweg.' Ze richt zich tot mij. 'Claudette, de rest weet dit natuurlijk allemaal al, maar ik zeg het nog even voor jou.'

Ik knik wazig. De mist in mijn hoofd is iets opgetrokken sinds ik heb gedoucht en twee keer mijn tanden heb gepoetst, maar het wordt nog een hele uitdaging om die minuscule beestjes met het blote oog te spotten.

De sergeant is daar overduidelijk op voorbereid, want ze drukt ons allemaal onze luizentoilettas in handen en zegt: 'Hier zitten twee kammen, een stapel wit papier, een vergrootglas, ontsmettingsmiddel en watjes in. Ontsmet na elk kind de kam, zodat je zeker weet dat die schoon is. Heeft iemand nog vragen?'

We schudden allemaal ons hoofd.

'Mooi zo,' zegt Brenda. 'Dan ga ik de eerste groep ophalen.'

29

Na drie uur luizenpluizen en ontelbaar veel kinderen op de kruk voor me is het raak: een van de moeders naast me vraagt of ik even mee wil kijken en we spotten een paar bewegende beestjes in het haar van de laatste zevendegroeper. Professioneel als ik inmiddels ben noteer ik 'L+N' – oftewel: luizen en neten aangetroffen – op het formulier en breng het naar Brenda. Die neemt het aan met een kort knikje, laat haar ogen over de lijst glijden en loopt in een stevige tred de gymzaal uit, op weg naar de juf van de betreffende groep.

Ik moet een zachte giechel onderdrukken als ik zie hoe serieus ze dit neemt, maar vind het vooral ook bewonderenswaardig hoe ze dit allemaal in de juiste banen leidt. We lopen zelfs een beetje voor op schema; in dit tempo zijn we vóór halftwaalf al klaar.

Als Brenda weer terug is en we kort met de werkgroep bespreken dat de eerste luizen zijn gesignaleerd, voel ik mijn telefoon trillen in mijn achterzak. Wanneer ik op het scherm kijk en zie dat het Yfke is, excuseer ik me en loop ik de gang van de school in.

'Hé, Yfke,' zeg ik, zodra ik op 'opnemen' heb gedrukt.

'Claudette, hoi. Ik, eh... Het is een beetje een vreemde situatie, maar ik heb hier iemand staan die Jack Zwarts heet. Hij is helemaal over zijn toeren en zegt dat hij bij jou in therapie is, maar ik kan hem niet in het systeem vinden. Hij zegt dat er iets is dat hij specifiek met jou moet bespreken. Ik weet dat je op de school van de kinderen bent, maar ik betwijfel of hij weggaat als ik zeg dat je niet beschikbaar bent.'

'Zwarts, zeg je?' vraag ik. 'Ik kan me niemand voor de geest halen met die naam.'

Dat zegt natuurlijk ook niet alles, want ik kon me Sanne ook totaal niet meer herinneren. Maar van iemand die nú bij mij onder behandeling is, zou ik toch wel moeten weten wie hij is?

'Wil je dat ik naar kantoor kom?'

Ik hoor Yfke aarzelen aan de andere kant van de lijn. 'Liefst wel, maar ik weet niet of dat kan?' Haar stem klinkt anders dan normaal, maar ik kan mijn vinger er niet op leggen wat het precies is.

'Ik overleg even hier, maar het lijkt me dat dat wel moet lukken. Ik bel je zo, oké?'

Yfke en ik hangen op en ik loop terug naar de gymzaal.

Brenda is gelukkig ontzettend toegeeflijk en is allang blij dat ik een paar uurtjes heb kunnen bijspringen, dus nadat ik mijn spullen heb opgeruimd en afscheid heb genomen, trek ik mijn jas aan en loop ik naar buiten.

De frisse lucht doet me goed. Mijn kater is weliswaar een stuk minder dan vanochtend, maar hij is er nog steeds. De bedompte gymzaallucht droeg niet bepaald bij aan het wegebben van mijn hoofdpijn, dus ik ben blij dat ik weg kan.

Net als ik een taxi wil bellen om me naar kantoor te brengen, zie ik op de parkeerplaats aan het eind van het schoolplein een wel heel bekende auto. Met daartegenaan leunend een wel heel bekende persoon.

Lammert.

'Wat doe jij nou hier?' vraag ik verbaasd als ik binnen gehoorsafstand ben.

Hij steekt zijn hand naar me uit. 'Aangenaam. Jack Zwarts.'

Ik kijk hem verwonderd aan. 'Hè?'

'Vond je het niet goed gevonden? Jack Zwarts... Blackjack...' Hij trekt zijn wenkbrauwen snel achter elkaar op. 'Ik twijfelde nog of ik mezelf misschien Fischer zou noemen, van de fiches in het casino, maar ik dacht dat dat te opvallend zou zijn.'

Ik sla zijn hand weg met een speelse tik en wil hem vragen of Yfke in het complot zat, maar het antwoord verschijnt al op mijn telefoon in mijn hand.

Veel plezier!

Hoofdschuddend stap ik op Lammert af en ik druk een kus op zijn mond. 'Ik dacht dat je naar Antwerpen moest!'

'Moest ik ook, maar ik bedacht later dat Ronja dat ook prima alleen kan. Dus zij is nu naar Antwerpen en ik ben hier om jou te chaufferen naar…' Hij stapt opzij en maakt een uitnodigend gebaar naar de auto. 'De snackbar. Want als ik jou zo zie, kun je wel een katerhamburger gebruiken.'

Een halfuur later zitten Lammert en ik naast elkaar op een kleine hoekbank van de snackbar bij ons in de straat. Het is zo'n snackbar met van die roodleren zitjes, waarvan de bekleding minstens zo oud is als de eigenaar. In de rugleuning achter mij zit zelfs een scheur, die er al zat toen ik hier tien jaar geleden voor het eerst naar binnen stapte.

Lammert zit een grote patat met weg te werken en ik zet mijn tanden in een deluxe-hamburger met sla, tomaat, komkommer, bacon en cheddar. De hamburger wordt gemaakt met een homemade barbecuesaus waar je u tegen zegt en ik voel mijn kater met elke hap die ik neem verder verdwijnen.

'Dit was echt het beste idee ooit,' zeg ik met volle mond.

'Blij dat je dat zo ziet.' Lammert haalt een frietje door de mayonaise en steekt het in zijn mond. 'Ik vond het zelf ook wel een goed idee namelijk. Hoe was het luizenpluizen? Had je nog beet?'

Ik knik en eet eerst mijn mond leeg voordat ik antwoord. 'Ik niet, maar de moeder naast me wel. Een kind uit groep zeven. Geen idee of er bij Rijk en Elo in de klas ook iemand zat met luizen, maar dat horen we straks wel.' Vergenoegd neem ik een nieuwe hap van mijn burger en zeg dan: 'Toch wel blij dat wij er maar twee hebben, hoor. Ik weet niet of het aan mijn kater lag, maar zo veel kinderen op één dag…'

Hij grijnst. 'Tweehonderd was sowieso niet het aantal waar ik voor was gegaan, eerlijk gezegd.'

Ik laat mijn burger een stukje zakken en kijk hem ontsteld aan. 'Had je er überhaupt meer…'

'O, nee! Nee, zeker niet.' Hij pakt een nieuw frietje en wappert er nonchalant mee in mijn richting. 'Absoluut niet. Ik moet er niet aan denken.'

'Nee, ik ook niet.'

We blijven even zwijgend naast elkaar zitten, totdat ik mijn burger op mijn bord leg en mijn handen afveeg aan een servet om een slok water te nemen. Mijn ene hand blijft op de tafel tussen ons in liggen en terwijl ik de snackbar rondkijk, schuift Lammerts hand richting de mijne. Hij strekt zijn pink uit en haast automatisch doe ik hetzelfde, waarna we onze vingers voorzichtig in elkaar haken. Er gieren zenuwen door mijn lijf alsof ik weer vijftien ben en voor het eerst Lammerts hand vasthou.

Ik wil dat dit nooit stopt. Dat we voor altijd zo blijven zitten, dat er niemand anders is die ooit nog in onze buurt komt en dat wij hier voor eeuwig in onze bubbel blijven.

We glimlachen een beetje onwennig naar elkaar en zijn een paar seconden alleen op de wereld. Alleen wij tweeën, hier, op ons eigen eiland. Midden in de snackbar, in een roodleren hoekzitje met een scheur in een van de rugleuningen.

Dan verschijnt de snackbareigenaar aan onze tafel met twee milkshakes op zijn dienblad.

Lammerts hand schiet razendsnel los van de mijne en ik kan het gevoel dat we iets deden wat het daglicht niet kan verdragen niet onderdrukken.

'Hadden jullie een milkshake aardbei en een milkshake vanille besteld?'

'Eh, nee,' zeg ik. 'Nee, wij niet.'

'Hier!' klinkt het aan een tafeltje verderop. 'Die zijn voor ons.' Twee tieners zwaaien enthousiast naar de snackbarhouder.

'O. Oké, sorry voor het storen. Alles naar wens hier verder?'

Lammert en ik knikken zwijgend.

'Mooi zo.' De snackbarhouder draait zich van onze tafel weg en zet de milkshakes met een zwierig gebaar voor de tieners neer.

'Ik, eh...' begin ik, hulpeloos gebarend naar het restant van de burger op mijn bord. 'Zullen we gaan?'

'Prima. Goed idee.' Lammert staat al op terwijl hij het zegt. Even houdt hij mijn blik vast, maar dan is het moment echt voorbij.

Ik voel een steen op mijn maag liggen als ik achter hem aan naar buiten loop.

30

'Mam, je moet wel opletten!'

Eloise zet haar handen in haar zij en kijkt me boos aan. Ze staat in het midden van de woonkamer en draagt een lange, rode pruik die ik nog ergens had liggen van een verkleedfeestje van jaren geleden. Ook heeft ze een van mijn oudere jurken aan en draagt ze veel te grote hakken die ze geleend heeft van school.

Rijk staat naast haar in een oud jasje van Lammert, en Lammert zit met een geruite pet op zijn hoofd op een bijgedraaide eetkamerstoel.

We zijn de tekst voor de musical nogmaals aan het doornemen, als een generale repetitie voor komende week. De afgelopen weken hebben Rijk en Eloise samen en los van elkaar uren achtereen geoefend, maar Eloise wilde het graag één keer met zijn vieren doornemen. Ik ben allang blij dat we iets doen met het gezin, dus ik greep deze mogelijkheid met beide handen aan.

De musical van Rijk en Eloise is een soort *Vuur* in reallife. Het verhaal draait om een buurt waar nogal wat geroddeld wordt en waar iedereen een mening heeft over elkaar – maar die nooit met de ander zal delen, uiteraard. Het decor bestaat uit drie huizen, waarvan het middelste huis nieuwe bewoners krijgt. Afgaande op de achternaam van deze familie denken de buren dat het multimiljonairs zijn, maar dat blijkt allerminst waar.

Rijk en Eloise spelen het echtpaar dat in het linkerhuis woont: Carlos en Ida. Carlos heeft zijn eigen schoenenwinkel en Ida is huisvrouw. Ida's vader woont bij hen in huis en die rol wordt gespeeld door Bastiaan, maar aangezien hij er niet is, neemt Lammert de honneurs waar – vandaar de geruite pet.

Ik ben gebombardeerd tot theaterregisseur – inclusief script in mijn hand – en het is de bedoeling dat ik 'actie' roep als er kan worden begonnen.

Wat ik dus niet gedaan heb en waar Eloise nu met een tikkende voet op staat te wachten.

‘O, sorry,’ zeg ik. Ik leg snel mijn telefoon weg, waar ik wat Instagramberichten op zat te beantwoorden. ‘Iedereen op zijn plek? En... Actie!’

‘Wat hebben we toch een fijn huisje,’ zegt Eloise vol overtuiging. Ze legt haar hand op haar borst en kijkt overdreven liefdevol naar Rijk, die met een bezem in zijn hand de ruimte rondom Lammert staat aan te vegen.

‘Lammert, dit is jouw cue,’ zeg ik.

‘O, shit.’ Lammert laat zijn ogen over het script in zijn hand glijden en zegt dan met een krakende stem: ‘Hè?’

‘Ze zegt dat we zo’n fijn huisje hebben, pa,’ zegt Rijk hard. En dan, zachter: ‘Ook al woon jij hier.’

Eloise zet haar handen opnieuw in haar zij, maar ditmaal omdat het bij het script hoort. ‘Heb je er nou nog steeds problemen mee dat we mijn vader in huis hebben genomen? Je weet dat alle verzorgingshuizen in de omgeving vol zaten.’

‘En jij weet dat ik niet genoeg geld heb om een groot gezin te onderhouden,’ werpt Rijk tegen. Hij zucht theatraal en leunt op zijn bezem. ‘Mijn schoenenwinkel loopt zo moeizaam de laatste tijd dat ik amper de eindjes aan elkaar kan knopen.’ Om extra overtuigend te zijn in zijn rol heeft hij een lage stem opgezet. Ik moet er een beetje van giechelen. ‘We hebben de zorg voor onze zoon en voor onszelf. Met jouw vader erbij moeten we de broekriem flink aanhalen.’

‘Hè?’ roept Lammert weer.

Eloise gooit de rode vlecht van haar pruik over haar schouder zoals ze dat ook met haar eigen blonde lokken doet. ‘Nou, misschien zoek ik dan zelf wel een baan.’

‘Stop!’ roep ik. ‘Elo, dat staat niet in het script. De tekst is: “Je hebt gelijk. Ik vind het fijn dat je je best doet in de schoenenwinkel. Als dat betekent dat we een beetje moeten bezuinigen...”’

‘Dan is dat maar zo,’ vult ze aan. ‘Weet ik, maar dat is toch stom?

Deze musical is vast ontzettend oud. Op school hebben we geleerd dat vrouwen vroeger niet werkten, maar tegenwoordig is dat heel anders. Jullie hebben toch ook allebei een baan?'

'Ja,' zegt Lammert, die ook meteen uit zijn rol is. 'Dat hebben we zeker.'

Er is iets in zijn stem wat me met een ruk doet opkijken van het script in mijn handen. 'Wat bedoel je daarmee?' vraag ik scherp, maar voordat Lammert antwoord kan geven, laat Rijk zich naast me op de bank vallen.

'Mam, ik heb helemaal geen zin om mijn teksten te oefenen. Ik ken alles al. En ik was net bij een supermoeilijk level in Mario Kart, dus mag ik daar niet gewoon mee verder?'

Ik maan hem tot stilte en herhaal mijn vraag aan Lammert. 'Wat bedoel je daarmee?'

'Ik denk dat je heel goed weet wat ik daarmee bedoel. Althans, daar hebben we een tijdje geleden een aardig duidelijk gesprek over gehad?'

'Mam, mag ik gewoon naar boven?' Rijk begint ongeduldig te worden en prikt in mijn bovenarm.

'Maar we moeten onze teksten oefenen,' werpt Eloise verontwaardigd tegen. 'En ik moet nog kijken of ik een braadpan kan optillen, want op school hadden we alleen een kartonnetje. Als het me niet lukt, moet ik dat kartonnetje laten zien, maar dat wil ik niet. Het is veel echter als ik een echte braadpan vasthou.'

'Elo, het is een musical. Alles is nep. Ons huis is straks ook nep. Zelfs de schoenen die ik in mijn zogenaamde schoenenwinkel verkoop zijn nep,' zegt Rijk. Hij is intussen zijwaarts onderuitgezakt op de bank en ligt met zijn voeten over de rugleuning.

Ik duw hem overeind. 'Niet het jasje van je vader kreuken. Als je geen zin meer hebt, dan hou ik je niet tegen om naar boven te gaan.'

Dat zijn de toverwoorden die mijn zoon overeind doen springen, het jasje laten uittrekken en in een rechte lijn naar de deur doen rennen.

'Over de stoel hangen!' roep ik hem na.

Met een overdreven netjes gebaar loopt hij naar de eetkamerstoel en drapeert Lammerts jasje over de rugleuning.

'Heel goed,' complimenteer ik hem. Tegen Eloise zeg ik: 'Ik kom zo wel even bij je, dan lopen we het met zijn tweeën door. Is dat een goed idee?'

Ze knikt en loopt mokkend de woonkamer uit.

'Wat was dat nou ineens?' vraag ik als Eloise de deur achter zich dicht heeft gedaan en Lammert en ik als enigen over zijn.

Hij haalt zijn telefoon uit zijn zak en begint ongeïnteresseerd op het scherm te tikken.

Ik weet bijna zeker dat het een berichtje aan Ronja is.

'Niks,' zegt hij. 'Laat maar. Het ontglipte me en het was oneerlijk om erover te beginnen in het bijzijn van de kinderen.'

'Dat was het inderdaad,' zeg ik kortaf. 'Maar wil je het er nu over hebben of was het vooral bedoeld als korte sneer waar je liever geen vervolg aan geeft?'

Hij kijkt op. Zijn ogen glanzen geamuseerd, maar toch zegt hij: 'Nee. Ik wil het er niet over hebben.'

Daarmee is het gesprek blijkbaar klaar, want hij staat op, schuift de stoel terug onder de eettafel, pakt zijn jasje op en loopt de kamer uit.

Ik blijf beduusd achter.

'Ik vind het belangrijk om onze kinderen mee te geven dat ze eigen keuzes in het leven hebben. Mijn man en ik zijn het daarover vanaf het eerste moment gelukkig helemaal eens geweest. Al toen ze vier waren, lieten we ze kiezen wat ze wilden ontbijten of welke kleding ze aan wilden. Twee opties, hoor. Het is vanzelfsprekend van de zotte om een kleutertweeling 's ochtends uit een hele kledingkast te laten kiezen. Ik geloof dat er veel commentaar is op je kinderen opvoeden volgens 'het poldermodel', maar binnen ons gezin werkt het perfect.'

Uit: Interview met LINDA., *twee jaar en drie maanden geleden*

31

'Véé em béé óóó?' Machtelds stem schalt door de tuin, nog scheller en harder dan normaal. Ze spuugt de woorden zowat uit en neemt snel een slok van haar sauvignon blanc om de duidelijk vieze nasmaak in haar mond weg te spoelen. 'Dat is een foutje, toch?'

We zitten in de tuin van Lammerts ouders om een geslaagde eindmusical te vieren – zelfs met Rijks halfhartige repetitiewerk – en om gezamenlijk de uitslag van de Centrale Eindtoets te bekijken. Juf Hetty stond erop de scores in een dichtgeplakte envelop mee te geven en die thuis pas te laten openen, om eventuele teleurstelling en scheve gezichten van klasgenootjes te voorkomen.

Eloise heeft haar envelop net als eerste geopend en wappert nog steeds trots met haar score: 545 van de 550, best passende brugklastype: vwo.

Rijks envelop onthulde een papiertje met daarop een iets andere score: 532 van de 550. Best passende brugklastype: vmbo.

Ik gris het papier uit zijn handen en staar naar de tekst.

Het staat er echt.

532.

Vmbo.

Een ongemakkelijke, ongelovige giechel schiet omhoog uit mijn keel en ik sla mijn hand voor mijn mond om hem te stoppen. Met grote ogen kijk ik naar mijn zoon. 'Hoe heb je dit nou weer voor elkaar gekregen?'

'Weet ik veel. Ik heb die toets gewoon gemaakt en dit kwam er blijkbaar uit. Nou, prima, toch? Op het Geert Groote hebben ze toch ook gewoon vmbo? Ze kunnen mijn inschrijving vast aanpassen.' Hij haalt zijn schouders op en leunt achterover in de tuinstoel.

'Je inschrijving aanpassen? Je advies aanpassen zul je bedoelen!' Machteld knijpt haar ogen tot spleetjes en wijst dreigend in Rijks richting.

Rijks guitige grijns verdwijnt als sneeuw voor de zon en hij krimpt ineen. Meteen trekt hij zijn gezicht strak in de plooi.

'Een Verheyen gaat niet naar het vmbo,' zegt Machteld. 'Geen sprake van. In onze familie gaan we al generaties lang naar het vwo, dus jullie ook. Allebei.'

'Nou, Machteld...' begin ik kalm. 'Ik neem aan dat deze score gewoon legitiem is. Het lijkt me sterk dat er ergens een fout is gemaakt. Dat iedereen binnen de familie Verheyen al generaties lang naar het vwo gaat is mooi, maar dat is geen garantie, hè?'

'Natuurlijk wel! Intelligentie is erfelijk, hoor. Lieverd, zeg jij er eens wat van.' Ze port Lammert senior in zijn zij, die op zijn beurt bromt: 'Wat wil je dat ik ervan zeg? Het staat er toch? Vmbo. Zo erg is dat niet.'

'Ik denk dat het verstandig is als we even een gesprek aangaan met juf Hetty.' Lammert mompelt het zo zacht naast me dat ik het bijna niet versta. 'Het schooladvies is immers leidend, dit is slechts een momentopname die ze niet per se hoeven op te volgen.'

'Een gesprek met juf Hetty? Hoezo?' Ik draai me in zijn richting en maak met één hand aanhalingstekens in de lucht. 'Denk jij ook dat dit "een foutje" is?' Geërgerd wapper ik het papier voor zijn neus heen en weer. 'Of kun je gewoon niet accepteren dat je kind een vmbo-advies heeft gekregen?'

'Claudette...' zegt Lammert op zachte, maar dreigende toon. 'Kunnen we dit gesprek even ergens anders voeren?'

'Prima.' Ik schuif mijn stoel zo hard naar achteren dat ik de poten hoor krassen over de dure granieten tegels van Machteld.

'Je moet je stoel...'

'Optillen, ja. Ik weet het, Machteld,' sis ik. 'Daar is het nu te laat voor.'

Lammert schuift zijn stoel uiteraard weer veel te beheerst naar achteren en loodst me mee naar de zijkant van zijn ouderlijk huis, waar de tuin overgaat in een loeistrak gemaaide baan gras met daarnaast een al even strak gesnoeide coniferenhaag.

'532 is een prima score, Lammert.' Ik klem het papier stevig in mijn hand en sla mijn armen over elkaar. 'Er staat zelfs vmbo gemengde *slash* theoretische leerweg en havo. Dat betekent dat hij in een TH-klas komt. Theoretische havo. Vanuit daar kan hij alsnog gewoon doorstromen naar de havo, dus wie zegt dat hij op vmbo-niveau eindigt? En als dat wel zo is, wie zegt dan dat dat slecht is?' Ik kijk hem uitdagend aan. Natuurlijk weet ik ook dat alle generaties in de familie Verheyen vwo hebben gedaan. Al hun diploma's hangen in het trapgat, inclusief cijferlijsten: Lammert met gemiddeld een 9, Matthias gemiddeld een 8,5, Boudewijn gemiddeld een 8 en Annemijn – net als haar oudste broer – ook met gemiddeld een 9. Lammert senior en Machteld rondden hun middelbareschooltijd eveneens af 'met lof' en de vele bachelor- en masterdiploma's van het gezin zitten zo strak in hun lijst dat ze je verblinden zodra je de trap op loopt. Het is dat er geen ruimte is voor veterstrikdiploma's en andere onbenullige oorkondes, anders hadden die vast en zeker ook een plekje op de muur gekregen.

'Vmbo is...' begint Lammert, maar mijn ogen spuwen zo te zien genoeg vuur om hem zijn woorden te doen inslikken. Ik weet precies wat hij van plan was te zeggen: vmbo is middelmatig. Doorsnee. Gemiddeld. Onze kinderen zijn niet gemiddeld, onze kinderen blinken uit in alles wat ze doen.

Een gevoel van irritatie overvalt me en ik voel me ineens een leeuwin die haar welp moet beschermen. Naarstig zoek ik naar iets om Lammert voor de voeten te gooien. Iets gemeens. Iets waar ik hem mee van zijn stuk kan brengen, wat dan ook.

'Wat voor opleiding heeft Ronja eigenlijk gehad?' vraag ik bits.

Hij knippert een paar keer snel achter elkaar en zet een stapje achteruit. 'Hoe... Hoezo? Iets met interieurdesign. Maakt dat wat uit?'

'Dat weet ik niet, maakt het voor jou wat uit? Je hecht overduidelijk veel waarde aan wat zij ergens van vindt, anders werkte je niet zo intensief met haar samen. Is die interieuropleiding op mbo-, hbo- of wo-niveau? Wat als zij "gewoon" havo of vmbo heeft afgerond? Boaz heeft ook vmbo gedaan, weet je nog? Misschien is Ronja's opleiding wel een of andere avondcursus geweest. En toch vind je het nu ont-zet-tend belangrijk wat zij overal van vindt, dus...' Ik sla mijn armen over elkaar en kijk hem uitdagend aan.

Hij klemt zijn kaken op elkaar en kijkt minstens zo uitdagend terug. 'Serieus? Ga je het nu echt zo spelen dat het opleidingsadvies van onze zoon te maken heeft met mijn zakenpartner?'

'O, dus ze is nu ineens je zakenpartner?' zeg ik honend.

'Dat was ze al en dat wist je, dus doe niet alsof je zo verrast bent. Weet je, ik vind het bijzonder vervelend dat je Ronja ineens zo aanvallend aanhaalt. Ik weet dat je haar niet mag, dat heb je me al lang en breed duidelijk gemaakt.'

'Haar niet mág?' gil ik. 'Haar niet mág? Lammert, ze heeft haar klauwen in je gezet als een roofvogel in een konijn en je ziet het niet eens! Zij is degene die ons huwelijk naar de...'

'Waag het niet.' Hij steekt zijn vinger naar me uit alsof het een zwaard is dat hij op het punt staat in mijn borst te rammen. 'Waag het niet om Ronja de schuld te geven van het feit dat ons huwelijk naar de kloten is.'

'Maar het is toch zo? Ik, ik...' Ik word onderbroken door het intro van *Gooische Vrouwen* uit mijn tas. Uitgerekend nu.

'Neem maar op hoor,' snauwt Lammert als hij de twijfel op mijn gezicht ziet.

'We zijn in gesprek,' zeg ik nors.

Hij negeert mijn steek onder water en zegt: 'Nou, prima. Dan niet.'

In de tien seconden die volgen, staan we als twee cowboys in een *Mexican standoff* tegenover elkaar, met op de achtergrond de gedempte klanken van de televisietune. Als mijn telefoon overgaat op de voicemail, probeer ik het gesprek te hervatten, maar meteen daarna klinkt het deuntje opnieuw.

'Claudette, neem nou alsjeblieft gewoon dat ding op,' zegt Lammert geïrriteerd.

Ik vis toch maar mijn telefoon uit mijn tas en wil net over het scherm vegen om de oproep aan te nemen, als ik een klein piepstemmetje achter me hoor.

'Mama?'

Als een razende draai ik me om. In één beweging zet ik mijn telefoon op stil en prop ik het toestel terug in mijn tas.

Eloise staat met betraande ogen naar ons te kijken. 'Ik wil helemaal niet naar de middelbare school zonder Rijk. Als Rijk vmbo-advies heeft, komt hij in een andere klas. Maar we doen altijd alles samen en als we nu in een andere klas komen, kan dat niet meer. Dan hebben we niet dezelfde lessen en dan kunnen we niet samen huiswerk maken want dan is zijn huiswerk anders, en, en…' Ze snift, veegt haar neus af aan de mouw van haar jurkje en slaat dan haar armen troostend om zichzelf heen.

Ik werp een giftige blik naar Lammert en haast me dan naar onze dochter. Met haar één meter vijftig is ze nog maar tien centimeter kleiner dan ik, maar door mijn Louboutins met plateauzolen ben ik nog steeds een kop groter dan zij. Ik trek haar sussend tegen me aan. 'Dat begrijp ik helemaal, lieverd. Dat ís ook heel erg naar, helemaal omdat jullie allebei dachten dat jullie in dezelfde klas zouden komen. Sterker nog, we hebben het zelfs in de schoolaanvraag gezet, weet je nog? Papa en ik dachten ook dat jullie bij elkaar in de klas zouden komen, dus wij moesten ook even slikken.'

Ze haalt haar neus op. 'Stonden jullie weer te ruziën?'

'Welnee,' zeg ik vergoelijkend. 'Papa en ik waren het een beetje oneens met elkaar, maar dat betekent niet dat we meteen stonden te ruziën.'

'Mam, ik ben niet gek.'

'Weet ik, lieverd. Echt, geloof me, we stonden niet te ruziën.' Ik kijk over mijn schouder, waar Lammert onbeholpen met zijn handen in de zakken van zijn chino staat. Dan richt ik me weer tot Eloise, die zich inmiddels van me heeft losgemaakt. 'Rijk is er nog steeds in de pauzes, dus jullie kunnen dan altijd bij elkaar zitten. Bekijk het zo: als jullie inderdaad allebei in een andere klas komen, hebben jullie héél veel ervaringen om uit te wisselen. Dat is toch ook heel leuk? Dan kun je elke pauze aan hem vertellen wat jij hebt beleefd, en dan vertelt hij welke vakken hij saai vindt en dat zijn klasgenootjes lang niet zo leuk zijn als jij. En jullie hebben nog steeds samen hockeytraining, en je kunt heus wel samen huiswerk maken. Jij zult alleen je broertje wat meer moeten helpen misschien. Maar dat ben je wel gewend, toch?'

Ze giechelt. 'Dat doe ik nu ook al.'

'Precies. Dus het is echt niet zo erg als het nu lijkt. Ik wil je op geen enkele manier het gevoel geven dat de emoties die je nu voelt ongegrond zijn, maar begrijp je wat ik bedoel als je er op die manier naar kijkt?'

Ze humt instemmend en snift nog een keer.

Ik haal snel een zakdoekje uit mijn tas, voordat ze opnieuw haar neus afveegt aan haar mouw.

'Ik snap wel wat je bedoelt,' zegt ze. 'En ik vind het nu soms vervelend om naar hem te moeten kijken als hij zo verliefd naar Fleur zit te staren, dus ik ben blij dat ik dat straks niet meer hoef.'

Ik strijk een blonde lok achter haar oor en wrijf met mijn duim over haar wang. 'Zie je nou, er zitten meer positieve dingen aan dan je op het eerste gezicht zou verwachten.'

Ze geeft me een knuffel, hobbelt dan naar haar vader en slaat haar arm om zijn middel. 'Oma had het over een stuk op de piano dat jij van haar hebt geleerd, maar zij wist het niet meer zo goed. Ze zei dat ik aan jou moest vragen om het voor te spelen. Weet jij nog welke dat is? Het was van Einaudi, volgens mij.'

'Natúúrlijk weet ik dat nog.' Lammert slaat zijn arm om onze dochter heen en loopt druk babbelend met haar terug naar de achterkant van het huis. Zoals altijd is onze ruzie meteen in de ijskast beland.

Ik adem een paar tellen diep in en rustig uit, en rits dan mijn tas weer open om mijn telefoon eruit te pakken. Twee gemiste oproepen van Yfke en vijf berichten.

Claudette, wil je me zo snel mogelijk terugbellen? Er is iets mis met het live zetten van de cursuspagina en ik kan de webbouwer niet bereiken omdat het vrijdagmiddag is.

En de stoffeerder staat voor de deur met de stoelen, maar volgens mij zijn dit niet de juiste.

Bel me alsjeblieft.

Claudette?

Ik hoop dat je je geluid aan hebt staan en deze berichtjes hoort. Wil je me direct terugbellen zodra je dit leest?

Ik typ razendsnel een bericht dat ik meteen in mijn auto stap, dat Yfke de stoffeerder nog tien minuten aan de praat moet houden en dat we samen wel iets verzinnen voor de cursus. Als ik terug naar de achtertuin wil lopen om tegen Lammert te zeggen dat ik naar kantoor moet, bots ik zowat tegen Annemijn op.

'O! Jeetje, Annemijn. Wat doe jij nou weer hier?'

Ze trekt één wenkbrauw op en verplaatst haar gewicht van haar ene naar haar andere been. 'Mijn ouders wonen hier en mijn broer vroeg of ik bij het vieren van de toetsuitslag van mijn neefje en nichtje wilde zijn.'

'O, ja. Oké. Nou, prima.' Ik steek mijn neus in de lucht en probeer langs haar heen te stappen, maar ze strekt haar arm uit om me tegen te houden.

'Waarom heb je zo'n haast?'

'Omdat er iets aan de hand is op kantoor en ik ernaartoe moet om het op te lossen.'

Ze slaat haar armen over elkaar. 'Wat is er dan aan de hand?'

'Annemijn…' verzucht ik. 'Doet dat ertoe? Yfke staat er nu alleen voor en ik wil niet dat ze nog veel langer op me moet wachten.'

Plotseling verandert haar hele houding. Haar schouders zakken een stukje, ze steekt haar handen in haar zakken en wiebelt met de punt van haar pump op de stoep. 'Misschien kan ik helpen,' zegt ze.

Ik ben zo van mijn stuk gebracht dat ik keihard in de lach schiet. 'Helpen? Jij?'

'Nou, graag of niet. Ik besta heus niet alleen maar voor de mooiigheid. Toevallig heb ik net een opleiding afgerond. In programmeren.'

Mijn lach breidt zich uit naar een gênant gesnurk, afgewisseld met gierende pogingen om adem te halen. 'Programméren? Met computers en zo?'

'Ik zie niet wat hier zo grappig aan is,' zegt Annemijn gepikeerd. 'Maar blijkbaar heb je mijn hulp dus niet nodig? Prima.' Ze maakt aanstalten om zich om te draaien, maar ik grijp haar bij haar arm.

'Wacht, wacht.' Ik veeg de tranen uit mijn ogen en probeer mezelf tot bedaren te krijgen. 'Sorry, het was niet zo netjes van me dat ik zo hard moest lachen. Het is alleen... Ik kan me gewoon niet... Ik heb jou nooit als computerprogrammeur gezien. Maar je hebt gelijk, misschien dat je me wel zou kunnen helpen. Ik zou het heel fijn vinden.'

Annemijn stoot een minachtend lachje uit. 'Ik zou niet weten waarom ik je nu nog zou willen helpen, eerlijk gezegd. Als je zo tegen me doet, lijkt het me vooral een dom idee en vergeet ik liever dat ik het geopperd heb.'

Dan besef ik dat het Annemijn waarschijnlijk niet om mij gaat, maar om Yfke. Zodra ik haar noemde, veranderde er iets in haar houding. Misschien is dit eindelijk de doorbraak die ik al twee keer heb geprobeerd te forceren! Of eigenlijk dus te stimuleren. Zoals het hoort.

'Je zou mij er een groot plezier mee doen,' zeg ik daarom. 'En het zou ook ontzettend fijn zijn voor Yfke... Die staat momenteel half hyperventilerend een stoffeerder tegen te houden tot ik er ben en probeert tegelijkertijd onze webbouwer te bereiken. Beide tot dusver met bijster slecht resultaat, als ik haar berichtjes moet geloven.'

Annemijns ogen worden groot en onder haar dikke laag foundation zie ik haar wangen kleuren. 'Nou, dat is wel sneu, natuurlijk.'

Ik knik traag, alsof ik te maken heb met een tijger die op het punt staat zich op zijn rug te draaien zodat ik zijn buik kan kriebelen, maar ook elk moment vooruit kan springen en me in drie stukken kan scheuren. 'Absoluut. Dus ongeacht wat je besluit, moet ik nu sowieso verder, oké? Ik wil Yfke niet langer alleen laten daar.'

'Snap ik, ja,' zegt Annemijn knikkend. 'In wat voor taal is je website gebouwd?'

Ik frons. 'In het Nederlands, Engels, Frans, Duits en Spaans. Maar wat doet dat ertoe?'

Ze lacht honend, duidelijk geamuseerd door de domheid van mijn opmerking, al begrijp ik niet wat er precies zo dom aan is. 'Programmeertaal. De meeste websites zijn gebouwd met HTML, CSS, JavaScript, of een combinatie van die drie. Draait het op een framework, is er een CMS waar je in werkt?' Als ik haar nog steeds aan blijf gapen, vraagt ze: 'Heb je bijvoorbeeld WordPress?'

'Ja!' roep ik. 'WordPress, dat heb ik!'

Ze trekt een peinzend gezicht en slaat haar armen over elkaar. 'Ik kan wel even met je meegaan. Maar ik zeg niet dat het me lukt!'

Ik bal mijn vuisten in een yes!-gebaar, sprint langs haar heen de tuin in om te zeggen dat ik naar kantoor moet en negeer daarbij vakkundig Lammerts priemende ogen. Amper tien seconden later sta ik weer tegenover Annemijn. 'Oké, we gaan. Rij jij?'

32

Annemijn rijdt als een orgaantransportchauffeur die met een donornier in de kofferbak op weg is naar het ziekenhuis aan de andere kant van de stad. Toch klaag ik niet. Ik ben nog nooit zo snel van Lammerts ouderlijk huis naar mijn kantoor gereden en ze weet zelfs een binnendoorweggetje waardoor we nog sneller zijn. Ze parkeert de glimmende Audi vooruit in op mijn gastenparkeerplaats en we stormen al naar de deur voordat ze de motor goed en wel heeft afgezet.

Aan de vrachtwagen met daarop 'Stefano's Stoffeerpaleis' te zien is de stoffeerder in elk geval nog niet verdwenen.

Annemijn en ik schuifelen achter elkaar door de draaideur van mijn kantoorpand en rennen de trap op – voor zover dat gaat op hakken van dertien centimeter.

Boven aangekomen speelt zich een eigenaardig tafereel af.

Yfke staat achter haar bureau, druk te gebaren naar de man van wie ik aanneem dat het Stefano is, die op zijn beurt naast twee stoelen staat die ik nog nooit van mijn leven heb gezien. In haar ene hand heeft ze de inkoopovereenkomst van het Stoffeerpaleis, in de andere de hoorn van de vaste lijn op haar bureau. Op de telefoon brandt een hoeveelheid lampjes waarvan ik niet wist dat ze konden branden, laat staan dat ik weet waar ze voor zijn.

Stefano staat minstens zo heftig terug te gebaren en buldert dat dit echt is wat we hebben besteld, dus dat hij dit alleen komt afleveren en dat hij al lang weer onderweg naar huis had moeten zijn, aangezien het gewoon vrijdagmiddag is.

'Het doet er niet toe dat het vrijdagmiddag is!' roept Yfke naar hem. En dan, in de telefoon en zachter: 'Ja, ik wacht wel. Ik sta al bijna een halfuur in de wacht, maar dat maakt blijkbaar niet uit. Ja, ik wéét dat u daar ook niets aan kunt doen.'

Met een getergde grimas haalt ze een hand door haar haar. Dan ziet ze mij.

'Claudette! Je bent er! En... Annemijn?' Over haar gezicht schiet iets van opluchting, verbazing en volgens mij ook heel kort boosheid, zo snel dat ik het ook mis kan hebben. Voordat ik aan haar kan vragen wat er precies aan de hand is, steekt ze haar vinger in de lucht ten teken dat ze weer iemand aan de lijn heeft en pakt ze haar relaas weer op.

'Ja, ik ben er nog. Nee, dat begrijp ik. Maar begrijpt u ook dat ik hier niets mee kan? Ik heb een website die niet werkt en duizend cursisten die daardoor een foutmelding krijgen zodra ze op een link klikken waar ze heel veel geld voor hebben betaald. En ik weet niet hoe ik dat moet aanpassen want daarvoor heb ik jullie ingehuurd, en nu zegt u me dat er niemand is om dat te regelen omdat het vrijdagmiddag is. Het interesseert me niet dat het vrijdagmiddag is, jullie zeiden dat alles klaar was om live te gaan! Ja. Nee. Daar heb ik toch helemaal niets aan! Laat maar, bedankt voor niets!' Gefrustreerd gooit ze haar armen in de lucht en met een klap smijt ze de hoorn op het toestel. 'En jij...' Ze steekt pinnig haar wijsvinger uit naar Stefano, maar ik loop behoedzaam op haar af met mijn handen laag en mijn stem zo rustig mogelijk.

'Yfke, wil je aan Annemijn uitleggen wat er met de cursus aan de hand is? Dan kan ze kijken of ze kan helpen. Ik handel het wel met Stefano af, oké?' Ik reik naar het papier in haar handen en pak het zo voorzichtig mogelijk van haar over. Ik hoef nog net niet haar vingers los te vouwen om het papier te bemachtigen, maar het scheelt weinig.

Ze staart me een seconde aan en geeft me dan een vermoeid knikje. 'Oké.'

Terwijl Annemijn plaatsneemt op Yfkes bureaustoel en Yfke in onsamenhangende woorden begint te ratelen over de cursus die niet live staat en duizend mensen die zitten te wachten om de cursusomgeving in te kunnen, loop ik op Stefano af.

Hij schudt mijn uitgestoken hand en steekt meteen van wal. 'Dit is echt wat u besteld hebt. De Very Rose and Peony van Sanderson, uitgevoerd in *wild plum*. Kijk maar, het staat er echt.' Hij wijst op de orderbevestiging in mijn hand, met grote ogen en opgetrokken wenkbrauwen knikkend dat ik dat ook moet doen.

'Weet ik, Stefano,' zeg ik kalm. 'Hier hebben we het ook nog over gehad per mail, of de stof eventueel jacquard geweven beschikbaar was waardoor de bloemen nog extra naar voren zouden komen. Weet je nog? De stof is prachtig, de stoffering is werkelijk wonderschoon uitgevoerd, het is alleen...'

'Het is alleen wat?'

'Dit zijn mijn stoelen niet.'

Hij kijkt me aan alsof ik net heb gezegd dat ik van plan ben de fauteuils in de fik te steken zodat we er bij maanlicht omheen kunnen dansen. 'Hoe bedoel je? Twee oorfauteuils. Gestoffeerd met de Very Rose and Peony van Sanderson.'

'Klopt. Ze zijn schitterend, maar dit zijn niet míjn fauteuils.'

Stefano kijkt me met stomheid geslagen aan, kijkt dan naar de stoelen en vervolgens weer naar mij. 'Zij riep de hele tijd dat dit niet was wat jullie besteld hadden.' Hij wijst zwakjes naar Yfke, die nog steeds druk gebarend aan Annemijn probeert uit te leggen wat er allemaal gaande is. 'Maar het zijn...'

'Niet mijn stoelen, precies. Ik denk dat dat ook was wat Yfke je duidelijk wilde maken, maar dat er ergens iets is misgegaan vanwege de cursus en alles.'

'Ik heb... De stoelen...' Ik zie de radertjes in Stefano's hoofd haast draaien. En dan, als een chocoladereep in een snoepautomaat, valt alles op zijn plek.

'Verhoeven. Ik heb de stoelen verwisseld met Verhoeven. Rose and Peony, Very Rose and Peony, ik zie het nu. Ik heb de stoelen van Verhoeven nog staan om te stofferen en zij hebben... Of ja, nee, dat zijn uw stoelen.' Als een razende begint hij de stoelen weer op de steekwagen te laden. 'Wat stom. Ik heb jullie door elkaar gehaald. Ik maak het zo snel mogelijk in orde, mevrouw Verheyen, het spijt me ontzettend.'

'O, maak je niet druk. Dat kan toch gebeuren? Het is voor jou vervelender dan voor mij, jij moet twee perfect gestoffeerde stoelen weer uit elkaar halen.'

Zichzelf nog eens honderd keer excuserend manoeuvreert Stefano de stoelen een voor een weer van de trap af en zet hij ze terug in de vrachtwagen.

Ik loop achter hem aan naar beneden.

Als de laadklep weer dicht zit, zegt hij: 'Ik bel morgen om te laten weten wanneer ik de juiste stoelen kan leveren. Ik zorg ervoor dat het zo snel mogelijk is, oké? Nogmaals excuses, ook voor uw assistent.'

Glimlachend schud ik zijn hand. 'Echt, maak je geen zorgen. Bel gerust maandag, ik wil niets van je weekend afsnoepen. We houden contact en ik zal je excuses doorgeven aan Yfke.' Ik zwaai hem uit en loop dan hoofdschuddend terug naar binnen. Crisis één opgelost.

Eenmaal terug in mijn kantoor blijkt dat het oplossen van crisis twee ook aardig vordert, aangezien Annemijn druk ratelend op het toetsenbord van Yfke zit te typen en Yfke bewonderend over haar schouder meekijkt.

'Hoe gaat het?' vraag ik, terwijl ik in het keukentje twee koppen koffie en een kop thee zet.

'Volgens mij wel goed,' antwoordt Yfke. 'Al weet ik dat niet zeker, want ik begrijp niets van wat ze allemaal aan het doen is.'

Annemijn leunt met een zelfvoldane grijns achterover in de stoel als ik de keuken uit kom. 'Zo. Gelukt. Wil iemand even op een telefoon kijken of de cursusomgeving beschikbaar is?'

Yfke haalt haar mobiel tevoorschijn en begint driftig te tikken en te swipen terwijl ik de koffie op haar bureau neerzet.

'Scheutje melk en een half klontje suiker, toch?' vraag ik aan Annemijn.

Ze kijkt verbaasd van de kop koffie naar mij en weer terug. 'Eh... Ja. Ja, dank je wel.'

'Alsjeblieft.'

Ruimte om haar te bedanken voor haar werk en om te zeggen dat ik al jaren weet hoe ze haar koffie het liefst heeft, heb ik niet, want Yfke stoot een oerkreet uit en begint op en neer te springen als een kind bij een snoepkraam. 'Hij doet het. Hij doet het!' Alsof het de normaalste zaak van de wereld is, vliegt ze Annemijn van achteren om haar nek en drukt ze een stevige kus op haar wang. 'Je bent geweldig! Je bent... O, jeetje.' Als door een bij gestoken laat ze Annemijn weer los en haar wangen worden meteen knalrood.

'Volgens mij hebben jullie wel wat te bespreken,' zeg ik. Met moeite lukt het me om niet mijn therapeutenstem op te zetten, maar ik kan het niet laten om ze een alwetende blik toe te werpen – al weet ik nog steeds niet wát ik precies zou moeten weten, maar ik heb zo het gevoel dat ik daar binnenkort achter kom. 'Ik stuur de cursisten wel even een mail dat er enige vertraging was, maar dat alles nu naar behoren werkt. En ik deel ook wel even een video in mijn stories met dezelfde boodschap. De benedenburen zijn er niet, dus je zou ook in alle rust in de binnentuin kunnen gaan zitten.' Op mijn gemak sluit ik de matglazen deuren naar mijn kantoor om hun wat privacy te geven.

Ik zet mijn kop thee op een onderzetter op mijn bureau, druk mijn computer aan en wacht tot het apparaat is opgestart. Ondertussen open ik Instagram en rol ik mezelf met stoel en al richting het raam om de video op te nemen. Zodra ik op 'delen' heb gedrukt, open ik mijn e-mailprogramma en tik ik een snelle maar professionele e-mail aan mijn cursisten. Daarna beantwoord ik nog een paar paars gevlagde e-mails van cursisten en stuur ik een antwoord aan Ellie over de volgende boeksigneersessie.

Dan valt mijn oog op de vlaggetjes die we gebruiken om e-mails te categoriseren. Blijkbaar is er onder het gele vlaggetje van Ellie nog een mapje aangemaakt, ditmaal met een grijs vlaggetje. Een kleur die ik nog nooit gezien heb, maar het label dat eraan gekoppeld is, trekt mijn aandacht. *Reacties.*

Ik klik op de map en er verschijnt een rits e-mails, allemaal met één gezamenlijk thema: boosheid. De strekking varieert van 'je cursus heeft voor ons helaas niet gewerkt' tot 'vuile huichelaar, ik hoop dat je dood neervalt met je neppe gedoe. Waar bemoei je je mee? Er zit geen greintje persoonlijkheid meer in jou.' Een enkeling hoopt dat ik brand in de hel omdat het me 'alleen maar om het geld gaat'.

Ik snak naar adem en deins achteruit.

Zouden dit soort mensen weten dat er een persoon aan de andere kant van de computer zit die hun haatmails leest? In dit geval is het blijkbaar Yfke en niet ik, maar dan nog. Nu komen ze alsnog bij mij terecht én heeft Yfke ze ook gezien. Twee mensen die er een knoop van in hun maag krijgen, zou dat de bedoeling zijn van de afzenders?

Het mapje bevat honderden e-mails. Elke mail die ik open, is ook nog eens netjes beantwoord – op de 'val dood'-mails na dan; Yfke bedankt in haar antwoorden keurig en beleefd voor het contact en schrijft dat ze het uiterst vervelend vindt om te lezen dat de afzender zo'n ervaring heeft gehad. Sommigen antwoorden daar ineens een stuk kalmer op dat ze het zelf ook zo vervelend vinden, anderen reageren niet. Een enkeling stuurt een tweede haatbericht, waarna er naast hun e-mailadres een infovenster staat, met: Deze afzender is geblokkeerd. Nieuwe e-mails van deze afzender worden direct naar de prullenmand verplaatst.

Ik leun achterover in mijn bureaustoel en strijk in een reflex mijn haar glad. Nooit geweten dat er zo veel negatieve e-mails binnenkwamen. Hier moet ik Yfke echt eens naar vragen, en dan vooral waarom ze niet de vrijheid heeft gevoeld om me hier iets over te vertellen…

Mijn ogen glijden naar mijn telefoon, waar zodra ik ernaar kijk een Google Alert in beeld verschijnt.

Wat is dit, *Bananasplit*?

Ik ben geneigd de melding gewoon uit beeld te schuiven, maar mijn aandacht wordt getrokken door de eerste woorden van de titel: Is Claudette Verheyen…

Veruit de meeste artikelen gaan over Lammert, maar dit gaat over mij? Is dit de reportage van Nicole die al weken als het zwaard van Damocles boven mijn hoofd hangt?

Mijn ademhaling voelt ineens alsof ik een dalende roltrap op ben gerend en met trillende vingers tik ik de melding aan. Is Claudette Verheyen wat?

Het duurt slechts een paar seconden voordat het artikel op mijn scherm verschijnt.

IS CLAUDETTE VERHEYEN WEL ZO SUCCESVOL ALS WE ALLEMAAL DENKEN?

'Wat is dat nou weer voor vraag?' mompel ik. Mijn ogen vliegen over het scherm en blijven hangen bij de naam van de auteur. Het is inderdaad een artikel van Nicole. In *Vuur*, uiteraard. Maar het is niet de reportage waar ze het over had toen ze mijn live-Q&A binnenstormde. Het is een voorproefje.

Claudette Verheyen-van Raasveld, die naam doet bij iedereen wel een belletje rinkelen. Ze is de bekendste relatietherapeut van de Lage Landen en momenteel kunt u geen enkel bushokje voorbijfietsen of u komt de poster voor haar nieuwe boek tegen. Maar hoe zit haar eigen huwelijk in elkaar? Is haar leven echt zo picture perfect *als we denken? Is haar beproefde methode echt zo succesvol als ze doet voorkomen? Uw journalist ging undercover bij Claudettes onlinecursus. Hierover verschijnt later een uitgebreid verslag, maar we kunnen alvast wat pikante details uit de doeken doen…*

Ik lach schamper. Dit hele artikel is echt totale onzin. Pure, totale onzin. Nonsens. Gekkenwerk. Kletskoek. Gelul.

En toch worden mijn ogen naar het scherm gezogen. Ik moet dit lezen. Ik wil het niet, maar ik moet. Het is als een ongeluk op de andere rijbaan terwijl je met honderd kilometer per uur voorbijrijdt. Je wilt het niet, maar toch rem je af en kijk je. Naar de sensatie, naar de problemen, of iedereen heelhuids uit de auto is gekomen die nog op de kop ligt, terwijl je er tegelijkertijd niets van wilt zien. Want is dat bloed op het wegdek? En die auto is er wel héél erg aan toe, kán iemand daar wel heelhuids uit zijn gekomen?

Mijn mond wordt droog als ik mijn duim naar het scherm beweeg om te scrollen. Razendsnel lees ik de rest van het artikel: een uiteenzetting van hoe ik iedereens relaties weet te lijmen, maar dat mijn eigen huwelijk op instorten staat. Er staan foto's bij van Lammert en mij op de rode loper bij een of ander event, precies genomen op het moment dat we niet al te vrolijk kijken. Ernaast staat een foto van Lammert en Ronja – samen lachend alsof ze de grootste lol van de wereld hebben. Het bijschrift: IS DIT DE VROUW DIE VOOR DE BREUK HEEFT GEZORGD?

Helemaal onderaan het artikel geeft Nicole nog even een trap na in haar allerlaatste zinnen:

> *Zoals u van ons gewend bent, hebben we contact gezocht met Claudette, maar we kregen helaas nul op het rekest. Maar... beste lezer, we geven het niet op. Want u weet: waar rook is... is* Vuur*!*

Ik snuif. Nul op het rekest. Natuurlijk kreeg ze nul op het rekest, Yfke filtert dit soort onzin er altijd meteen voor me uit. Net als alle haatreacties...

Een golf misselijkheid overspoelt me en ik vergrendel mijn telefoon. Hoeveel dingen zijn er die ik niet weet?

Sanne, wier relatie alsnog is uitgegaan, al die mensen die mailen dat mijn cursus ze geen steek verder heeft gebracht... Ik begon dit bedrijf ooit omdat ik mensen wilde helpen, écht wilde helpen. Een-op-een, en toen dat niet meer ging alsnog zo persoonlijk mogelijk. Waar is dat persoonlijke gebleven?

De slok thee die ik neem om de misselijkheid weg te spoelen, is veel te heet en brandt in mijn keel alsof ik er pure alcohol in heb gegoten. De rest wil ik helemaal niet meer lezen. Ik wil dit soort dingen helemaal niet lezen. Niet over mezelf, niet over Lammert, niet over Ronja, niks.

Met halfgesloten ogen ontgrendel ik mijn telefoon, sluit het artikel af, zoek de Google Alert op 'Claudette Verheyen-van Raasveld' en verwijder hem.

Zo.

Rust in je leven creëer je zelf, maar onrust ook. Ik adem diep in, krachtig uit en schud mijn schouders los. Dan klik ik gedecideerd de grijs gevlagde e-mailmap weg en neem me voor met Yfke een oplossing te vinden waarin ik ook voor deze kleine groep mensen minder de indruk wek dat het allemaal om het geld draait. Ik weet dat je nooit iedereen tevreden kunt stellen, maar afgaande op deze hoeveelheid e-mails is de groep 'niet iedereen' een stuk groter dan ik dacht.

In mijn inbox is nog één ongeopende e-mail over: een oranje gevlagd bericht voor een sprekersaanvraag.

Van: olivia.peeters@psychologiecongresantwerpen.be
Aan: info@claudette.verheyen.vanraasveld.nl
Onderwerp: Bevestiging van uw talk op het Psychologiecongres Antwerpen

Geachte mevrouw Verheyen-van Raasveld, beste Claudette,

Met groot genoegen bevestig ik nogmaals uw plek als spreker op ons tweejaarlijkse psychologiecongres in Antwerpen. De planning is inmiddels compleet en we hebben een mooie plek voor u op het hoofdpodium in de grote zaal gereserveerd, direct na de lunch. Onderstaande treft u de exacte gegevens aan betreffende het tijdvak en de andere sprekers die zich reeds hebben gecommitteerd.

Hartelijke groet,
Olivia Peeters
Organisatie Psychologiecongres Antwerpen

Mijn ogen scannen de bevestiging. Het Psychologiecongres. In Antwerpen. Een week voordat Lammerts nieuwe hotel opent. Wist ik dit? Ben ik het vergeten? Heeft Yfke hier ooit iets over gezegd?

Naarstig open ik mijn agenda. Wat als het niet goed is doorgekomen? Wat als Yfke vergeten is het op te slaan en ik die dag een signeersessie heb in boekhandel De Kromme Rug in een of ander gehucht in een uithoek van het land?

Wat als… het congres gewoon in mijn agenda staat.

Over drie weken: Psychologiecongres Antwerpen.

Yfke heeft er zelfs drie dagen voor vrij gepland, zodat ik 'wat ruimte eromheen heb om van de stad te genieten', heeft ze erbij genoteerd.

Dit is geweldig. Dit is hét moment om de nieuwe Claudette te laten zien, en dan heb ik het niet over het boek. In deze talk ga ik open en eerlijk zijn. Mezelf blootleggen. Ongeveinsd, openhartig vertellen wie ik écht ben. En daarna verras ik Lammert in het hotel en vallen we elkaar in de armen omdat hij eindelijk weer inziet dat we voor elkaar gemaakt zijn. Dat we zo'n goed team zijn. Dat het deze momenten zijn waardoor we weten dat we zo goed bij elkaar passen! Misschien stop ik wel een verwijzing naar Lammerts nieuwe hotel in mijn praatje, vertel ik over ons huwelijk, zeg ik eerlijk hoe we onze *struggles* hebben gehad en hoe we er alleen maar sterker uit zijn gekomen. Ja, dat doe ik! Dan hoef ik me ook meteen geen zorgen meer te maken over Nicoles artikel, want wat het ook is wat ze wil onthullen, ik ben haar voor. Open en eerlijk over wat er aan de hand is. Misschien moet ik haar laten weten dat ik er spreek, zodat ze mijn presentatie kan terugkijken. Zal ik er iets over posten op Instagram?

Mijn vingers vliegen over het toetsenbord terwijl ik de website van het congres opzoek. Tweeduizend bezoekers én een livestream. Live ondertiteld in het Engels, dus beschikbaar voor kijkers in de hele wereld.

Ik spring op uit mijn stoel en begin te ijsberen door mijn kantoor. Ik ga iedereen in de zaal én thuis omverblazen.

Ik gris een notitieboek uit de kast en sla het open om mijn geniale ingeving op te schrijven. Hier hoort een boek bij. Mijn derde boek moet een openhartige ontboezeming zijn over onze problemen én hoe we ze hebben opgelost.

'*Na de vlinders,*' pen ik neer. '*Wat te doen als verliefdheid overgaat in houden van? Een liefdevol betoog over de liefde, elkaar liefhebben en van elkaar houden, ook in slechte tijden. Júíst in slechte tijden.*'

Met hernieuwde energie neem ik weer plaats achter mijn bureau en typ ik een antwoord aan Olivia, waarin ik hartelijk bedank voor de bevestiging en zeg dat ik ontzettend veel zin heb om op het hoofdpodium te spreken. Ik zet Yfkes mailadres in het cc-veld zodat zij de financiële afhandeling kan doen en sluit mijn computer met een glimlach van oor tot oor weer af. Dit wordt dé aftrap van ons hernieuwde leven samen. Vanaf nu is alles anders.

'Of ik het verwacht had dat het boek zo'n succes zou zijn? Nee, joh. Natuurlijk niet! Absoluut niet. Ik ben zó blij dat de verkoop zo goed gaat. Al zo lang in De Bestseller 60, dat is toch niet te geloven? Ik had er alleen maar van kunnen dromen dat ik zo veel mensen zou bereiken met mijn schrijven.'

Uit: promotie-interview met Volkskrant Magazine *als onderdeel van de boektour van* Van saai naar fraai, *drie jaar geleden*

33

Als ik die maandag mijn snelwandelroute door de buurt maak, loop ik op wolken. Ik begroet stralend een hardloper die me tegemoetkomt, zwaai uitgelaten naar de dakloze man in het park die altijd iedereen vriendelijk begroet en kwaak zelfs uit volle borst terug tegen de eenden in de eendenvijver. Mijn dag kan niet meer stuk. Wat zeg ik, mijn week. Mijn maand, mijn jaar!

Ik weet niet eens wanneer de aanvraag voor dat congres is binnengekomen, maar ik ben er heilig van overtuigd dat mijn onderbewuste dit al die tijd al heeft geweten.

In gedachten loop ik mijn kledingkast door en ik weet meteen dat ik een nieuwe outfit nodig heb. Snel diep ik mijn telefoon op uit het heuptasje dat ik om mijn middel draag en stuur Yfke een berichtje.

> Yfke, ik vind dat het tijd wordt om eens gezellig te gaan winkelen binnenkort. Met jou! Wil jij kijken in mijn agenda wanneer dat zou kunnen? Plan maar een hele middag in. Ik heb wat nieuws nodig voor het congres in Antwerpen en jij verdient het om ook eens lekker te worden getrakteerd. Volgende week ergens, misschien de week daarop?

Ik stop mijn telefoon niet weg, want ik weet dat Yfke net als ik een groot fan is van de *Miracle Morning* en ook elke dag om vijf uur opstaat.

Amper een paar tellen later verschijnt haar antwoord al op mijn scherm.

> Leuk! Lijkt me een superidee. Ik ga iets plannen!

Tevreden glimlachend check ik de contentkalender voor de post die op de planning staat. Dan besluit ik ter plekke alles overboord te gooien. Ik wil geen geplande posts meer, geen georkestreerde lappen tekst en geen overgeanalyseerd emoji-gebruik. Ik wil een 'spontane' foto van mij. Dus open ik Instagram, maak een selfie terwijl ik loop – wel met een filter, want vroeg opstaan betekent niet dat je zonder wallen door het leven gaat – en plaats die op mijn feed. Early bird catches the worm! zet ik erbij, met een emoji van een zonnetje, een kuiken dat uit een ei komt en een duimpje omhoog. Die laatste mag ik van Eloise nooit gebruiken omdat het 'een bejaarden-emoji' is, maar het kan me niet schelen.

Als ik het bos in loop en op mijn oortjes luister naar een true crime-podcast over een Nederlandse seriemoordenaar, belt Ellie.

'Hoi, goedemorgen!' begroet ik haar enthousiast. 'Ik wist niet dat jij al wakker was rond dit tijdstip.'

'Al wakker? Nóg wakker, zul je bedoelen. Ik heb de hele nacht gewerkt aan een boekidee voor jou.'

Ik trek één wenkbrauw op en steek mijn handen in de zakken van mijn korte sportvest. 'Voor mij? Hoe bedoel je voor mij?'

'Zoals ik het zeg! Als jouw hoofd te vol zit om een nieuw boekidee te verzinnen, dan doe ik het wel voor je.' Haar stem klinkt verhit en omdat ik haar oproep heb aangenomen op mijn oortjes, blaast haar ademhaling hard in mijn beide oren. 'Luister,' zegt ze, 'ik dacht: misschien kun je iets met kleding en zelfverzekerdheid doen. Moeite doen voor elkaar, weet je wel? Dat je lekkerder in je vel zit en een fijnere relatie hebt als je je wat mooier aankleedt voor de ander. En dan tips geven voor wat dat dan precies zou moeten zijn. Zoiets?'

Mijn handen glijden uit mijn zakken en ik blijf even staan. Op de een of andere manier kan ik dit niet verwerken terwijl ik loop.

'Nou? Wat vind je? Ik heb nog meer ideeën, dus als je dit niks vindt, is dat prima.'

'Ik ben geen kledingadviseur, El,' begin ik voorzichtig. 'Maar ik had zelf...'

'Weet ik, maar je hebt in *Houden van jezelf* zo'n hoofdstuk waarin je zegt dat je favoriete outfit werkt als je je rot voelt, toch?' dendert ze over me heen. 'Bepaalde psychologie en zo.'

Ik kuch zacht en ongemakkelijk. 'Dat is letterlijk alles wat ik daarover te zeggen heb. Je mooi aankleden geeft je vaak een beter gevoel over jezelf dan in je joggingbroek en een grote trui op de bank hangen. Maar verder is het niet bepaald...'

'Oké, oké,' onderbreekt ze me opnieuw. 'Ik zei dat ik meer ideeen had, hè? Dan doen we geen boek over kledingadvies.' Ik hoor haar zoeken door wat papieren. 'Wat vind je van... Hm. Ik moet het hebben. Ik had zó veel ideeën opgeschreven... Kleuradvies voor je huis... Relatietherapie voor huisdieren... Iets met meubels... Iets met zwangerschap...'

'Ellie...' zeg ik langzaam.

'Ja?'

'Is het niet vooral een goed idee als jij gewoon naar bed gaat in plaats van de hele nacht op te blijven om te brainstormen over mijn nieuwe boek? Wat ik ook zelf kan doen? Sterker nog, ik heb al een idee. Gisteren bedacht.'

Ellie gaapt luid aan de andere kant van de lijn. 'Echt? Daar kom je nu mee! Had dat eerder gezegd!'

Ik schraap met mijn voet over het zandpad en schop een steentje weg. 'Je was nogal aan het ratelen.'

Ze lacht kort. 'Goed punt. Nou, vertel. Voordat ik nog meer rare ideeën op je afvuur.'

'De titel is *Na de vlinders*,' zeg ik terwijl ik gedachteloos een pluisje volg dat meegevoerd wordt door de wind. 'En dan als ondertitel: *Houden van is afzien én inzien*. Het gaat erover wat je doet als je de eerste periode van je relatie achter de rug hebt en je nog geen sleur voelt, maar wel langzamerhand in routines vervalt. Iets minder je best voor elkaar doet. Als de kaarsjes in de kast blijven staan en je in plaats van een lekker dinertje voor twee liever een simpele maaltijd op tafel zet, of zelfs apart van elkaar eet omdat je niet echt meer tijd voor elkaar neemt. Ik kan er zelfs die joggingbroek van jou in laten terugkomen die je net noemde.'

Tot één minuut geleden was dit nog een vaag idee – ik bedenk deze hele pitch ter plekke, maar de woorden rollen als vanzelf uit mijn mond.

'Het is niet zoals *Van saai naar fraai*, want daarbij werk je vanuit het principe dat je relatie niet goed zit. Dat er iets mis is. In *Na de vlinders* is er niets mis met je relatie, maar bevind je je gewoon... in rustiger vaarwater. Het kan wel wat extra *spice* gebruiken. Je kabbelt wat voort, het is prima, het gaat goed, maar daar is dan ook wel alles mee gezegd.'

Ellie zegt niets.

Ik frunnik gedachteloos aan de rits van mijn jasje om maar iets te doen te hebben.

Even ben ik bang dat ze heeft opgehangen – of in slaap is gevallen, maar dan hoor ik haar diep ademhalen.

'Wat vind je?' vraag ik voorzichtig als ze naast die ademteug geen enkel ander geluid voortbrengt. Ik hups nerveus heen en weer van mijn ene op mijn andere been.

'Claudette...' begint ze.

Ellie is een soort ongeleid projectiel. Ik vind haar geweldig, maar soms krijg ik totaal geen hoogte van haar. Dan denk ik te weten wat ze ergens van zal vinden, en vindt ze precies het tegenovergestelde. Als ik een andere keer uitga van het tegenovergestelde, roept ze precies datgene wat ik níét had verwacht. Ellie is zo'n stuiterbal die je de kamer in gooit maar die niet helemaal perfect rond is, waardoor het gestuiter soms naar links gaat, soms naar rechts en soms recht tegen de dure Chinese vaas op het dressoir.

'Wat vind je?' dring ik aan.

'Ik vind het geweldig!' Ze roept het zo hard dat haar stem overslaat van enthousiasme. 'Claudette, dit is geweldig! Wat fantastisch dat je je mojo hebt teruggevonden! Dit is precíés wat we nodig hebben. We kunnen het vermarkten als een boek dat tussen *Houden van jezelf* en *Van saai naar fraai* in zit, een boek dat elk koppel nodig heeft. Dit is geweldig!'

Ik voel me duizelig worden als haar woorden tot me doordringen. 'Wat ben ik blij dat te horen.'

'Dit moeten we vieren!' roept ze. 'We moeten...'

'Wíj moeten niks, jíj moet vooral eerst naar bed,' zeg ik streng.

'Voor vanmiddag staat weer een signeersessie op de planning en ik weet dat jij prima functioneert op weinig slaap, maar géén slaap is voor niemand goed. Slaap een paar uur, zet een stevige bak koffie en dan zie ik je vanmiddag, oké?'

'Oké.' Ze zegt het als een mokkende puber die zijn zin niet krijgt, maar net als bij Rijk en Eloise kan ik ook in haar stem horen dat ze opgelucht is.

'Ik heb wel nog één vraag,' zeg ik. 'Mag ik die stellen?'

'Jij altijd. Tenzij het gaat over hoe de mensheid is ontstaan of zo, dan moet ik je het antwoord schuldig blijven.' Ze gaapt opnieuw zo overdreven dat ik haast bang ben dat haar kaak uit de kom schiet.

Het pluisje is inmiddels uit mijn blikveld verdwenen, maar een nieuw stofje dwarrelt voorbij. Gefascineerd volg ik het, me afvragend hoelang zoiets door de lucht kan zweven voordat het ergens neerkomt. 'Ben je echt de hele nacht bezig geweest met ideeën verzinnen voor mijn derde boek?'

'Ja. Dat doet een literair agent toch? Je bent mijn bestverkopende auteur, natuurlijk doe ik dat. Jij zat vast en ik wist niet of je binnenkort met een nieuw idee zou komen en ik...'

'Dat doet een literair agent meestal niet, volgens mij,' zeg ik. 'Dat weet jij net zo goed als ik. In elk geval niet tot vroeg in de ochtend.' Ik val even stil en zeg dan voorzichtig: 'Je vroeg het laatst aan mij en nu vraag ik het aan jou. Gaat het wel goed met je?'

'Ik was gewoon... Ik was bang dat je nooit meer zou schrijven. En dat als je zou schrijven, je naar een andere agent zou gaan.'

'Waarom zou ik dat doen?'

'Omdat ik je had aangeraden om te gaan kamperen en jij me toen vertelde dat je het zo vreselijk vond in die tent. Dus ik was bang dat je boos op me was en ik wil je niet kwijt als auteur. Omdat je me geld oplevert, daar ga ik gewoon eerlijk over zijn, maar ook omdat... Ook omdat ik je heel graag mag.'

Het stofje is op mijn sportlegging beland. Ik pluk het ervanaf en hervat mijn wandeling weer, in een iets rustiger tempo dan eerst. 'Ik mag jou ook heel graag. En je dacht toch niet dat ik ooit een betere literair agent zou vinden dan jij? Jij weet het voor elkaar te krijgen dat iemand een levensgrote kartonnen versie van mij fabriceert binnen 24 uur nadat de foto gemaakt is.'

Ze grinnikt. 'Ik weet niet of het me per se een betere literair agent maakt dat ik tot vroeg in de ochtend boekideeën bedenk die te maken hebben met kledingadvies, meubels of huisdieren.'

'Ik weet zeker van wel,' zeg ik vastberaden. 'En ik weet óók zeker dat jij nu nog een paar uur slaap moet pakken, anders ben je straks niet te genieten.'

Als reactie op mijn woorden gaapt Ellie nog een keer uitgebreid, waarna ze zegt: 'Ik denk dat je gelijk hebt. Ik zie je vanmiddag. Drie uur, hè?'

'Drie uur,' bevestig ik. 'Tot vanmiddag. Slaap lekker.'

Hoofdschuddend druk ik op mijn oortje op 'play' om mijn podcast te hervatten. Deze vrouw is soms echt niet te geloven.

34

Tijdens de derde sessie van Anja en Pieter kan ik hen beiden wel zoenen van blijdschap. De huiswerkopdracht die ik ze heb gegeven, werkte als een tierelier: Pieter heeft het hele notitieboek volgeschreven met alles wat hij leuk vindt aan Anja en heeft daarna zelfs een tweede boekje gekocht omdat hij nog meer kwijt wilde.

'En toen heb ik het aan haar voorgelezen. Aan de keukentafel. Ik had kaarsjes aangestoken en een fles wijn opengetrokken, en toen ben ik gewoon op de eerste bladzijde begonnen en ik stopte pas toen ik de laatste gehad had.' Hij zegt het zo stralend dat ik niets anders kan dan mijn handen tegen mijn borst drukken en een zachte 'ah' uitbrengen.

'Wat geweldig om te horen,' zeg ik oprecht. Ik leun naar voren in mijn bureaustoel om mijn tweede kop koffie van de dag te pakken, die zoals altijd op de onderzetter op de hoek van mijn bureau staat. Anja en Pieter zitten in de twee met nieuwe bloemenstof beklede stoelen die Stefano's Stoffeerpaleis razendsnel heeft geleverd. Toen hij ze vanochtend kwam brengen, vertelde hij schoorvoetend dat hij alle andere klussen aan de kant had geschoven om dit in orde te maken. Nu ze er staan, zijn ze een geweldig middelpunt van de ruimte. De bloemen springen haast van de stof en uiteraard passen ze perfect bij de okergele set en mijn strakke, glazen bureau.

Pieters hand reikt naar die van Anja en hij geeft er een klein kneepje in.

Ik voel een gevoel van trots zich van me meester maken. Zo af en toe mijn tips bijstellen is zo gek nog niet, zo blijkt.

'Hoe voel jij je hierover?' vraag ik aan Anja, maar haar gezicht spreekt boekdelen. Ze straalt als nooit tevoren. Haar rug is recht, de vermoeide groeven in haar gezicht lijken minder diep en haar ogen glanzen.

'Ik wist niet dat ik dit zo erg miste,' zegt ze zacht, waarna ze liefdevol naar Pieter kijkt.

Ik zet mijn koffie weg, leun naar voren en zet mijn ellebogen op mijn bureau, mijn vingertoppen tegen elkaar. 'Ik moet het vragen, Anja, dat is mijn werk. Hoe kijk je nu naar Jetteke?'

Een piepklein glimlachje schiet over Pieters gezicht, maar hij zegt niks. Net als ik kijkt hij naar Anja, in afwachting van haar antwoord.

'Ik, eh... Ik denk dat mijn rancune ten aanzien van Jetteke ook voor een groot deel te maken had met mijn eigen onzekerheden. Daar werk ik aan.' Ze glimlacht dapper en ik zie Pieter een nieuw kneepje in haar hand geven.

'Jetteke heeft trouwens een nieuwe relatie, sinds een maand ongeveer,' zegt Pieter, meer tegen zijn vrouw dan tegen mij. 'Volgens mij zijn ze erg gelukkig samen.'

Anja kijkt met een ruk opzij. 'Een nieuwe relatie? Waarom heb je dat niet gezegd?'

Hij tilt zijn hoofd op en steekt zijn kin naar voren. 'Ik vond niet dat het ertoe deed.'

Haar gezicht verzacht. 'Je hebt gelijk. Dat doet het ook niet.'

De rest van de sessie nemen we de zaken door die Anja en Pieter nog willen bespreken en hebben we het over alledaagse dingen die ze kunnen doen om elkaar niet uit het oog te verliezen. Als de tijd erop zit, twijfel ik nog even of ik iets over Ronja zal vragen, maar ik besluit dat het beter is van niet. Anja, Pieter en ik spreken af om over twee maanden te evalueren en ik glimlach bij de gedachte dat Lammert en ik tegen die tijd vast hartelijk kunnen lachen om mijn zorgen om Ronja.

Wanneer ik de deur van mijn kantoor voor ze openhoud, blijft Pieter in de deuropening staan.

'Claudette, ik wilde nog even iets zeggen wat me opviel... Ik heb met het bestuur alle definitieve leerlinginschrijvingen voor het nieuwe jaar doorgenomen. Ik zag dat jouw tweeling uiteindelijk nog van niveau is veranderd. Althans, je zoon.'

Ik hef mijn handen en sluit kort mijn ogen. 'Praat me er niet van. De een havo/vwo, de ander vmbo/theoretisch. Dat was wel even schrikken, maar mijn man had er meer moeite mee dan ik. En mijn schoonmoeder ook, overigens.'

'Ja? Waarom?'

Ik maak een wegwuifgebaar. 'Ach, "de Verheyens gaan al generaties lang naar het vwo", dat soort onzinnig geklets. We hebben er nog even over gebeld met zijn juf en die zei ook dat het bij nader inzien beter voor hem is om op vmbo/theoretisch te starten. Havo/vwo zou veel te zwaar voor hem worden, dan moet hij er veel te hard aan trekken.' Ik trek aan de manchetten van mijn blouse en strijk met mijn hand over de knoopjes. 'Volgens mij gaat het er vooral om dat hij gelukkig is. Dat ze allebei gelukkig zijn. Mijn broer heeft ook vmbo gedaan en is daarna via via het vak van trainingsacteur ingerold. Hij is wat mij betreft hét voorbeeld binnen de familie dat je absoluut niet gedoemd bent te mislukken met een schooladvies lager dan vwo.'

Pieter knikt begrijpend. 'Vwo is echt geen vereiste voor succes, neem dat maar van mij aan. Deze havist runt momenteel ook zijn eigen school.' Hij geeft me een samenzweerderige knipoog en legt dan zijn hand kort op mijn bovenarm. 'Als jullie het willen bespreken, maak dan even via Jetteke een afspraak. Al is het alleen maar zodat ik je man kan geruststellen dat zijn kinderen ook met een ander opleidingsniveau echt wel gelukkig worden.'

Ik glimlach. 'Dank je, Pieter. Misschien doe ik dat wel.'

Hij geeft me een vriendelijk knikje ten afscheid en loopt dan de gang in en de trap af, achter zijn vrouw aan.

Ik draai me naar Yfke, die een stapel gesigneerde exemplaren van *Houden van jezelf* in verzenddozen aan het stoppen is. 'Zo. Klaar om de stad in te gaan?'

Een uur later grasduinen we beiden met een grote kop cappuccino en een broodje achter de kiezen door een van mijn lievelingsboetiekjes in de stad.

Ik heb al een flinke stapel blouses en rokken over mijn arm om zo dadelijk te passen, maar Yfke houdt slechts één bescheiden jurkje vast. Verder niets.

Ik trek een lichtblauwe blouse met een subtiele verticale krijtstreep uit een rek en hou die omhoog. 'Wat vind je hiervan?'

Yfkes mond valt open zodra ze de blouse ziet, maar dan schudt ze haar hoofd. 'Niets voor mij. Ik draag eigenlijk alleen maar effen kleuren.' Ze wijst op de donkergrijze broek en de crèmekleurige blouse die ze erop draagt. 'Zoiets als dit dus.'

'Probeer het nou gewoon,' dring ik aan. 'Kijk, deze kleur past heel goed bij je ogen.' Ik loop op haar af en hou de blouse naast haar gezicht.

Ze duwt mijn hand weg en stapt opzij om de verkoopster erlangs te laten, die zonder iets te zeggen de gigantische stapel kleding van mij overneemt en koers zet naar de paskamer om alles alvast klaar te hangen. Ik strek mijn arm intussen opnieuw, om voor de tweede keer de lichtblauwe blouse naast Yfkes gezicht te houden.

'Kijk nou even, ik ben serieus.' Ik draai Yfke naar een spiegel en hou de mouw van de blouse naast haar gezicht. 'Complementeert je ogen perfect.'

Na enig dralen pakt ze het kledingstuk toch uit mijn hand en ze loopt achter de verkoopster aan naar de pashokjes. Terwijl ze de blouse op het haakje hangt, zegt ze: 'Weet je wat interessant is? Vrijwel altijd gaat het over mensen met groene of blauwe ogen als iets mooi bij hun ogen kleurt. Is je dat ooit opgevallen?'

Ik kijk haar niet-begrijpend aan. 'Wat bedoel je?'

'Nou, kijk. Ik zal een voorbeeld geven.' Yfke trekt het gordijn dicht en ik hoor wat gestommel terwijl ze zich omkleedt. 'Jij hebt blauwe ogen, toch? Net als ik. Wat voor kleur ogen heeft Eloise?'

'Bruin,' antwoord ik. 'Hazelnootbruin.'

'En hoe groot is de kans dat je tegen je dochter zegt: lieverd, trek deze poepbruine jurk eens aan, die kleurt zo prachtig bij je ogen?'

Ik schiet in de lach. 'Niet heel groot. Maar het gaat ook vooral om complementaire kleuren. Bruine ogen komen goed naar voren met groene, blauwe en paarse tinten.' Ellies kleuradviesidee voor mijn derde boek schiet door mijn hoofd en mijn mondhoeken krullen onwillekeurig omhoog.

Het gordijntje gaat weer open en Yfke stapt naar buiten. Ik weet dat ik de blouse zelf vóór haar heb uitgezocht, maar hij staat haar echt prachtig.

'Precies,' zegt ze. Ze wijst op de blouse. 'En toch horen mensen met blauwe ogen heel vaak: draag deze blauwe kleur, dat brengt je ogen zo mooi naar voren.' Ze draait zich om naar de spiegel en valt stil.

'Toch klopt het wel,' zeg ik zelfgenoegzaam. 'Hij staat je fantastisch. Wat vind jij?'

Ze strijkt liefkozend over de stof. 'Ik vind hem geweldig.'

'Mooi zo.' Ik wenk de verkoopster en wijs op Yfkes blouse. 'Kun je nog wat meer vinden wat bij die stijl past? Misschien een leuk jurkje, een mooie rok, een paar broeken, wat jasjes, zoiets?'

Als Yfke een protesterend geluidje voortbrengt, wijs ik in haar richting zoals ik ook Rijk en Eloise met één handgebaar het zwijgen op kan leggen. 'Niets daarvan. Ik ben blij met je en dat wil ik je graag laten blijken.'

'Dat kun je ook gewoon doen door te zeggen dat je blij met me bent,' zegt ze.

'Weet ik, maar dit is leuker.' Ik haal grijnzend mijn schouders op en verdwijn dan in het hokje naast dat van Yfke.

Als we zes winkels later allebei met armen vol tassen weer het koffiecafé binnenstappen waar we onze *shopping spree* zijn gestart, moet ik de neiging weerstaan mijn pumps uit te schoppen en mijn benen onder me op een van de leren chesterfieldbanken te trekken. Ik loop dagen achtereen op hakken, maar van winkel naar winkel gaan is toch echt wel wat anders dan van de voordeur naar de auto en terug.

We nemen plaats aan een van de tafeltjes aan de zijkant van het café, schuin tegenover de bar. Yfke gaat zitten op een stoel met een

Engels geruit patroon en ik trek op de lange bank die langs de wand staat een gehaakt kussentje in mijn rug.

'Dit is echt veel te gek, Claudette,' probeert Yfke nog één keer. 'Kan ik niet iets doen om je terug te betalen? Langer overwerken of zo?'

'Geen sprake van,' zeg ik resoluut. 'Dit is juist omdát je al zo vaak overwerkt. Ik weet dat je de enige werknemer bent die ik ooit heb gehad, maar je bent ook de beste.'

We kiezen beiden voor een stuk mokkataart en bestellen er deze keer twee muntthee bij.

Als de serveerster is verdwenen om onze bestelling klaar te maken, richt ik me weer tot Yfke. 'Misschien is er wel iets wat je kunt doen. Maar dat is niet om me terug te betalen. Enkel omdat ik me zit op te vreten over iets en ik het graag wil weten.'

'En dat is?'

Ik ga verzitten en pak een servetje uit de dispenser om maar iets omhanden te hebben. 'Het grijs gevlagde mapje in de e-mailbox.' Mijn ogen zijn op het servetje gericht. 'Waarom heb je me daar niets over verteld?'

Als ik opkijk, zie ik een niet-begrijpende frons op Yfkes gezicht. 'De reacties,' verduidelijk ik, maar ze stoot een zacht lachje uit.

'Dat heb ik geprobeerd. Meerdere keren zelfs. Maar weet je nog wat jij altijd zegt als ik een zin begin met "Claudette, even over de inbox..."?'

'Handel het maar af en ik hoor het wel als je er niet uitkomt,' citeer ik mezelf, zoals ik het al honderden keren heb gezegd. 'Wauw.'

Yfke knikt met opgetrokken wenkbrauwen en werpt me eenzelfde alwetende blik toe als die ik aan haar schonk toen ze met Annemijn ging praten op kantoor. 'Het geeft niet. Het is ook allemaal afgehandeld, dus wat dat betreft had je gelijk. Dat was ook waarom ik op zijn minst een beetje verbaasd was toen je me wilde trakteren op dit.' Ze gebaart om zich heen, naar de tassen en richting de bar, waar de serveerster onze theeglazen vult met takjes munt. 'Ik denk dat ik jou nog nooit heb horen zeggen dat je me waardeert. Ook dat geeft niet, maar toch...'

Ik verschiet abrupt van kleur. 'Je hebt gelijk,' zeg ik zwakjes, maar dan gooi ik het servet van me af en wijs in haar richting. 'Vanaf nu zeg ik je minstens één keer per week hoezeer ik je waardeer, hoe vind je die?'

Yfke schiet in de lach. 'Een beetje overbodig, maar ik stel het op prijs dat je het probeert.' Ze leunt opzij, zodat de serveerster onze thee en de stukken taart kan neerzetten. Als ze weg is, richt Yfke zich weer tot mij.

'Als we toch alles op tafel gooien, denk ik dat er nog iets is wat je wel graag wilt weten. Over wat er precies tussen mij en Annemijn is gebeurd.'

Ik leun geïnteresseerd naar voren en laat ondanks mijn alweer rommelende maag zowel mijn taart als de thee links liggen. Hiervoor heb ik mijn volledige aandacht nodig.

Yfke daarentegen prikt achteloos het eerste stuk van de mokkapunt aan haar vork. Ze brengt het vorkje naar haar mond en zegt dan, voordat ze een hap neemt: 'Annemijn is mijn ex.'

'Wát?' In een reflex mep ik zo hard op de tafel dat de schoteltjes rinkelen. 'Echt waar? Je ex? Meen je dat nou?'

Yfke legt haar vorkje neer en pakt het staafje met honing op dat naast haar thee ligt. 'Meen jij dit nou? Kom op, dé relatietherapeut van het land had niet door wat er speelde tussen Annemijn en mij?'

Ik kijk haar zo neutraal mogelijk aan, maar kan niet voorkomen dat ik toch een beetje moet glimlachen. 'Ik wilde geen ongegronde conclusies trekken. Maar kom op, vertel verder! Hoe zit dit?'

Yfke warmt het honingstaafje op in haar handen. 'Weet je nog wat ze me voor de voeten gooide toen ik die wijn over haar Prada-pak mepte?'

'Wat zij jou voor de voeten gooide?' vraag ik. 'Ik kan me vooral nog herinneren wat jij háár voor de voeten gooide. Iets over een jaar lang zwijgen, uit angst voor afkeuring.' Ik neem een grote hap taart en wijs met mijn vorkje in haar richting. 'En wat dat betreft verwijt de pot de ketel, want als er iemand is die anderen gemakkelijk in het hokje "afgekeurd" stopt, is het Annemijn... Maar goed, dat is iets voor een ander moment. Ga verder. Was dat jullie relatie? Heeft ze jullie relatie verzwegen?'

Yfke scheurt het staafje open en knikt. 'Het gesprek dat we die middag in jouw achtertuin hadden, was vooral moddergegooi en was eerlijk gezegd niet eens echt een gesprek te noemen, maar het luchtte wel op.'

Ik laat me achterovervallen op de bank. 'Iedereen was met stomheid geslagen toen. Annemijn deed daarna natuurlijk alsof er niets was gebeurd en daar ging de rest maar in mee, maar ik moest echt elke cel in mijn lichaam in bedwang houden om niet achter je aan te rennen en te vragen wat jullie zojuist hadden besproken.'

Yfke lacht, maar haar ogen lachen niet mee. 'Ik ben blij dat je dat niet gedaan hebt, moet ik zeggen. Ik had echt tijd nodig om tot rust te komen en mijn gedachten te ordenen.'

Ik leun voorover, pak mijn staafje honing op en scheur het open. Terwijl ik het leegknijp boven mijn theeglas, vraag ik: 'Ik neem aan dat dat gelukt is, toch?'

De neerslachtige uitdrukking op Yfkes gezicht maakt plaats voor een vastberaden frons. 'Absoluut. Annemijn hield thuis graag het beeld in stand dat ze ooit met iemand van adel thuis zou komen. Iemand met een landgoed en een erfenis waar de oudejaarsjackpot bij verbleekt. En als het even kon, zou dat geen vrouw zijn, want een vrouw was... niet de bedoeling, laat ik het zo zeggen.' Een kort en verbitterd lachje schiet omhoog uit haar keel. 'Toen bleek dat ze echt nooit van plan was om me aan haar ouders voor te stellen, was ik er wel een beetje klaar mee.' Gelaten roert ze in haar theeglas tot de honing is opgelost. 'Ik had nooit verwacht haar daarna nog te zien. Het was niet eens in me opgekomen dat jij haar schoonzus bent, ook al heb je dezelfde achternaam. Stom misschien, maar ik had er nooit over nagedacht. Toen ik haar zag op de verjaardag van Rijk en Eloise en ze vroeg of we buiten konden praten, was het voor mij daarna eigenlijk wel klaar.

We hadden uitgesproken wat ons dwarszat en dat was dat.' Ze legt haar lepel neer, pakt haar theeglas op en blaast er voorzichtig in. Zonder een slok te nemen zet ze het weer neer en vouwt ze haar handen eromheen. 'Ik denk dat ik alles wat ik toen tegen haar heb gezegd, nooit had durven zeggen zonder jouw woorden van de cursusintroductie. Dat zelfliefde het meest loyale is wat je een ander kunt geven en zo. Pas toen ik je dat hoorde zeggen, besefte ik dat ik mezelf bij Annemijn altijd had weggecijferd. Hoeveel pijn me dat deed, hoe gekleineerd ik me voelde dat ik een jaar lang goedpraatte dat ze me niet aan haar ouders wilde voorstellen. Ik bleef maar tegen mezelf zeggen dat ze ooit wel zou vertellen dat ik haar vriendin was, als zij er klaar voor zou zijn.' Ze prikt een nieuw stuk taart aan haar vork, steekt het in haar mond en kauwt voordat ze verder praat. 'Maar dat deed ze niet. Weet je, er is ook helemaal geen specifiek moment geweest waarop de bom barstte. Ik heb haar uiteindelijk gewoon gevraagd of ze zich voor me schaamde, en toen ze twijfelde over het antwoord, wist ik genoeg. Toen maakte ik het uit en was ik helemaal overstuur, maar ergens begreep ik haar ook nog. Want wie was ik om haar te dwingen? Dat zou oneerlijk en onredelijk zijn. Totdat ik jou hoorde praten en dacht: dat ik mezelf heb weggecijferd is pas oneerlijk. Ik dacht dat ik daaroverheen was, maar blijkbaar dus niet.'

Het besef daalt ineens in dat ik nog altijd in mijn thee zit te roeren. Ik haal mijn lepel uit mijn glas en leg hem op het schoteltje. 'En toen?'

'En toen niks. Ik dacht dat ik over haar heen was, maar in jouw achtertuin bleek dat toch niet zo te zijn. Ik wilde er alleen niets mee doen, want voor hetzelfde geld was zij er wel helemaal klaar mee, en ik...' Het verdriet in haar ogen is terug en haar schouders zakken iets. 'Ik wilde niet dat ze mijn hart opnieuw zou breken. Dus ik dacht: nou, dan doe ik er toch lekker niks meer mee?' Ze trekt een veroordelend gezicht. 'En tóén... verscheen jij ineens met Annemijn als reddende engel.'

Ik schiet in de lach en hef verdedigend mijn handen op. 'Sórry!

Je was in paniek en zij vertelde me dat ze programmeur was geworden. Wat moest ik anders?'

'Niks, maar hoe bizar is het dat ik haar al die tijd niet tegenkom, en dan nu een paar keer achter elkaar in zo'n korte tijd? En ik was inderdaad echt helemaal in paniek, dus toen ze het geregeld had, was het zo'n automatische reactie van me om haar om de nek te vliegen... Nou, en de rest weet je.'

Ik breng een schamper geluid voort. 'De rest weet ik helemaal niet! Ik heb jullie naar de binnentuin gestuurd, omdat ik natuurlijk wel aanvoelde dat er allerlei spanning tussen jullie hing – niet alleen van jouw kant. Je moest eens weten hoe snel Annemijn in de auto sprong toen ik haar vroeg me te helpen. Ik heb haar nog nooit ergens zo snel ja tegen horen zeggen.'

Yfke glimlacht dromerig en haar ogen dwalen wazig naar een punt achter me op de muur. 'We hebben het uitgepraat, laat ik het daarop houden. We beseften dat we elkaar toch wel heel erg misten en... nou ja, dat we het misschien wel weer wilden proberen.'

Voor de tweede keer deze middag sla ik met mijn vlakke hand op tafel. 'Wát? Echt waar? Wat een geweldig nieuws! Gefeliciteerd!'

Ergens ben ik compleet van mijn à propos. Yfke, mijn assistent, met haar robotachtige precisie, onuitputtelijke oog voor detail en haast extreme correctheid, samen met Annemijn?

Ja, nu je het zegt... Ze passen wel bij elkaar. Heel goed zelfs.

Yfkes blik vliegt weer naar mij en ik zie een vleugje angst op haar gezicht. 'Ze heeft het alleen nog niet aan haar ouders verteld,' zegt ze bedremmeld.

Ik prik een stuk taart aan mijn vork en wijs ermee in Yfkes richting. 'Ik denk dat ik daar wel bij kan helpen...'

35

Als Lammert, de kinderen en ik die zondag bij de Verheyens zijn voor een nieuwe zomerse familieborrel, barst ik bijna uit elkaar van opwinding en trek ik Annemijn half de conifeerhaag in zodra ik haar zie.

'Jemig, Claudette! Wat doe je?' sputtert ze.

'Gefeliciteerd,' zeg ik oprecht. Ik ben nog steeds geen knuffelaar, dus ik laat de omhelzing maar even achterwege. In plaats daarvan schenk ik haar mijn meest gulle, meest oprechte glimlach en geef ik een kort klopje op haar bovenarm.

Ze neemt me onderzoekend en een beetje argwanend op. 'Bedankt?'

'Met Yfke,' fluister ik enthousiast. 'Jij en Yfke. Ja, ik weet dat het me eigenlijk helemaal niets aangaat, maar ik vind het zó leuk voor jullie. Yfke straalt al de hele week als een gloeilamp zonder dimmer.'

Gedurende twee seconden kijkt Annemijn me boos aan, maar dan breekt er een lach door op haar gezicht. 'Doet ze dat echt?'

'Ja, natuurlijk! Anders zou ik het niet zeggen. Maar ze, eh...' Ik ga wat dichter bij Annemijn staan en spied om me heen om te controleren of er niemand in de buurt is.

Rijk en Eloise liggen op de loungebank achter in de tuin te gamen op hun Nintendo's en Lammert is zo te zien aan de tuintafel verwikkeld in een gesprek met zijn vader. Machteld is nergens te bekennen, maar ik verwacht dat zij in de keuken staat. Het loopt inmiddels tegen zessen en de Verheyens eten elke dag stipt om zes uur.

'Heb je hulp nodig? Bij het, eh... vertellen van het nieuws?'

Annemijn aarzelt. De stoere, haast arrogante oogopslag die ik van haar gewend ben, is opeens totaal verdwenen en ze begint uitgebreid de neuzen van haar schoenen te bestuderen. 'Ik weet het niet. Ik weet niet zo goed hóé ik het moet zeggen. Je kent mijn ouders, je weet wat voor beeld zij hebben van hoe de wereld in elkaar zou moeten steken. Als ze al zo moeilijk reageren op Rijks schooladvies, wat zullen ze dan tegen mij zeggen?'

'Er is maar één manier om daarachter te komen.' Ik probeer zo geruststellend mogelijk naar haar te glimlachen, maar de hert-in-koplampen-uitdrukking op haar gezicht wordt er niet minder om. Integendeel: haar wenkbrauwen trekken in een bedenkelijke frons en ze ziet zelfs een beetje bleekjes. Het is dat ik haar doorgang blokkeer, anders had ze het maar zo op een lopen kunnen zetten.

Ik haal diep adem en kijk haar bemoedigend aan. 'Weet je wat het is? Ja, je ouders zijn nogal...' Ik val even stil, maar besluit dan toch mijn zin af te maken. 'Klassiek,' zeg ik. 'Maar dat ze zielsveel van jullie houden, dat staat buiten kijf. Echt. En ik kan natuurlijk niet honderd procent voorspellen hoe ze zullen reageren, maar ze willen het beste voor je. Misschien reageren ze niet zoals je hoopt, duurt het even voordat ze zijn gewend aan het idee, maar ze zullen echt niet minder van je houden. Helemaal niet als ze zien hoe gelukkig Yfke je maakt, en andersom trouwens ook.'

'Denk je?'

'Ik weet het zeker. Aan mij moesten ze ook wennen. Iedereen trouwens,' zeg ik, die laatste woorden extra benadrukkend.

Annemijn glimlacht flauwtjes. Dan duwt ze haar schouders naar achteren, veegt een lok haar achter haar oor en draait zich om. Net als ik aanstalten maak om achter haar aan te lopen, blijft ze staan en draait ze zich weer naar me terug. Zonder verdere aankondiging geeft ze me zo'n korte, stevige omhelzing dat ik er een beetje door overweldigd ben.

Voordat ik goed en wel besef wat er gebeurt, laat ze me alweer los. Even lijkt ze zichzelf inwendig moed in te spreken. Dan loopt ze met zware stappen naar de tuintafel, waar Lammert, zijn ouders en de kinderen inmiddels klaarzitten voor het diner en hun borden volscheppen met zelfgemaakte gadogado van Machteld.

'Mam, pap, ik moet jullie iets vertellen.'

'Oké,' zegt Machteld, terwijl ze onverstoorbaar een grote hand kroepoek op haar bord legt. Niemand keurt ons een blik waardig. Lammert pakt een kom rijst aan van Eloise en geeft hem door aan zijn vader, en Rijk zit ongeduldig met zijn mes en vork in de hand te wachten tot hij kan aanvallen.

Annemijn draait zich om en kijkt naar mij alsof ze in de val is gelokt en niet weet hoe ze hier weer uitkomt. Haar ogen staan angstig en ze heeft haar vingers zo stevig in elkaar verstrengeld dat het wel pijn móét doen.

Ik zet een stap vooruit en ga naast mijn schoonzus staan, mezelf zo breed mogelijk makend.

We voeren een gesprek in stilte door een aantal blikken uit te wisselen – zij nog steeds paniekerig, ik zo bemoedigend en zelfverzekerd mogelijk.

Uiteindelijk schraapt Annemijn haar keel en zegt: 'Ik heb een vriendin. Ik val op vrouwen en ik heb een vriendin.'

Machteld knippert niet eens met haar ogen en ook Lammert senior prikt onverstoorbaar een stukje komkommer aan zijn vork.

Rijks mond valt open, waarna hij zacht zegt: 'Cool!'

Eloise kijkt Annemijn bewonderend aan.

Lammert kijkt eerst naar Annemijn en dan naar mij, alsof ik dat haar zojuist heb ingefluisterd. Ik plak mijn therapeutenglimlach op mijn gezicht en kijk hem zo opgewekt mogelijk aan.

Het is mijn schoonvader die voor het eerst wat zegt. 'Wat fijn, lieverd. Gefeliciteerd. Neem je haar binnenkort een keer mee om te komen eten?'

'Wat een goed idee,' zegt Machteld joviaal. 'Dat lijkt me een uitstekend plan. Doe je dat eerdaags?'

'Ik, eh...' Annemijn kijkt van haar ouders naar mij. Waarom kijkt iedereen míj aan? Ik kan er ook niks aan doen dat deze situatie ineens zo ontzettend... normaal verloopt. Ik trek mijn mondhoeken naar beneden in een 'ik weet het ook niet'-gezicht en probeer met een hoofdknik in de richting van de tafel duidelijk te maken dat ze nog moet reageren.

Annemijn lijkt wakker geschud te worden en stamelt: 'Ja, eh… Ja, is goed. Doe ik. Hebben jullie verder… niets te zeggen?'

'Wat zouden we moeten zeggen, lieverd?' Machteld kijkt op.

'Nou… Omdat ik… een vriendin heb. Een vrouw.'

'Ja, en?'

'En niks, maar ik dacht gewoon…'

'Toen Lammert thuiskwam met Claudette, zeiden we toch ook niet: goh, wat leuk, een vrouw? Ik wil je gevoelens niet bagatelliseren, maar neem haar nou eerst maar gewoon eens mee voor een borrel of een lunch, goed? We ontmoeten haar met liefde. Nou, kom zitten, anders wordt het koud.' Machteld wappert in de richting van onze borden, die als enige nog leeg zijn. 'De pindasaus is heerlijk vandaag, al zeg ik het zelf,' zegt ze zonnig. 'Ik heb er net wat meer sambal in gedaan. Geeft het een beetje pit, weet je wel?'

Ik loop om de tuintafel heen en til mijn stoel voorzichtig op, om plaats te nemen naast Lammert.

Annemijn gaat tegenover me zitten, naast Lammert senior, en pakt beduusd de kom rijst aan die Rijk haar voorhoudt. Ze ziet eruit alsof er duizend kilo van haar schouders is gevallen. Haar ogen schitteren.

Mijn schoonvader buigt zich naar haar toe en legt zijn hand kort op haar onderarm. Zachtjes zegt hij: 'Ik kan niet wachten om haar te ontmoeten, lieverd.'

Er is weinig zo belangrijk voor me als familie. Mijn broer en ik hebben een onzichtbaar draadje met elkaar; ik hoef hem maar aan te kijken of ik weet wat hij denkt. Andersom is dat precies zo. Onze broer-en-zusband is zo sterk dat ik het amper onder woorden kan brengen.

Uit: Maandelijkse column in LINDA.*, één jaar en zes maanden geleden*

36

Met nog één week te gaan tot het congres in Antwerpen leek het me een goed idee om mijn boeken nog een keer door te nemen. Natuurlijk weet ik wat erin staat, maar met tweeduizend mensen in de zaal en hopelijk minstens evenveel kijkers via de livestream is het zaak dat ik goed beslagen ten ijs kom. Of beter nog: perfect beslagen. Dit moet de beste presentatie worden die ik ooit heb gegeven.

Dus zit er maar één ding op: ik oefen mijn praatje op de enige man in mijn leven die nooit een blad voor de mond zal nemen. De man die er altijd voor me is, maar die ook – naast mijn grootste fan – mijn grootste criticus is.

Boaz.

Ik zit in de tuin van zijn woonboerderij terwijl hij een houten bijzettafel bewerkt met een stuk schuurpapier. Het tafeltje heeft een bijzonder ontwerp: het bestaat uit een rond tafelblad dat precies op de helft recht omhoog is geknikt, alsof iemand het als een papiertje heeft omgevouwen en in een hoek van 90 graden heeft gezet. Eronder zijn twee houten poten bevestigd en het is de bedoeling dat het tafeltje tegen de muur leunt, waardoor het zichzelf in evenwicht houdt. Het is eenvoudig, strak en modern – ik zou het zo in mijn eigen huis zetten.

'Maar vmbo-advies dus,' zegt Boaz, waarmee hij mijn gedachtestroom weer naar het hier-en-nu haalt. 'Wat vindt Lammert daarvan?'

Ik haal mijn schouders op. 'Over de zeik, natuurlijk. "Verheyens gaan al generaties lang naar het vwo!" En zoals iedereen weet, is intelligentieniveau erfelijk, dus ligt het aan de juf dat Rijk geen vwo-advies heeft gekregen.'

Boaz' schuurbeweging houdt abrupt op en zijn wenkbrauwen vliegen omhoog. Proestend zegt hij: 'Sorry, wát? Dat is niet serieus, toch?'

Ik veeg een stofje van de kaft van *Van saai naar fraai* en peuter aan een van de hoekjes. Ik heb een gloednieuw exemplaar meegenomen, zodat ik mijn aantekeningen niet hoef te vermengen met die van eerdere presentaties. 'Ik zou willen dat ik niet serieus was,' zeg ik. 'Inmiddels hebben we gebeld met de juf en heeft ze keurig uitgelegd waarom ze toch het schooladvies heeft bijgesteld, want Lammert probeerde eerst nog te roepen dat de toetsscore "natuurlijk niet leidend is". Heeft hij wel gelijk in, maar het zorgde er wel voor dat ze het advies heroverwogen. We hebben nu een gesprek gepland staan met de rector van de nieuwe school. Over wat het precies betekent dat ze straks allebei naar een ander niveau gaan, en zo. Eigenlijk vooral om Lammert gerust te stellen.'

Boaz gaat rechtop staan, wijst met zijn hand op zichzelf en maakt dan een weids gebaar richting zijn achtertuin. 'Het levende bewijs dat het vmbo totaal geen probleem is. Vind ik zelf, in elk geval.'

Hij deponeert het stuk schuurpapier in een gereedschapskist en loopt naar binnen. Even later stapt hij de tuin weer in met een biertje voor zichzelf en een glas wijn voor mij. 'Chardonnay. Geen fancy spul, maar het is vast wel prima,' geeft hij antwoord op mijn vragende blik.

'Komt het…'

'Nee, het komt niet uit een pak,' kapt hij me grijnzend af. 'Gewoon uit een fles. Volgens mij zelfs eentje die jij zelf in de koelkast hebt gelegd, omdat je de vorige keer moeite had de wijn weg te krijgen die ik had gekocht.'

Ik pak het glas met een minstens zo brede grijns van hem aan en wijs ermee naar het tafeltje, dat nu tegen zijn tuintafel leunt. 'Voor wie maak je dat?'

Hij wipt het dopje van zijn bierfles en gooit het op een derde tuinstoel, naast hem. 'Niemand. Ik kwam het tegen op het internet en ik vond het wel cool, dus ik dacht: ik maak het. Zo werkt dat een beetje, met een hobby. Je maakt iets omdat je daar zin in hebt.' Hij heft het flesje naar me, neemt een slok en zegt dan: 'Ken je Wende

Bakker nog, van de middelbare school? Ik kwam haar onlangs tegen in de supermarkt.'

'Dat breimeisje?'

Hij knikt, met de fles aan zijn mond. 'Ja, die, ja. Zij heeft nu een wolwinkel in de stad. Geeft breiworkshops en alles. Je zou er voor de gein een keer naartoe moeten gaan. Het zou je goed doen om eens iets anders te doen dan de hele dag achter je computer zitten of in andermans hoofd kijken.'

Ik breng een schamper lachje voort. 'Ik zit helemaal niet de hele dag in andermans hoofd te kijken. Ik heb genoeg aan mijn eigen hoofd.'

Boaz wijst met zijn bierflesje in mijn richting. 'Waar het me om gaat, is dat het goed is om een hobby te hebben.'

'Ik héb een hobby,' werp ik tegen.

'O, ja?'

'Ja.'

'Wat dan?'

Ik sla mijn armen over elkaar en leun achterover in mijn stoel. 'Ik wandel.'

Mijn broer gooit zijn hoofd achterover en stoot een harde lach uit. 'Jij wandelt niet, jij snélwandelt. En dat doe je alleen maar zodat je in vorm blijft, niet omdat je het leuk vindt. Het is dat je er te snel voor gaat en dat je zou struikelen, maar ik weet zeker dat je anders je mail had weggewerkt tijdens het lopen. Of een dossier zou doornemen, zou schrijven aan je nieuwe boek... Of misschien zelfs zou videobellen.'

Ik neem gepikeerd een slok wijn, maar kan niet voorkomen dat ik glimlach. Die glimlach wordt alleen maar breder als Boaz op mijn boek wijst en me vraagt wat ik ga vertellen op het congres.

Mijn ogen glimmen van trots als ik mijn plan uit de doeken doe, ondertussen liefkozend over de kaft van mijn boek wrijvend.

Mijn broer kijkt me met één opgetrokken wenkbrauw aan terwijl ik – toegegeven: enigszins van de hak op de tak – vertel wat ik allemaal in mijn talk wil verwerken.

'En daarna ga ik naar het hotel toe om hem te verrassen,' besluit ik ten slotte.

'En je weet zeker dat hij daar dan is?'

'Ja. Zeker weten. Het is dan exact eén week voor de officiële opening en de laatste tijd is hij sowieso steeds vaker in Antwerpen. Hij heeft ook al meerdere keren gezegd dat hij in de week voor de opening elke dag in het hotel is.'

Boaz zet het flesje weer aan zijn mond. Na een flinke slok vraagt hij: 'Hoe gaat het überhaupt tussen jullie?'

De vraag overvalt me zo dat ik niet weet wat ik moet antwoorden. Ja, dit idee is geweldig, maar om nou te zeggen dat het écht goed gaat tussen ons… Het gaat oké. Niet geweldig, niet verschrikkelijk. Gewoon, oké.

'Het gaat prima,' zeg ik dan ook. 'De verbouwing van het hotel vordert gestaag, het is bijna af en dan is hij weer vaker thuis. Het is de bedoeling dat Ronja de eerste maanden heel veel in Antwerpen is, dus wat er ook speelt tussen hen…'

'Clau, er speelt niks tussen hen.'

Ik duw mezelf omhoog op mijn stoel en kijk naar de wijn in mijn glas. De drank is koud en er is condens op het glas ontstaan. Eén druppel glijdt traag naar beneden en belandt via de poot van het glas op mijn duim. 'Misschien niet van zijn kant, maar haar vertrouw ik nog steeds voor geen meter,' zeg ik. 'En sinds wanneer verdedig jij Lammert? Je mag hem niet eens.'

Boaz heft zijn bierflesje naar me. 'Klopt, ik vind nog steeds dat hij die aardappel uit zijn keel moet halen en die stok uit z'n reet, maar dat betekent niet dat ik hem niet een béétje heb leren kennen de laatste jaren. Echt, hij zou zoiets nooit doen. Daar is hij de man niet naar.'

'Hij zegt ook van niet, maar toch… Met die verhalen van die journalist en zo, en hoe Ronja is… Ik weet het niet.'

Boaz wrijft nadenkend met zijn hand in zijn nek. 'Je ziet spoken, zus. Maar goed, ik ken jou goed genoeg om te weten dat je daar totaal geen boodschap aan hebt, dus hoop ik dat je in Antwerpen bereikt wat je wilt bereiken.'

Ik knik gedecideerd. 'Ik denk dat dit precies de impuls is die ons huwelijk nodig heeft.'

'En als dat niet zo is?'

'Dan, eh...' Ik wals mijn wijn rond in mijn glas en kijk hoe de drank door mijn glas rolt. Eerlijk gezegd heb ik daar nog niet eens over nagedacht. Dit móét de impuls zijn die ons huwelijk nodig heeft, dat kan niet anders. Maar als het niet zo is...

'Dan nemen we misschien wel nog een kind,' zeg ik prompt. Waar het vandaan komt weet ik niet, maar nu ik het hardop uitspreek, is het niet eens zo'n slecht idee. 'Ik ben pas vijfendertig, dat kan prima. Ja, de tweeling is al twaalf, maar dan nog...'

Boaz kijkt me aan alsof hij water ziet branden. 'Nog een kind? Meen je dat?'

'Weet ik niet,' zeg ik. 'Zo'n slecht idee is dat niet. Wat is daar mis mee?'

Mijn broer pulkt aan het etiket van zijn bierflesje en zwijgt een volle minuut terwijl ik van mijn wijn nip. Als hij uiteindelijk antwoord geeft op mijn vraag, is zijn toon ineens anders dan anders. Vlakker. Een beetje verbeten zelfs.

'Niks,' zegt hij. 'Maar kinderen neem je niet, die krijg je. En ik weet niet of het zo'n goed plan is om een kind te krijgen in de hoop dat je relatie het volhoudt. Dat verdient zo'n kind niet. Had jij dat niet zelf al in *Van saai naar fraai* gezet, trouwens?'

Mijn ogen schieten over Boaz' gezicht, zoekend naar een teken dat hij een grapje maakt. 'Dat verdient zo'n kind niet?' herhaal ik zijn woorden. 'Sinds wanneer ben jij zo bijgedraaid over kinderen? Jij haat kinderen.'

Hij reageert niet. Bewegingloos staart hij naar een van de vele wilde bloemen in zijn tuin, waar een hommel traag omheen zoemt. Het diertje vindt uiteindelijk een groepje blauwe bloemen waar het zichzelf haast in stort om nectar uit te halen.

'Jij haat kinderen,' herhaal ik. 'Rijk en Elo niet natuurlijk, maar verder wel. Toch?'

'Niet... echt,' zegt hij langzaam. Zijn ogen zijn nog steeds gefixeerd op de hommel, die nu naar een ander bloemetje zweeft.

Ik leun naar voren om zijn blik te vangen, maar hij blijft strak voor zich uit kijken. 'Hoe bedoel je "niet echt"?'

Boaz maakt zijn ogen los van de hommel en trekt het label van zijn flesje half los, om het vervolgens tevergeefs weer terug te vouwen. 'Het begon eigenlijk toen jij zei dat je zwanger was. Daarvoor had ik nog nooit iets meegemaakt wat met kinderen te maken had. Behalve schreeuwende kleuters in de supermarkt dan. Ik kan me niet voorstellen dat iemand een schreeuwend kind in de supermarkt ziet en denkt: och, ik kan niet wáchten tot die van mij ook op de grond ligt voor het theeschap. Maar jij... je straalde, die hele zwangerschap lang. Of nou ja, in het begin niet en op het laatst ook niet want toen was er in je buik geen plek meer voor de rest van je organen. Maar daartussenin...'

Ik grijns. 'Drie maanden lang was ik *on top of the world*, daarvoor en daarna lag ik halverwege de onderwereld.'

Boaz glimlacht mistroostig.

'Dat was voor jou het moment waarop je anders naar kinderen ging kijken?' vraag ik ongelovig. 'Omdat ik zwanger was?'

Hij schudt zijn hoofd. 'Niet per se, maar dat moment zette wel een raam open in mijn hoofd waarvan ik dacht dat het dichtgetimmerd zat. Ik dacht... Ik was er zo stellig van overtuigd dat ik geen kinderen wilde, dat ik heel erg gelukkig was in mijn eentje. En dat was ik ook – dat bén ik ook. Al helemaal als je bedenkt dat ik niet eens een vrouw heb om kinderen mee te willen. Maar toch... Toen jij was bevallen en ik jou zag met die kids, dacht ik: shit, dat wil ik ook.' Hij rolt zijn bierflesje in zijn handen en haalt zijn schouders op. 'Ik had er alleen erg weinig behoefte aan om op zoek te gaan naar een vriendin enkel omdat ik zo nodig een kind wil. Allereerst is een kinderwens vanuit de man niet echt iets waar veel over gepraat wordt, en ten tweede lijkt het me een slechte start van een relatie om meteen in het begin al te denken: zie ik mezelf kinderen hebben met deze vrouw?' Hij steekt zijn hand uit naar een denkbeeldige persoon voor hem. 'Hallo, ik ben Boaz, hoe snel kan ik jou bezwangeren zonder dat het vreemd is?'

Ik giechel, ondanks de droefenis van de situatie.

'En als zij dan geen kinderen zou willen, wat dan?' gaat Boaz verder. 'Maak ik het dan uit, nog voordat ik weet of ik verder alles aan haar leuk zou vinden? Ik moet er niet aan denken, zeg.'

Ik zet mijn inmiddels lege glas in het gras naast mijn stoel en frunnik weer aan de kaft van het boek op mijn schoot. 'Waarom heb je me dit nooit verteld?' vraag ik zacht.

Hij snuift. 'Wat had jij dan moeten doen, ergens een vrouw vandaan toveren? Alsof je daar tijd voor had. Jij had je eigen sores met huilende baby's, toen krijsende kleuters en daarna alles wat erachteraan kwam. Dat raam stond gewoon op een kiertje, meer was het niet. Ik had er genoeg werk aan om te bedenken of ik het alsnog dicht wilde timmeren of echt wilde openen. En toen ik eindelijk wist dat ik het toch wel echt wilde, had ik nog steeds geen vrouw. Ik weiger om naar een draagmoeder op zoek te gaan en als man zelf zwanger zijn kan tot nu toe alleen als je een zeepaardje bent, dus dan blijven er weinig opties over.'

Als vanzelf schieten mijn gedachten naar een zeedierenspecial die Boaz en ik jaren geleden op National Geographic zagen, waarin werd uitgelegd dat zeepaardmannetjes een broedbuidel op hun buik hebben. Ik was het eigenlijk alweer vergeten, maar glimlach bij de herinnering.

'Je mag Rijk en Eloise altijd lenen,' zeg ik. 'Zelfs nu ze bijna pubers zijn, weten ze het nog voor elkaar te krijgen om je je kinderwens te laten herzien.'

Hij lacht meesmuilend. 'Ik ga niet zeggen dat het aan de opvoeding ligt, maar...'

'Hé!' Met de rug van mijn hand geef ik een zachte tik tegen zijn bovenarm.

Mijn broer valt achterover in zijn stoel alsof ik hem de grootste knal ooit heb verkocht. Terwijl hij quasi-gepijnigd over zijn arm wrijft, vraag ik: 'Heb je ooit adoptie overwogen?'

'Jawel. Maar eenouderadoptie komt niet vaak voor. Ik heb een keer een oriënterend gesprek gehad en ik weet niet meer precies hoe ze het zeiden, maar het kwam erop neer dat alleenaanvragers in de praktijk meestal alleen in aanmerking komen voor een zogenaamd moeilijk plaatsbaar kind. Als er al mogelijkheden zijn.' Hij kijkt opzij en verduidelijkt bij het zien van mijn vragende gezicht: 'Kinderen met een medisch probleem of kinderen ouder dan vier jaar.'

'Wow,' zeg ik.

Opnieuw een schouderophalen waarvan ik weet dat hij ermee wil zeggen dat het allemaal wel meevalt, maar er sijpelt frustratie en moedeloosheid in door. 'De meeste landen geven de voorkeur aan gehuwde stellen. Wat ik wel begrijp, maar ik zou een kind zó veel liefde kunnen geven dat het echt nooit iets tekort zou komen.'

Ik leg mijn boek weg, pak mijn stoel op en schuif net zo lang Boaz' kant op tot ik enkele centimeters van hem vandaan zit. Voorzichtig leun ik wat dichter naar hem toe en ik leg mijn hoofd op zijn schouder. Mijn kapsel deukt een beetje in, maar het interesseert me niet. Dit is belangrijker. 'Sorry dat ik zomaar zei dat we misschien nog een kind moesten nemen. Krijgen, bedoel ik.'

Hij blaast lucht uit door zijn neusgaten en rolt zijn bierflesje weer in zijn handen. 'In zekere zin neem je wel kinderen, hoor. Althans, dat hoop ik. Je krijgt een lekke band als je per ongeluk door glas fietst. Je krijgt een onverwachte regenbui op je hoofd als je vergeet Buienradar te checken en je krijgt een compliment van je tandarts als je goed hebt geflost. Tenzij je meneer en mevrouw Duffeling heet, krijg je in principe niet zomaar een kind in een mandje voor je deur op de stoep. In de meeste gevallen is een kind hopelijk een weloverwogen besluit.'

'En absoluut geen laatste redmiddel voor je relatie,' besluit ik. 'Je hebt gelijk.'

Boaz legt zijn hoofd op het mijne. 'Weet je, misschien ga ik me toch wel verdiepen in een draagmoeder. Jij zegt net wel "ik ben pas vijfendertig", maar ik ben ook maar één jaar ouder dan jij. Op deze leeftijd ben ik echt nog niet te oud om een kind te krijgen. Commercieel draagmoederschap is in ons land verboden, maar ik geloof dat je binnen je eigen kring wel iemand mag zoeken.'

Ik knik, met mijn hoofd nog steeds op zijn schouder. Zwijgend kijk ik naar de wilde bloemen in de tuin, die door een zacht briesje een beetje heen en weer deinen. De hommel is inmiddels verdwenen.

'Bo?' vraag ik zacht.

'Ja.'

'Als je ooit iemand nodig hebt om te praten, bel je me dan? Al sta ik midden op een symposium over het belang van oxytocine voor het behouden van een gezonde relatie.'

'*Oddly specific*,' zegt mijn broer. Ik hoor de glimlach in zijn woorden doorklinken.

'Op het Psychologiecongres in Antwerpen dan. Is dat beter?'

'Beter.' Hij plant een kus in mijn haar, duwt me van zijn schouder af en wijst naar het boek dat ik in het gras heb gelegd. 'Nou, laat me dan nu maar eens zien wat voor geweldige dingen je daaruit gaat vertellen in je presentatie. Ik begrijp nog steeds niets van dat warrige verhaal van daarnet, dus misschien moeten we even het een en ander bijschaven.'

37

Toen ik net gevraagd werd voor symposia en congressen, ging Lammert altijd met me mee. Allereerst om iemand te hebben tegen wie ik kon praten als afleiding op weg ernaartoe, maar ook omdat hij er simpelweg altijd bij wilde zijn. Ik heb hem nooit hoeven vragen met me mee te gaan; hij was er gewoon. Als het even kon zelfs op de eerste rij, zodat ik altijd een vertrouwd paar ogen had om te zoeken als mijn zenuwen me te veel dreigden te worden. Op de terugweg analyseerden we mijn presentatie, verbeterden we waar nodig en gaf hij me tips om zelfverzekerder op het podium te staan.

Toen mijn carrière een vlucht nam en ik meer en meer gevraagd werd om te spreken, gebeurde het steeds vaker dat Lammert thuisbleef. Zijn carrière groeide immers ook, en het werd steeds moeilijker om bij elke presentatie aanwezig te zijn.

De eerste keer dat hij er niet was, weet ik nog heel goed. Ik had inmiddels totaal geen spreekangst meer en draaide mijn hand niet meer om voor speeches met een paar honderd toeschouwers. Toch had ik halverwege mijn presentatie over de kern van je relatie terugvinden een angstig moment. Luisterde de zaal wel naar me? Vonden ze het wel interessant genoeg? Wist ik de aandacht wel vast te houden?

Als vanzelf schoten mijn ogen naar de eerste rij, maar alleen een stel onbekende ogen staarde terug. Op de terugweg analyseerde ik mijn verhaal in mijn eentje en schaafde ik zelf het intro bij, zodat het de volgende keer nog strakker zou zijn.

Vanaf dat moment reed ik er altijd alleen naartoe. Als er een livestream was, keek Lammert er niet naar en eventuele video-opnames waar ik achteraf terloops iets over zei, liet hij links liggen.

Ik heb dan ook oprecht getwijfeld of ik Lammert wel over dit congres moest vertellen, maar aangezien de kinderen dit weekend bij hun grootouders logeren, kwam het een paar dagen geleden vanzelf ter sprake.

Eloise vroeg namelijk of ik in Lammerts hotel bleef slapen, aangezien we allebei in Antwerpen zouden zijn.

Lammerts ogen schoten van onze dochter naar mij en terug, om vervolgens met een vragende blik op mij te blijven hangen. 'Antwerpen?'

'Het congres,' zei ik. 'Dat is in Antwerpen.' Ik wilde het eigenlijk niet noemen om de verrassing groter te laten zijn, maar tot mijn verbazing zag ik een hoopvolle uitdrukking op zijn gezicht verschijnen.

'Kom langs als je klaar bent!' riep hij meteen, zo oprecht dat ik een paar keer duf met mijn ogen knipperde en in plaats van 'ja, leuk!' te roepen eerst vroeg: 'Echt?'

Zo makkelijk ging het. Vanaf dat moment had ik niet alleen zenuwen voor mijn presentatie, maar ook – of eigenlijk vooral – voor wat daarna op de planning staat.

Het congrescentrum in Antwerpen ligt midden in het centrum, direct naast Antwerpen Centraal. Het is gigantisch en hoewel ik wel vaker voor enkele honderden mensen heb gesproken, voel ik toch iets fladderen in mijn onderbuik nu ik er rondloop.

Aangezien het nieuwe Verheyen-hotel nog niet af is en ik me daar niet echt kon omkleden tussen de bouwlui, heb ik een hotel geboekt in de buurt. Na mijn presentatie fris ik me nog even snel op en dan ga ik naar Lammert.

Ik heb mijn presentatie tot in de puntjes voorbereid en zie eruit om door een ringetje te halen. Ik draag mijn nieuwe, okergele blouse en donkerbruine kokerrok die ik tijdens mijn winkelmiddag met Yfke heb gekocht. Een schitterende zachtroze jurk met een A-lijn – eveneens een aanwinst van die middag – hangt in de hotelkamer op me te wachten voor later vandaag. De jurk is van SCAPA, het designermerk uit Antwerpen waar ik ook een geruite pantalon van droeg op het pensioneringsfeest van Lammert senior. Het leek me wel een leuk detail dat de cirkel weer rondmaakt.

Gistermiddag hebben we een doorloop van mijn presentatie gedaan en vanochtend heb ik zelf een aantal sessies bijgewoond, maar echt opletten lukt niet. Zojuist werd ik halverwege de lunch opgehaald door Olivia; mijn contactpersoon van de boeking en ook degene die alles vandaag voor me regelt.

Ze gaat me voor op de trap naar de gang achter de congreszaal en babbelt over haar schouder honderduit, zonder me echt aan te kijken. 'We zijn uitverkocht,' zegt ze. 'Tweeduizend stoelen en per talk kijken er een paar duizend mensen online mee. Het is zeer succesvol tot dusver; de sfeer is uitstekend, er worden veel vragen gesteld tijdens de workshops en de presentaties lijken in de smaak te vallen. Je hebt een *all access*-bandje, toch? Heb je al wat gegeten?'

Ik knik en weet er een glimlach uit te persen. Eerlijk gezegd heb ik amper een halve sandwich weg gekregen. Meer dan dat wil er momenteel niet in.

Olivia's woorden galmen na in mijn hoofd. Een paar duizend kijkers. Voor mij. Dit is hét moment. Mijn TED Talk over het belang van blijven praten in je relatie heeft tot nu toe 97.000 weergaven, maar dat is in een tijdsbestek van drie jaar. Bij de opname destijds zaten er een paar honderd mensen in de zaal, meer niet. Een paar honderd mensen is tegenwoordig een gemiddelde donderdagmiddag, maar duizenden kijkers is toch wel echt wat anders. Al helemaal omdat ik vandaag zoiets persoonlijks ga delen.

Ik word bijna ondersteboven gelopen door iemand met een camerastatief op zijn schouder en knal vervolgens bij het uitwijken bijna tegen twee mensen op die bovenaan de trap staan te praten. 'Sorry' prevelend loop ik achter Olivia aan, de gang naar de kleedkamers in.

Ze loopt met ferme tred voor me uit, blijft staan bij een van de deuren en gooit die met een zwierig gebaar open.

Ik kijk langs haar heen de kleedkamer in.

Er staan een grote spiegel met van die theaterlampen eromheen, een blauwe, leren bank, een tafel met daarop een schitterende bos bloemen en er hangt een klok van minstens een meter doorsnede. Verder staan er rond de tafel vier typische vergaderstoelen – grijs gestoffeerd en met zo'n stalen frame – en staat er een nepplant in de hoek. De muren zijn allemaal wit en saai.

Ik stap met geveinsd zelfvertrouwen langs Olivia de ruimte binnen en zet mijn tas naast de bloemen op tafel. 'Ik heb het tot nu toe erg naar mijn zin,' zeg ik, een beetje loos in de ruimte. 'De sessies van vanochtend vond ik erg inspirerend.'

Olivia's gezicht klaart op. 'Geweldig, is het niet? We hebben echt ons best gedaan een gevarieerd programma samen te stellen. Wat heb je bijgewoond tot nu toe?'

Ik hou mijn hoofd schuin om de audiotechnicus die uit het niets opduikt de ruimte te geven om mijn microfoon op te doen. Terwijl hij me iets wat eruitziet als een bedraad wattenstaafje aangeeft om rond mijn oor te klemmen, kijk ik Olivia aan om haar vraag te beantwoorden. 'De presentatie van die neuroloog, over hoe lichaamsbeweging je hersenen jong houdt, en later die van die pianist over hoe muziek onze stemming kan beïnvloeden.'

De microfoon wordt met een plakbandje vastgeplakt op mijn wang en ik moet mijn blouse uit mijn rok halen om het kabeltje netjes weg te werken. Terwijl de geluidsman het zenderkastje vasthoudt, stop ik mijn blouse weer terug en voorzichtig klemt hij het kastje aan de rand van mijn rok. Ik knik hem vriendelijk toe en friemel nog wat aan het microfoontje om er zeker van te zijn dat het goed vast zit.

'Mooi was dat, hè?' vraagt Olivia, waarschijnlijk doelend op de presentatie van de pianist. 'We hebben hem op het laatste moment aan het programma toegevoegd, maar ik vind het echt een van de beste presentaties tot nu toe. Op jou na, natuurlijk.' Ze glimlacht breeduit en kijkt op haar klembord, dat ze de hele dag al stijf onder haar arm geklemd houdt. 'We hebben ruimte voor een uitloop van tien minuten, dus geen zorgen als je een paar minuten over de tijd heen gaat.'

Een jonge vrouw snelt de ruimte binnen met twee flesjes water in haar hand. Het ene flesje geeft ze aan Olivia, het andere aan mij. Ik voel me een bokser die de ring in gaat en neem het flesje dankbaar van haar aan. Meteen draai ik de dop eraf en ik neem een paar flinke slokken. Vanuit de zaal hoor ik het geluid van stemmen toenemen – het teken dat de deuren zijn geopend en iedereen een zitplaats zoekt.

'Er staat een tafeltje op het podium met een karaf water,' gaat Olivia vrolijk verder. 'Er is als het goed is al een glas voor je ingeschonken, maar anders zie je de glazen vanzelf. Je beide boeken liggen ernaast. Je mag die ook mee... O.'

Ik kijk naar het flesje water, dat op wonderbaarlijke wijze ineens helemaal leeg is. 'Op het tafeltje zei je, toch?' vraag ik onbeholpen.

Ze knikt. 'Een hele karaf, dus dat zou genoeg moeten zijn.'

Weer een andere persoon dan die ik tot nu toe heb gezien, klampt haar aan en fluistert wat in haar oor. Olivia's ogen vernauwen zich tot spleetjes terwijl ze aandachtig luistert en af en toe knikt ter bevestiging. Dan richt ze zich tot mij. 'Ik moet even iets regelen. Ik kom zo dadelijk terug om je op te halen. Als je nog vragen hebt, stel ze gerust. Iedereen is er voor je om ze te beantwoorden.' Ze gebaart naar de gang, waar een paar druk uitziende mensen af en aan lopen. Niemand ziet eruit alsof hij bereid is mijn eventuele vragen te beantwoorden.

'Bedankt,' zeg ik. 'Dat komt vast goed.'

Weer iemand anders komt binnen met een poederdoos en een enorme kwast in haar hand. 'Tegen het geglim,' zegt ze vriendelijk. 'We willen niet dat de mensen die thuis meekijken worden afgeleid door een glimmend voorhoofd en daardoor niets meekrijgen van je presentatie.'

'Uiteraard,' zeg ik.

Olivia wenst me succes, steekt haar hand op en snelt de ruimte uit, terwijl ik op de stoel bij de theaterspiegel ga zitten en het bepoederritueel onderga.

De visagist moet haar best doen om mijn microfoon niet onder te poederen en ik kan de gedachte niet onderdrukken dat zij beter vóór de audiotechnicus langs had kunnen komen, al is dit niet het eerste congres waarop het in deze volgorde gebeurt.

Terwijl de kwast over mijn neus, jukbeenderen en voorhoofd vliegt, staar ik naar mijn spiegelbeeld. Mijn nieuwe blouse staat me fantastisch, al zeg ik het zelf. Ik draag er de oorbellen bij die ik van Lammert kreeg toen ik het boekcontract voor *Van saai naar fraai* ondertekende. Sierlijke, geelgouden hangers met een Zuidzeeparel, de grootste zoutwaterparelsoort ter wereld. Ze zijn prachtig en als vanzelf gaat mijn hand er even naartoe om met mijn duim en wijsvinger over de hanger te strijken.

Plotseling word ik overvallen door een gevoel van paniek. Is dit eigenlijk wel zo'n goed idee? Ik zet mijn carrière op het spel door mijn hart uit te storten voor duizenden mensen. Waren er niet andere mensen die eerlijk waren over hun privésituatie en bij wie dat totaal niet het effect had waar ze op hadden gehoopt? Misschien sta ik wel op het punt een gigantische fout te maken en mezelf voor altijd buitenspel te zetten als relatietherapeut…

Mijn gepeins wordt onderbroken door de visagist die opgewekt 'zo!' zegt en daarna haar spullen weer opbergt. Ze geeft een klopje op mijn schouder, wenst me eveneens succes en is een tel later verdwenen.

Tijd om mijn overdenkingen weer op te pakken heb ik niet, want er klinken een paar korte piepjes uit mijn tas. Ik schuif mijn stoel naar achteren en rek me uit om mijn telefoon tevoorschijn te halen. Een bericht van Yfke. Ze stuurt een foto van haar en Annemijn, samen poserend in een bos.

> Dank je wel voor je bemoedigende en eerlijke woorden. Zonder jou had ik deze vrouw misschien nooit meer in mijn leven gehad. Heel veel succes zo dadelijk op het podium, ik kijk je presentatie terug via de opgeslagen livestream. Zet hem op! Liefs!

Yfke kijkt gelukzalig lachend in de camera, terwijl Annemijn een kus op haar wang drukt. Ze zien er dolgelukkig en verliefd uit.

Ik lees het berichtje opnieuw en opnieuw, en voel dan langzaam mijn zelfvertrouwen terugkomen.

Zonder mij was dit niet gebeurd.

Zonder mijn aanmoediging en gesprekken waren zij misschien wel nooit meer bij elkaar gekomen. Dit is precies waar ik het voor doe, mensen met elkaar verbinden en de liefde laten terugvinden. Dáár gaat het om. Dáár doe ik het voor!

Ik stuur een liefdevol lachende emoji terug naar Yfke, maak een selfie, gooi er snel een filter overheen en post hem met een korte tekst over het congres op mijn Instagramfeed. Dan vergrendel ik mijn telefoon, stop het toestel terug in mijn tas en kijk nogmaals naar mijn spiegelbeeld. Precies op het moment dat ik voor de derde keer 'het komt goed' tegen mezelf heb gemompeld, verschijnt Olivia in de deuropening.

'De zaal is vol. Ben je er klaar voor?'

38

'Drie maanden, één week en twee dagen geleden zei mijn man tegen me dat hij wilde scheiden.'

Zodra ik het heb gezegd, valt er een doodse stilte in de zaal. Door de felle lampen die op me gericht staan, kan ik niet veel mensen zien, maar van degenen die ik zie, zit het grootste deel me met een mengeling van schok en interesse aan te kijken.

Perfect.

De zaal is gigantisch. De ruimte is ingericht als een auditorium, wat inhoudt dat er één groot podium is en de stoelen er in theateropstelling tegenover staan. Gisteren voelde het al groots, maar nu de stoelen gevuld zijn, is de energie die hier hangt overweldigend.

Ik duw mijn schouders naar achteren en ga verder. 'Voor de mensen hier die mij niet kennen, ik ben relatietherapeut. Ik verdien mijn geld met het lijmen van andermans huwelijken en relaties. Ik help verlovingen te behouden, voorkom scheidingen en zorg ervoor dat mensen hun partner weer zien staan. En ik zal u een geheim vertellen: dat is helemaal niet zo moeilijk. De meeste mensen die het idee hebben dat ze beter uit elkaar kunnen gaan, zijn elkaar simpelweg uit het oog verloren. Ze zijn vergeten waarom ze ook alweer verliefd zijn geworden, wat het is geweest dat hen in de ander aantrok. En ze komen bij mij omdat ze ergens nog een sprankje hoop hebben. De koppels die er daadwerkelijk van overtuigd zijn dat het beter is om uit elkaar te gaan, zetten nooit een stap over de drempel van mijn praktijk. Die gaan gewoon uit elkaar.'

Ik laat mijn ogen over de donkere schimmen in de zaal gaan. Het is nog steeds doodstil. Mijn hakken galmen door de ruimte als ik naar het tafeltje loop waar de karaf met water op staat en ik met vaste hand een glas inschenk. Nadat ik een slok heb genomen en het glas terug op het tafeltje heb gezet, ga ik verder.

'En als die mensen met dat sprankje hoop dan in mijn praktijk zijn, is het ook niet eens zo heel moeilijk om hen weer te laten inzien wat het was waardoor ze voor elkaar vielen. Ergens zit dat nog, heel diep vanbinnen. Het is alleen bedolven onder boosheid, nare ervaringen, tientallen niet-nagekomen afspraken en afwijzingen. Wat ik doe, is als een soort archeoloog op zoek gaan naar dat sprankje hoop. Op zoek naar die liefde die nog ergens zit. Heel diep weggestopt, als een opgraving van een eeuwenoude stad. Eerst door de grote problemen uit te graven, en dan heel voorzichtig de rest.'

Ik maak met mijn handen het beeld bij mijn woorden: ik doe alsof ik een schop vast heb, dan alsof ik het sprankje hoop heb gevonden en tot slot hou ik het behoedzaam en bewonderend vast.

'Bij anderen lukt me dat, die liefde terugvinden,' ga ik verder. Mijn blik is gericht op het denkbeeldige sprankje hoop in mijn hand. 'Best goed ook, eerlijk gezegd. Ik heb een boek geschreven, een cursus ontwikkeld en mijn praktijk heeft een wachtlijst waar maar geen eind aan lijkt te komen. Het boek werd een bestseller en vanzelfsprekend moest daar een tweede boek op volgen, dat we onlangs hebben uitgebracht. De kans bestaat dat u op weg hiernaartoe mijn hoofd op een reclameposter bent tegengekomen, poserend met het boek, vergezeld door een quote dat "ook ú het verdient om van uzelf te houden".'

Van het tafeltje met de waterglazen pak ik *Houden van jezelf* en ik doe de foto na die hét beeld van de campagne is geworden: ik, met het boek in mijn handen, een stralende lach op mijn gezicht en een geruststellende, hoopgevende blik in mijn ogen. 'Koop dit boek en alles komt goed' straal ik uit.

Een zachte lach rolt door de zaal.

'Maar bij mezelf blijkbaar niet, want mijn man zei dat hij wilde scheiden. Zomaar, tijdens het diner, aan de eettafel. We aten romige tagliatelle met champignons en truffel. Ik weet het nog precies. Hij vertelde het en nam vervolgens doodleuk een nieuwe hap, terwijl mijn wereld abrupt tot stilstand was gekomen.'

Behoedzaam leg ik *Houden van jezelf* terug op het tafeltje, naast *Van saai naar fraai*. 'Het was alsof iemand de stekker eruit had getrokken. Alsof ik in een discotheek stond en het einde van de avond was aangebroken. De dj had zijn laatste plaat gedraaid en pakte zijn spullen in, de barman was de glazen al aan het spoelen en de schoonmaker rolde de dweilkar de zaal in. Bedankt voor je komst, rij voorzichtig, vergeet niet je jas op te halen bij de garderobe.'

Ik steek mijn hand op alsof ik afscheid neem en de lach die net nog zachtjes klonk, is nu veranderd in een collectieve grinnik.

Verrassend genoeg is er geen enkel stukje zenuwen meer over van wat ik daarnet voelde. Het nerveuze gefladder in mijn buik is weg, mijn mond is niet meer droog en ik zweet weliswaar, maar dat komt door de lampen die op me gericht zijn en niet door de stress. De zaal hangt aan mijn lippen.

Ik loop met zelfverzekerde stappen van de ene kant naar de andere kant van het podium en pak de draad van mijn verhaal weer op. 'Je geld verdienen met het repareren van andermans relaties en dan zelf je eigen huwelijk zien stranden is een bijzondere gewaarwording. Helemaal als je het niet ziet aankomen. Bij anderen ga je de hele checklist af: praten ze nog met elkaar? Over meer dan de kinderen, het huishouden en of de container al aan de weg is gezet? Hebben ze nog dromen en zo ja, komt hun partner in die dromen voor? Zijn ze nog bereid om te vechten voor hun relatie? Om te vechten voor elkaar? Zijn ze nog intiem?' Ik pauzeer even, grijns dan schuldbewust en zeg: 'Ik laat het aan u om in te vullen of dat laatste bij ons nog aan de orde was. Laat ik het anders formuleren: we vinkten alle vakjes aan en ik had het niet gemerkt. Tegen mijn cliënten zeg ik altijd: mensen groeien niet in één dag uit elkaar. Dat kost tijd. Ik had het niet door, maar voor ons gold precies hetzelfde.' Ik laat mijn ogen opnieuw door de zaal gaan en meen wat mensen te herkennen van voorgaande congressen. De neuroloog die vanochtend zijn presentatie hield, zit op de eerste rij, naast de pianist en nog wat andere sprekers die ik herken van de aankondigingsflyer. Helemaal aan het eind van de rij is een stoel leeg. Ondanks dat ik het niet gevraagd heb, moet ik toch de teleurstelling wegduwen dat Lammert daar nu niet zit.

'En ik zal u vertellen wat mijn oplossing was,' ga ik verder. Ik blijf staan en breng één hand langzaam naar mijn borst. 'In therapie... bij mezelf. Ik ben immers de beste relatietherapeut van de Lage Landen, dus als er íémand is die mijn man en mij weer bij elkaar zou moeten krijgen, ben ik het. Toch?' Ik loop naar het tafeltje om *Van saai naar fraai* te pakken en steek het omhoog. 'Dit is mijn eerste levenswerk. Hier staan alle dingen in die ik in de eerste jaren van onze relatie heb geleerd en die ik bij anderen zag misgaan, en er staat in hoe ik vind dat je problemen het best kunt oplossen. Dus ik dacht: dat moeten we gewoon doen. We moeten terug naar onze basis, de basis waar dit boek op is gebouwd. Ik heb er duizenden, tienduizenden mensen mee geholpen, waarom dan niet mezelf en mijn eigen huwelijk?' Ik leg het boek terug op het tafeltje en vouw kort mijn handen in elkaar voor mijn buik. 'Maar zo makkelijk gaat het niet. Een relatie is hard werken. Dat vertel ik dagelijks aan mijn cliënten, en toch leek ik het zelf te zijn vergeten. Daarom sta ik vandaag hier, om jullie daar eerlijk over te vertellen. Ik sta hier niet als de vrouw die met haar jeugdliefde trouwde, die twee schatten van kinderen kreeg en die het allemaal voor de wind gaat. Niet als de bestsellerauteur. Niet als de succesvolle relatietherapeut. Ik sta hier als iemand die ook twijfels heeft. Problemen heeft. Ruzies heeft, huilbuien heeft, iets te veel cocktails drinkt in het casino en de volgende dag moet helpen bij het luizenpluizen op school. De vrouw die de naam van haar cliënt vergeet en maandenlang naar een knipperende cursor staart omdat het nieuwe boekidee zich niet aandient, terwijl haar literair agent in haar nek zit te hijgen. De vrouw over wie wordt geschreven dat haar huwelijk aan een zijden draadje hangt, terwijl zij uit alle macht probeert om het garen van haar relatie weer te verweven.' Ik loop weer terug naar het tafeltje voor een nieuwe slok water. 'De dingen die u online en in de media ziet, zijn slechts de helft van het verhaal. Een verhaal dat nog niet af is. Want voor wie zich afvraagt hoe het nu tussen mij en mijn man gaat: we werken eraan. Nog steeds. Ik ben erachter gekomen dat zelfs mijn beproefde methode af en toe best wat bijsturing kan gebruiken en dat er geen rechte lijn is waarin je een relatie uit het slop haalt. Dat er een heleboel dingen zijn die ik ook niet weet – nog steeds niet. Maar wat ik wel weet, is dat ik nog altijd zielsveel van hem hou en dat zijn rol in mijn leven heel erg belangrijk voor me is. We zetten stappen. Kleine stappen, maar we zetten stappen.' Mijn ogen glijden over de aanwezigen terwijl ik uiteenzet hoe de afgelopen maanden zijn geweest. Ik vertel over het naar boven slepen van de IKEA-banken, over het in elkaar schroeven van Rijks bureau en hoe ik meteen de fout maakte niet te erkennen dat Lammert daar zo veel voortgang mee had gemaakt toen ik even weg was. Ik vertel over onze kampeertrip, over het Liefdesboek en over de geweldig lieve dingen die Lammert opschreef. Over hoe we nader tot elkaar kwamen toen Rijk zijn pols had gekneusd, en over het moment dat Lammert me letterlijk en figuurlijk nieuwe kracht gaf tijdens mijn kater.

Het enige wat ik achterwege laat, is Ronja. Ik wil niet ingaan op de roddels in *Vuur* en het gaat me te ver om eerlijk te zijn over mijn wantrouwen. Ik schaam me als ik terugdenk aan die keer dat ik Lammerts berichtjes las. De keren dat ik 's nachts naar hem heb zitten kijken terwijl hij sliep, alsof hij in zijn slaap ineens hardop zou zeggen dat hij verliefd is op Ronja. De momenten waarop ik een steek van jaloezie voelde als hij voor de zoveelste keer glimlachend op zijn telefoon keek.

De gedachte dat het nieuwe hotel bijna wordt geopend en dat Ronja het gaat runnen, zorgt haast voor pure opluchting. Dit is bijna voorbij. Ik heb geen enkele reden om aan te nemen dat er iets speelt tussen Lammert en Ronja, maar het groene monster op mijn schouder ziet dat overduidelijk nog steeds anders. Ik kan niet wachten om het mormel voorgoed naar de grond te kunnen meppen.

Dan haal ik diep adem voor de afsluiter. 'Dus wat ik jullie vandaag wil meegeven, is dit: geef niet zo snel op. Gooi het bijltje er niet zo snel bij neer. Onderschat de kracht niet van zaken stapje voor stapje aanpakken. Eén stap lijkt misschien weinig, maar elke dag één stap maakt op den duur een lange weg. Als je dan uiteindelijk achteromkijkt, zie je hoe ver je al bent gekomen. Want daar gaat het om. Veel mensen kijken het liefst naar de toekomst, maar soms is het best goed om even achterom te kijken. Dan zie je het namelijk ook als je van je pad bent afgedwaald. Het is nooit te laat om daar dan naar terug te keren.'

Ik vouw mijn handen in elkaar en knik kort. 'Dank je wel.'

Even lijkt het alsof het stil blijft, maar dan barst er een keihard applaus los.

Mensen staan op uit hun stoelen, er wordt gejuicht en gejoeld.

De zaallichten worden heel zacht aangezet en ik zie eindelijk de gezichten van de mensen die mijn verhaal zo ademloos hebben aangehoord.

Ik zuig het op als een kurkdroge spons die in een bak water wordt gelegd. Mijn hart vult zich met liefde. Voor deze zaal, voor Olivia die me mailde en vroeg te spreken, maar vooral voor Lammert, de man die dit mogelijk heeft gemaakt en van wie ik geen seconde langer gescheiden wil zijn.

Ik maak een korte buiging, blaas een kushand het publiek in en loop het podium af.

Vrijheid is binnen ons gezin erg belangrijk. Zolang we er maar open over communiceren, is alles bij ons bespreekbaar. Binnen ons gezin hebben we geen geheimen voor elkaar!

Uit: Gastcolumn voor Ouders van nu, *anderhalf jaar geleden*

39

Ik ben euforisch. Dit was mijn beste presentatie ooit. Het applaus duurde maar voort en voort, tot lang nadat ik van het podium was verdwenen. In de coulissen kwam Olivia vol ontzag naar me toe, wel zes keer zeggend dat ze het zo geweldig vond.

Ik ben gefeliciteerd, omhelsd, zelfs gekust door mensen die het zo'n eerlijk, open verhaal vonden. Ik had geen zin om nog te blijven, dus ik heb me zodra ik kon uit de voeten gemaakt en ben meteen naar mijn hotel gegaan. Daar heb ik me gedoucht en opgemaakt – met een nieuwe glitteroogschaduw die ik gistermiddag heb gekocht en uiteraard mijn favoriete poederroze lippenstift – en heb ik de zachtroze jurk aangetrokken. Vervolgens ben ik naar het nieuwe pand van Lammert gelopen, waar ik nu aan de overkant van de straat op de stoep van een restaurant moed sta te verzamelen om naar binnen te gaan.

Het ziet er dicht uit. Zo te zien zijn er ook geen bouwlui meer, maar Lammert heeft me toch echt gezegd dat ik gewoon langs kon komen en dat hij er zou zijn. Misschien is hij even weg?

Ik ben bewust aan de overkant gaan staan, zodat ik het pand goed kan bekijken.

Lammert heeft me af en toe wat foto's laten zien, maar in het echt is het vele malen mooier. Het pand is net als station Antwerpen Centraal uitgevoerd in een eclectische bouwstijl en is van boven tot onder gerenoveerd. Door de ramen zie ik donkerrode, fluwelen gordijnen hangen en boven de deur is in grote, verlichte sierletters VERHEYEN HOTELS gemonteerd. Het is schitterend.

In de verte hoor ik de lach die ik uit duizenden ken. De lach die me nog altijd kippenvel bezorgt en meteen een aangename warmte vanuit mijn borst verspreidt door de rest van mijn lichaam. De lach die… wordt vergezeld door het hoge gekakel van Ronja.

Half struikelend van de slappe lach die ze hebben, komen ze de hoek van de straat om gelopen.

Ik deins verschrikt een paar stappen achteruit en beland half in de bosjes voor het restaurant. Steunend tegen een boom hurk ik angstvallig neer. Als Lammert me nu ziet, heb ik geen kans om een grootse en meeslepende entree te maken.

Ronja haakt haar arm door die van Lammert en werpt hem haar meest verleidelijke Bambi-geknipper toe. Als ze nog iets harder flappert met die belachelijk lange wimpers van haar, stijgt ze zo dadelijk nog op.

Ik verwacht dat Lammert zich van haar losmaakt, maar in plaats daarvan lacht hij samenzweerderig naar haar. Niet op een 'we zijn oude vrienden en hebben een binnenpretje'-manier, maar precies zoals hij in het restaurant op Terschelling naar mij glimlachte. Waarna we een hotel hebben geboekt en we de hele nacht...

Verdomme.

Nee.

Dit kan niet.

Dit geloof ik niet.

Is hij dan toch... Met háár? Stond hij nou al die tijd glashard tegen me te liegen? Gaat hij ervan uit dat ik de hele dag nog op het congres ben en denkt hij dat hij nog een paar uur heeft voordat ik er ben?

Het groene wezentje op mijn schouder lacht hard en hatelijk. 'Zie je nou wel?' sneert het. 'Ik zei het toch?'

Ik wil het monster wegmeppen en platstampen op de grond, maar op de een of andere manier lukt me dat niet. Samen kijken we naar de voordeur van het hotel, waar Lammert en Ronja nu stilstaan.

Terwijl Lammert een gigantische sleutelbos uit zijn zak vist, hangt Ronja tegen hem aan alsof ze nooit anders gedaan heeft. Is dat echt zo en doet ze daadwerkelijk nooit anders? Hebben ze al deze hotelkamers even gezellig ingewijd terwijl ik thuis zat, wachtend tot Lammert weer terugkwam?

Ik voel mijn keel dichtgeknepen worden als de massieve voordeur achter Lammert en Ronja in het slot valt. Wat moet ik doen?

Wat kán ik doen? Ik kan onmogelijk doodleuk komen aanlopen en aanbellen, toch? Voor hetzelfde geld liggen ze zo te…

Nee, dat kan niet.

Dat kán niet.

Dat zou Lammert nooit doen. Ik ken hem. Ik weet hoe hij is en dat zou hij nooit doen. Ik zie spoken. Dat zei Boaz ook, toch?

Boaz!

Hij weet wel wat ik moet doen.

Nog altijd half gehurkt vis ik mijn telefoon uit mijn tas en kies ik zijn nummer.

'Hé, zus! Hoe is het? Hoe ging je presentatie? Ben je al aan de beurt geweest?'

'Ik zit in de bosjes,' sis ik.

'In de… Wat? Hè? Je was toch op dat congres in Antwerpen?'

'Was ik ook. En de presentatie ging geweldig. Maar daarna wilde ik Lammert verrassen door er al eerder te zijn, dus ik heb me omgekleed in mijn hotel en ben hiernaartoe gegaan. Ik stond net te kijken of er iemand binnen was toen ik zijn stem hoorde. En nu zag ik hem zojuist grappend en grollend naar binnen gaan. Met Ronja. Met Rónja!'

Ik zet een stap naar achteren en voel de hak van mijn pump landen in iets zachts. Een halve tel later dringt een misselijkmakende geur mijn neus binnen.

'Clau? Gaat het wel goed?'

'Volgens mij ben ik in de…' Ik kokhals. 'Gádverdamme. Mijn Louboutins!'

'Wat is er met je Louboutins? Wat ben je allemaal aan het doen? Wat bedoel je met Lammert en Ronja? Je zou Lammert toch opzoeken in het hotel?'

Nog steeds kokhalzend stommel ik de bosjes uit en ik probeer mijn hak af te vegen aan de stoeprand. De drol is rond mijn naaldhak gekruld, dus ik moet mijn voet in allerlei onnatuurlijke bochten draaien om de smerige substantie aan de stenen af te smeren. 'Ja, ik sta tegenover het hotel,' zeg ik. 'Maar er was niemand, en toen zag ik hem dus met Ronja. Met Rónja!' herhaal ik, lichtelijk hysterisch. Ik strek mijn nek uit om naar binnen te kijken, in de hoop dat ik Lammert ergens zie.

'Ze heeft de afgelopen maanden aan dat hotel gewerkt, weet je nog? Dan is de kans toch redelijk groot dat ze hier nu is?'

'Ja, voor Lammert, ja,' sis ik. 'Niet voor het hotel. Jij zag niet hoe ze net naar binnen liepen samen. Er is iets niet pluis, dat voel ik.'

Boaz zucht. 'Clau, ik heb je dit vorige week ook al verteld en ik zeg het je nu nog eens: je ziet spoken. Lammert heeft niks met Ronja. Je hebt iets in je hoofd gehaald wat nergens op slaat en dit gaat alleen maar voor problemen zorgen. Je bent hier om Lammert te verrassen, dus doe dat dan ook. Loop gewoon naar het hotel toe en bel aan – of klop aan, weet ik veel, en dan zie je vanzelf wat er gaande is. Of ga terug naar je hotelkamer en vergeet dit plan, want je klinkt enigszins buiten zinnen en ik weet niet of dit zo'n goed idee is.'

'Ik moet naar binnen,' zeg ik. Ik heb niets meegekregen van mijn broers betoog, maar dat maakt niet uit. Wat zijn idee ook was, het mijne is gegarandeerd beter. 'Ik moet gewoon naar binnen, en dan kan ik met eigen ogen zien wat er tussen hen speelt. Want zoals jij ook al zegt: er is niks aan de hand. Dat bestaat niet. Lammert gaat niet vreemd. Ik heb het hem op de man af gevraagd en het antwoord was nee, en ik geloof hem. Ik móét hem geloven. Maar ik moet het wel met eigen ogen zien.'

'Clau...' zegt Boaz aarzelend, maar ik heb mezelf al overtuigd. Ik moet alleen nog even mijn schoen verder schoon zien te krijgen...

Achter me zwaait de deur van het restaurant open en plotseling komt er een man in koksuniform op me af gestormd.

'*Allez*, wat is me dat hier? Is dat hondenstront?' Hij komt in sneltreinvaart op me af en roept: 'Bol het af!'

'Sorry,' zeg ik. 'Sorry! Het was niet mijn bedoeling om –'

'Bol het af!'

'Oké, oké. Ik ben al weg!' Ik snel de straat over en richt me weer tot Boaz, biddend dat de chef niet achter me aan komt en me voor de deur van Lammerts nieuwe hotel met een deegroller tegen de vlakte slaat. 'Ik moet hangen, Bo. Ik hou je op de hoogte. Wens me succes!'

Er klinkt een zucht aan de andere kant van de lijn. 'Je begaat een enorme fout, Clau. Maar goed. Succes.'

Ik voel een druk op mijn oren als ik het hotel bereik en met mijn rug tegen de muur naast een van de kozijnen ga staan. Ineens voel ik me een echte detective en ik moet de neiging onderdrukken om tijgerend over de stoep naar het tweede kozijn te gaan. Als ik zo'n kleine verrekijker zou hebben en een lange, zwarte jas zou dragen, was mijn outfit compleet geweest. Ik heb wel een zonnebril bij me, maar die zit ergens in mijn tas en ik weet niet of ik de tijd moet nemen om die op te zetten.

Ik hou mijn adem in en draai me zo voorzichtig mogelijk om, zodat ik langs de gordijnen naar binnen kan kijken. Door het raam zie ik de receptie van het hotel, met net zo'n massieve walnoothouten balie als in de andere vestigingen. Op de balie staat een lege vaas en de stoelen van de zithoek ertegenover zijn bedekt met doorzichtig plastic. Zelfs de houten flyerstandaard is nog niet uitgepakt en ook de schilderijen aan de muur hangen nog een beetje scheef. In de hoek van de lobby zie ik een opgerold vloerkleed staan en onder de eenvoudige maar chique bollampen aan het plafond staat een keukentrapje, alsof ze pas net zijn opgehangen.

Er is geen spoor van Lammert en Ronja.

Net als ik denk dat ik me naar het volgende raam moet begeven, hoor ik het gelach terugkomen.

De klapdeur achter de balie zwiept open en Lammert en Ronja komen binnen, beiden met een glas champagne in hun hand.

Ik kan niet horen wat ze zeggen, maar aan hun lichaamstaal te zien voelen ze zich absoluut op hun gemak bij elkaar. Iets té, overduidelijk, want als Lammert zijn glas heft en iets zegt, legt Ronja haar hand op zijn onderarm en leunt ze naar hem toe – precies op de manier waarop ik naar hem toe leunde toen we al die jaren geleden in een verlaten hoekje van de c-vleugel van het Geert Groote College stonden.

Dit gaat me niet gebeuren.

Ik ga niet staan afwachten en getuige zijn van hoe mijn man wordt ingepikt door een andere vrouw, *no fucking way*.

Binnen drie stappen ben ik bij de deur. Ik zwaai hem open en wil van alles zeggen, maar het overgrote deel van mijn beschaafde vocabulaire is wonderbaarlijk genoeg ineens verdampt. Het enige wat uit mijn mond komt, is een hoog, schril geluid en daarna: 'Blijf van hem af!'

Goed. Ik ben niet trots op deze binnenkomer, maar alle opgespaarde woede van de afgelopen drie maanden borrelt als een vulkaan naar boven en komt tot uitbarsting. Ik marcheer op Lammert en Ronja af, die me als versteend aanstaren.

'Claudette,' zegt Ronja verbaasd.

Op Lammerts gezicht verschijnt een oprechte glimlach en zijn ogen blijven heel even hangen op mijn Louboutins. 'Liefje, wat een verrassing! Ik dacht dat het congres nog –'

'Wat een verrassing?' gil ik. 'Jíj bent verrast? Íḱ ben verrast! Wat zeg ik, ik ben met stomheid geslagen! Ik vroeg het je, Lammert. Ik heb je op de man af gevraagd of je een ander had en je zei nee. Je zei nee!'

'Ik héb ook...' begint hij, maar ik priem nijdig in zijn richting voordat hij zijn zin kan afmaken.

'Lieg niet tegen me! Ik zag jullie binnenkomen, gezellig lachend, o wat hebben we het leuk, en vervolgens zie ik met mijn eigen ogen hoe jullie het nog véél gezelliger staan te maken hier. Heb je je verkneukeld? Die arme Claudette, ze moest eens weten, andermans relaties lijmen maar die van haar compleet aan gort?' Mijn hand vliegt naar de deur. 'Ik heb net tegenover een paar duizend mensen staan verkondigen dat wij ons huwelijk aan het redden zijn! En in de tussentijd sta jij gewoon... Sta jij... Met háár!' Ik spuug de woorden zowat uit terwijl ik met mijn vlakke hand naar Ronja wijs. Ze staat me nog altijd met grote ogen aan te kijken en lijkt vergeten te zijn dat ze moet knipperen. Het glas champagne trilt in haar hand.

Lammert zet zijn glas op de balie en loopt langzaam op me af, zijn handen omhooggestoken met de palmen naar me toe. 'Liefje, luister naar me, alsjeblieft. Dit is volgens mij een groot misverstand en je bent...'

'Nee!' gil ik. 'Ik heb genoeg naar jou geluisterd! Ik heb alles inmiddels al gehoord en je staat keihard te liegen, recht in mijn gezicht!' Ik kan mijn tranen niet meer tegenhouden en mijn ademhaling giert door mijn longen. 'Je hebt het nooit een kans gegeven,' zeg ik schor. 'We zouden ervoor vechten, maar jij hebt het nooit een kans gegeven.'

Van het ene op het andere moment wordt het me te veel. Ik ben leeg. Op. Ik kan niet meer. Beverig steek ik een vinger naar Lammert uit, die is gestopt met sussende geluiden maken en me nu aankijkt met een lege blik in zijn ogen. Deze hazelnootbruine kijkers herken ik niet. De man voor me herken ik niet en hij staart me zo afgevlakt aan dat ik niet anders kan dan weggaan.

'Ik wil even niet... Ik... Nee,' zeg ik zacht. 'Niet nu. Niet nu.'

Misselijk van woede draai ik me om. Terwijl er spikkels van duizeligheid voor mijn ogen dansen, trek ik de deur open en stap ik naar buiten. Met een zachte klik valt de deur achter me in het slot.

Niemand komt me achterna.

40

Ik rij in één keer naar huis, beheerster dan ik verwacht had. Het is zelfs gelukt om mezelf bij elkaar te rapen op de stoep voor mijn hotel, me om te kleden in een sober broekpak en met een stalen gezicht uit te checken. Oké, ik had mijn zonnebril 'alvast opgezet, omdat het zo zonnig was buiten', maar dat vond de receptionist volgens mij niet eens zo vreemd. De zon schijnt namelijk daadwerkelijk en als ik niet zojuist mijn huwelijk volledig in duigen had zien vallen, was het een prachtige dag geweest.

Hoe kan hij dit nou doen?

Hoe kan hij zeggen dat hij ons huwelijk nog een kans wil geven, om vervolgens blijkbaar al die tijd met Ronja te liggen rollebollen?

Hoe kon ík zo stom zijn om dit niet te merken?

Ik mag toch hopen dat hij niet verwachtte dat hij voortaan van twee walletjes kan eten: getrouwd zijn met mij en af en toe gezellig de hotelbedden testen met Ronja. Dat hij dacht: nou, misschien hoeven we helemaal niet te scheiden, wat nou als we er gewoon een open huwelijk van maken?

Meteen word ik weer misselijk bij de gedachte. Ik wist dat er iets was tussen die twee. Ik wíst het. En Boaz zei nog wel dat ik spoken zag.

De gedachte aan Boaz maakt me meteen een stuk rustiger. Ik kan vast wel bij hem blijven slapen. Rijk en Eloise zijn nog tot zondag bij hun grootouders, dus ik heb in elk geval twee nachten om tot mezelf te komen. Ik pak gewoon mijn spullen, bewaar mijn kalmte en rij dan rustig naar mijn broer. Wat ik met Lammert moet doen, weet ik niet, maar dat is een zorg voor later.

Ik parkeer de auto op de oprit, haal mijn spullen uit de kofferbak en ga ons huis binnen.

Ons huis.

Ons thuis.

De plek die vanaf vandaag nooit meer hetzelfde zal zijn. Wat als we hier niet uitkomen? Wíl ik wel dat we eruit gaan komen?

Voor een paar tellen laat ik me met mijn rug tegen de deur zakken en sta ik mezelf toe te zwelgen in zelfmedelijden. Er komen geen tranen. Er komt eigenlijk helemaal niks. Ik ben nog steeds zo kalm dat het haast angstaanjagend is. Ik ben afgevlakt. Afgestompt. Leeg.

Dan heeft het ook geen zin om hier in de gang te blijven staan, dus ik pak mijn koffer op, hang mijn tas over mijn schouder en loop de trap op naar boven.

Als ik in de slaapkamer mijn koffer openklap op bed, klinken er een paar piepjes uit mijn tas. Met een achteloos gebaar gooi ik mijn was in de wasmand en ik rits het voorste vakje van mijn Céline Trio Bag open om mijn telefoon eruit te halen.

Mijn adem stokt als ik zie wat er op het scherm staat. Een Google Alert. Met een nieuw artikel van *Vuur*.

Ik dacht dat ik de meldingen had uitgezet, maar nu besef ik dat ik alleen mijn eigen naam had verwijderd. En de algemene zoekterm op 'Verheyen' dus niet. Langzaam laat ik me op bed zakken en met trillende vingers klik ik het artikel open.

TROUBLE IN PARADISE? CLAUDETTE VERHEYEN WOEDEND GESPOT BIJ NIEUWE VESTIGING VERHEYEN HOTELS

Een woedende Claudette Verheyen is vanmiddag gespot in Antwerpen terwijl ze de nieuwste vestiging van Verheyen Hotels verliet. Eerder vandaag hield ze nog een schitterende presentatie op het Psychologiecongres in de Diamantstad, over hoe zij en haar Lammert hun huwelijk na enige strubbelingen eindelijk weer op het rechte pad hebben gekregen. Aanwezigen op het congres waren zeer te spreken over Claudettes presentatie en noemden het 'een uniek en eerlijk inkijkje in haar altijd zo picture perfect leven'. Was dit huichelarij, of is er daarna iets voorgevallen waar Claudette niet op gerekend had? Eerder schreven we al over Ronja van Es, de rechterhand van Ver-

heyen met wie hij het nieuwe Verheyen Hotel in Antwerpen in recordtijd heeft omgetoverd tot een chic boetiekhotel. Zou zij degene zijn die voor Claudettes tranen verantwoordelijk is?

Ik verwacht een nieuwe golf misselijkheid te voelen, maar er gebeurt iets anders.

In plaats van door angst of verdriet, word ik overspoeld door boosheid.

Ik ben er klaar mee. Ineens, helemaal. Met alles. Met Nicole en haar roddelblad, met Ronja en haar verleidelijke Bambi-ogen en met Lammert al helemaal. Hoe durft hij me te bedriegen? En waar haalt hij het lef vandaan om te denken dat hij er nog mee weg zou komen ook? Weet hij wel wie hij voor zich heeft? Ik ben geen mak lammetje dat altijd maar achter hem aan loopt. Hoe durft hij me dit te flikken?

Ik vlieg op van het bed, gooi mijn telefoon van me af en trek mijn jasje uit. Dan been ik naar Lammerts kantoor. Wat ik precies van plan ben, weet ik niet, maar ik heb ineens de onweerstaanbare drang om ergens tegenaan te schoppen of iets kapot te maken.

In Lammerts kantoor kijk ik furieus om me heen, tot mijn oog op de limited edition Montblanc-pen naast Lammerts toetsenbord valt. De pen die symbool zou moeten staan voor 'ons nieuwe begin'.

Ik gris het ding van het bureau, snel naar mijn kantoor aan de overkant van de gang en in één beweging zet ik de pen in het groene leer van die afgrijselijke Engelse bureaustoel. Ik háát groen leer. Ik háát Engels design en ik háát tierelantijntjes. Als hij me écht had gekend, had hij dat geweten, maar blijkbaar is zijn smaak belangrijker dan die van mij. Nou, nu niet meer!

Rats, daar gaat het eerste stuk.

Meteen springt er zacht schuim tevoorschijn.

Rats, nog een keer.

Het leer scheurt moeilijker dan ik dacht, maar de woede maakt dat ik met gemak keer op keer de pen in de stoel kan boren. Net zo lang totdat zowel de rugleuning als de zitting eruitziet als een slagveld. Hijgend en met de pen als een steekwapen in mijn hand kijk ik mijn kantoor en de gang rond. Volgende slachtoffer: de schilderijen van Toscane naast mijn kantoordeur. Nog een cadeau van Lammert, ditmaal omdat we zevenenhalf jaar getrouwd waren. Ze zijn niet eens heel lelijk, maar de herinnering die eraan kleeft is genoeg.

De pen glijdt haast als vanzelf door het canvas en het scheurende geluid als ik een stevige ruk geef, geeft me bijzonder veel voldoening.

Rats. Eén.

Rats. Twee.

Als een koelbloedige seriemoordenaar rijt ik beide schilderijen open en de geur van olieverf dringt mijn neus binnen.

Dit voelt beter dan ik wil toegeven.

Hijgend van opwinding en vastberadenheid besef ik dat er nog zo'n groene bureaustoel in huis is – in Lammerts kantoor. Toen hij mij dat gedrocht cadeau deed, zette hij in zijn thuiskantoor dezelfde, zodat we 'iets hadden wat ons verbond'. Verbonden door een afzichtelijk, groen monster. De bittere ironie ontgaat me absoluut niet.

Ik stoot een kreet van minachting uit en been Lammerts kantoor binnen. Als een hysterische hyena val ik aan op de stoel. Het wanstaltige geval kiepert om en valt op de grond, waardoor ik mijn pen in beide handen neem en boven mijn hoofd hef. Met één krachtige beweging boor ik de 18-karaats penpunt in het leer.

En nog eens.

En nog eens.

Bij elke nieuwe steek slaak ik een kreet, net zo lang totdat nog amper zichtbaar is dat dit een keurige, Engelse bureaustoel is en mijn blouse aan mijn rug plakt van de inspanning.

Ik zet een stap naar achteren en blaas een lok haar uit mijn gezicht. Met de rug van mijn hand wis ik het zweet van mijn voorhoofd. Schuim puilt uit de gehavende rugleuning en de opengereten zitting. Ik geef nog een zwakke trap tegen het onderstel en loop dan de kamer uit. Tijd om eindelijk de fles whisky die ik van Ellie heb gekregen te openen.

Een halfuur later maak ik een doelloze wandeling door de wijk – niet in mijn gebruikelijke snelwandeltempo, maar eerder een beetje zwalkend vanwege de halve fles whisky die ik achter de kiezen heb.

Bij de eendenvijver achter ons huis laat ik me op een bankje plof-fen. Nietsziend staar ik naar de eenden, dobberend op het water, terwijl de beelden van vandaag maar door mijn hoofd blijven zweven.

Lammert en Ronja, grappend en grollend op de stoep voor het hotel.

De glazen champagne.

De samenzweerderige glimlach.

Het naar elkaar toe buigen.

De verbaasde blikken toen ik binnenkwam.

Ik stoot een afkeurend geluid uit, waardoor een van de eenden verstoord naar me opkijkt.

Dan hoor ik een zware, gedragen stem naast me. 'Zou ik naast je mogen zitten?'

Ik kijk op en moet meteen mijn lach inhouden. Naast het bankje staat een kleine, beetje gezette man in een nietszeggende outfit, maar met een enorme zonnebril op. De zonnebril doet me denken aan die van Elvis in het casino.

'Ga je gang,' zeg ik. Ik maak er een halfhartig uitnodigend gebaar bij.

'Bedankt.' De man schuift zijn bril verder op zijn neus, neemt plaats en steekt een sigaret op. De rook kringelt zorgeloos omhoog, alsof het de belichaming is van hoe hij zich voelt. 'Mooie dag, hè?'

Ik snuif misprijzend. 'Schitterend.'

Zwijgend kijken we naar de eendenvijver, waar een moedereend met vier babyeendjes achter zich aan naar de kant zwemt. De moedereend wipt het water uit en het is de bedoeling dat haar baby's haar volgen, maar voor één eendje is het blijkbaar moeilijker dan verwacht. Zijn moeder kwaakt hem bemoedigend toe vanaf de kant, totdat het beestje eindelijk genoeg kracht heeft verzameld om zijn pluizige lijfje op de oever te wippen. Het bolletje hobbelt snel achter zijn moeder aan, op zoek naar iets wat wij overduidelijk niet zien.

Misschien is het de gedachte dat ik naast een wildvreemde zit, misschien is het de whisky, misschien komt het doordat ik al een halve dag niemand heb gezien of gesproken. Of misschien ben ik gewoon knettergek geworden. Het maakt me eigenlijk ook niet meer uit. Wat het ook is, het zorgt ervoor dat de woorden als een onafgebroken woordenstroom uit mijn mond lijken te komen.

'Mijn man heeft een affaire,' zeg ik. 'Althans, dat denk ik. Hij zegt van niet, natuurlijk zegt hij van niet. Maar ja, dat zeggen ze allemaal, toch? En het erge is, ik ben in alle slachtoffervallen getrapt. Ik heb zijn telefoon gecheckt, heb de zus van zijn minnares ondervraagd, heb van een afstandje naar hem staan kijken terwijl hij sliep. Alsof hij in zijn slaap de naam van zijn maîtresse zou fluisteren. Ik verdien mijn geld met adviseren over andermans relaties en ik kan die van mezelf niet eens fatsoenlijk bij elkaar houden.' Ik pauzeer even om adem te halen, want tot nu toe is alles er als één aan elkaar geplakte zin uitgekomen. 'Dus nu heb ik de boel kort en klein geslagen. Thuis, toen hij er niet was. Niet alles hoor, maar wel veel. Meubels en schilderijen. Ik heb de pen die ik hem heb gegeven toen hij het familiebedrijf van zijn vader overnam in twee vreselijk dure bureaustoelen gestoken en het leer opengereten. Groen leer, wie koopt er nou een bureaustoel van groen leer? En ze zitten niet eens lekker. Afstotelijk en oncomfortabel, symbool voor alles wat er is misgegaan tussen ons. Dus ik heb ze gemolesteerd. Dat voelde wel goed eigenlijk.' Ik zucht. 'Weet je wat het allerergste is? Tot nu toe heeft hij nog elke keer gezegd dat er niets speelde tussen hen. Dat is toch vreselijk? Zelfs nu loog hij tegen me, al moet ik zeggen dat ik hem ook niet echt liet uitpraten. Maar ik zou gewoon willen dat hij eerlijk was.'

De man leunt achterover en staart in de verte. 'Wie zegt dat hij niet eerlijk is dan?'

'Ik, eh...' Ik schrik van zijn vraag. 'Ik weet... Ik heb hem... met haar.'

'Heb je ernaar gevraagd?'

'Nee,' zeg ik gedecideerd. 'Dat heb ik niet. Dat hoefde ook niet. Ik heb gezien wat ik heb gezien.'

'Dus je betrapte ze,' concludeert hij. 'Tijdens de seks.'

Ik kijk met een ruk opzij. 'Nee! God, nee. Nee, ik heb ze niet betrapt tijdens de seks.'

'Wat heb je dan gezien?'

'Ze, eh... Ik, eh... Ze stonden met zijn tweeën... Met een glas champagne. Proostend. Samenzweerderig glimlachend. En ze stonden op het punt om...' Misschien is het letterlijk die belachelijk grote zonnebril, maar ineens is het alsof de man me een spiegel voorhoudt. En ik besef dat het krankzinnig is wat ik heb gedaan. Ik heb mezelf laten gaan. Ik heb mijn én Lammerts bureaustoel vernield, vanwege... niets. Vanwege een aanname. Vanwege iets wat ik heb gezien en waar ik mijn eigen conclusies aan heb verbonden, zonder te weten of het ergens op slaat. Ik leun voorover en laat mijn hoofd in mijn handen zakken.

'Precies, dat dacht ik al,' klinkt het naast me. De man drukt zijn peuk uit en hijst zichzelf van het bankje omhoog. 'Ik weet niet wie het is en hoelang jullie al getrouwd zijn, maar als je echt van je man houdt, kun je op zijn minst het gesprek met hem aangaan. En misschien die bureaustoelen even in de container gooien. Je weet wel, het bewijs wegwerken.'

Ik kijk vragend naar hem op.

'Gewoon zeggen dat er koffie overheen is gegaan of zo,' zegt hij glimlachend. 'Je lijkt me pienter genoeg om daar wat voor te verzinnen.' Hij zet een nieuwe sigaret op zijn lip en maakt dan een saluerend gebaar.

En dan is hij net zo snel weer weg als dat hij was verschenen.

41

Tijd om op te ruimen heb ik niet, want als ik na een paar diepe ademteugen om mezelf moed in te praten onze straat weer in loop, ben ik in één klap weer nuchter.

Lammerts auto staat op de oprit.

Even twijfel ik of ik rechtsomkeert moet maken en het op een lopen moet zetten, maar dan zie ik zijn autodeur opengaan. Dat betekent dat hij nog niet binnen is geweest – en de ravage op de eerste verdieping nog niet heeft gezien.

Ik zet het op een lopen en stuif op Lammert af. Mijn stem schiet de hoogte in als ik zijn naam roep.

'Claudette,' reageert hij koeltjes, duidelijk niet onder de indruk van mijn verwilderde uiterlijk. Op zijn gemak steekt hij de voordeursleutel in het slot, opent de deur en gaat me voor naar binnen.

Ik wurm me langs hem heen en ga breeduit op de trap staan. 'Niet naar boven gaan.'

'Hoezo "niet naar boven gaan"? Doe niet zo raar. Ik heb dingen te regelen. Ik pak even een kop koffie in de keuken en dan moet ik aan het werk. Ik wil dat gesprek over Rijks schooladvies nog even voorbereiden.' Hij ziet er uitgeput uit en de lucht tussen ons in is dik.

Als hij zich omdraait om naar de keuken te lopen, sta ik als aan de grond genageld. Waarom doet hij zo?

Ik besluit om achter hem aan te gaan en loop met lood in mijn schoenen naar de keuken.

'Dat gesprek is morgen om vier uur, toch?' vraagt Lammert zonder me aan te kijken.

Ik blijf op veilige afstand in de deuropening staan.

Hoe kan hij nou doen alsof er niets aan de hand is? Waarom maakt hij zich druk om het gesprek met Pieter?

'Ja,' zeg ik. 'Maar Lammert, wacht nou even...'

Hij kijkt me niet aan. Zwijgend zet hij een kop koffie en loopt dan langs me heen, de gang door, de trap op.

Lichtelijk in paniek volg ik hem. 'Lammert, wacht nou...'

In mijn hoofd tel ik de laatste traptreden naar boven voordat hij hoog genoeg is om de overloop en dus de geruïneerde schilderijen te zien. Vijf, vier, drie, twee...

'Wat is hier gebeurd?'

Hij blijft staan bovenaan de trap en draait zich half naar mij om. 'Wat is dit?'

'Lammert, ik... ik kan het uitleggen.'

'Wat is er gebeurd?'

'Ik kan het... Nee, ik kan het eigenlijk niet uitleggen.' Ik word opeens overvallen door een hoog gegiechel, dat omhoog borrelt vanuit mijn binnenste en langzaam aanzwelt zonder dat ik er iets tegen kan doen. Voorzichtig wurm ik me langs hem heen en ik loop naar zijn kantoor. Met een theatraal gebaar wijs ik naar de bureaustoel. 'Die van mij staat er net zo bij.'

Hij loopt de laatste treden van de trap op, zet zijn koffie op het smalle dressoir op de overloop en komt achter me aan zijn kantoor in. Een paar tellen kijkt hij met grote ogen van de bureaustoel naar mij, maar dan borrelt ook bij hem een lach omhoog.

Met zijn tweeën staan we te giechelen als pubers.

'Ik vond ze zo lelijk,' weet ik uit te brengen.

'Ze?'

'De mijne is er minstens zo erg aan toe. Misschien wel erger.' Ik grijns schuldbewust, wat Lammert alleen maar harder doet lachen.

'Groen leer, Lammert,' piep ik. 'Gróén!'

'Ik vond ze mooi!' werpt hij tegen. 'Oprecht.'

'Die smaak van jou is zo dubieus...' zeg ik. We lachen, net zo lang tot ons gegrinnik uitsterft en we niets anders meer kunnen dan elkaar aankijken.

Met langzame stappen loop ik naar hem toe en ik ga naast hem staan. Voorzichtig pak ik zijn hand vast en we kijken samen naar het slagveld achter zijn bureau. De bureaustoel ligt met zijn onderstel als spartelende pootjes omhoog. Het schuim is uit de rugleuning en de zitting gesprongen en puilt er nu uit alsof het is bevrijd uit een verstikkend omhulsel.

We doen niks. We staan alleen maar.

Naast elkaar, in zijn kantoor, ongeveer een halve meter van de deuropening.

Hand in hand.

Doodmoe, uitgeput, gammel en afgemat.

Hoelang we zo staan, weet ik niet. Hoe de puzzelstukjes opeens in elkaar klikken, weet ik ook niet, maar het gebeurt. Ik staar naar de gehavende stoel en ik hoor niets anders dan onze ademhaling en het gebons van mijn hart in mijn oren.

Dan kijk ik naar hem op, wetende dat hij weet wat ik hem ga vragen. Wetende dat bij hem de puzzelstukjes eerder vandaag op hun plaats zijn gevallen en dat dat maakte dat hij zo afgemat thuiskwam. Uit het lood geslagen. Niet meer bereid om te vechten, omdat er niets meer is om voor te vechten.

Ik zeg het zo zacht dat het amper verstaanbaar is, maar ik weet dat hij me hoort. Hij schudt zijn hoofd al voordat ik de woorden over mijn lippen heb gekregen.

'Het wordt niets meer, hè?'

42

In het oog van de tornado is het windstil.

Er zijn liedjes over geschreven, gedichten over gemaakt, muziekstukken over gecomponeerd. Er zijn films waarin het perfect wordt weergegeven: die bedrieglijk kalme stilte, vlak voordat je wordt opgeslokt door de storm.

Jarenlang bevonden Lammert en ik ons in die stilte.

Jarenlang.

Tot nu.

We waren bezig met van alles behalve ons huwelijk, in de schijnbare overtuiging dat het allemaal wel goed zat – in elk geval van mijn kant, en tot Lammert besefte dat hij wilde scheiden van zijn kant ook. Terwijl om ons heen bomen uit de grond werden gerukt, huizen werden weggevaagd en ons leven langzaam in duigen viel, zaten wij daar maar. In het oog van de storm.

En nu we opstaan, om ons heen kijken en eindelijk kunnen zien wat er is gebeurd, is het te laat. Het werkt niet meer.

De storm is te krachtig, de ravage te groot.

Ik heb altijd gedacht dat als we maar van elkaar bleven houden, alles wel goed zou komen. Liefde is immers de basis van elke romantische relatie. Liefde, loyaliteit, gelijkheid en eerlijkheid. Maar boven op die basis heb je meer nodig. Verliefdheid, die het dat speciale randje geeft. Lust, die het meer dan vriendschappelijk maakt. Houden van is niet voldoende. Houden van is ook niet het probleem; ik hou nog steeds van Lammert, met heel mijn hart en ik weet dat hij ook van mij houdt. Het werkt alleen niet meer.

Als je niet ziet dat er een storm om je heen raast, verandert alles zonder dat je het merkt. Pas als de wind is gaan liggen, is het alsof je in een compleet andere wereld bent beland. Het landschap dat zo bekend is, ziet er ineens anders uit.

Lammert en ik zijn nog steeds dezelfde mensen, maar samen zijn we totaal veranderd. Onze liefde is er nog, maar ons huwelijk is voorbij.

Minutenlang hebben we zo gestaan. Hand in hand. Daarna zijn we zwijgend naar beneden gelopen. De trap af, de hal door, naar de woonkamer.

Ik sta nu in de deuropening, terwijl Lammert op de witte pianokruk zit.

Zijn schouders hangen en zijn vingers liggen op de toetsen, maar hij speelt niet. Nog niet.

Ik maak me los van de deurpost, loop naar hem toe en ga naast hem op de kruk zitten. Zonder de eerste klanken te horen weet ik welk stuk hij gaat spelen. Het stuk dat hij ook speelde toen ik voor het eerst bij hem thuis was, toen hij met rode wangen zei dat hij een stuk voor me wilde spelen en ik wist dat ik de rest van mijn leven met hem wilde doorbrengen.

Gitaren kun je laten huilen, gillen en grommen. Terwijl Lammert speelt, leer ik dat je een piano kunt laten bloeden.

Zijn vingers zweven haast over de toetsen, hij drukt ze zo zacht in dat je het amper bespelen kunt noemen.

Ik leg mijn hoofd op zijn schouder terwijl hij speelt.

Pianosonate nr. 14 in cis mineur, opus 27 nr. 2. *Mondscheinsonate.* Het stuk bestaat uit drie delen, maar Lammert speelt meestal alleen het eerste deel. Zes minuten lang. Ik heb het zo vaak gehoord dat ik het kan dromen, ook al had ik er een hekel aan toen hij het als tiener keer op keer oefende. Nu neem ik het stuk helemaal in me op, de volledige 360 seconden.

Veel te weinig als je weet dat je net de liefde van je leven bent kwijtgeraakt.

Als de laatste klanken van het stuk de woonkamer vullen, kijk ik naar hem op.

Hij schudt zijn hoofd en zwijgt. Zijn blik is leeg, zijn ogen staan dof.

Ik leg mijn hoofd weer op zijn schouder en hij draait zijn hoofd bij. Zijn lippen rusten een paar tellen op mijn voorhoofd, net boven mijn wenkbrauw. Mijn zicht wordt troebel en als ik Lammert beverig hoor uitademen, rolt er een traan over mijn wang.

Het zat prima tussen ons. Het zat goed.

Maar soms is goed niet goed genoeg.

Epiloog

De dozen die Ellie gisteren heeft afgeleverd, staan ontzettend in de weg, maar ik heb er geen behoefte aan ze te verplaatsen. Rijk en Eloise springen er met souplesse overheen, terwijl ze met hun halve inboedel naar Lammerts auto rennen.

Ik kan er nog steeds niet bij dat de kinderen er al een heel jaar middelbare school op hebben zitten. Na de zomervakantie zijn ze officieel brugpieper-af.

Het jaar is voorbijgevlogen en het was het vreemdste jaar uit mijn leven. Toen Lammert en ik samen ons besluit hadden genomen, hebben we uren met de kinderen gepraat, eerlijk en open. We hebben alle vragen beantwoord die ze hadden, samen gehuild en heel veel geknuffeld. Dat ze nu in twee huizen wonen, is nog steeds een beetje wennen – voor ons allemaal – maar Lammert en ik doen ons best het voor de kinderen zo makkelijk mogelijk te maken. En dat Rijk en Eloise nu twee PlayStations hebben én ook in dit huis hun eigen kamer zelf mochten inrichten, maakte gelukkig een beetje goed.

Elo's kamer hebben we net als bij Lammert thuis voorzien van een knalrode muur en de fleurig gekleurde bank die we ervoor hebben gezet, past er perfect bij. Rijks kamer is net zo blauw als bij Lammert, maar de verf neigt iets meer naar kobalt dan de koningsblauwe kleur die we ruim een jaar geleden kochten. Toen hij me toefluisterde dat hij deze kleur 'eigenlijk nog mooier vond', kon ik niet voorkomen dat ik glom van trots.

Ik heb de beletage en het souterrain van een onlangs gerenoveerde, negentiende-eeuwse stadsvilla gekocht. Een van de eerste nieuwe cliënten die ik na de scheiding aannam, was de makelaar die de verkoop van deze woningen voor zijn rekening nam. Ik heb me net als alle anderen netjes moeten inschrijven, maar 'toevallig' had ik voor deze woning de eerste keuze.

Het duurde nog even voor de woningen waren opgeleverd, maar een halfjaar geleden verhuisde ik definitief hiernaartoe. Als *housewarming gift* kreeg ik van Boaz het tafeltje met de twee poten. Het staat tegen de muur, midden in de gang, met daarboven de Venetiaanse maskers – ik vond ze te mooi en ze zijn me te dierbaar om weg te doen. Op het tafeltje staat de foto die ik maakte van Rijk en Eloise op hun eerste schooldag, poserend in Lammerts voortuin. Deze plek, met het tafeltje, de maskers en de foto, is mijn lievelingsplek in het hele huis.

De kinderen mochten zelf kiezen hoe en waar ze woonden, en kozen uiteindelijk voor telkens twee weken bij mij en dan twee weken bij Lammert. Eén week was te kort, vonden ze, omdat ze dan elk weekend met hun spullen zouden moeten slepen. De eerste paar keren zat ik huilend op de bank als ze weg waren, maar inmiddels gaat het beter. Ik kan het zelfs aan dat ze nu vier weken met hun vader op vakantie gaan – niet in de laatste plaats omdat ik zelf ook een bijzondere reis op de planning heb staan.

Ik leun tegen de deurpost van de voordeur en sta te kletsen met Lammert terwijl Rijk en Eloise voor de dertigste keer naar de auto lopen.

Als Eloise zich langs ons wurmt met een tas vol boeken, wijst Lammert naar de stapel boekendozen schuin achter me. 'Ik zag dat je weer in De Bestseller 60 staat. Gefeliciteerd.'

Ik glimlach. 'Dank je. Ik denk dat vooral Ellie heel blij is dat ik eindelijk het beloofde nieuwe boek heb ingeleverd. Eerlijk gezegd had ik niet verwacht dat het zo goed zou scoren.'

Vijf maanden nadat Lammert en ik onze handtekening onder de scheidingspapieren zetten, leverde ik mijn nieuwe manuscript aan bij Ellie: *Scheiden zonder strijden. Uit elkaar zonder ruzie.* Tien hoofdstukken over hoe je uit elkaar gaat zonder elkaar in de haren te vliegen. Met tips voor het verwerken van je eigen pijn, het delen van je pijn met de ander, objectief kijken naar je relatie en, als je kinderen hebt, hoe je hen het nieuws vertelt. Hoe neutraliseer je negatieve emoties? Hoe ga je normaal met elkaar om en hoe begeleid je de kinderen, zodat zij zo min mogelijk negativiteit ervaren tijdens deze ingrijpende gebeurtenis?

Binnen een week na verschijning schoot *Scheiden zonder strijden* De Bestseller 60 in en inmiddels staat het daar alweer vier weken. De sprekersaanvragen stromen binnen en ik heb meteen een aantal draaidagen ingepland met de cameracrew, zodat we er een onlinecursus aan kunnen koppelen.

Ik maak me los van de deurpost en doe mijn handen in mijn zakken. 'Hoe gaat het met je?'

Net op het moment dat Lammert antwoord wil geven, stormt Rijk langs ons heen, terug het huis in.

'Ik ben mijn Switch vergeten! Hoe kan ik nou mijn Switch vergeten? Mam, waar is mijn Switch?'

'In de woonkamer, in de linkerlade van het dressoir.' Ik glimlach bij het zien van zijn paniekerige gezicht. Hiken in de Oostenrijkse bergen is tot daaraan toe, maar 's avonds moet er natuurlijk wel gegamed worden bij de open haard.

Sinds ons Terschellingfiasco heeft Lammert voorgoed een hekel aan kamperen, maar hij wilde wel graag met de kinderen een onvergetelijke zomervakantie beleven. Dus werd het – op verzoek van Eloise, die ineens een fascinatie voor Oostenrijk en Zwitserland heeft ontwikkeld – vier weken naar Oostenrijk: drie weken hiken en daarna nog een week op stedentrip naar Wenen. Ze zijn al weken aan het 'trainen' door met hun wandelschoenen en andere *hiking gear* kilometers door de stad te wandelen en Eloise heeft tot in de puntjes uitgezocht wat de mooiste uitzichtpunten tijdens hun tocht zijn.

'Het gaat goed,' geeft Lammert antwoord op mijn vraag als Rijk weer uit het zicht is. 'Antwerpen loopt goed, nog beter dan we hadden verwacht. We zijn nu aan het kijken of we ook in andere Belgische steden panden kunnen aankopen, of bijvoorbeeld in Luxemburg.'

'Wauw, Luxemburg,' zeg ik verwonderd. 'Wat goed! Gefeliciteerd.' Ik staar naar mijn schoenpunt. 'Hoe gaat het met, eh...'

'Ronja?' Lammert glimlacht. 'Die is helemaal op haar plek als manager van Antwerpen. Afhankelijk van of het qua afstand te doen is, wordt ze regiomanager van de andere Belgische vestigingen. De Belgen vinden haar wel aardig, blijkbaar. En de toeristen ook. We moeten alleen nog even kijken of het wel zo'n goed idee is om haar werkzaamheden nu uit te breiden, want ze is zwanger.'

'Zwanger?' echo ik. 'Nu?'

'Ja, nu,' zegt hij, een beetje spottend. Dan, serieuzer: 'Ze is iemand tegengekomen en is tot over haar oren verliefd. Een Belg, uiteraard. Hij runt het restaurant tegenover het hotel.'

De man die mij uit zijn bosjes heeft verjaagd. Mijn ogen worden groot bij de herinnering en meteen beginnen mijn wangen te kleuren. Het heeft me een halfuur gekost voordat ik die hondenpoep onder mijn Louboutins vandaan had, maar daarna had ik nog steeds het idee dat er iets in de auto was achtergebleven. Ik heb nieuwe matten moeten laten plaatsen bij de garage; na een maand rook ik nog steeds elke keer dat ik in de auto stapte die penetrante geur.

'Dus we moeten nog even zien hoe en wat, maar dat komt vast goed. Ik weet in elk geval zeker dat ik het niet ga doen. Een CEO hoort mensen aan te sturen en niet te micromanagen. Dat heb ik lang genoeg gedaan.' Hij glimlacht schuldbewust en wrijft met zijn hand over zijn nek. 'Ik zag trouwens dat je een nieuwe column had binnengesleept?'

Ik lach een beetje ongemakkelijk. 'Ja, klopt. In *Vuur*, nota bene.'

Kort nadat Lammert en ik de scheidingspapieren hadden ondertekend, was de *Van saai naar fraai*-cursusperiode voorbij. En toen belde Nicole, om meer te horen over wat haar 'collega' had gezien in Antwerpen. Ik heb haar uitgenodigd voor een kop koffie in mijn favoriete koffietent en heb haar het hele verhaal verteld. We hebben samen besloten er een exclusief interview van te maken, waarin ik 'mijn verhaal' vertelde, wat dat dan ook mocht zijn. Na overleg met haar hoofdredacteur kwam ze met het idee om het artikel meteen te zien als een introductie van hun nieuwste columnist: Claudette van Raasveld. Ik run een brievenrubriek, mijn eigen 'Lieve Claudette'. Een stuk genuanceerder dan de gastcolumns die ik voorheen schreef en tot dusver werkt het nog ook. De verkoopcijfers van *Vuur* zijn er daadwerkelijk door gestegen, al weet ik niet of dat door mij of door de andere columnist komt: een of andere halfnaakte chef-kok die in elke editie een gerecht gebruikt om de liefde tussen twee mensen uit te leggen. Tja, het blijft natuurlijk een sensatieblad…

'Mam!' hoor ik vanuit de woonkamer. 'Hij ligt niet in het – o. Hij ligt hier wel!'

'Ik zei het toch,' mompel ik. Iets harder voeg ik eraan toe: 'Nou, kom op. Volgens mij wil jullie vader zo langzamerhand wel vertrekken. Je gaat maar vier weken weg, Rijk. Doe niet alsof je naar de andere kant van de wereld emigreert.'

'Weet je wel hoelang vier weken zonder zijn vriendinnetje is?' zegt Eloise plagerig terwijl ze een tweede tas gevuld met boeken naar de auto sleept. 'Nu kan hij vier weken lang niet zoenen. Vier weken lang!'

Rijk verschijnt naast me in de deuropening en heft zijn hand, maar ik leg mijn hand net zo snel op die van hem. 'Als je het maar laat. Geen middelvingers in dit huis, weet je nog?'

'Zo stom dat er nu twee plekken zijn waar ik geen middelvinger mag opsteken,' moppert Rijk. Hij zucht theatraal en sleept zichzelf naar de auto om wederom een nieuwe tas in te laden.

'Ben jij al helemaal klaar voor vertrek?' vraagt Lammert aan mij.

Ik knik en tik met mijn voet tegen mijn koffer, die naast de stapel boekendozen staat. 'Helemaal klaar. We vliegen morgen om tien voor tien.'

Boaz en ik hebben een roadtrip van vier weken door de Verenigde Staten gepland. Morgen stappen we op het vliegtuig naar San Francisco, waar we vijf dagen zullen blijven om te acclimatiseren voordat we onze camper ophalen. Vervolgens rijden we langs de Californische kust naar het zuiden, tot aan Los Angeles. Daar blijven we ook een paar dagen en dan trekken we het binnenland in, om via Joshua Tree National Park en Mojave National Park te eindigen in Sin City, oftewel: Las Vegas.

Eindelijk.

In Las Vegas spenderen we een week lang achter gokautomaten, aan roulettetafels en bij blackjacktafels, totdat we minstens duizend dollar lichter zijn – of misschien wel miljonair. Uiteindelijk rijden we via Death Valley en Yosemite terug naar San Francisco, om daar de camper weer in te leveren en terug naar huis te vliegen.

Ik kan me de laatste keer dat ik vier weken vrij ben geweest niet eens herinneren, maar ik heb Yfke plechtig moeten beloven dat ik maximaal eens per drie dagen mijn e-mail check en anders wist Annemijn wel een manier om op afstand de verbinding met mijn inbox te verbreken.

Ik leun weer tegen de deurpost en kijk naar een vlinder die langs de bloemen in mijn voortuin fladdert. De dag na de boekpresentatie van *Scheiden zonder strijden* kwam Ellie met een grote pick-uptruck mijn straat in gereden. In de laadbak stond een gigantische vlinderstruik, die ze met veel bombarie aanplantte naast de voordeur.

'Voor de volgende!' riep ze.

Ik heb het manuscript van *Na de vlinders* nog niet ingeleverd, maar de symboliek van haar cadeau ontging me niet. Ik kon het dan ook niet laten haar zo stevig te omhelzen dat ze klaagde over rugpijn.

Naast de vlinderstruik staat een bankje dat Boaz voor me heeft gemaakt, waar ik nu bijna elke dag in de zon zit met mijn nieuwste hobby: breien. Op aanraden – of eigenlijk kan ik beter zeggen: onder dwang – van Boaz ben ik uiteindelijk toch maar de wolwinkel binnengestapt voor een workshop. Inmiddels heb ik drie complete sjaals gebreid, een plaid voor op de bank en ben ik bezig met mijn allereerste knuffel: een gestreepte zebra. 'De meeste mensen maken dit als kraamcadeautje,' zei Wende toen ze het patroon uitdeelde.

Ik niet.

Of nou ja... Wie weet. Misschien geef ik hem wel aan Lammert mee over een paar maanden, voor Ronja. Die arme vrouw was zich rot geschrokken dat ik haar en Lammert zo aanviel. Ik achteraf gezien ook wel een beetje, maar jaloezie doet vreemde dingen met een mens.

Boaz viel bijna om van het lachen toen ik hem vertelde dat ik de bureaustoelen zo had toegetakeld, maar dwong me daarna wel om een hobby op te pakken die me wat kalmer zou maken. Met succes dus.

Bijkomend voordeel is dat het er ook nog eens voor zorgt dat ik iets minder op mijn telefoon zit. Iets dan, want zodra ik een nieuw breisel af heb, moet ik het natuurlijk delen op Instagram. Mijn volgersaantal groeit nog elke dag, zeker sinds ik de contentkalender in de prullenbak heb gegooid en wat eerlijkere posts deel. Onlangs heb ik mezelf zelfs zonder make-up in mijn stories gezet. Niet als vaste foto op mijn feed natuurlijk, maar wie weet… Het is een begin.

Als de tweeling de laatste bagage in de kofferbak heeft gelegd, rent Eloise terug over het pad en stort zich tegen me aan voor een stevige knuffel.

Rijk is uiteraard veel te cool om te knuffelen met zijn moeder, maar dat kan me niets schelen. Als hij me voor de laatste keer voorbijloopt om een extra telefoonoplader te pakken, grijp ik zijn bovenarm vast en trek hem onder luid protest stevig tegen me aan. Afgelopen kerstvakantie maakte hij ineens een enorme groeispurt door en het zal niet lang meer duren totdat hij me voorbij gaat. Mijn puber. Zelfs zijn geïrriteerde 'ma-hám!' klinkt me als muziek in de oren.

Als de kinderen allebei in de auto zitten en Lammert de achterklep sluit, blijft hij even aarzelend staan. 'Je ziet er goed uit, Claudette,' zegt hij.

Ik werp blozend een blik op mijn outfit. Ik heb een joggingbroek aan van een merk dat niet eens noemenswaardig is, met daarboven de sweater van de hockeyclub. Mijn haar is inmiddels lang genoeg om op te steken, dus ik heb het half bijeengebonden in een losse knot. Aan mijn voeten draag ik mijn fluffy slippers die ik tegenwoordig zelfs af en toe aanhou als ik naar de supermarkt ga. Op zondagochtend, dat dan weer wel.

Zelfbewust raak ik mijn haar aan en mijn mond plooit zich tot een voorzichtige glimlach. 'Dank je wel,' zeg ik. 'Jij ook.'

De auto komt ronkend tot leven en Rijk en Eloise hangen uit het raam om te zwaaien. Ik zet een paar stappen naar voren en zwaai tot mijn arm begint te verzuren, lang nadat ze de hoek om zijn.

Als ik me omdraai om terug naar binnen te gaan, zit er een citroenvlinder op de deurknop. In het vroege ochtendlicht lijken zijn felgele vleugels haast een okergele gloed te hebben. Mijn lievelingskleur, nog altijd. Ik zet behoedzaam een stap dichterbij om hem te bestuderen, gebiologeerd door het trage op en neer bewegen van zijn vleugels.

Dan vliegt hij plotseling weg. Ik volg hem met mijn ogen, totdat hij zo ver weg is dat ik hem niet meer kan zien en mijn aandacht wordt getrokken door een bedrijfsbus die de straat in komt gereden. Ik herken het zwarte busje met de grote klaproos op de zijkant meteen. *Ten Hoeve Flowers & Decorations*: dé bloemist van de stad.

Ik zwaai beleefd en ben een beetje verbaasd als ik zie dat het busje recht voor mijn huis stopt. Nieuwsgierig blijf ik staan.

'Claudette van Raasveld?' vraagt de bloemist als hij is uitgestapt.

Ik knik. 'Dat ben ik.'

Hij gebaart dat ik moet blijven wachten en trekt de schuifdeur aan de zijkant van de bus open.

Een paar tellen later loopt hij me tegemoet met de grootste bos rozen die ik ooit heb gezien. 'Deze zijn voor u,' zegt hij.

Bedeesd neem ik ze van hem aan. 'Ze zijn schitterend. Dank u wel.' Pas nu zie ik dat het geen echte rozen zijn: de bos bestaat uit een stuk of dertig zijdezachte, lichtroze kunstrozen. De blaadjes aan de stelen zijn levensecht en elke steel is zelfs voorzien van een aantal doorns – niet-prikkend, gelukkig. Deze rozen zijn mooier dan elke kunstbloem die ik ooit heb gezien.

'Geniet ervan,' zegt de bloemist. Hij steekt zijn hand op, loopt terug naar de bus, stapt in en rijdt op zijn gemak de straat weer uit.

Een tijdje geleden vroeg Ellie me 'of ik al toe was aan een nieuwe liefde'. Waarschijnlijk omdat ze de posters met daarop 'Claudettes datebijbel. Je hart openstellen in vijf stappen' al voor zich zag, maar vooruit.

Het zette me in elk geval wel aan het denken. Tot dat moment had ik er namelijk nog geen seconde aan gedacht. Lammert en ik zijn nog geen jaar gescheiden en ik wil eerst mezelf leren kennen.

Weten wie ik ben zonder Lammert. Weten hoe mijn leven is als ik niet 'de echtgenote van' ben, maar gewoon... Claudette.

Toch heeft het universum blijkbaar soms een ander plan, want toen ik mijn derde onlinecursus wilde ontwikkelen en Noud belde voor de videoproductie, vertelde hij me dat hij inmiddels de overstap heeft gemaakt naar speelfilmregisseur. En stelde hij voor om, als ik daar ook zin in had, even bij te kletsen.

We spraken af voor een kop koffie, begonnen te praten en zijn sindsdien eigenlijk niet meer gestopt.

Noud blijkt een kast vol zelfhulpboeken te hebben en is een groot fan van Amerika, dus we hebben uren gepraat over mijn geplande roadtrip, zelfontwikkeling, zelfontplooiing en kiezen voor je eigen geluk. Toen hij zei dat hij elke ochtend om vijf uur opstaat om een halfuur hard te lopen, viel mijn mond haast open van verbazing.

Zes uur later werden we praktisch het café uit geveegd omdat ze gingen sluiten, maar ons gesprek ging door via WhatsApp. We hebben een spelletje bedacht dat we elkaar om beurten één vraag stellen. Dat mag over van alles zijn: je lievelingskleur of je favoriete film, maar ook wat je vindt van een bepaalde trend, of je in God gelooft of wat je grootste levensles tot nu toe is.

Hij vroeg mij eergisteren wat mijn lievelingsbloemen zijn en het antwoord dat ik toen gaf heb ik nu in dertigvoud in mijn handen.

Ik schik het boeket in een vaas en zet die op het aanrecht, als mijn oog valt op het kaartje dat aan een van de rozen is vastgemaakt.

Omdat ik van deze rozen tenminste zeker weet dat ze over vier weken nog net zo mooi zijn als nu. En omdat ik hoop dat je me dan nog niet vergeten bent. Fijne vakantie. Liefs, N

Ik druk het kaartje tegen mijn borst en laat me tegen het kookeiland zakken.

Alles in mij roept dat ik te snel ga. Dat we het rustiger aan moeten doen. Dat ík het rustiger aan moet doen. Om eerlijk te zijn moet ik Ellie namelijk nog steeds het antwoord schuldig blijven: ik weet niet of ik toe ben aan een nieuwe liefde. Ik weet niet of ik er al aan toe ben om de ruimte die Lammert achterliet door een ander te laten innemen.

De gedachte aan de woorden 'ruimte innemen' brengt me ineens op een idee. Ik leg het kaartje weg, loop naar mijn boekenkast en haal daar de nieuwste druk van *Houden van jezelf* uit. Voorzichtig blader ik naar hoofdstuk 3, 'Ruimte creëren', en lees ik mijn eigen woorden nog eens na.

Ook op het moment dat je jezelf centraal stelt, creëer je ruimte. Júíst dan. Het zorgt ervoor dat je je grenzen bepaalt en écht vaststelt: deze ruimte is voor mij. Of en wanneer die ruimte door iemand anders mag worden opgevuld, is maar aan één persoon.

Jou.

Ben ik toch nog een beetje in therapie bij mezelf.

Ik weet niet of Noud degene gaat zijn die mijn gecreëerde ruimte zal opvullen. Voor nu is die ruimte nog helemaal van mij. Maar een béétje plek voor hem, heb ik misschien wel...

Ik maak een foto van de bos rozen en stuur die naar hem.

Wat vind jij: op het kookeiland of op de salontafel? PS. Dank je wel. Ze zijn prachtig.

Vijftien jaar geleden, toen Lammert en ik elkaar het jawoord gaven.

Veertien jaar geleden, toen ik een positieve zwangerschapstest in handen had.

Elf maanden geleden, toen we de scheidingspapieren tekenden.

En nu, nu ik dit schitterende boeket, nog voordat ik een antwoord heb gekregen, op het kookeiland van mijn eigen huis zet. Midden in het zicht.

Soms zijn er momenten waarop je weet: vanaf nu is mijn leven nooit meer hetzelfde.

Dankwoord

Ik heb ooit een TED Talk gezien van Elizabeth Gilbert, de auteur van het boek *Eat, pray, love*. Volgens haar is inspiratie een 'ongrijpbare, creatieve entiteit' die jou kan bezoeken als je ervoor openstaat en op die manier een idee aan je kan 'geven'. Doe je niets met dat idee, dan gaat het naar iemand anders die er wel tijd en ruimte voor heeft.

Met die TED Talk nog vers in mijn geheugen zocht ik op 7 oktober 2020 een tankstation langs de A1 op en greep ik mijn telefoon om de volgende zin op te schrijven: *een relatietherapeut die zelf in scheiding komt te liggen*. Er volgden nog wat meer zinnen en steekwoorden en ik kon opgelucht ademhalen – want als er iets was wat ik niet wilde, dan was het wel dat dit idee naar de auto achter me zou zijn gewaaid.

Nu moet je weten: ik heb wel vaker ideeën (zoals elke auteur, ga ik van uit). In mijn telefoon vind je één digitale notitie waarin ik alle boekgerelateerde ideeën verzamel 'voor het geval dat'. Zo nu en dan, als één van die ideeën wat concreter is, leg ik het aan mijn vriendinnen voor om te peilen wat ze ervan vinden. En precies dat deed ik ook met dit verhaal. Terwijl mijn motor nog draaide en de zon langzaam onderging, deelde ik in de groepsapp zo'n tien zinnen, gevolgd door: 'wat vinden jullie?'.

Ik zou eigenlijk willen zeggen: 'de rest is geschiedenis!', maar daarmee doe ik veel te veel mensen tekort.

Daarom, allereerst: dank aan 'mijn' lieve *Viva-forum*, met in het bijzonder Berith, Fardau, Fieke, Jojanneke, Lisette, Madeleine, Martina, Myrthe, Nynith, Sanne, Stefanie en Vellah. Jullie zijn de slingers én ballonnen op dit feestje dat het leven heet – en mijn grootste inspiratiebron (of je het nou wil of niet).

Martin, Astrid en Lis, duizend Romcomnikussen voor jullie omdat mijn leven sinds de Romcomnibus nooit meer hetzelfde is geweest.

Marijke, bedankt voor je kritische blik op dit manuscript en die ene cruciale opmerking waardoor Claudette nog meer Claudette is geworden.

Kim, bedankt voor het proeflezen en het signaleren van precies die punten waar dit verhaal in de eerste versie nog (flink!) wat verbetering nodig had.

Ook ben ik veel dank verschuldigd aan Sanne, voor alle uitgewisselde spraakmemo's en onze twee uur durende wandeling waarin we dit verhaal bespraken – die vooral twee uur duurde omdat ik telkens stil moest staan 'om dit allemaal even op te schrijven zodat ik het niet vergeet'.

Iris, ik weet niet of ik ooit heb gezegd dat ik onwijs dankbaar ben dat ik je haast 24/7 mag lastigvallen met zinnen als 'en wat nou als ze dít doet?', maar anders staat het bij dezen zwart op wit. Je bent *awesome*.

Lis, Marijke, Yara en Marleen, bedankt dat jullie de eerste nu-is-hij-echt-af-versie van dit boek wilden lezen en er zulke jubelende woorden over zeiden dat ik ze huilend (van blijdschap!) heb doorgestuurd naar mijn redacteur.

En over redacteur gesproken... Lisanne, ik weet niet of liefde op het eerste gezicht ook geldt voor redacteuren, maar bij jou was het direct raak. Bedankt voor je vertrouwen, je tips, je adviezen, je opbouwende kritiek en alles wat dit verhaal alleen maar beter heeft gemaakt. Én alle andere leuke en lieve mensen van HarperCollins Holland, bedankt voor het warme bad. Mogen werken met jullie voelt als thuiskomen.

Coen, mijn lief, bedankt dat je al die jaren geleden twee verdiepingen naar beneden liep om de deur voor me open te doen op onze eerste date, omdat ik te nerveus was om de juiste intercomknop te vinden. Met jou is alles leuker.

Tot slot wil ik jou bedanken – ja, jij! Tenzij je in één keer hebt doorgebladerd naar het einde van dit boek, heb je net het verhaal van Claudette en Lammert gelezen. Of je dit boek nu hebt gekocht, geleend, gehuurd, gewonnen, gejat (dat hoop ik toch niet, maar het kan), gevonden of gekregen, ik hoop dat je ervan hebt genoten. Stuur me vooral via Instagram of Facebook een berichtje om me te laten weten wat je ervan vond, dat zou ik echt heel leuk vinden. Ik beloof dat ik altijd reageer én zo nu en dan op Instagram leuke dierenfilmpjes met je deel.

Veel liefs,
Susan